燕京论坛
2009

身份、叙事与当代中国经验

Identity, Narration and the Experience of
Contemporary China

首都师范大学文学院／编

社会科学文献出版社
SOCIAL SCIENCES ACADEMIC PRESS (CHINA)

目 录 **CONTENTS**

序

左东岭

由首都师范大学文学院与校教务处、图书馆于 2003 年联合创办的"燕京论坛"（最初名曰"人文学术论坛"）至今已经有 6 年的历史了。在这 6 年中，世界与中国发生了许许多多的变化，论坛也伴随着这些变化经过了不断的总结与调整，但其基本原则没有改变，这就是坚持其前沿性、交叉性与多样性。这些讲座中的许多话题都是对目前生活中所发生的许多新现象的探索与分析，以便使听众能够对这个急剧变化的时代及时地进行了解并理性地加以把握。其中有些话题尽管是古代的或传统的，但无论是其所拥有的观念还是其所使用的分析方法，都是颇为新颖的。交叉性则是指讲座内容并不限于文学的或语言的，这些讲座的题目尽管语言文学所占比例较大，但却尽量囊括了所有学科领域，尤其是交叉学科的领域，以便能够触类旁通。多样性则是指讲座内容的广泛包容性与个性多样化，使主讲者能够充分表达自我的学术见解与个性特色。

从前沿性、交叉性与多样性这些特性看，论坛的性质与大学课程的学习具有明显的差异。从学习的角度讲，它们当然可以作为课堂知识的补充，因为从这些讲座中可以了解新的学术理念与研究方法。但论坛更重要的目的是开阔视野，活跃思想，增加见闻。因为就本质意义讲，大学既是传授专业知识、培养专业能力的课堂，更是提高公民素养、提升人生境界的场所。因此，增广见闻与活跃思想乃是一所大学所必须拥有的内容。这也是我们能够始终坚持不懈地举办人文学术系列讲座的直接动力。

讲座举办 6 年来，取得了良好的效果，它不仅使本校的师生受益良多，而且逐渐吸引了其他高校的听众，从而影响越来越大。然而，由于受场地与时间的限制，许多校内的师生难以全部聆听，更不要说其他院校的听众了。而我们聘请的这些学界同仁，大都是国内的一流专家或者是活跃于学术前沿的中青年学者，他们所讲内容如果仅仅是一次性的行为，就会浪费这些宝贵的学术资源。鉴于此，我们依照惯例，对各位学者的演讲内容进行了认真的整理并征得主讲人的同意，将其结集出版，以飨广大读者。希望这些讲座能够使更多的人受到启迪，则此项活动非但使我校师生受益，更当嘉惠于社会也。是为序。

2009 年 6 月 30 日

时间：3月4日（星期三）18：30～20：30

地点：北一区图书馆学术报告厅

主讲人简介

格　非　著名小说家，清华大学中文系教授、博士生导师。先后出版有长篇小说《敌人》、《边缘》、《欲望的旗帜》、《人面桃花》（第一部）、《山河入梦》（第二部），小说集《迷舟》、《唿哨》、《雨季的感觉》等。并有《格非文集》（三卷）、《小说艺术面面观》、《小说叙事研究》、《格非散文》等出版。

主持人（张桃洲）　各位同学，晚上好！我们的燕京论坛现在开始。今天晚上的讲座是本学期燕京论坛的第一次，我们非常荣幸地请到了著名小说家、清华大学中文系的格非教授，大家掌声欢迎。我相信在座各位对格非先生并不陌生。他是20世纪80年代非常有影响的、先锋小说的代表人物。就我本人而言，我在读高中的时候，就是格非先生的忠实读者，格非先生的作品非常多，我想不少同学也很熟悉。今天晚上，他为我们带来的话题，也与小说有关，关于《红楼梦》——这部中国古典小说中的经典之作。那么，现在就让我们聆听一下作为小说家的格非是如何解析这部经典小说的。掌声欢迎格非先生！

《红楼梦》与中国传统小说叙事

格　非

很高兴在这里和大家见面，我和张桃洲先生是好朋友，他做诗论，有很多方面我也很希望向他请教，我们之前有过一些交往，因此上次在清华吃饭时他提到这个论坛。我本人是不太愿意上课的，因为在清华讲课比较多，现在的讲座也变成一个让人讨厌的东西，因为你去讲座，人家想要听的东西往往跟你想要说的东西不是一回事。刚才张桃洲先生也说到我今天要讲的题目，我今天要讲《红楼梦》，本意不是要来分析《红楼梦》或者对《红楼梦》进行研究，当然我本人也看《红楼梦》，如果我要像刘心武那么讲《红楼梦》，（笑）大家会失望的。

我讲的和我做的研究有一定的关系。可以说，十多年来，我确实在思考一些问题，其中，最重要的一个问题是，在国际文化的传播中，像《红楼梦》这样的作品为什么没有得到它应有的地位？当然，这不仅涉及一部《红楼梦》，还涉及整个章回体小说在国际上的地位问题。中国有很多好作家，我举两个例子。比如说沈从文，大家知道，他是中国非常优秀的小说家之一，但他的作品在西方基本上没什么影响，在日本也没有什么人翻译。再比如在当代小说家中，我们认为最好的作家可能是汪曾祺先生。我上大学的时候，开始萌发写小说的念头，就是受了汪曾祺《受戒》的影响，太迷人了！但汪曾祺在国外没有什么影响，外国人不知道他，也不会去阅读他的东西。可是再看看日本文学，从平安时代开始，平安时代的物语，包括故事和杂谈，特别是 11 世纪初问世的《源氏物语》，在座有人看过这部作品吗？好，有很多人看过，很不错。作为日本的一部经典作品，它和《红楼梦》的地位是一样的，但是《源氏物语》培养和激励了一代又一代的作家。你们知道的像川端康成、三岛由纪夫、谷崎润一郎，一直到最近，在座的各位可能比我还要熟悉的村上春树。不是说我不喜欢村上春树，村上春树很了不起，这个人是随随便便的一个二三流作家吗？是一个通俗作家吗？也不是，你看《挪威的森林》，它写的不是挪威的生活，它写的是人的绝望。这个人的西学功底极其深厚，我们也知道，他的创作跟菲茨杰拉德、美国文学，还有当代的卡波都有很深的关系。可是，在他的作品里仍可以看到《源氏物语》和日本传统的影响，可以说，这个影响没有中断。而《红楼梦》不被西方人所喜欢，当然不是西方人的责任，而是我们的责任。我们在继承这个遗产的时候是一种什么样的态度？想一想，从晚清到五四时期我们对待传统的态度，再想一想鲁迅先生是怎么看待文化遗产的。当然，中国跟日本不一样，日本没有发生过很大的战争，中国却被战争打败了，尤其是 1894、1895 年的甲午战争。陈寅恪先生当年就说，中国人可怜的自信心当时就被打垮了，以至于我们开始怀疑我们的文化。所以鲁迅先生当年就说过很极端的话，主张连汉字都不要保留，都应该拼音化、罗马化。你们知道，1928 年时，瞿秋白等一大批人所倡导的大众运动就是要把汉语变成世界语，凡是传统的都不要。像陈独秀，还有当时非常多的学者，对当时的古代文化的态度都是很极端的，不要看别的，就看文学革命纲领性的文件《文学改良刍议》，它的"八不"主张认为，所有好的文学都是贵族文学，都应该在被扫除之列，文学应该写工人、写贫下中农、写老百姓。当然这个看法在现代性观念中没错，但是对传统文化的继承中断了。鲁迅先生就说过：汉字不除，中国必亡。当然，鲁迅先生的这种说法在今天看来显得太极端了，可是我们也应该理解当年他为什么说这个话，以及这背后的沉痛。当历史过了100多年，今天我们重新来看这些传统文化的时候，我们是可以理解的。

刚才我举的是日本的例子，这个例子不仅包括日本的小说，还包括日本的电影，即使再西化的日本电影里面也总有一股日本的味道，一种特殊的味道。吕克贝松看黑泽明的《乱》时说，我在黑泽明这里听到了一个寂静的声音。什么声音呢？就是丝绸的声音，宫女们在奔跑的时候，丝绸发出来的声音，当然，这是一个比喻的说法。看黑泽明的电影，再看小津安二郎的电影，都是这样。我跟张桃洲说，前不久我在给清华的学生上课时，给他们介绍了小津安二郎的最重要的代表作《东京物语》，《东京物语》被列为全世界最伟大、最重要的十部电影之一。世界上最伟大的十部电影中就有两部是日本的，还有一部是黑泽明的《七武士》，都是非常伟大的电影。你们回去有时间可以看一下《七武士》，可以把它和陈凯歌的电影比较一下，看看人家是怎么做大片的。当然黑泽明的好电影太多了，像《罗生门》就不用说了，它改变了整个世界的电影历史。所以说我觉得这是一个契机，我不要讲太多了，讲太多了就永远讲不到《红楼梦》了。（笑）上面说的是我的一个看法。

最近我们到印度参加一个中印作家会议。在印度期间，安绪斯南帝尔——印度非常重要的一个学者，他在会议上有一个主题发言，他的意思是说像中国和印度这样有深厚历史的国家却一直缺乏交流。他非常激动，说我们这次去大概是中国作家第一次去印度，他说这不仅是两个国家之间的对话，而且是两个文明之间的对话。在印度期间，大家讨论的中心问题是现代性的问题，即从一个古代社会怎么变成一个现代社会，什么东西被遮蔽了，什么东西被过分强调，什么东西被淹没。当然这里面涉及很多政治问题、民族问题、宗教问题，我觉得我只能稍微谈谈文学，但文学的背景是整个社会。

回过头来我们说《红楼梦》。《红楼梦》的系统非常复杂，当然有不同的研究角度，仅仅是版本学研究就有很多的东西可做。你们知道，张爱玲花了非常多的时间，去考证《红楼梦》各版本间的关系。那么，当然也可以从《红楼梦》里读出政治学，比如像刘心武所做的，一定要读出秦可卿的身份是什么，有的时候我也不太理解，他为什么要这么做？秦可卿究竟是不是皇族的孩子跟我们读者欣赏《红楼梦》有什么关系吗？花那么多的精力去研究，难道这就是所谓的"索隐派"？当然，胡适的"考据派"也有很多的线索可以去描述。我们的教科书里面说《红楼梦》是封建社会从兴盛到衰亡的历史，这个观点不值得一驳，太幼稚了。中国有没有封建社会，至今还在讨论。所以，我们今天从大的方面去着眼，不去谈论《红楼梦》里的修辞学、讨论它的技法，我想说的就两个问题，第一个问题是《红楼梦》里面的物象，就是《红楼梦》怎么处理空间的这个"物"。我希望我的这个讲座能够部分地回答我刚才提出的问题。为什么我们在国外，在没有出国之前，总觉得国外是怎样怎样的，比如在国内得不到承认，很多作家、诗人都认为到了国外就会有一个客观的标准，可以得到国际上的地位，今天我们也看得非常清楚，这种想法很幼稚。第二个问题，我想讨论它的"时间"问题，大家如果愿意的话，这个题目也可以改为：《红楼梦》的时间和空间问题。

我现在先讲第一个问题，就是物象。大家知道，写小说和诗歌，大凡需要用语言来表达的东西，都会涉及"物"的问题。小说和电影最大的区别就是，电影是让人看的，比如说林黛玉。最近在拍《红楼梦》，你们对它有期待吗？（没有）我也没有，因为我觉得《红楼梦》不适合改编成故事片，《红楼梦》的越剧版改编得已经很成功了，当年徐玉兰、王文娟她们演的那个越剧，是非常好的，我觉得很难超越。为什么？因为戏曲的表现方法和《红楼梦》对物象的表现方法很相近。林黛玉要出来，电影里必须让人看见林黛玉。可是小说和诗歌不一样，林黛玉究竟长什么样子，必须通过想象才能完成，所以叙事文学需要用语言的中介来刺激读者的想象。这当中的"物"，比如写这个"瓶子"究竟带给读者什么想象，这里面就大有讲究。

《红楼梦》跟中国叙事传统有密切关系，中国传统的物象不是简单的"物"，不是简单的"物"的概念。我举个很简单的例子，比如说，大家都读过杜甫的诗："岐王宅里寻常见，崔九堂前几度闻。正是江南好风景，落花时节又逢君。"这里边提到很多人物概念，很多物象，这个诗好不好？大家知道这是杜诗中非常好的诗，当然，也不是每个中国人都理解，现在的中国人可能不行，过去的中国人理解这个肯定是没问题的。可是，美国有个学者叫做宇文所安，在他的一本书《追忆》里提出一个问题，假如把这首诗翻译成英文，该怎么翻呢？我在网上找了很多翻译，果然是这么翻的：我在岐王家里见过你，在崔九家里也听说过你，现在到了江南这个地方，春光明媚，我又碰到你了。这叫什么诗呢？怎么让美国人去理解、去读懂这个诗的含义呢？我在一篇文章里也说过，这首诗所有的概念，就像发出一个个邀请，邀请我们每个读者来加入到诗的盛宴当中去，至于这个概念指的是什么，要是没有一定的文化，对历史没有一定的了解，特别是对安史之乱没有一定的了解，就无法理解。当时杜甫流浪在外，回不了家，而且要考虑这首诗写在杜甫去世前的一年，是他晚期的作品，那么这当中就很有讲究。为什么李龟年这个人会成为一个历史记忆的"中介"？流落他乡，物是人非，突然来了一个故人，这个故人曾经经常和他在一起，所有的回忆就全部出现了，这种巨大的力量，要是没有文化的底子怎么行呀？

《红楼梦》也存在同样的问题，太复杂了，太考究了。前几天我和几个朋友一起聊天，说把《源氏物语》跟《红楼梦》比较，二者差远了，没有可比性，《红楼梦》里任何一个人物，随便一个人物出来，读者马上就不能忘记。那么多的美女。（笑）所以，后面那个评《红楼梦》的脂砚斋不得不哀叹说作者心中得有多少裙钗，埋伏了多少女人，才能把每个女人都写得不一样啊！（笑）道理很简单，如果他没有见过他是写不出来的。比如《红楼梦》里写林黛玉进贾府，见过贾母后，贾母说，去看看舅舅，那么她就去看贾政，贾政正好不在，她就到了王夫人的房中，王夫人就和她谈话。作者是这么描写的，说她旁边有一个垫子，是半新半旧的垫子，然后脂砚斋就在旁边批注说，这个半新半旧不得了，哪个作家敢写钟鸣鼎食之家是半新半旧的？如果没有亲身经历过、没有见过大场面的人要去虚构大场面，一定认为所有的东西都是豪华的，就像一个没有去过阿拉伯的人，要是叫他编个阿拉伯的故事，他一上来就会写沙漠，要不就是骆驼，而真正的阿拉伯作家可能整本书里都不提骆驼，也不提沙漠。所以曹雪芹确实了不得，他看到的物象都有文化寓意，而这个寓意，我觉得跟我们中国传统的习惯，特别是跟我们对待事物的方法，还有我们对时间的处理，都有密切的关系。

我先说物象，你们还记得张爱玲的小说吗？张爱玲写小说就是学的《红楼梦》。能经得住时间考验的中国古代小说就是《红楼梦》、《金瓶梅》、《水浒传》这三本。张爱玲认为，中国的好小说就这三本，大概还有半本是《海上花列传》。《海上花列传》可能北方人看不懂，因为它是用苏州方言写的，它里面的人物对白都是苏白。那么张爱玲学《红楼梦》学到什么程度，你们看她的《十八春》，几乎有些对话我看就是从史湘云、林黛玉那里照搬过来的。你们看她用的物象，一个简单的物象，比如说屏风。客厅里有个屏风，就用这个普通的物来衬托家庭的豪华或者寒酸，你们也可以写写屏风。咱们再看看张爱玲是怎么写的。张爱玲将主人公的母亲比作屏风上绣着的那个凳，它是绣在屏风上面的，毫无生气。这个屏风年深日久，烂掉了，被虫子蛀成一个一个孔。请问，这写的是屏风吗？不，这写的是人！它具有非常强的象征意味，这些东西都是中国文化里特有的。

中国人喜欢用比兴，"关关雎鸠，在河之洲"，是什么意思？应该说这是我们经常讲到的。前不久我们去加拿大，我们在加拿大有过八到九次的演讲。我和刘震云在一块儿，刘震云有一次说起京剧，我觉得特别有意思。大家可能看过梅兰芳的《霸王别姬》，《霸王别姬》里面，项羽当时被包围，已经四面楚歌，快死了，虞姬当然也不是不清楚。那么，项羽打了一天仗，衣服也没脱，就睡了，留下一个虞姬孤孤单单地在等着，晚上又特别宁静。这时的虞姬有四句唱词，"看大王，在帐中和衣睡稳"，"大王"——项羽，在帐中和衣睡稳——衣服没脱，睡得很安稳。"我这里出帐外，且散愁情"，我一个人很苦闷，所以要到帐外去，驱散一下愁绪。"轻一步走上前，荒郊站定"，轻轻地往前走几步，在荒郊野外站定了，为什么？"猛抬头见碧落"，见天空，"月色清明"。大家能理解她这个唱词的寓意吗？真是漂亮得一塌糊涂！所以过去像王瑶卿他们这些人，像程砚秋、梅兰芳这些人，都了不得！我个人认为，《红楼梦》之所以为《红楼梦》，跟戏剧的关系极大。

张爱玲当然也是非常着迷于研究中国的戏曲。刚提到的《霸王别姬》的那一段太抽象了，一个人在最苦闷的时候，马上生命就要完结了，就要跟自己最亲爱的人告别了，而且跑不掉了，可是这个月亮安好不动，还在那儿挂着，"猛抬头，月色清明"，月亮还要存在下去，还有无数的人要看这个月亮，可是我看不见了，这个月亮仅仅是月亮吗？这个月亮可能是中国文学里边最重要的物象之一，这个物象在很多年前就已经被改造成了意象，而不是简单的物，它有非常多的含义。你们看《春江花月夜》，你们看杜甫的"今夜鄜州月，闺中只独看"，再看李白的诗里有非常多的"月亮"，好像没有什么诗不写到月亮，像"海上生明月，天涯共此时"，你们再读苏轼的月亮。为什么这么多人写月亮？因为月亮是超时空的，它可以超越空间，我在某地，你在另一个地方，可只要月亮在那儿，我们就能相互联通，就能都在同时抬头看月亮。当然它也是超越时间的，比如说三百年前有人望月，留下了诗句，我们今天会在这个意象的基础上看月亮，不断地把这样的意象累积起来，所以它里面承载了非常多的内容。

我再举个例子，还是张爱玲。大家知道张爱玲的小说《倾城之恋》，《倾城之恋》里面写范柳原莫名其妙地要找一位中国女子，要跟她天长地久，所谓"执子之手，与子偕老"，他要寻找一种地老天荒的爱情。可是张爱玲也知道，在那样一种兵荒马乱的时候，怎么可能？但是你们知道白流苏这个平凡的女子，她不怎么识字，这两个人在一起，能不能产生惊天动地的旷世之爱呢？最后真的完成了。我们很多人认为是战争起了重要作用，可是我认为还有一个更重要的原因，跟这个物象有关，也就是跟这个月亮有关，我这么说大家可能会觉得很可笑。我举个例子，范柳原和白流苏在海滩上散步，说不到一起，范柳原不断讲《诗经》，白流苏怎么可能理解《诗经》呢？怎么可能理解地老天荒呢？他们各自回到房间以后，突然，范柳原给白流苏打来电话，说：流苏，你快看月亮。白流苏就扑到窗前，看到月亮被蔷薇花的影子挡住了一半，非常漂亮。回到房间拿起电话就告诉范柳原说：我看见了。这个女人不懂月亮是什么含义，可是电话里那一端，范柳原不出声，不说话，很长时间的寂静，然后白流苏就开始流泪。你们看小说看到这个地方会提出疑问吗？白流苏流泪了，她怎么会被感动？什么是地老天荒？是月亮让她感觉到了地老天荒，这个不需要很高的理解力。或者说，即使她没有看见，张爱玲也让她看见了。你们再看她的《金锁记》，《金锁记》的开头就是写一个大月亮。所以像这些东西，我觉得大家要去研究，不要把中国文学里的这些东西简单地理解成物，它不是简单的物。

中国文化里有很多自然并不是单纯的自然，而是人文，当然这个观点不是我今天提出来的。大家知道日本有个很著名的学者叫柄谷行人，他写过一本很重要的著作叫做《日本现代文学的起源》，这本书大约在20世纪90年代就已经翻译过来了，学中文的人不能不看，这本书非常重要，它讨论的是自然是怎么被发现的。中国人也与自然打交道，但是自然寄托了太多太多的文化内容，比如说我们画家画的梅兰竹菊，这些东西都代表君子的品格，它不是普通的自然之物。画一个茅屋，画一条江，这些都是胸中、心中的意念，表示的是文人的趣味，这些东西就是传统。再说到小说，你们看《水浒传》，《水浒传》里边也写风景，但作者总是写一个风景。我很奇怪，那个风景有那么好吗？作者写到江的时候总是用"一派大江，遍地如敌"这八个字，也不换词，为什么会有这样的情况？他难道不知道重复吗？当然知道，可是这些在中国文学里不重要。你们再看"林教头风雪山神庙"中对雪的描写，"那雪下得正紧"。这就是描写雪的非常重要的一句话，然后过了一段时间，忽然又出现了一句，"那雪下得更大了"。金圣叹就在边上进行批评，说这个雪写得妙绝，我就弄不懂，为什么妙？妙在什么地方？武松到清河去交文书，走了一个来回，路上遇到的无数风景用几句话就概括完了。而到了《金瓶梅》，大家再看看《金瓶梅》怎么写物。《金瓶梅》里潘金莲和西门庆调情，当然这样的事情中国古人也要助兴的，大家可以想象，助兴的时候总要写点诗词的，比如说在进入正题之前，先讨壶酒喝，那么，旁边肯定要出现诗词，那么你们可以看《金瓶梅》里面的这些诗词是怎么写的，完全文不对题。一会儿说和尚到什么地方去投古寺，这跟他们有什么关系？（笑）一会儿说引发了山上的狗汪汪直叫。我不会背，大概记得这个意思。那么，我觉得《金瓶梅》里面的问题更多，《红楼梦》的作者是曹雪芹，《金瓶梅》的作者还不能确定，现在据说已经考证出50多个作者。当然我觉得现在做《金瓶梅》研究的有许多重要的成果，比如说最近有个人做的研究，我觉得是非常了不起的，好像是美国的一位学者，是中国人，他认为《金瓶梅》里面的唱词许多不是作者原创的，全部是抄来的。你们知道，把《金瓶梅》这个文本和《水浒传》这个文本比较的话，如果逐字逐句比较的话就会有惊人的发现，《金瓶梅》中有大段的文字是从《水浒传》里抄过来的，而且根本不加修改。那么这还是作者的创作吗？但中国人认为这个不重要，什么重要呢？我待会儿再说。他只是借用这些诗词，只需应个景，这就够了。

当然，《红楼梦》不一样，《红楼梦》里边也有开玩笑的物象，我们先说这个物象。大家知道，《红楼梦》里写了黛玉葬花，那个《葬花词》是比较长的。这次在清华大学，不知道是小学生还是中学生考试，不知道是什么人出了一个题目：《红楼梦》里最长的诗词是哪一首？结果很多人被考倒了，我的儿子回来问我，我说你们怎么考这么长的题目啊？你们知道是哪一首吗？（《芙蓉诔》）还不错，你们当中有人知道。我觉得这对小学生或中学生来说太难了，中学生也没必要读《红楼梦》，当然这是随便说说的。那么，《红楼梦》里的《葬花词》，还有《芙蓉诔》、《秋窗风雨夕》，以及其他很多诗词，乐府、古诗、律诗都有，占了非常大的分量。那么，在写风景的时候，他写的是风景吗？"一年三百六十天，风刀霜剑严相逼"。你们看这个《葬花词》，每句话都有含义，再看那个《秋窗风雨夕》，写的不是眼前之物，而是心中所想。这些东西借着自然，借着物的名义，实际上写出的是我们的意念。对这些东西的理解和我们读者的文化积累有很大关系，如果让没有这样背景的人去理解这当中的寓意，太难了！再比如说，《红楼梦》第五回，大家还记得，贾宝玉被秦可卿领着去她的卧室，那里边有一连串的关于物象的描绘。先是秦太虚写的那个对联，"嫩寒锁梦因春冷，芳气袭人是酒香"，然后又写到武则天的宝镜，你们可能会奇怪，这是真的吗？当然，这是曹雪芹开的玩笑。然后又写到赵飞燕的金盘子，安禄山曾经掷伤了太真乳的木瓜；当然还有西施洗过的纱衾，还有红娘抱过的枕头。你们可以从这些地方看出曹雪芹在写物象的时候完全是信口胡来，那么他的用意是什么？他是要对秦可卿进行某种暗示，你们能读出来吗？你们知道为什么要暗示吗？刘心武先生讲过这一点，但是刘心武先生的说法我有点不赞同。秦可卿跟公公间的关系，在原来的《红楼梦》里写得非常清晰，可是脂砚斋说曹雪芹这么写太残酷，不妨就春秋笔法算了，给人家留点儿面子。刘心武把曹雪芹省掉的这些东西又重新写出来，是否有必要，我们可以再讨论。那么这些地方都有很强的暗示，至于这个东西、这个杯子有没有，不是作家要关注的，作家要关注的是效果，是它能刺激我们的什么想象。当然，《红楼梦》里面的物象非常之多，要处理时会非常麻烦，一不小心就会很麻烦，涉及很多的东西。

比如说，我在清华给我的学生上小说叙事学这门课时经常跟大家讲，叙事学里面有个很重要的概念叫做停顿，你们写小说也会碰到这个问题，不能说就这么写下去，写到一段时间就要停住，如果你这么一直写下去，就不是小说了。有很多办法可以达到停顿，比如物象出现的时候，像写房子，描写巴黎圣母院时故事就停止了，大家就集中在这个物象中去了。那么，这样的东西在西方文学里面一直有个非常大的难题，什么难题呢？读者读故事的时候，正读得非常起劲的时候，突然遇见停顿，读者怎么办？跳过去！我们读金庸，读得正带劲，突然来了一段风景描写，如果翻过去不看，那作者最重要的策略不就失败了？而且你们知道，许多作家停下来的部分都是很有讲究的。那么这样的停顿就是很麻烦的，特别是到现代，因为现代的读者跟过去的读者相比更没有耐心。大段大段的描写，像《包法利夫人》里福楼拜写那个帽子，原来他打算写十几页，他的一个好朋友就劝他，说你千万不能这么写，一写就完了，后来他把它缩短了，但还是写得很长。这个帽子有必要写得这么详细吗？但是你们知道，这是文学史上非常重要的革命，因为福楼拜想赋予物象非常独立的寓意，想解放它。当然，后来有许多作品，比如意识流小说、现代主义的很多小说，就把这个停顿取消了，把时间的线性取消了，整个小说就是从这个物象跳到那个物象的连接。这样就无须停顿，因为它的小说里面全都是停顿。（笑）《喧哗与骚动》中从一个月光跳到另一个月光，一个是 30 年前的月光，一个是 30 年后的月光，中间没有交代。一个月亮升起来了，你知道是 30 年前还是 30 年后吗？要看注解。这是现代小说很笨的做法。曹雪芹是怎么来描写这个物象的？大家知道大观园，不得了，跳过去不写大观园？那可不行，读者不答应，情理也不容，因为所有的故事全都发生在大观园之内。但是，你们想想，曹雪芹要是正面来描述的话，需要多少篇幅才能写完？它里面有多少房舍，多少花草，多少小桥流水？伟大的曹雪芹是怎么描写的？大家知道，太妙了！

"试才题对额"，你们还记得吗？贾政带着自己的孩子——贾宝玉这个顽劣之徒，出去试试他的才华。那么他在写这件事的时候，读者会注意到什么呢？贾宝玉要倒霉了，他父亲叫他去，读者会站在贾宝玉这一边，会对贾宝玉形成认同。因为我们早就认同贾宝玉，贾宝玉不读书，我们也不爱读书，（笑）对不对？贾宝玉什么人也看不起，什么禄蠹、薛宝钗、袭人。当然，这个贾宝玉也有问题，他博爱，非常博爱。（笑）那么，我们会站在他的这一边，觉得他跟父亲出去会不会丢脸？他的父亲装得很严肃，旁边站着一群老学究。每到一个风景，就叫他们题诗。大家注意，这里没有停顿，但是他写了物象，太妙了！他每到一处就顺带把那里的风景交代一遍。然后，读者根本不考虑他写什么，读者就考虑，他的这些诗写得好还是旁边那些学究写得好？贾政会高兴吗？贾政是假装呵斥他，心里暗暗高兴还是真的不高兴啊？这里面充满了非常多的戏剧冲突，这是曹雪芹，是中国人对物象非常重要的改造。聪明！然后，整个大观园写完了吗？还没有写完。元春省亲，再写一遍；刘姥姥进大观园，再写一遍。多次分散、逐步地把大观园在我们眼前宏伟富丽地建立起来了。而没有像西方人那么做，这是中国人非常重要的智慧，从这些方面的处理中我们可以看出曹雪芹非常高明的地方。当然，《红楼梦》是集中国传统文化大成的一部作品，它不仅是叙事文学，也是抒情文学。浦安迪，美国一个非常重要的研究中国叙事学的学者，他就说过，《红楼梦》所追求的根本不是故事的连续性和引人入胜，它所追求的是境界。大家注意，这跟诗歌是一样的，所以，从某种意义上说，曹雪芹是把《红楼梦》当成诗歌来创作的，它里面穿插了很多的诗词、对联、谜语。说到《红楼梦》的谜语，我稍微讲一下，大家就明白了，对它里面的物就更清楚了。比如说过上元佳节，元春从宫里面回来，指示大家要玩猜谜游戏，大家就猜谜、制谜。其中，每一个不同的人，制作的谜语是不一样的，都暗示着他们的命运。比如说那个爆竹，爆竹那么一上天，"一声震得人方恐，回头相看已成灰"。然后下面一个谜语是什么呀？风筝。风筝是什么东西？风筝线一断就飞得无影无踪了。再下面是算盘，然后是海灯，是佛前的灯，暗示这个人最后要出家。他所有的写法全部含有非常重要的意义。所以，读《红楼梦》实在不容易，要理解他的微言大义，同时，更重要的是要了解物象的含义。我想这个对西方人来说太难了，当然这里面还涉及典故，我今天不讲。什么叫典故？过去中国人读诗，要是不知道典故没法读的，像"贾氏窥帘韩掾少，宓妃留枕魏王才"，你知道是什么意思吗？它里面包含好几个典故，你必须清楚，而这种典故中国过去所有的诗人都知道。你们看陈寅恪先生的《柳如是别传》，他的很多考证功夫都在里面，这个诗是什么意思？你要看这个典故。比如说芍药，为什么要写芍药？还有一个名字叫"可离"，即表示可以离开的意思，所以送芍药是告别的意思，那么如果你不了解它的典故，你怎么知道它有离愁别绪的含义呢？这个我就不说了，这个太复杂了。我们要说的是《红楼梦》继承了中国传统中很多的意象，包含了中国物象的很多寓意。同时，《红楼梦》里也出现了很多新奇的例子，我这里跟大家讲两个例子。《红楼梦》里面不光是《秋窗风雨夕》、《葬花词》、《芙蓉诔》，其实，里面有些写景的地方写得极其漂亮，比如有这么一段："这里黛玉喝了两口稀粥，仍歪在床上，不想日未落时天就变了，淅淅沥沥地下起雨来，秋霖脉脉，阴晴不定，那天渐渐地昏黄，且阴得沉黑，兼有那雨滴竹梢，更觉凄凉。"这一段被很多人认为是《红楼梦》写景写得最漂亮的，这就是单纯的风景。所以《红楼梦》里有创新，有单纯的开掘的东西。它里边固然有安禄山掷过太真乳的木瓜，有宝镜，有红娘的鸳枕，有这些意象性的东西、借用性的东西，但也有非常非常细描的东西，比如："一面说，一面走，忽见青山斜阻。转过山怀中，隐隐露出一带黄泥墙，墙头皆用稻茎掩护。有几百株杏花，如喷火蒸霞般。里面数楹茅屋，外面却是桑、榆、槿、柘，各色树稚新条，随其曲折，编就两溜青篱。篱外山坡之下，有一土井，旁有桔槔辘轳之属。下面分畦列亩，佳蔬菜花，一望无际。"这里出现了非常多的工笔、写实、写景。

我刚才讲的柄谷行人，他认为日本的现代文学是现代性产生后才开始出现真正意义上的风景描写。当然，日本对汉学汉诗是最重视的，可以说过去基本是汉学的传统，你们看《源氏物语》，单单引白居易的诗就差不多有一百七八十首，不得了！所以，它受汉诗和汉文化影响极大。可是到了近现代，日本文学中开始慢慢有风景独立出来，中国也是一样。当然，《红楼梦》已经出现了这种征兆。所以我们可以理解为什么中国人不重视一般的自然风光，而重视名胜古迹。你们看中国人怀古，写的都是遗迹，中国人喜欢有历史内涵的东西。至于单纯的风景，你们看曹操写的《观沧海》里面也有，但是大部分全是和历史的遗存有关。那么就有很多开掘和变化，《红楼梦》确实已经显示出这种变化。在我们今天看来它是古代的，是中国古典小说的经典，可是在当时它非常新，所有的方面都让当时的读者难以想象。当然，大家可以看一下脂砚斋是怎么评论的，比如对人物，比如它的结构方式。举个例子，《红楼梦》是曹雪芹写的，但作者不说是自己写的，他上来先说有几个女子不能忘记，要写这个《红楼梦》表示怀念。然后写有一个石头，女娲补天时被炼过，废弃在那里，然后被茫茫大士渺渺真人携入红尘，游历一番，游历完以后他的故事就刻在石头上了，放在某个地方了。最后有一个空空道人经过，看了上面这个故事，觉得它跟当时的流行小说完全不同，那么有趣味，就把它抄下来了，然后就传到孔梅溪那里，传到无数人那里，最后传到曹雪芹那里。曹雪芹把自己的名字藏在那些抄书人的名字里边，把书名定为《风月宝鉴》，然后改成《石头记》，最后改成《红楼梦》。

我给学生上课，提的第一个问题就是曹雪芹为什么要这么写？是什么原因？为什么不直接写故事，而在前面虚托、委托那么多人写故事？他为什么要把自己的真名藏在里边？所以这些地方我觉得都是显示他极新的、极有创造力的地方，这些我就不说了。关于物象，我已经说完了，我们接下来说第二个问题。

第二个问题我要说时间的问题。我想，中国人讲时间跟西方人不同，我记得在法国有个很有名的教授，他说听说你们中国人不怕死，为什么？我听了很纳闷，中国人怎么会不怕死呢？我是中国人，我怕死。他说：不，中国的历史里边，那些人说死就死，是怎么回事呢？这个问题我一直记着。比如说伍子胥出昭关，当然这是戏剧里边的，正史《史记》里没有记载。那么出昭关的时候，艄公把他渡过去，后面有追兵，伍子胥告诉艄公，我走了以后你不要告诉他们我往哪里走的，那老头心想，你不就是担心我泄露你的行踪吗？他立刻拿剑自杀了。这是什么原因呢？中国人怎么这么容易死呢？

这个需要解释一下，我觉得跟时间有关系，西方的时间是线性的时间，西方有伊甸园，有末日审判。进化论认为生物的发展是从低级到高级，动物也从低级到高级，然后适者生存，物竞天择。马克思讲螺旋上升，人类社会越来越好。中国人根本不认可这些，皇帝如果不在了，所有的就都不算了，前面的都不算了，所以中国的时间是一个又一个的圆圈，互不搭界，重新命名，重新纪元，前面的都不算了，时间重新算。而西方的时间是一根线，这就产生了一个很大的问题。我们都知道，一个人生活在世界上，中国人说，"生年不满百，常怀千岁忧"，一个人本来活不到一百岁，可是他的烦恼比一千岁还长。"昼短苦夜长，何不秉烛游"。《古诗十九首》里的这首诗大家知道吗？这是王国维评价最高的诗。中国人的想法其实很简单，死了以后时间就不属于自己了。死后的这个时间，我们称为超时间，对它进行界定的话，我们的生存是没有意义的。所以你们可以了解，西方基督教，包括印度教、佛教等不同的宗教，他们都要在人的现实时间里构建一个超时间，就是人死了也没关系，还有彼岸，还可以轮回，或者可以进入涅槃，使得人们在现实生活中很安心。国外是讲有始有终的，但中国文化不是这样的，中国的文化是什么样的呢？你们看《周易》，里面讲"始"、"壮"、"就"，"始"就是开始，"壮"就是鼎盛，"就"就是完成。所以古人讲，"君子曰终，小人曰死"，君子不谈死，谈什么？谈终，你看国家领导人去世，过去都叫"终年多少多少岁"，现在不叫终年了，现在叫享年，就好像他享福享了多少年，好像他享有这个世界上生命多少年，可是按道理来讲，应该叫终年，就是说完成了。过去父亲死了叫"考"，妈妈死了叫"妣"，考的意思就是成，父亲一生事情做成了，他可以安心走了，没什么事了，所以叫做考。这个"妣"读"比"，就是母亲能够比得上父亲的品德，所以叫"妣"。中国人讲的是终极的东西，一个人不管你活多少岁，不在于你能不能活多少岁，而要看你能不能成德。这是中国的终极问题，所以有那么多的例子。

我刚才讲的伍子胥的故事也好，赵盾的故事也好，可以杀身成仁，可以成德。所以我读《论语》最喜欢的就是孔子所说的："朝闻道，夕死可矣！"这个说得多么的好！多么的开通，多么的好商量！只要早晨听说这个东西，晚上就可以死了。所以，它不是按物理时间的长度来计算，比如我的房子是不是高楼大厦，我的屋子是三间还是两间，这个东西当然是现代才有的观念，所以我觉得东西方的时间观完全不同，西方跟中国最大的不同是他们有一个文化的上帝，这个上帝主管着彼岸，操作着时间。但中国没有，中国一切都要看道德，所以过去都要讲文如其人，这个人到了什么境界，他的文章就到了什么境界。所以中国文学在世界文学里边是最注重个人品德的，所以要修炼自己，你要达到一个境界，你的人生要穿透，这个跟西方文学的要求是不一样的。

我再来说说时间的问题。《红楼梦》里有三种不同的时间观。首先第一个层次是佛道，很玄虚。我刚才前面讲过，跟《金瓶梅》不一样的，有人说《金瓶梅》比《红楼梦》更伟大，你们同意吗？都不同意啊？我是有一点同意的。我对《金瓶梅》的喜欢可以和对《红楼梦》的喜欢相提并论，这样不得罪人，有很多的红迷。（笑）当然我知道你们现在这个年龄，你们去看《金瓶梅》，男生就不用说了，会挑选某些段落看，我以前也是这样，被删掉了之后还愤愤不平，这千百年来那么多人都能看，为什么我不能看？我已经成人了。但是等你到了30岁以后，你再看《金瓶梅》，就完全不一样了。我刚才讲的，它有对现实时间的超越性。你们看《源氏物语》，跟中国文学一模一样，这个人权倾朝野，所有能得到的都得到了，可是他仍然悲伤不已，最后出家了。所以看《源氏物语》看到最后它已经不是一般意义上的悲哀，它是痛彻骨髓的悲哀，是没有办法的，逃不过的，这也是中国文学的主题。

所以有人说，文学就是帮助社会进步，这个观点我是不同意的，社会到了什么程度就算进步呢？是不是社会进步了文学就要死掉呢？或者说社会能进步到把我们所有的烦恼都消除吗？我们所爱的人都能到我们眼前吗？用曹雪芹的话说："天下美女供我片刻赏乐。"可能吗？所以这些东西，我觉得，不管是《金瓶梅》还是《红楼梦》，都涉及对时间的处理，只有现实时间是不行的。但是这两个小说很重要的区别在于，《金瓶梅》的力量非常原始，非常巨大。《红楼梦》则做了很多的修饰。《红楼梦》可能更高级，更文人化，但《金瓶梅》发人深省，令人震动，不得了。我举个很简单的例子，比如西门庆被潘金莲整死了，这之前西门庆曾哭得泪人一般地发誓只对她一个人好，再也不跟其他女子乱来了。后来有那么一段时间他做到了，可是没多久又不对了，然后一直到最后。你们知道他是怎么死的？他看中了最漂亮的一个女的，是他的上司的妻子，你们可以自己去看，非常惨痛。所以我刚才跟张桃洲先生也说到了，我说《金瓶梅》和《红楼梦》，你会觉得它们跟我们今天的社会仍然有密切的关系，这就是伟大的作品。《金瓶梅》是直接写市井生活的，最后居然虚掉了，它是通过实达到虚，这就是《金瓶梅》的伟大。看到后面，看到里面的那些人，你们看那个春梅、那个潘金莲死得惨得不得了，一开始你恨潘金莲对不对，可是潘金莲最后被武松这样一个暴徒拦在街上，乱刀杀掉的时候，你会感到非常大的悲哀。所有的人都是欲望的奴隶，没有人例外，欲望是不可征服的，只不过我们的欲望表现在这个或那个领域，或多或少而已，人就是这样。所以你看到后来，它整个的现实背景全部虚化掉了，这是《金瓶梅》了不起的地方。

《红楼梦》不是，《红楼梦》开始就是虚的，它有个风月宝鉴，你们知道，只能照反面，不能照正面，贾瑞照了正面就死了。也就是说，《红楼梦》提醒你不要按照它告诉你的顺序来阅读，你读不了，你要看它的反面，《红楼梦》的反面是什么？"三春过后诸芳尽，各自须寻各自门"，不管这个世界多好，这个春天会结束的，三春过后，所有的芳草、所有的花都会凋零，你还得回到你那个门里去。所以《红楼梦》里说"纵有千年铁门坎，还须一个土馒头"，这是逃不掉的。《好了歌》里唱的"好"就是"了"，不是恨钱少吗？等突然觉得多的时候，你马上就完了。你不是说娇妻好吗？娇妻美妾闺房之福啊，"君生日日说恩情，君死又随人去了"，这是曹雪芹的哲学。那么你看它上来就是虚的，我们在读《红楼梦》的时候，它里面会突然写一些毫无意义的场景，比如说，我经常讲到这个例子，贾雨村在林黛玉家教黛玉，她的母亲贾敏去世了，林黛玉整天啼哭，贾雨村也不好好教了。大家知道贾雨村在《红楼梦》里面是个很坏的人，但是我碰到很多学生都说贾雨村这个人好，我说你这《红楼梦》是白读了。贾雨村没事跑到外面去散步，要领略一番乡野风光，他到了外面之后，走着走着突然发现前面有个庙，庙上写着三个字"智通寺"。智慧能不能通？这个寺的名字也不是随便起的。贾雨村觉得很好奇就进去看看，进去之后，看见里面有一副对联，对联怎么写的呢？"身后有余忘缩手，眼前无路想回头"，这个话不是一般的对联，这是佛教里面的。过去印度也讲，当头棒喝，你身后都有余了，你所有的钱都多得花不完了，你那个手还不愿意缩回来，你还要挣，"身后有余忘缩手，眼前无路想回头"，已经不行了，死期马上到了，我想再过一辈子，重新来过，不可能！那么贾雨村看了以后说，这个东西不是一般人写的，于是流连忘返。又见一个老和尚在那儿烧粥，眼睛已经瞎了。他一看这个老和尚的样子就说这个人是"翻过跟头的"，什么叫"翻过跟头"，就是有境界，不是一般的人，是经过考验的，《红楼梦》里写这种东西的地方非常迷人。整个《红楼梦》就是一个树倒猢狲散的过程，你们看大观园从建立直到结束，就是一个"散"字，这就是时间的有限性，这是我们的宿命。《桃花扇》里面说的"眼见你起朱楼，眼见你宴宾客，眼见你楼塌了"，看着你把楼房造起来，看着你家里歌舞升平，家里来宾客，楼就倒了。就三句话。这种"蜀离之思"在《红楼梦》里是非常多的，而且是非常重要的。这就是对时间的描述。那么很多同学就讲了，《红楼梦》如果仅仅是这种境界，它还能成为千古不朽的名著吗？佛道的相对性我们每个人都能感受到，我们还需要《红楼梦》干什么？一个普通的和尚都能说清楚。《红楼梦》在这方面把人的欲望和社会的关系写得入木三分。一个人假如能认识到这种悲哀，就能感到这种悲哀是一种美，是一种超越性的美，为什么这么说？

前几天我在看小津安二郎的电影《东京物语》，我给学生讲电影的时候，要求学生把伯格曼的《呼喊与细语》跟小津的电影做个比较，为什么要做个比较？因为大家都知道伯格曼的电影创作在很大程度上是受到日本电影以及小津的启发。两部电影都是描写人类的绝望，写亲情之间的乖离，写人与人之间的冷漠，可是着眼点不同，一个是东方的思维，一个是西方的思维。你们看伯格曼的电影充满了嚎叫，充满了赤裸裸的愤怒和对社会的最强烈的批判，把它写到极端。可是你们再看《东京物语》，它的悲哀是一种悲凉，似有若无，而且每一个东方人都能默默地接受这种东西，都在欣赏这种东西。老夫妻俩到东京去看孩子，遭到每一个孩子的拒绝，最后两个人不得不返回老家，途中老太太脑溢血死了，这些孩子再回来奔丧，非常触目惊心的主题。老太太死了以后一家人都忙着准备后事，可是找不到老头儿了，老头儿正在岸边看日出，他的女儿跑去问他，老头儿说的第一句话是："日出真美啊。"所有的观众在看到这句台词的时候都会流泪。因为对老头儿来讲他知道生老病死，知道得很清楚的。第二句话是："天要慢慢地热起来了。"所有的这些台词都包含着非常浓烈的感情，可是我们能听懂。小津安二郎的每一个手势、每一个动作、每一个道具都包含着许多感情，这是东方人的感情。

《红楼梦》也表现了这种悲哀。在日本专门有个词语叫做"物哀"，这让我想起中国一个非常重要的新儒家代表唐君毅。唐君毅说有一天他做研究课题，住在教育部的一个宾馆里面。那个宾馆是个很苍凉的宾馆，晚上月亮出来了，月色很惨淡，让人感到很凄凉，他突然就想起人生的问题来了。他那时候30多岁，很年轻，可是他就想起问题来了，有一个问题没法解决，什么问题？他说，我在想我跟我的妻子、我的孩子以及我所有的亲人之间的关系，这个人生就好比坐火车，你根本不知道火车要开到哪里去。你上了车，火车往前开；你下了车，火车还在开。那么你什么时候上车，什么时候下车，你不知道。而且后上来的能不能晚点下，不一定，你可能上得晚，走得也晚，人家可能活了 80 多岁，说不定再活 20 多年，但是你还没到目的地，所以这是人生的无常。唐君毅就这样想，想来想去很悲哀，说我们一家人好像从不同的地方跑来开会，开完会就散了。（笑）这太悲哀了！后来唐君毅就悟出一个道理：这个就是美！我就爱这美！"前水复后水，年年桥上游。"物是人非，这就是中国文化里非常重要的、对时间有限性的思考。所以刘禹锡说"沉舟侧畔千帆过，病树前头万木春"，这个船沉了，其他的船没沉；这个树有病，其他树照样开花。这些也是《红楼梦》里很重要的部分，我觉得这种美感是和有限性紧密联系在一起的，这里面有超越，这是我说的一个方面。

还有一个方面，《红楼梦》的现实时间。《红楼梦》里人物的年龄比较混乱，作者根本不在意这个时间，他考虑的是哲学上的时间。比如说贾宝玉的年龄明显不对，很多人提出质疑，到底元春比贾宝玉大多少岁？我现在记不大清楚，反正他怎么长也长不大，就希望这个大观园不要散掉，但终究还是要散的。所以我就说《红楼梦》跟很多的宗教一样。当我们觉得时间停止的时候，往往正是我们的生命发出最大光华的时候。比如说我们在恋爱的时候，总希望时间停止，时间不要走，这个时候你在享受最美好的东西。《红楼梦》里面也把爱情作为最重要的一个价值来追求，这不是偶然的。《红楼梦》里边有很多时候让时间停下来，因为时间总是要过去的。大家可以简单地看一下《红楼梦》的第 75 回和 76 回，我觉得这两回非常重要。第 75 回是"开夜宴异兆发悲音，赏中秋新词得佳谶"。里边写过中秋节，贾珍叫文花唱曲，佩凤吹箫，在那里庆祝。到了晚上三更时分，贾珍已经喝得八分醉，这时发生了一件事，这种事情在《红楼梦》里是绝不平常的。我以前读到这种段落时，对曹雪芹简直佩服得五体投地。晴雯已经死了，贾府的衰败之象已经表露无遗了，这时候大家还要强颜为欢，过中秋节大家还要庆祝，贾珍照样叫人唱歌，叫人喝酒。贾珍八分醉的时候，突然出事了，屋子外有一个人长叹一声，所有人都把筷子放下来，毛发倒竖，阴气逼人。贾珍饭都吃不下了，说：谁在那儿？他老婆说可能是路人路过。贾珍就呵斥：胡说，这个地方从来没有人住。就听得一阵风过，很阴森啊！而且再看那个月亮呢也不像先前那么明亮，而是"月色惨淡"。这些人全部停下来了，饭也不吃了，这是一个非常神秘的事件。

大家知道，《红楼梦》写到 80 回就完了，后面 40 回可能到这个时候也准备收尾了，很多征兆已经出现。中秋庆祝以后贾珍拎着东西到贾母这边来，贾政他们很多家人在聚会，叫贾珍也来聚会，然后还有很多插科打诨。

这个家庭里面最有权势的一个人就是贾母，贾母难道不知道抄检大观园已经成为事实了？难道不知道"树倒猢狲散，大地白茫茫一片真干净"已经快到了？她也知道，她年纪那么大了，她要快乐，大家去聚会，在水边吹笛子，实在是没劲了，因为每一个人的想法都不一样，"三春过后诸芳尽，各自须寻各自门"。但是贾母不愿意，贾母还希望大家陪她，很多人劝她，她不高兴，最后贾母就打了一个盹。眼睛睁开的时候，周围的人已经全部走开了。也就是说，这个时候的人都知道贾家不行了，也早已经不把贾母放在眼里了，这是公开的秘密，贾母的威信也基本散失了。这个时候，大家开始洗茶杯，清理杯子，发现少了两个杯子，说明有两个人不见了，一个是林黛玉，一个是史湘云。她们早就走了，根本就没有参加聚会，她们去对诗了！这是《红楼梦》里一段光辉灿烂的篇章，人们在这样的悲哀中敢于肯定自身的存在和生命，这是儒家的观点。大家要注意，儒家不是没有超越，不像道家那样，认为反正都要死，所以就随便混生活，儒家不是这样的。（笑）儒家还要能够成德，所以，它还是要勇敢肯定这个生存。你们看林黛玉那么一个病歪歪的人，那么一个病弱的人，小心眼儿的人。林黛玉是小心眼儿吗？《红楼梦》里面你们看林黛玉和薛宝钗的关系，其实林黛玉是作为男人来写的，她"直烈遭危，高标见嫉"，品行高洁，不与世俗同流合污。当然也不能做到像妙玉那样，妙玉就过分了，所以曹雪芹就说她："过洁世同嫌。"过分爱干净，那大家都恨你，过分了不好。但是，林黛玉这样的人和史湘云这样的人，却在那儿对诗。你们注意那个小说是怎么写的。一页一页地翻过去，全在对诗。时间停止了，完全忘掉了烦恼，《红楼梦》里最不可能的一个人，却是最出人意料的一个人，表现出激昂、雄壮的一面，这个人是林黛玉。对到最后一句："寒塘渡鹤影，冷月葬花魂。"又回到悲哀的主题上来。但是还没有说完，然后妙玉出来，说，这么晚你们还在作诗，紫鹃到处找不到你们。然后妙玉请她们到栊翠庵喝茶，继续作诗，一直到天亮。《红楼梦》为什么会这样？了不起的东西！这是儒家的东西！所以我现在开玩笑，读《红楼梦》，你光读出佛道，不算了不起，因为这一点很清楚。可是它里面还有很重要的一点，就是肯定，虽然里面写色空，可是爱情并没有被否定掉，它里面有很多的相对性，但宝黛之间的爱情始终是非常重要的主题，读者的情绪会跟着这两个人起起伏伏，这是曹雪芹不得了的地方。

所以，我就是从时间这个角度讲，《红楼梦》对时间的处理，在这三个层次上我觉得完全有别于西方的时间观。西方的时间观，你们看，就是陀思妥耶夫斯基，就是卡夫卡，就是"上帝没有了，怎么办？"尼采说，我就是上帝，尼采的文章基本上是按照《福音书》来写的，他跟上帝比高低的意图非常明显，最后当然要疯掉。（笑）真的。当然，陀思妥耶夫斯基不同，他完全是要放弃自我，要皈依上帝，这是非常了不起的。西方的文学非常了不起，但是和中国文学完全是两个不同的取向，中国文学讲究的是在世俗中超越，不要求再造一个人为的时间，没有超级的上帝，不需要穆罕默德或是佛陀。中国人完全处于现实中，当然，这是新儒家的说法，叫做内在超越。这就是境界，虽然只是个普通人，但已经不一样了，已经"翻过跟斗"了，这也是中国文学全部的美之所在。

回到开头我们所讲的，为什么日本文学会在西方有那么大的影响？而中国文学自现代性以来有那么多的问题？首先，这跟我们国家的历史状况有关系，因为我们要救亡，要启蒙，要图存。其次，我觉得跟我们现代作家处理古代文学的方法有关系，比如说沈从文、汪曾祺基本上不懂外语，也不了解世界是什么样子，所知道的还只是六朝散文，晚明的小品，还有唐传奇，那他们的小说写得好不好？特别好！特别有才华。但这些东西没有创新。可是在日本，所有的作家都对戏曲很精通，他们既保留传统的东西，同时，也能开掘出新的境界，所以我觉得我们现在要继承中国的传统文化，不能墨守传统陈规，不能回到古代去，作家只顾写自己的，读者看不懂是读者的事，这样是不行的。因为我们既然生活在全球化的语境中，我们就必须要交流，这就是我的一个基本态度。我既不赞成把传统视为大哥大，同时我也决不认同现在很多学生所认为的西方的东西都很浅薄的观点，没有这回事！西方的东西很好，它的科学性很好，只不过千万不要应验新儒家牟宗三所说的，中国人千万不要变成外国的东西不懂，中国的东西又没了。他用了三个字来形容这种情况：很麻烦。所以这也是我讲课的一个契机或者原因吧！谢谢大家！（鼓掌）

互 动 环 节

主持人（张桃洲）：刚才格非教授对《红楼梦》这个经典的文本，从物象和时间两个方面进行了分析，贯通了古今中外的很多文本，视野非常开阔，应该说分析得非常透辟。下面呢，我们照常还有一点时间互动，大家有什么问题可以同格非教授交流或者直接提问。是不是大家还沉浸在刚才格非先生精彩的演讲中，没有问题吗？大家可以提感兴趣的话题，也可以对格非先生的小说作品提问。当面提问，这是一个好的机会，我觉得非常难得。

问：我还是很关注您讲的那个问题，《红楼梦》为什么不能在世界上传播，这个问题实际上是非常深层次的，也就是说不是翻译就能做到的。那么您觉得有没有可能让《红楼梦》成为一个全世界都能欣赏的作品？您说过不能够直接拿来传统，也不能完全西化，但这个问题很抽象，如果那些作家走西化路线的话，他怎样来改造传统？像日本那样的？您可以给些说明吗？

答：这是个非常好的问题，前面实际上是问了两个问题，我觉得都非常有深度。第一个问题就是她认为《红楼梦》不是翻译层面的问题，这个判断也是对的。绝对不完全是翻译的问题，翻译当然占一大部分的问题，我说的可能是这个问题的内核。因为外国人看不懂，怎样才能让外国人懂呢？我觉得最好的办法是让外国人都来学汉语。（笑）那就很简单了。当然，有很多的外国汉学家非常了不起的，他们完全能懂。他们敢花十年甚至更长的时间在家里翻译《红楼梦》，不问人间烟火，这本身也表明了这些人对《红楼梦》的喜爱。可是一般读者，大家知道，美国人现在还沉浸在《功夫熊猫》这样的东西里，每个国家的文化都有自己的系统。所以外国人不学汉语，不了解这当中的一些富有意蕴的话，我觉得是很正常的。扩大《红楼梦》的影响，也不是说完全就没有希望，也许研究中文的人多了，它的影响会更大。但是我可以这么说，即使外国人不了解《红楼梦》，《红楼梦》在世界上的地位还是很高的。对全世界小说的排名有各种各样的排法，其中有一种排法是将《红楼梦》排在第2位，而《源氏物语》是排在50位左右，大概是这样一个排法。当然，大家要问排在第一位的是什么？从世界上所有的小说家来看，大家公认的小说家不一样，所以也有很多种排法，但是大家比较统一的说法是陀思妥耶夫斯基，就是写《罪与罚》和《白痴》的俄罗斯作家。这位作家基本上永远排在第一位，太了不起了！他的作品和《红楼梦》一样，他考虑的根本不是人与人之间的关系，也不是人和物的关系，也不是人和世界的关系，他考虑的是人和神的关系，这是很了不起的！当然，陀思妥耶夫斯基的作品也不是那么容易读的。

第二个问题，她问我能不能举些例子来说明那个问题，就是日本作家变化了什么？中国作家怎么来做？我认为，有西方的背景和没有两方的背景完全不同。因为有这个背景的话就会发现，其实在西方有很多的东西实际上与中国文化是相通的。也就是说，写作的时候让哪些东西凸现出来，怎么凸现出来，选择什么样的词语都有讲究。大家知道，翻译是非常重要的学问，有些人文章写得很差，翻译却好得不得了。像昆德拉那样的人，大家知道他的外语很好，他就知道怎么做翻译。再比如中国有个作家，写《等待》的作家，叫哈金，获得美国国会图书奖的。这个人在美国的影响非常大，可能他的影响已经超过了中国的任何一位当代作家了，为什么呢？因为他用英文写作。但是哈金的作品拿到中国来，能够跟汪曾祺、沈从文的作品比吗？差得太远了！但是哈金也有非常了不起的地方，他把中国文学里面那种白描，那种非常简单化但是意思却非常深的东西转化为简单的外语，因此有新的东西产生，这是汪曾祺和沈从文不能想象的。所以我觉得，有一个不同的文化背景，然后在面对如何保留中国传统的时候，所采取的策略就会发生很多的变化。比如说村上春树的作品里面有很多的地方都采取了西方的技法，可是作品的内在精神含义和象征物全是日本的，那个氛围也全是日本的。当然这样的例子很多，可以从李安的电影，从生活在美国的导演当中看出。当然，我觉得随着国际文化的交流，一定会出现非常伟大的作家，一流的作家。我刚才讲了历史的原因，因为中国开放才不过30年，所以跟世界有这个距离是很正常的。我只是作为一个话题在这里说一说。

问：我提一个简单的问题。刚才您在讲座中提到了《红楼梦》和中国戏曲的关系，那么，具体地说，二者是从哪些方面来互相渗透和影响的呢？请您说明一下，谢谢！

答：也是非常好的问题，根本就不简单。貌似简单，实际不简单。中国的章回体小说是一个特殊的文体，章回体是什么？大家知道，中国小说的文类非常复杂，什么东西可以称之为小说，几乎每个人的说法都不一样。比如说有我们过去说的神话，还有史传一类的作品，有很多人把《史记》看成是小说。中国有笔记，有传奇，宋代以后有话本，话本以后有拟话本，然后有章回体，太多了！这些东西都叫小说吗？中国的小说跟西方的 novel 那个词完全不同，所以我说章回体小说受到戏曲很大的影响，主要的原因是什么呢？大家知不知道敦煌？在那儿发现了一个非常重要的宝卷就是唐代的变文，你们听说了吗？戏曲和小说的源头很大一部分就在于变文，变文是什么东西呢？变文是解释佛经的，只解释佛经老百姓听不懂，所以就要编故事来给老百姓讲解佛经，这就称作变文。那么，变文是怎么写的呢？里边有叙事，有各种不同的唱词，那么这些唱词就演变成后来的小说里边的诗词。

戏曲也一样，戏曲跟过去一般的话本小说不一样。比如话本小说《错斩崔宁》就是一个传奇的故事，是没有什么抒情性的。你们看《拍案惊奇》，它就是话说什么什么东西，什么宋家村，什么赵员外，就是这么讲下来的，道德评价很清楚。可是为什么会出现章回小说？章回小说为什么会这么具有抒情性和复杂性呢？它当然受戏曲的影响，因为戏曲不以讲故事为目的，而是一边讲故事一边抒情，比如《桃花扇》、《牡丹亭》，里面的人说着说着就唱起来了，对不对？他为什么要唱？他要抒发自己的不平，要抒发自己的相思，于是大量的词曲就出现了。《红楼梦》里面林黛玉对着窗外写诗，其实就是抒情，但这不是严格意义上的讲故事，实际上这中间混合了很多抒情性的文体。所以我们说，从唐代的变文到戏曲，再到章回体，这是一个脉络。这不是我一个人的看法，这是很多人做了研究的，我只是简单地概括。

问：前一段时间我记得您好像在帮80后的作家出版作品，我想问一下关于80后的问题。目前已经出现的80后作家，您给他们怎样一个定位？或者说我问得再极端一点，那就是我们能不能把他们看做是作家？或者他们仅仅是个写手？

答：好的，你这个问题可能比所有的问题都难。因为回答这个问题不是智力上有难度，而是道德上有难度。我怎么来评价80后？当然大家现在都比较狡猾，都不太愿意说真话。那我今天跟大家说点真话。80后这些作家刚开始写作的时候，我是很兴奋的，这个我绝对不是唱高调，我觉得文学需要一代一代作家的努力。一个国家的文学水平高不高，需要同行之间不断地互相砥砺，只有一个人是不可能写好的。你看拉丁美洲文学大爆炸，拉丁美洲作家一下出现一大群，这些人定期在一起讨论，互相欣赏作品，互相推荐书目。在中国20世纪80年代的时候也是这样，但是到了90年代就变了，90年代以后市场化出现了。当然，我也很希望80后出一些好作家，事实上，也出了一些比较好的作家，我跟这些人有过一些接触。刚才跟张桃洲一起吃饭，他认为80后有一些诗人、作家出了一些好作品，但是他们不能持续。有的人刚开始写得不错，但是后来就不行了。我也觉得很奇怪，从表面上看，80后所受的苦难比我们这些60年代出生的人要少得多，我们当年写先锋小说，都是要被批判的，什么都被限制，写作时战战兢兢，说不让发表就不给发表了。可是80后写的东西在很多方面要比我们当时写的东西敏感。

那么，你们可以看到，现在的作家是怎么对待80后的。请他们来北京参加北京作协的活动，请老师来给他们上课。到目前为止，我没有看到一个政府部门的人说80后有问题，即使是说80后的文学有问题，态度也很宽容。所以，80后这批人，是在相对宽容的政治背景下成长起来的，这可能跟他们受教育的背景也有关系。那么，我们这样的人会被80后看做是老古董，是怪物。他们就觉得这些人怎么有那么深的历史感，那么替古人担忧，那么愤青，那么理想化。80后身上有很多优秀的东西，他们没有这些包袱，那么从某种意义上讲他们也缺乏我刚才说的这些东西，比如说历史意识。我小时候处于"文革"的尾声，你想，中国社会发生了多少的变化，所有的变化我们都知道，知道这个社会是怎么过来的。那么我们对事情的判断肯定会受到历史的影响。所以我觉得到目前为止，80后写了很多的东西，也很有冲劲，但是很多东西也确实不太让人满意。有时候我们在一起开玩笑说，能不能等一等，80后就会成熟，可是现在最大的80后也已经30岁了，90后也在成长。我觉得不应该再用80后、90后、70后这样的词，应该称为新生代作家，这些人里能不能出现一两个能够表现、代表我们这个时代的作家？比如说郭敬明、韩寒，在某种意义上讲他们都不错。可是他们能代表这个时代吗？能代表这个时代的真实吗？他们写出了这个时代应有的东西吗？我觉得大家可能在这些方面有一点儿不满意。从表面上看来，他们受到的压力比我们小，但实际上他们的压力要比我们这些人大得多。

我跟张悦然、郭敬明他们都曾经在一起聊过，我记得有一次开会，他们就说：你们这些作家功成名就了，可以被记入文学史了，可我们这些人还都在外面，你们拿个大棒子，我们要冒头了，你们就把我们打下去。这其中非常重要的一个原因是，80后无形中所受到的控制，受到社会的微观政治的控制更强。举一个很简单的例子，比如说，他们的经济生活，选择什么专业，以后的就业，这些压力是我们过去无法想象的。我的儿子现在才11岁，我小时候再苦也不及他现在的十分之一，我看那孩子学习学得快傻掉了。可是我眼看他傻掉而没有办法，因为这个社会的竞争空气太浓了。现在80后的生长环境就是这样，压力太大，如果没有市场怎么办？怎么养活自己？而且现在的文学比较容易看懂，但是在我们那个年代，你看不懂也得看，看不懂是你的事情，作家只管写，这样的时代结束了。现在作家要跟读者商量着写，文坛必然面临文风的变化。人家说一代有一代的文学，就是这个道理。所以总体上来说，这些人虽然不会让我们太满意，但是我认为中国未来一定会有大师在80后、90后里出现。一定会有，谢谢！

问：格非老师好，我想问一个非常简单的问题，跟您的文学创作有关，您认为博尔赫斯的作品对您的先锋文学创作有影响吗？假如有，您觉得博尔赫斯对您的哪方面影响最大？

答：这个问题的确简单，对我来说，实在是太熟了。可能有些人对博尔赫斯不太熟悉。他是一个阿根廷的作家，这个人后来双目失明了，他一直是阿根廷国家图书馆的馆长，他有一个名言就是："这个世界上最大的悲剧就是把一个图书馆交到了一个瞎子手中。"这个人对 20 世纪 80 年代的作家都有很大影响，史铁生曾经说过一句有代表性的话，他说："博尔赫斯可能是文学界的爱因斯坦，他的方法是整个西方文学里面没有的。"西方文学界里确实没有这样的作家，因为他的方法其实是从西班牙语的角度来讲的，是与西方的超现实主义有关系的。我接触博尔赫斯的时候大概二十一二岁，那个时候相当年轻，他对我最大的影响，也是我最感兴趣的是他的不可知论。他认为这个世界是不可知的，而我在那个时候恰恰也是这么认为的。这个世界确实是充满了交叉小径的花园，根本没法把握每一步。比如说，我自己身上发生过很多这种事情，如果让我回忆我的成长历史的话，我觉得非常害怕，因为我觉得在很多关键性的事情上都发生了很多奇妙的事情。有很多小事情，比如说和一个人相遇并恋爱，你觉得是简单的事情吗？这个人的父母如果其中有一个人死掉，如果这个人的父母的父母死掉了，甚至是这个人的父母的父母的父母死掉了，都不可能出现这个人了，只有所有的链条都不断才行，所以这是早就注定了的一个现实。无数的小径交叉起来导致这个奇迹的发生，这就是博尔赫斯关注的问题，也是个很了不起的问题。

当然，博尔赫斯也有他的局限性。就因为他的名字和英国要攻击的地点的名字一样，这个人就被杀掉了，以免把攻击地点泄露。博尔赫斯早期的小说特别好看，特别有启发意义，而他的晚期作品就非常难读。比较博尔赫斯的小说和诗歌，我更喜欢他的诗，他的诗真是棒极了。简单地说这么多吧。

主持人：因为时间的关系，我们今天的讲座就到此为止吧。让我们再次以热烈的掌声感谢格非教授！

（记录整理：罗谦）

时间：3 月 18 日（星期三）晚 18:30 ~ 20:30

地点：北一区图书馆一层报告厅

主讲人简介

张永清　中国人民大学文学院教授、博士生导师。兼任中国中外文艺理论学会副秘书长、人大复印报刊资料《文艺理论》主编。研究领域为现象学美学、20 世纪西方美学、中外文艺思潮、当代文艺思潮。出版专著《现象学审美对象论》等。

改革开放 30 年作家身份的
社会学透视

张永清

我今天的讲座主要围绕这些关键词：事业、职业、产业、创作、写作、大制作、作品、文本、产品，通过关键词的变化，来看改革开放 30 年以来，在作家的称谓之下，这些关键词的内涵发生了什么变化。这 30 年以来在作家称谓的前面有各种各样的修饰词，我简单地罗列了一下，经过分析以后，有这么几种：

按国别称谓，如中国作家、英国作家等；按区域、地域称谓，如亚洲作家、拉美作家以及北京作家、陕西作家等；按种族、民族称谓，如白人作家、黑人作家以及汉族作家、藏族作家等；按阶级、政治立场与价值取向称谓，如无产阶级作家与资产阶级作家、革命作家与反革命作家、进步作家与落后作家以及人民作家、"右派"作家等；按性别称谓，如男作家、女作家以及美女作家等；按年代称谓，如 60 年代、70 年代、80 后作家等；按职业称谓，如干部作家、工人作家、农民作家以及军人作家等；按职业隶属关系称谓，如体制内与体制外作家、专业作家与业余作家、"包养"作家以及自由作家等；按文学体裁称谓，如小说作家、散文作家、戏剧作家等；按新技术、新媒介称谓，如网络作家、网络写手；等等，在此就不一一列举了。但是，也有一些称谓的根据着实令人费解。这表明，对作家的定义并非一个不言自明而是众说纷纭的社会文化现象。问题的关键在于，作家称谓之前修饰语的变化是否意味着其身份的某种改变？答案如果是肯定的，那么作家的身份究竟是如何变化的？其所蕴涵的文学观念是什么？这都需要文学研究者作出审慎的回答。我无意就这些称谓变化自身作现象式的罗列与描述，而是将思考与探究的重心放在这一表层结构背后潜隐的深层逻辑上，进而作出相应的理论解释。

一般而言，作家是对从事某种文学活动的某一个体的称谓。称谓即命名，命名即赋予某种意义以及授予某种身份。作家这一身份的获得有赖于两个主要因素：首先，它有赖于社会机构、权威组织、群众团体等的"授予"和"命名"，具有社会性、体制性、权威性、组织性等鲜明特征；其次，尽管此种身份不是某一个体的自我命名、自我授予，但需要自我的认可与认同。换言之，某一个体被授予的作家身份具有社会性、符号性、文化性、语境性等多种意涵，诸如国家、民族、阶级、集体以及自我等多种身份。就文学活动而言，个体拥有作家身份就意味着他自然获得了在制度化的文学领域中进行某种写作、言说的权力与某种责任的担当，意味着他自然拥有了从事文学活动的合法性地位乃至对文学话语权力的某种垄断，意味着他自然享有此种身份所具有的诸如政治、经济、文化等诸多方面的社会地位及各种荣耀。反之，作家身份的危机乃至丧失则意味着对其身份合法性的质疑及现有各种社会地位及荣耀的褫夺。因而，作家身份对其拥有者必然也是某种约束、规训及禁忌，它规定着文学活动的限度与边界。简言之，各种各样的作家称谓以及围绕作家身份展开的诸多争论，其实质是对文学合法性的争夺乃至文学话语权的垄断："包括说谁被允许自称'作家'等，甚或说谁是作家和谁有权利说谁是作家……无论如何，没有作家的普遍定义，分析只会遇到与为作家的合法定义而进行的斗争状况而相符的定义。"

我们尽可以从多种意义上理解身份，诸如身份即权利、身份即责任等，但是，作家身份首先是一种文化身份，它是社会的主要文化符号之一。那么，作家身份在改革开放 30 年间究竟发生了哪些变化？我们对此又如何理解与认识？如何把握与概括作家身份发生的诸多变化？概言之，作家身份主要存在以下四种类型，我们将其分别概括为：事业型、职业型、产业型以及混合型。本文拟围绕以下几个问题分别作简要论述。

第一种类型为事业型作家。这一类型作家始终把"文学的党性原则"作为自身从事文学活动的出发点与基石，"政治人"构成其文化人的首要意涵。事业在这里是一个特指概念，是在无产阶级革命事业这个意义上来使用的。对事业型作家而言，他所从事的文学活动属于社会主义与党的文化、文学事业，因而他首先必须具有明确的身份意识。身份是什么？身份即立场。具体而言，事业型作家必须从党与社会主义文化事业的高度来理解与把握自己的文学活动，必须具有明确而坚定的党性立场与党性意识，这是他从事文学活动的根基与基础。诚如威廉斯所言："我们关于写作者同社会的关系这种激烈而持久的争论，常常又表现为对于各种所谓的'立场'（alignment）或'党性'（commitment）的争论。"经典作家对此有着极为深刻的论述，比如，列宁在《党的组织和党的出版物》中指出："对于社会主义无产阶级，写作事业不能是个人或集团的赚钱工具，而且根本不能是与无产阶级总的事业无关的个人事业。无党性的写作者滚开！超人的写作者滚开！写作事业应当成为整个无产阶级事业的一部分。"再比如，毛泽东在《在延安文艺座谈会上的讲话》中指出："无产阶级的文学艺术是无产阶级整个革命事业的一部分，如同列宁所说，是整个革命机器中的'齿轮和螺丝钉'。"那么，何谓文学的党性？党性，严格地说，是一种自觉的立场，或对立场的自觉改变。……社会现实能够对任何意图性实践作出修改、置换或使之变形，在这些意图性实践中，"党性"至多不过起一种意识形态的作用（有时是悲剧性的，有时则引发犬儒主义或刻意玩世不恭的态度）。自觉的"意识形态"与"倾向"——这二者互为支柱——因此必然常常被视作具体社会关系的征兆及社会关系缺失的表现。文学的党性原则特别强调作家要以繁荣社会主义的文学事业为其崇高使命与神圣职责，要牢牢地掌握住无产阶级的文化领导权；特别强调作家要勇于承担自己的社会责任、政治责任与伦理责任，要做坚定可靠的无产阶级文化战士与建设者；特别强调作家要在改造、提升自身世界观的同时，通过文学方式积极教育、引导广大读者。为了便于说明问题，我们从以下几个方面作简要论述。

第一，"党性原则"是事业型作家文学活动自觉恪守的基本准则。为了确保文学的党性原则的坚守与秉承，需要行之有效的制度性、体制性、组织性的文学管理机构以及相应的运作机构来保障。比如，不仅要有作家协会这样的组织机构来实现对作家群体的有效管理，而且从作家作品的构思、创作，到发表、出版、传播等各个环节都要有相对明确的规定与要求。再比如，还可通过提高政治地位、经济待遇、社会地位等方法，以及评奖、宣传、批评乃至批判等诸多方式对作家进行激励与规训。在这样高度一体化的制度环境中，文学的党性原则就成为作家们的必然选择："跌倒了站起来，打散了聚拢来，受伤的不顾疼痛，死了灵魂不散，生生死死，都要为人民做点事，这就是作家们的信念。"这是一种典型的使命崇高、责任重大的体制性文学活动，是"无我"的写作。为革命而写、为人民而写、为社会主义而写是作家们坚定的政治信念与文学理想，作品描写与讴歌的是民族、国家、集体等"大我"形象。相比较而言，"自我"、"个人"等"小我"形象在事业型作家的作品中十分少见，这与职业型作家的作品形成鲜明的对比。

第二，作家成为"创作者"，"创作"成为事业型作家的关键词。不难发现，不仅是理论界与批评界，而且作家自身也以"创作"来命名自己的文学活动。"事业、创作、作品"构成了一组具有内在逻辑关联性的关键词。"事业"从原则上确定了作家所从事的文学活动的根本性质，"创作"则是对这一神圣活动的命名，作品则是这一文学活动的结晶。从文学创作实践看，事业型作家的文学活动主要集中体现在诸如伤痕文学、反思文学、改革文学，以及部分寻根文学、现实主义冲击波等为代表的传统现实主义文学潮流中。现实与历史在作家的笔端喷涌，其作品激荡着时代的脉搏，抒写着时代的强音，成为思想解放运动的先行者。人情、人性、人道主义、重铸民魂等成为事业型作家着力描写的主题。

第三，事业型作家的创作是一种典型的政治文化。由于作家身份与文学体制等密切相关，自新中国成立以来的文学一体化进程直接导致了"体制之外无作家"的现实格局。换言之，作家身份被体制化、意识形态化，"中共党员"、"国家干部"、"文艺官员"、"文艺战士"等称号与作家头衔不可分割地交织在一起，"革命作家"、"人民作家"则是他们的主要文化符号与身份。政治文化着力凸显的是文学与政治之间的关系，在文学政治化与文化政治化的双重变奏中，文学的政治化色彩无疑更为直接与鲜明。诸如，如何看待文学创作中作家的世界观问题，如何看待文学作品的人民性、阶级性与倾向性问题，以及特别突出文学的认识功能、教育功能等都是这一主题的具体表征。简言之，政治文化的文学诉求就是牢牢确立其对文学、文化的绝对领导权，将文学纳入政治话语的激励与规约之中，文学因而具有高度的意识形态性，集中体现的是国家意志、政治意志、民族意志和集体意志等。

前面我们已指出，自新中国成立到 1985 年这一历史阶段可谓"体制之外无作家"，这就意味着无论作家是自觉认同还是别无选择，只要你拥有作家身份，就表明你只属于唯一合法存在的"事业型"作家。我们从以下两个方面作扼要说明。

第一，作家身份类型由唯一性到多样性的这种变革不是一蹴而就的，而是经历了一个逐渐演变的过程。新时期以来，随着清明政治的实施，随着整个社会改革的全面推进，随着文艺、文学政策的相关调整，高度一体化的文学管理方式与运作机制也发生了相应的变化，这些都为孕育新的作家身份类型创造了宽松的外部环境与良好氛围。我们在这里仅举三个例子：首先，事业型作家在这一时期的体制空间内已开始自觉追寻一种具有独特创作个性的声音："我们要出于自己的创作个性，出于自己的灵魂，抒发作家的真情实感。"尽管王蒙等所追寻的创作个性还主要体现在文学的技巧层面，尽管这种个性还从属于文学的党性原则这一根本前提，但它毕竟打开了一个新的文学空间。其次，国家有关部门在 1983 年年底下文规定，除个别文学刊物外，绝大多数刊物都应"自负盈亏"。毫无疑问，这些举措从政策与体制层面为作家文学活动的自主性、自由性提供了更大的选择空间。再次，自由作家在这一时期悄然出现，打破了"体制之外无作家"的原有格局。回望这一时期的诸多文学事件，从作家身份类型这一角度看，王朔具有先锋性意义。这是因为，王朔于 1983 年辞职专门从事文学写作活动，成为"文学个体户"、"码字的"，成为以写作为生的体制外作家。

第二，1985 年对这 30 年文学所具有的其他多重革命性意义，已为学界共识，在此不再赘述，我们在此只关注 1985 年对作家身份类型的多样化所具有的标志性意义。众所周知，作家身份类型的某些重大变化必须通过其作品来体现，否则一切都只能是理论上的可能。徐星的《无主题变奏》、刘索拉的《你别无选择》、王朔的《浮出海面》等作品在这一年陆续问世，具有十分特别的意义。此外，文化体制改革的序幕也在这一年拉开，作家管理体制改革在湖北也迈出了重要一步，"合同制作家"这一新生事物应运而生。这些现象都对作家身份多样化起到了某种催化剂的作用。之后，作家身份类型的版图就不断被修改，职业型作家类型也在 20 世纪 80 年代中后期至 90 年代初期居于主导地位。

第二种类型为职业型作家。这一类型作家不再把"文学的党性原则"，而是将"审美原则"作为其从事文学活动的出发点与基石。在他们看来，作家不再是一种事业，作家不过是一种职业。与此相应，构成其文化人的首要意涵也不再是政治人，而是审美人。如果"事业、创作、作品"这一组关键词是对事业型作家的某种概括，那么，"职业、写作、文本"这一组关键词则是对职业型作家的某种把握。在进入正题之前，我们在这里有必要对职业作简要解释。职业是与事业相对而言的一个特指概念。首先，以职业来命名新的作家身份类型，在具体的文化语境中就意味着它有弱化甚至去意识形态化的潜在考量，有意与前一类型的文学话语范式拉开距离。其次，即使某些作家将其从职业提升到事业的高度，但其所指还是具有本质性的区别：职业型作家更多的是出于个人的文学天赋或文学兴趣，其文学选择具有内在性与个人性，而非出于某种使命与某种感召。基于此，职业型作家选择了两个新的关键词，用"职业"代替事业，用"写作"代替"创作"。因而，这一时期相当一部分作家的文学活动生发出这样一种价值取向：文学仅仅是作为现实社会个体的一种职业生涯活动，一种谋生方式，这种文学书写活动即写作，其结晶即"文本"。与事业型作家相比，职业型作家又呈现出哪些新的变化呢？我们从以下几方面作简要论述。

第一，"审美原则"是职业型作家坚守的文学信念与文学追求。"审美原则"又可大体分为两种：一种是信奉艺术至上、审美至上的文学观念，文学即语言、文学即形式、形式即目的，将语言、形式、叙述作为文学本体，有意拉开文学与生活、文学与现实的距离，力图确立文学的自主性、自足性与自律性，这一倾向在先锋文学中的表现十分明显。另一种在对现实与历史的抒写过程中，强调文学的审美性、文学性，强调写作的自我性、个人性乃至私人性，这一倾向在新写实主义、新历史主义、女性主义等文学创作中有着生动的体现。当然，这种文学立场与文学理想并非在想象真空中的自由翱翔，而是在权力与商业双重话语的现实夹缝中的艰难跋涉。

第二，作家成为"写作者"，"写作"成为一种个人生活。一般而言，在两个层次上使用写作：首先，在写作学意义上，文学、哲学、科学、法律等所有的书写活动都构成写作活动，如应用写作、文学写作、哲学写作、历史写作等，它具有表达的中立性与客观性。其次，在包括文学理论、文学批评、文学创作等文学活动领域来使用，它是对某一类型作家文学活动的认知与表述，体现了某种明确的文学立场，具有某种价值判断。因而，"写作"替代"创作"，这不是一个简单的术语转换，而是一种新的文学观念的具体表征。简言之，写作成为文学研究领域与职业型作家的话语范式，它弱化了文学的意识形态性，强化了文学的个人性、文学性、审美性。这一趋向在文学实践领域具体体现在先锋文学（马原、苏童、孙甘露、格非、余华等）、新写实主义文学（池莉、方方、刘震云等）、新历史主义文学（莫言、陈忠实等）、女性主义文学（陈染、林白、卫慧、棉棉等）的文学活动中。需要指出的是，职业型作家主要由部分专业作家与自由作家构成，前者属于体制内的一部分，后者属于自由职业者。不可否认的是，也有相当一部分作家没有"跟风"转型，还坚持在"创作"，比如路遥等。

第三，它是一种典型的审美文化。与事业型作家相比，职业型作家的文学活动是一种典型的个性化、审美化的写作，格外注重写作的自我选择与个性表达。无论是对文学本体的追求，还是对现实生活的平面化书写，以及对历史的虚构与想象，职业型作家所崇尚的是一种"自我"主导而非"他者"主导的文学行为，其写作的动机与动力主要出于个人的审美情趣，追求的是精神的独立与自由，坚持用"自我"的眼睛观看世界，用"自我"的心灵感知世界，用"自我"的语言抒写世界。此外，与事业型作家注重文学的认识功能与教育功能相异，职业型作家注重文学的审美功能，注重对理想人格的自我塑造，对高尚情操的自我陶冶，并以审美的形式达到自我心灵的平和与宁静。

第三种类型是产业型作家。与前两者相比，产业型作家更为复杂。这种复杂性主要表现在：一方面，理论与批评界的问题域具有十分显著的阶段性特征。比如，20 世纪 80 年代中期前将聚焦点集中在对文艺政策、基本理论问题以及经典作家的相关论述等问题上，诸如文学与政治的关系，文学的人民性、阶级性、人性、人道主义、现实主义，等等；80 年代中期至90 年代初期，理论与批评界主要关注的是文学的主体性、文学的自律性、文学的审美性等问题。另一方面，这些问题域之间是一种犬牙交错、盘根错节的交织而非线性的排列。从文学观念层面看，新中国成立后很长一段时期，文学艺术与商业、市场是绝缘的，更遑论其商业性。到了 80 年代初期，经典作家关于物质生产、精神生产以及艺术生产的论述诚然是理论与批评界的热点问题之一，但绝大多数都集中在其文学艺术的意识形态性等方面，即使对文学的商品性问题偶尔有所论及也多持否定性的论断。因而，这一时期所讨论的文学艺术的生产性，主要指的是其精神性，其精神性的维度又着力在意识形态性方面。从文学艺术实践层面看，随着音乐、电影、文学领域初步出现的娱乐性、商业性现象，引发了理论与批评界关于"文艺是否是商品，文艺是否具有商品性"等的激烈争论。在这一过程中，有两个年度具有重要意义：1984 年第一次从制度层面明确提出"以公有制为基础的有计划的商品经济"；1992 年提出全面建设社会主义市场经济体制的改革目标。改革开放 30 年间，我们历经计划经济、有计划的商品经济、社会主义市场经济的历史性跨越，现实社会的巨变在对理论与批评界原来持有的文学观念形成强烈冲击的同时，也在重塑文学创作的现实版图。诸如生产、商品、市场、消费、效益、消费社会、文化资本、文化经济等术语成为文学领域的关键词；诸如王朔现象、张艺谋现象等引发的"人文精神大讨论"成为这一时期观念碰撞与冲突的生动写照。简言之，自 20 世纪 90 年代中后期尤其是进入 21 世纪以来，文学的产业化、文化的经济化趋势越来越明显，产业型作家在文学版图中逐渐取得了应有的甚至是主导的地位。

产业型作家服膺的既不是文学的"党性原则"，也不是文学的"审美原则"，而是文学的"经济原则"；构成其文化人的首要意涵既不是政治人，也不是审美人，而是经济人。对他们而言，事业、职业皆产业，一言以蔽之，文学即产业，是一种文化产业。"产业、生产、产品"这一组关键词则是对产业型作家文学活动的概括与把握。产业型作家的出现与社会的整体转型密切相关。与事业型、职业型作家相比，产业型作家又呈现出哪些新的变化呢？我们主要从以下几方面作简要论述。

第一，"经济原则"是产业型作家自觉或非自觉遵从的文学法则。与前两者相比，产业型作家主要以经济利益与商业动机为前提从事文学活动，他们所遵循的是生产逻辑与商业法则，他们将自己的文学天赋、文学才能作为资本——文化资本并将其转化为商业资本。与此相应的是，文学的商业化、产业化取向日益明显，比如，自 2006 年以来，《财经时报》连续三年发布的《中国作家富豪排行榜》引发的热议，可以看做是公众从经济角度体味作为"成功人士"的"作家"这一文化符号在现代社会所拥有的魅力。

第二，作家成为"生产者"，"生产"成为产业型作家文学活动的核心关键词。从生产的角度来考察文学艺术肇始于马克思，他在《1844 年经济学哲学手稿》中指出，宗教、国家、法律、道德、科学、艺术等都是生产的一些特殊的方式，并且受生产的普遍规律支配。正如英国学者柏拉威尔所言："马克思把主要用于经济学的术语也用在文学和其他艺术的历史上，如生产等。他把诗人也叫做'生产者'，把艺术作品叫做'产品'，虽然是一种独特的、有别于其他种类的'产品'。马克思通过使用这样的术语叫我们不要忘记把艺术放在其他社会关系的框子里来观察，特别是应该放在物质生产关系和生产手段的框子里。"由此看来，文学是一种生产，一种特殊的生产，它既受生产的普遍规律的支配，同时又有其自身的特殊性，是普遍与特殊的有机统一。总体而言，我们在一段时期内固然也讲文学是一种生产，也讲其特殊性，但主要侧重于从上层建筑与意识形态方面探究，既没有从经济学、商品学的普遍规律来理解文学，也没有从文学作为一种产品，作为一种特殊的产品——商品——这一特殊性来把握它。这里的"生产"主要侧重其物质性、经济性、商业性，而非意识形态性、审美性、精神性。从文学实践看，作为生产者的产业型作家主要活跃在大众文化领域。从文学功能看，它注重文学这一特殊的精神产品所具有的经济效应，注重其娱乐、消遣、休闲功能，而非教化、宣传、导引以及审美等功能，"让作品中少一点这种责任感，多一点文学的愉悦和娱乐功能"。

第三，文学创作是一种典型的经济文化。当代社会的大众文化本质上是一种经济文化。在生产的普遍逻辑支配下，作为生产者的作家在"接受了大众文化产业体制的雇佣后……终端产品是许多人通力合作的结果，只能在极少的情况下留下单一个性的印记。而且，大众文化产业，正因为它是一种产业这个明显的事实，最关心的是销路。大众文化产品的生产者私下里也许和其他人一样十分关心美学价值与人类现实，但是，作为生产者的角色，他们必须首先考虑商业利润"。在产业体制中，作为生产者的作家，"对自己的工作缺乏控制以及他被一个作者不明的生产过程所同化，在这个过程中他也丧失了他的自主性"。而经济文化"最大的敌人就是作者自己的个性，除非这种个性恰巧正为大众所需要"。

对作家来说，当其在特定历史时期被纳入某种文学体制后，一方面享受到了这种体制所带来的种种利益，同时也要承担体制本身所具有的种种潜在的风险。对产业型作家也同样如此，当意识形态话语、审美话语作为意义要素被整合在文化经济这一产业链当中，自我、个性、独创性如何得以彰显，就成为一个不得不认真面对的现实问题。

第四种类型是混合型作家。如前所述，作为文化人的作家，在这 30 年间分为事业型、职业型、产业型三种。但是，这只是为了叙述的方便所作的一种理论勾勒与概括，在现实的文学活动中，实际情况要更为复杂，正如萨特所说："人们不是因为选择说出某些事情，而是因为选择用某种方式说出这些事情才成为作家的。"从这 30 年的客观发展看，有一部分作家自始至终保持一种身份，这主要体现在一部分事业型作家与产业型作家中，而绝大部分作家兼有两种乃至三种身份类型。混合型作家类型在呈现文学活动本身丰富性的同时，也表征着文学活动的复杂性。为了便于说明问题，本文仅以《财经时报》发布的《中国作家富豪排行榜》为例进行粗略分析。

兼具三种身份类型的作家有：王蒙、贾平凹、铁凝等；兼具两种身份类型的作家有：刘心武、莫言、陈忠实、余华、池莉、苏童等；基本保持一种身份的作家有：张平、二月河、安妮宝贝、韩寒、郭敬明、张悦然等。换言之，改革开放 30 年来，在政治文化、审美文化、经济文化三大主要文化形态中，有些作家活跃在一种文化形态中，而有些作家活跃在两种乃至三种文化形态中。

总体看来，改革开放 30 年来，作家身份的变换体现为以下主要特征：

第一，作家身份呈现出从唯一性到多样化的发展态势。新中国成立后至 1985 年，只存在事业型一种作家身份；1985 年之后出现了职业型作家、产业型作家。作家除了是官员、干部、战士外，还可以是学者、学生、商人、车手、自由职业者等。20 世纪 80 年代中期前，作家的称号具有某种神圣性。此后尤其是 90 年代中后期以来，一方面作家这一文化符号的神圣性被消解，比如，有人宣称被称为作家是对其的侮辱，另一方面这一符号被泛化。在此，有两点需要特别指出。首先，多样化的作家类型的存在并不意味着主导与核心的"缺失"，恰恰相反，每一时期都有一种主导类型。具体而言，70 年代末至 80 年代中期，事业型居于主导地位，80 年代中后期至 90 年代初期，职业型居于主导地位，90 年代中后期至今，产业型居于主导地位。其次，相当一部分具有单一性身份的作家以及混合型作家的主要文化身份在不同阶段都进行了某种角色转换与身份位移。

第二，为了灵活应对作家身份的多样化这一现实，作协对作家的管理方式也呈现出多样化。比如，北京、湖北、广东等地根据"以事养人"的基本原则，将作家分为驻会专业作家、驻会签约作家、兼职合同制作家以及项目合同制作家等，同时采取市场化的管理方式，努力建立保障、评价、交流、激励四大机制。

第三，事业型、职业型、产业型等作家的文学活动创造出了与其身份相适应的文化形态，即政治文化、审美文化、经济文化。尽管文学与这三种文化之间并非简单的等同关系，但无疑是其主要载体与表征形式。政治文化主要体现为文学的思想性与艺术性之间的张力，其突出特质是文学与政治、主流话语的双向互动。一方面是文化、文学的政治化，即无所不在的意识形态规约，体现为文化领导权的具体实践与表征，另一方面是政治的文学化，它以一种柔性的、感性的方式呈现出其坚定的意志与权力。审美文化主要体现为文学的自律与他律、无功利与功利性之间的张力，其突出特质是文学与现实的疏离，审美、文学性、个性、独特性、自足性等成为其文学活动的诉求与目的。经济文化主要体现为文学的商业性与艺术性之间的张力，其突出特质是文化的商业化，如詹姆逊所言："今天，文化已大部分成为商业，这个事实导致的结果是，过去被认为是经济和商业的大多数事物，现在也变成了文化，对所谓形象社会或消费主义的各种判断都应该包容在这个特点之下。"

总之，政治文化强调导向性，即文学的意识形态价值导向，审美文化强调文学性，即文学的艺术导向，经济文化强调其产业性，即文学的商业导向；政治文化注重文学的社会效应，审美文化注重文学的审美效应，经济文化注重文学的经济效应。作为文化人的作家在政治文化、审美文化、经济文化三种文化形态中分别具体化为政治人、审美人、经济人，并在此基础上形成了政治人格、审美人格、经济人格。

值得注意的是，在经济全球化、文化多样化的社会现实中，绝大多数作家都是以一种混合型身份来从事文学活动的，在多种身份兼具这一前提下，其中的一种文化身份居于核心位置，其他身份则成为一种文化姿态，一种文学策略。因此，以下问题还需要我们今后作进一步的思考与探究。

第一，要辩证地理解与把握事业、职业、产业三种类型之间的关系。三者之间并非截然对立、"泾渭分明"，而是既相互区别又彼此关联，在一定的社会历史条件与文化语境中，还可以实现类型转换。比如，职业与产业的区别十分明确，"在今天，所谓的产业和职业之间的区别非常清楚，非常明白。前者的本质在于，它的惟一标准是它为股东提供的金融回报。至于后者，虽然人们也是为了谋生才进入这些职业，但是衡量他们成功的尺度则是他们履行的服务，而不是他们积累的财富。"但是，无论是事业型作家还是产业型作家，要实现其社会效应与经济效应，都必须通过审美、文学性这一中介来完成。

第二，应该充分认识作家在选择身份过程中的复杂性与困难性。作家是为生存而写还是为理想而写，是为名利而写还是为主义而写，这个问题很复杂，很难用"是"或"否"作出简单回答。不可否认，作家在选择文化身份过程中，有时是主动选择、自觉认同，有时则是被动选择、无奈附和。即使是一种自由选择，其选择也有单纯与复杂之别。不可否认，作家在选择某种文化身份的过程中，选择的复杂性与动机的复杂性是紧密相关的，两者有时一致，有时则"南辕北辙"，其内在动机与文学目标会呈现出一种张力关系。比如，能否成为一个事业型作家，除了自身的积极争取与努力，还需要组织与体制的认可。再比如，自由作家在某种程度上体现的恰恰是不自由性，他受制于出版社、杂志社、报社以及受众等。同样不能否认的是，在面对身份危机与角色焦虑时，有的作家在文学活动过程中能够不断"升华"，有的作家则日趋沉沦。

此外，在兼具多种身份的情况下，究竟哪种身份占据主导性，究竟哪种身份是作家最心仪的，等等，这些都需要作出具体的分析与判断。在我们看来，作家选择了某种写作立场就意味着选择了某种文化符号，就意味着选择了某种生活方式，不论作何种选择，都是对自我存在的意义与价值的生动诠释与形象写照。

时间原因，就简单地交流这么多。

互 动 环 节

主持人（张桃洲）： 张教授从理论的高度，宏观地梳理了改革开放以来30年间几种作家身份的类型，脉络非常清晰，非常透彻。首先我借主持论坛的便利请教一个问题，我注意到你所谈的所有作家身份，唯独没有把诗人放在视野中。我想知道，是作家里面不包括诗人呢，还是诗人具有特殊的身份？你是出于一种什么样的考虑？

张永清： 咱们实话实说啊。桃洲老师是做诗歌研究的，他提的这个问题很犀利。因为我这个研究的底子是在读研究生的时候积累的，前20年的小说，不管什么派别我都读过，但是很抱歉，我对诗歌一点都不感兴趣，在做这个研究的时候就不敢把诗歌放进去。从理论的周延性来说，是有点问题的，但是没有读过，就不敢下结论，只基于小说，对戏剧也没有涉猎。

问： 张教授，你好，我问一个美学方面的问题。20世纪90年代，美学有个转变，审美文化开始兴起，这也可以说是超越李泽厚美学的一种途径吧。支持这种转向的人，认为文学艺术在这种情况下与大众生活相互融合，是文学艺术发展的一个比较高级的阶段。但是也有反对者认为，这是对文学艺术的一种消解或者是文学艺术的死亡。我看过本雅明的一些作品，他认为批量生产导致文学艺术与大众文化之间的距离消失了，膜拜价值也失去了。我想问的是，你对这种审美文化持一个什么样的态度？

答： 所谓艺术终结、文学终结，是从黑格尔哲学的角度来讲的，与我们讲的不是一回事。我认为，只要人不终结，文学艺术就不会终结，终结的只是某一种文学类型。你说的膜拜价值，是不同时代的一种文化形态。

本雅明讲灵韵的时候，列举的不是小说，而是雕塑、绘画。膜拜与权威是联系在一起的。我们当代讲的是展示价值，它的神圣感消失了。不同时代有不同的文化形态，在生活的方方面面，美学都大量存在。

问：张教授，您提到的当下作家市场化与以前的"领导出思想、作家出技巧、群众出生活"现象，以及现在的生活基地等，是不是可以认为，文学依然被意识形态控制着话语权？这样会不会产生底层文学的趋势？

答：你提的问题很好。我推荐一篇文章——《包养作家：文艺改革的误区》。改革后有大量的自由撰稿人，但是有的作家不愿意入作家协会。让有实力的作家入作协，是想让他们出更好的作品。这个更好的作品是在保有自己审美个性的条件下，应该讲有一定的导向作用。刚才讲的北京的"一二三选题"和湖北的"项目合作制"是命题作文。有的作家有这方面的生活，可以写好；没有的可能会理念先行，概念化，不会出真正的好作品，但是不能要求每一个都是精品。

问：您为什么要做这个选题？出于什么样的目的？要给我们传达一个什么样的信息？

答：我在网上看了看那些争论，网上有雨丝（余秋雨的粉丝）、金迷（金庸的粉丝）等。很多人都会被冠上知名作家的头衔，完全颠覆了原来的作家的概念，有很多不是作家的都成为作家了，比如于丹和易中天等人。现在对作家的理解和命名比较乱。我以前也做过这个课题，对作家的命名比较单一，郭敬明不是道德模范，可以抄袭。但到底应该怎么看待作家，比如诗人和戏剧作家等，都要有所分析。不过，我这个研究是基于小说作家。对于作家，没有一个普遍的定义，只有为作家权利而斗争的命名，争夺的都是话语权。

主持人（张桃洲）：作家身份，这是一个很有意思的话题。作家身份变化非常大，界限混杂，身份多元、驳杂，是我们现在这个社会发生巨变的明显的表现。好的，今天的讲座到此为止，让我们再次以热烈的掌声感谢张教授。

（记录整理：曲建敏）

时间：4 月 1 日（星期三）晚 18：30 ～ 20：30
地点：北一区图书馆一层报告厅

主讲人简介

王光明 首都师范大学文学院教授、博士生导师，研究领域为 20 世纪现代汉诗、中国当代文艺思潮等。已出版专著《散文诗的世界》、《怎样写新诗》、《艰难的指向——"新诗潮"与二十世纪中国现代诗》、《文学批评的两地视野》、《现代汉诗的百年演变》，论文集《灵魂的探险》、《面向新诗的问题》，编著《中外散文诗精品赏析》、《现代汉诗：反思与求索》、《二十世纪中国散文诗经典》、《开放诗歌的阅读空间》等。

主持人（张桃洲） 今天我们荣幸地请到了王光明教授来为我们做讲座。对王老师大家应该不陌生，他有个特殊的身份，他是这个论坛的开创者，迎来送往，请来过许多国内外知名的学者，为大家提供了许多精神营养。今天他换了一种身份，以主讲人的身份来为大家提供营养。王老师的主要研究领域是中国现当代诗歌和当代文艺思潮，他在这方面可以说是成就卓著、成果丰富。他今天为我们带来的正是一个关于当前诗歌的话题。

近年诗歌的民生关怀

王光明

我今天想跟大家讨论的，是这些年诗歌的民生关怀问题，这也是一个一直困惑我的问题。我们这些手无缚鸡之力的诗人，用语言工作，怎样去关怀社会、关怀民生？我们能够对社会起到一些实际的作用吗？现在尽管是春光明媚，时代在发展，科技业也在发展，但我们生活的世界并不安宁。当雪灾、地震那么多难熬的日子向我们走来，当我们面对苦难、忧伤，甚至死亡，我们怎能不觉得语言文字的苍白？在去年编"诗歌年选"的时候，我一再想起阿多诺说过的一句话。阿多诺在回顾第二次世界大战纳粹屠杀了 600 多万犹太人的大劫难的时候，说过一句话：在奥斯维辛集中营大屠杀之后，"诗不再成为可能"。它的另外一种翻译是，"写诗是非常可耻的"。阿多诺的这句话甚至影响了我们对为什么不能写诗的理解。阿多诺的意思是什么？他是在告诉我们，语言不能替代任何人承担苦难。如果我们写诗，如果我们去描写苦难，就好像是让死过的人在语言中再死一遍，这是一种残酷的事情。任何写作、任何描绘都是事情发生以后的事情，事情发生之后的写作，肯定没有办法去形容事情发生之时的情形（比如汶川大地震），语言或许能够再现事发的情景，却不能替代人们去受难与牺牲，不能替代断胳膊断腿的人去承受当时的痛苦和未来的人生。在这样的情况下，我理解了艾青《雪，落在中国的土地上》的结尾，虽然从艺术的角度、从结构分析的角度它不一定是一个好的结尾，但艾青面对民族的苦痛，深刻感受到文字的苍白无力，他是情不自禁地写下这个结尾的。艺术上不一定是理想的，但感情上是真诚的。

　　正是因为我们生活的世界并不是很安宁，所谓太平盛世中还有很多人们不愿意看到或不愿意说出的苦痛、灾难，甚至死亡。所以 21 世纪以来的诗歌悄悄地发生了一些变化：关怀民生的写作现象出现了。不是一两个作家，而是形成了一种写作现象。这种写作不同于朦胧诗式的抗衡性的写作，也不是新生代那样的美学反叛式写作，与 20 世纪 90 年代讲究个人趣味的个人化写作也很不相同。这些诗人在关怀自我之外的世界，关怀这个表面太平却并不那么安宁的社会中普通人的人生和命运。这种写作倾向体现出如下特点。

一　面向民生的写作倾向

　　与 20 世纪七八十年代关怀、反思历史的潮流不同，也与 90 年代表现个人与时代的紧张关系有别，近年的中国诗歌出现了一种面向下层民生的写作倾向，作品主要表现社会转型时期像草木一样匍匐在大地上的社会平民的生存境遇。这种倾向的端倪可以追溯到 90 年代在深圳、广州出现的"打工诗歌"，后来其题材进一步扩大，涉及农村、工矿、城市等广大的基层社会；表现形式也变得多样，除诗歌外，还有小说、报告文学和散文。由于不局限于诗歌，人们也就把这种写作称为"底层写作"。

　　"底层"问题的提出首先是一个社会学的话题。2004 年上半年，《天涯》杂志发表了《底层能否摆脱被表述的命运》（刘旭）、《底层问题与知识分子的使命》（蔡翔、刘旭）等文章，提醒人们去关注很少或基本上不占有组织、经济、文化资源的人群。这一群体作为"一个巨大的社会不平等的存在"，由于在文学创作中早有触及，很快引起了批评界的重视：首先是《文艺争鸣》在 2005 年第 3 期推出了"在生存中写作"专辑，接着又有《新诗评论》、《上海文学》、《南方文坛》、《山花》等杂志讨论写作伦理和底层经验的表述问题。讨论涉及的文学现象，包括"打工诗歌"、"打工文学"、"草根诗歌"和抒写当代农村、城市平民命运与境遇的文学作品，而对这类作品的写作倾向，除有"底层写作"、"在生存中写作"、"草根写作"的说法外，新近也有人称之为"新批判现实主义写作"。

　　"底层"从一个社会问题变为一个"写作"的问题，自然引起人们现实存在与想象、表述关系的辩论：什么是"底层"？这个"底"有多深？"底层"作为一个被想象与表述中的"他者"，可能在书写中现出真身吗？谁在言说底层？是"底层"文化成分发生了变化，还是知识分子的良心发现？抑或是现代化进程中政治文化矛盾的反映？而从历史的关系看，它是对 20 世纪 80 年代"纯诗"运动的反拨？是文学社会历史承担精神的再度高扬？是被压抑的"写什么"对"怎么写"的修正？还是内容至上主义的重新抬头？或者是艺术向大众文化的撤退？

　　这些问题很能启发人们的思考。但问题的问题是：第一，"底层"也好、"生存"或"草根"也好，基本上是比喻性的，指示某种社会范畴。当文学批评直接挪用或把它嫁接到文学之树上时，如何在价值判断的社会学倾向中坚持文学的品格，防止新一轮的内容与艺术的二元对立？第二，由于"底层写作"的社会学倾向，也由于它本身是"一个模糊的概念"，人们很轻易地会重新启用阶级意识形态理论和道德伦理资源，却无视这种写作的真实语境和作为诗歌问题的丰富性与复杂性。

　　社会"底层"问题的确普遍存在，但"底层写作"的说法却产生了诸多纠缠不清、误导"写作"的理论问题。与其按传统的方法为社会分层，先验判定"底层"的无言与沉默，争辩这类写作是"代言"还是"自言"，是社会承担还是艺术探索，不如面对其写作现象，分析它的性质与特点。

二　表现被遮蔽的世界

所谓的"底层写作"实际上是一种现代化、全球化语境中关怀新的民生问题的写作倾向。关心民生问题，"哀民生之多艰"，是传统读书人和现代知识分子的优良传统，自《诗经》到杜甫，从五四的"问题小说"到国统区"马凡陀的山歌"，中国诗歌都以自己的兴观群怨见证了不同时代的人间苦痛。近年出现和引起关注的关怀民生的写作与这种传统有关，但又有自己的特点。

近年诗歌创作中出现的民生关怀主要不是针对传统的天灾人祸、兵匪战患或为政不仁，而反映的是中国现代化转型中的民生问题。最早体现这种倾向的"打工诗歌"，所触及的就是城市工商业发展所带来的"农民问题"："出门问题/坐火车问题/买票问题/挤车问题/……吃饭问题/干活问题/干什么的问题/到哪里干的问题……"① 以及这些被迫放弃了传统生活方式的人们进入城市后"瘦下来的青春/与城市的繁荣成反比"的问题。② 现代社会的转型不是一场战争，它并不让人直接面对死亡的威胁，不会让人产生艾青在诗集《北方》和辛笛诗在《风景》中描绘过的那些感觉。相反，由于这种转型许诺给人们一个美好的未来，被阐述为发展中的问题，并给人为了巨大回报必须先支付代价和分享艰难的错觉，它被迅速崛起的写字楼所遮蔽，被年年上升的 GDP 数字所忽略。各级政府官员的政绩中没有这些东西，紧跟西方话题的知识分子看不到这些存在。他们忙于自己的工作重点：各级官员要开拓商业广场，建立自己的政绩纪念碑，领导潮流的知识分子要追赶全球化的步伐，讨论小资情调、日常生活的审美化、街心公园和超女现象，或者谈论乌托邦、后革命、后冷战时代的重大理论问题。但是，被主流遮蔽不等于不存在，有兴、观、群、怨丰富功能的诗歌，更敏感、更丰富地感觉和想象到了这种存在。

在近年的诗歌中，有的诗人一眼就在大街上认出了正被城市压榨的乡村"葡萄"："我一眼就认出那些葡萄/那些甜得就要胀裂的乳房/水晶一样荡漾在乡村枝头//在城市的夜幕下剥去薄薄的/羞涩，体内清凛凛的甘泉/转眼就流出了深红的血色//城市最低级的作坊囤积了/乡村最抢眼的骄傲，

---

① 谢湘南：《农民问题》。
② 郁金：《狗一样生活》。

犹如/薄胎的瓷器在悬崖边上拥挤"①。也有诗人从下岗女工的屈辱处境中想起祥林嫂，从农民离乡背井南下谋生的情景中想起了流浪歌谣②。他们写拖家带口去城市谋生的民工，未谙世事的孩子兴高采烈，而他们的父母却沉默无言、神情木然③；写凌晨时诗人、环卫工人、歌厅小姐的戏剧性巧遇④；他们带着沉痛与戏谑开列普通劳动者一生的收入与支出，精打细算省吃俭用下来除了骨灰盒和火葬费，剩余部分只够买一块深埋自己的荒地⑤；他们自己感慨被忽略的命运，只有扰人的鼾声才能让别人意识到自己的存在，"最底层的生活/要到那么高的地方/才能挣回"⑥。

　　这些现象当然都是"发展中的问题"，或者说是现代化进程中不可避免的矛盾冲突。但许多问题是不可避免的还是人为的？为什么总是让那些弱小无助的人们去分享艰难，承担"进步"的代价与牺牲？沈浩波的《河流》是时代的一条象征之河，城市大街上奔涌的车流不是水而是无法满足的欲望，它正以洪峰般的汪洋和铁水般的炙热，"漫过我们的躯壳奔向未来"。与之相对照的是显得空寂的乡村：许多人也以车辆作为现代化的象征意象，但火车已经提速或者改道，它呼啸而去，只留下"被废弃的铁轨/躺在草木的荒凉里"⑦。为什么乡村与农民会有这种被遗弃感？为什么他们的诗人会产生这样的宿命感？"这些我命运中的铁轨/黑暗中的铁轨/如果我加入进去/我肯定是一段废弃的铁轨/一段寂寞的铁轨。"⑧难道他们的命运真的就像小海写的《地下的泥巴》，只能在市政施工时现身露脸，而工程一旦完成，就必须回到地下，甚至连粘在车轮上的碎泥，也被洒水车冲刷得一干二净，"在通车典礼前被赶得远远的/直到消失得无影无踪"？

　　表现现代化进程中的问题与复杂性，当然不是从近年开始。20世纪20年代以来，鲁迅描写过现代文明给未庄和鲁镇带来的震荡，沈从文与萧红怀着美好的伤感叙写乡村田园的没落，贾平凹、路遥、郑义也曾揭示过变动时代乡村人物矛盾的心态；诗歌中也有胡适、钱玄同、刘半农等表现

---

① 谢宜兴：《我一眼就认出那些葡萄》。
② 邵燕祥：《美丽城》、《后祥林嫂时代》。
③ 辰水：《春夏之交的民工》。
④ 邰筐：《凌晨三点的歌谣》。
⑤ 老了：《一个俗人的账目明细表》。
⑥ 卢卫平：《玻璃的清洁工》、《打鼾的人》。
⑦ 江一郎：《火车不会再来》。
⑧ 辰水：《铁轨》。

过对引车卖浆者流的同情，艾青、辛笛与袁水拍抒写过战争中凋残、破败的城乡景象，海子在现代之夜缅怀空虚与寒冷的村庄等。但绝大多数作家和诗人都对现代化寄予单纯美好的愿望，甚至以为经济与科技的发展、加速城市化进程就可以解决中国的问题，因而一实行家庭承包经营责任制就唱起了田园牧歌，一发现海子的麦地、粮食和马匹忧伤动人，就大量复制那些意象，却对诗中的灵魂视而不见，他们忽略了海子在喧嚣的城市缅怀记忆中的乡村，正是要对抗现代化的物质主义和价值混乱，他在《面朝大海，春暖花开》中反复劝勉自己"从明天起做一个幸福的人"，正是由于他在生活的"今天"无法得到幸福，充满了现代人的危机感。而近年表现民生关怀的诗歌的重要特点，就是把海子诗歌中人与现代的紧张关系，从背景放到了前台，让我们看到了现代性寻求的复杂性和矛盾性：强有力的现代季风不仅改变了我们的时空感性、家园意识，也改变着人的命运、灵魂和价值观念，公寓与写字楼固然如雨后春笋，但也有被吹得越来越薄的大地与乡村，"在低处，甚至更低，多少庸常的事物/被我看见，又常常被我淡漠地/遗忘在生活的角落里"①。

三　诗歌的边缘部落

近年关怀民生问题的诗人，有 20 世纪 50 年代写《贾桂香》为弱者鸣冤的老诗人邵燕祥，有王小妮、荣荣等一些在"朦胧诗"与"新生代诗"时期就走上创作道路的中年诗人，但更多的，则是职业无定、身份不明、不知真名还是笔名的一大批作者：辰水、王夫刚、江一郎、雷平阳、黄梵、格式、江非、杨键、邰筐、卢卫平等。在他们当中，"杨键是一个每月生活费只有三百元的下岗工人，过着异常艰苦节俭的生活，基本只吃素食"②；江非与邰筐则一起做过小生意却没有成功，只好长期"在家赋闲"③。而"打工诗歌"的作者就更不用说了，他们建设了城市却成了现代城市生活的局外人，被称为"外来务工人员"或"进城务工人员"。

这些职业无定、身份不明者的写作，让一些批评家联想起了五六十年

---

① 江一郎：《在低处，甚至更低……》。
② 见李少君的《草根性与新诗的转型》，《21 世纪诗歌精选·草根诗歌特辑》，长江文艺出版社，2005。
③ 江非：《记事——可能和邰筐及一种新的诗歌取向有关》，《诗刊·下半月刊》，2005 年 2 月号。

代的工农兵文学和 30 年代以来的无产阶级文学，"他们继承了无产阶级文学的合理内容，倡导对底层生活和民众的关注"①。但实际上二者有着极大的区别：30 年代以来的无产阶级文学有明确的阶级意识，文本的主题与结构都受压迫与解放关系的支配；五六十年代的工人、农民作者则都是公有制（国营企、事业单位和人民公社）的一员，理论上都是国家与社会的主人。而当今这一文学倾向的绝大多数作者，却是转型社会各种矛盾的承担者，他们不仅直接面对着后冷战时代更加复杂与暧昧的政治、经济与文化语境，也直接承受着社会转型的种种矛盾与尴尬。一方面，发展、开放和加速现代化的社会让他们有了受基本教育的机会，也对世界上的事情有了更多的了解；另一方面，他们又直接承受着企业改制、工人下岗和就业压力。社会从政治挂帅到市场优先，传统权力的削弱，带来了资源、利益、机会与分配关系的重新洗牌，市场竞争表面上给每一个人带来了自由与机会，而实际上却仍然是强者的自由和机会，而不是弱者的自由与机会，普通人大多只能被迫承受权力与资本合谋的市场"规律"：无论是城里的下岗工人、被膨胀的城市吸纳而来的农民，还是在毕业的同时就面临失业的学生，都在市场经济的名义下被放逐到主流社会的边缘。

是的，他们是我们这个华丽的时代被迫边缘化的一群。因为时代华丽，他们朴素的苦难不能"吸引人们的眼球"；因为"代言人"被收买或传统的分析武器已经失效，他们只能像一条条沉默无声的鱼，在污染日益严重的河流里孤立无援地挣扎，他们只是雷平阳笔下"被黑暗泡黑"的蚂蚁和蜘蛛，既没有"远方"，也不敢想象有什么"天堂"，只能在无人问津的角落，自生自灭②。而他们中的诗人，当然不会是波德莱尔那样置身于城市却自外于城市的资产阶级浪子，用以丑为美的"恶之花"挑战资产阶级的庸俗与保守。他们也不可能是五四时期以启蒙为己任的知识分子，怀有哀其不幸、怒其不争的悲悯，呼吁社会与灵魂的改造。他们不是为当一个志士仁人而写作，不是为完成某种外在的使命而写作，甚至不是为美学风格的创新而写作。他们写作，是因为对所处的历史处境和今天的诗歌都有话要说："诗歌应该从诗歌中解放出来，也就是再也不能针对着一种诗歌倾向去谈另一种诗歌，只在小领域内去谈论诗歌了；诗歌所最应针对的似乎应该是它的时代和所处历史境地。另外，诗歌应该从观念和情绪中解放出来，而不应

① 孟繁华：《中国的"文学第三世界"》，《文艺争鸣》2005 年第 3 期。

② 雷平阳：《蚂蚁和蜘蛛》。

该老是在主体的一些感情、想法上徘徊，而置促使这些想法、情绪产生的宏大历史场景于不顾，让诗歌显得苍白，心有余而力不足。在这个传统的国人与生俱来的农耕生活方式、观念和文化日渐消亡而工业、商业文明和城市化进程日益奔涌而来的时代，诗歌除了'为乡村留下最后一首挽歌'之外，也应该全力以赴地去呈现历史所带来的新生活。"①

正因为他们直接面对"工业、商业文明和城市化进程日益奔涌而来的时代"，立足于呈现"新生活"的复杂性，现代化与全球化才显得不那么阳光普照，而是光明与黑暗交织的存在，才成为一个充满矛盾和需要反省的问题，而不是幸福的指标。实际上，当前关怀民生问题的文学之所以与五四时期的人道主义文学、20世纪20~30年代的"左"翼文学、50~60年代的工农兵文学不同，就是因为人道主义文学表现的是一种居高临下的同情，"左"翼文学的出发点是阶级动员，而工农兵文学则只有社会分工的身份性，至多是题材与风格的群众性，支配它们的却是国家意识形态。现在的民生问题写作，不是那种有思想感情距离或被某种观念支配的写作，而是被现代化、全球化的宏大历史边缘化了的个体（及其诗歌）直接面对其时代处境的写作，思想与人格比较独立，有普通人承受历史生活的人生感和命运感。辰水、江非、雷平阳、格式、江一郎、杨键都是这样的诗人，他们以现代为背景表现乡村的空寂无助或混乱的作品，给人留下了难忘的印象。

这些作者绝大多数都生活在被历史边缘化了的地域和人群之中，没有体制可以依靠，没有固定职业和生活保障。他们揭露问题、针砭时弊，是因为自己就天天生活在问题与时弊之中；他们表达自己对时代的感觉与思考，无意以人民的代言人自居，却道出了生存的另一种境遇。一些学者认为身处底层的人们很难摆脱被表述的命运，因为他们在政治上无行政权力，在经济上没有保障，在文化上缺乏自我表达能力，这在理论上或许仍有一定的合理性，但从历史的复杂性来看，"文革"、"上山下乡运动"把知识青年赶到乡村，也使许多青年知道了书本以外平头百姓的真实生活。而正在进行的现代社会转型就更加复杂了，其正面与负面的影响、成就与问题非常复杂地纠缠在一起。城市和乡村比例与隔离关系的改变，现代化与全球化对资源与劳动力的重组，普及中小学教育、大学扩招与就业的矛盾，也正在改变表述者与被表述者的传统关系：如今被边缘化者当然仍是无背景、

---

① 江非：《记事——可能和部筐及一种新的诗歌取向有关》，《诗刊·下半月刊》，2005年2月号。

无权力、无资本的人，他们的作品也很难在国家出版物上发表，但就像进城打工的不一定都是"农民工"，也有毕业后找不到工作或者不愿回贫困家乡就业的青年一样；就像现在诗歌刊物不仅有《诗刊》与《星星》，也有大量同气相求的民刊一样；他们也会像杨键笔下的拖拉机一样，土头灰脸地突然发出江水决堤般振聋发聩的声音。

不能认为生活在基层的人民还是鲁迅小说中木讷、沉默的旧中国儿女，不能以为体制内的诗人才是诗人，发表在正式出版物上的作品才是作品。潮水一样在大街上行进的"宝马"、"奔驰"当然醒目，"富康"与"捷达"也还算体面，但其中也有不合时宜的拖拉机的身影与声音，它们行进在同一条叫"现代"的大街上。这不是一幅和谐的画面，但正是现代化的矛盾吊诡所在：随着社会政治、经济和文化秩序的现代化，包括文化阶层和文化生产方式在内，都在逐渐发生变化，越来越多不在各级作协会员册里挂号，不享受国家工资、福利的作家、诗人正在出现。

四　不是只有社会学意义

因为不是为诗而诗，而是"饥者歌其食，劳者歌其作"的自然流露，或者是骨鲠在喉、不吐不快之作，这些作品经验与表现的关系大多比较直接。不少人喜欢这种"直接"，认为"这些直接切入现实与生活的某一面的诗歌，最主要的特点是具有一定的现实性、时代感、道义力量和批判性，从而在面对时代和现实时能产生某种喷涌的激情"[1]。它们不仅具有承担社会责任和道德的力量，而且有助于克服长期以来诗歌写作的不良倾向和边缘化危机："一个很长的时间里，我们的诗人深陷'怎么写比写什么重要'的误区，过分强调了诗歌的技术性的重要，而忽略了诗歌作为一种文学形式的社会责任和社会担当，忽略了我们究竟该写什么的深度思考。这些年来，作为文学的诗歌齐刷刷地朝着'纯粹'的方向一路狂奔，远离人间烟火，远离了滋养诗歌的土地，包括业已成名的诗人，面对现实生活的痛处、生存状态的无奈，已经视而不见、充耳不闻，缺失了一个诗人最应该具备的冲动和悲悯，很多人对现实麻木不仁，却无比自得，无比优闲地陶醉在自娱自乐当中。"[2] 为了突出这种诗歌介入现实的意义，有人

---

① 李少君：《新批判现实主义：当代汉语诗歌的新潮流》，《中西诗歌》2006 年第 4 期。

② 梁平：《诗歌：重新找回对社会责任的担当》，《星星》2006 年 1 月号。

甚至把 1986 年以来的中国诗歌都视为"和现实脱节"的"自杀路上的小文人诗歌"。①

也有人不满这类诗歌以内容优先，单纯强调现实感、时代感，却忽略诗歌艺术要求的倾向，认为不能把社会道德与美学伦理混为一谈："诗人的写作只应该遵循'诗歌伦理'来进行，应该遵循诗歌作为特殊的社会文化现象所具有的艺术伦理要求，遵循诗歌写作的特殊专业性质，特别是诗歌言说方式的特殊性所要求的基本法则。没有这种来自艺术本身要求的诗歌伦理意识，诗人很容易在流行的道德观念和时髦的公共性说法中迷失自我，最终导致的反而是诗歌对民族、人类精神解放与文化创造这一长远价值贡献的丧失；更为危险的是，它会沦落为人人可以'介入'或曰轻薄的卡拉OK，从而为对诗歌进行别有用心的干预与利用大开方便之门。"② 他们认为，诗歌见证时代与现实，不是要让"时代""缚住诗歌的手脚"，成为"时代的快乐的俘虏"，而是要体现诗歌作为"一种精神活动"的特点，"在词与物的纠缠中"表达对存在的意识与想象。③ 关于这类诗歌两种意见相左的批评，一个是站在关心现实的立场看到了它的优点，另一个是站在美学的立场发现了其不足。从各自的立场看，应该说，二者都有相当的合理性，并触及了诗歌发展中一些值得重视的问题。但问题仍然在于，这些诗歌就其社会现实意义而言，并不比《现代化的陷阱》、《中国农村调查》之类的社会学著作强；而就其美学意义而言，尽管的确有一些作品（尤其是早期的"打工诗歌"）比较粗糙，艺术性不够强，但至少在近年表现乡村经验的诗作中，出现了一批艺术追求相当自觉、具有突破意义的作品。而这些作品的意义，恰恰就表现在想象生活的"直接性"上。这种"直接性"的一个显著特征就是感同身受的真切性。它是一种直接承受者反复体验的感受，而不是旁观者或"深入生活"的作家"观察"到的生活表象。胡适和沈尹默的《人力车夫》、刘半农的《相隔一层纸》和《一个小农家的暮》是真实的，甚至戴望舒的《村姑》和闻捷的《天山牧歌》也是真实的，但更真实的则是诗中说话者的思想与趣味，并不是被写对象的感受。这些诗讲的不是别人的故事，而是自己的生存感受。这是一种不断重复和累积的感受，虽然沉重坚实却也司空见惯、习以为常，因此说出时也不会有旁观者的惊

① 谭克修：《自杀路上的小文人诗歌》，《中西诗歌》2006 年第 4 期。
② 钱文亮：《伦理与诗歌伦理》，《新诗评论》2005 年第 1 辑。
③ 参见朵渔《论诗歌作为一种自我修正之道，或：对常识的坚守总是很难的》、李霞《谁又在为诗念咒》，均见《中西诗歌》2006 年第 4 期。

奇与感慨。这样真切的"直接性"，至少在辰水等人的诗中有着鲜明的表现。在为数不少的表现当代农村境况的诗作中，虽然作品表面上只是简洁地勾勒出农村习以为常的戏剧性场景，却能让人感受到被现代化摇撼的乡村变动的挣扎和不变的命运。而格式1985年以亲人和故乡为题材的作品中所抒写的某些情境与细节，也让人印象深刻：比如姐弟告别时下楼者"依次下沉"的情境，以及相濡以沫者在"坑"里"正一正身子风便柔和起来"的感觉，在具体的文本语境中，既真切又意味深长。我们这个被权力、资讯、广告、欲望不断涂抹的时代，"真实"已经变得非常可疑，诗人能为我们留住更多的真切，也可算是弥足珍贵了。

　　但这种"直接性"给人们带来的不只是经验上的真切感，还体现了某种主观性的约束、表现上的克制等非常有意义的追求，这就是前面提到的江非关于"诗歌应该从观念和情绪中解放出来"的意识，它在格式的《是山，而不是高山》一文中，得到了更为明晰的表述："倡导客观呈现，让存在自身出来说话。"① 实际上，"底层写作"诗歌之所以值得注意，不仅因为它写了底层的民生，还因为它探索了不同于过去写"底层"的抒情观点和表现策略：这就是反对经验以外的意识形态干扰，反对诗人的主观修饰，比较真切地呈现他们的生存感受和意识。

　　正因为此，关怀民生问题的诗歌不是一种只有社会学意义、没有艺术意义的诗歌，而是有现实与艺术的双重关怀的诗歌。

互 动 环 节

　　问：直接性的诗歌怎样保持所谓的诗性？

　　答：生活转换成诗的过程，感觉是非常重要的组成部分。语言与世界不是等同的，诗歌写作中的"直接性"不是直接反映生活，而是诗的直接性。用诗歌的方式想象民生的问题，是把现实生存经验与感觉上升为诗，而不是把生活直接当做诗。

　　问：文学往往是在国家出现灾难的时候繁荣，诗歌与国家繁荣是否成反比？

　　答：有人说国家不幸诗家幸，实际上是"震惊体验"在起作用，灾难调动了诗人的灵感，比如杜甫在"安史之乱"时期写出了大量杰出的诗歌。

――――――――――――

① 格式：《是山，而不是高山》，《诗刊·下半月刊》，2005年6月号。

诗人的确需要一些震惊性的体验，朦胧诗、归来诗歌就来源于震惊体验，像珍珠，是创伤性的结晶。不过，苦难与诗歌的关系并不一定成正比，20世纪90年代也有很多出色的诗篇，只是大家有更多的东西可以关注，经济、大众传媒……对诗的关注不如过去。

问：写作民生的这批诗人，给诗歌带来了什么启示？

答：有话要说，让诗回到一些基本问题。辰水、江非等人是打工的，他们并不是为了赚钱而写诗，他们写诗确实是因为有话要说。

问：诗歌的读者越来越少，精英们看不起诗歌，底层民众看不懂诗歌。诗歌需不需要读者？

答：每一次诗歌趣味的变革都会有人出来指责诗歌读不懂，我觉得这是一个似是而非的问题。谁真正做过统计？你可以说诗歌的读者越来越少，也可以说诗歌的读者从来都是这么少。马克思说过，对非音乐的耳朵来说，音乐不是对象。诗歌从来就不是不读诗的人能读懂的东西，它属于对语言的智慧、感觉的魔力存在好奇心的人。

问：那些关心社会问题的诗，艺术性好像少了一些。而古代的《卖炭翁》等写社会问题的诗艺术成就却很高。

答：我们期待好诗。必须将民生的经验转换成感觉、想象力。诗歌以美学的方式关心民生，既体现感觉与想象的直接性，又展现其想象和语言的魅力。

问：诗歌如何对公众说话才有效？

答：我并不认为去年的抗震诗歌标志着中国诗人找到了介入公众世界的一种方式。突发性的事件牵动了所有人包括诗人在内的感情和良知，产生了震惊体验和对它的共鸣。而当共同关心的事件过去以后，日常生活的平凡和琐碎才是生活的常态，这时能否发现生活的诗意，更是对诗人才华的考验。

主持人：王老师今天谈到诗歌的民生关怀，这的确是非常有意义的一个话题。其实，这中间也涉及诗歌功能的变迁，可能有一段时间，或者说在中国现代诗歌历史上，诗歌与公众世界的张力、关联性、距离不断地在调整，通过各种方式提出一些要求，有些是自发的，有些是被迫的。我们考察一下20世纪80年代、90年代，以及当下的时代与诗歌的关系，就会发现，80年代，诗歌被高度关注，诗人像英雄一般受人欢迎，当时的情形让人感到有一种神话的意味；到了90年代以后，诗歌的社会功能、在社会中的位置、与社会的关系发生了迁移和变化，诗歌被"边缘化"了；进入21世纪以后，特别是最近几年，由于底层写作、打工写作、一些民生关怀文学的出现，诗歌受到了新的挑战，所面临的问题是，诗歌能不能以自身的方式介入公众社会，在诗歌艺术范围、语言范围内与社会现实、与时代、与社会对话。这个问题引发的思考，不仅针对诗歌，还针对其他的艺术门类，我们的文化行为、文化举动如何与时代保持一种张力关系、一种相互关联的状态，这都是需要我们进一步思考的。

（记录整理：王芬）

时间：2009 年 4 月 15 日（星期三）晚 18：30～20：30
地点：北一区图书馆一层报告厅

主讲人简介

孙歌　中国社会科学院文学研究所研究员。日本东京都立大学法学部政治学博士。主要研究领域：比较文学、日本文学研究、日本思想史中有关现代性诸问题。出版的著作有：《主体弥散的空间——亚洲论述之两难》、《亚洲意味着什么》、《求错集》、《竹内好的悖论》（译著）等。

主持人（张桃洲）　今天晚上我们很高兴请到了中国社会科学院的孙歌教授来为我们讲座。孙老师的研究领域呢，可以说是跨学科的，她是做文学研究出身的，但是在日本拿了政治学的博士学位。现在她的研究领域主要是日本思想文化研究、比较文学研究、亚洲问题研究，当然还有相关的现代性问题研究等，成果也相当丰硕，在相关领域是非常出色的一个学者。今天她为我们带来的是《战后日本思想史中的"中国革命"》，实际上也是一个跨领域、跨国际的问题研究，下面我们掌声有请孙教授。

战后日本思想史中的"中国革命"

孙　歌

同学们好！很高兴能到首都师范大学来和同学们交流。今天我要谈的这个话题实际上是我现在正在做但还没有做完的一项研究，即日本思想界在 1945 年战败以后是如何看待中国革命的。所以我为今天给大家谈的这个专题起了个名字叫做《战后日本思想史中的"中国革命"》。也就是说，我并不是要来谈中国革命本身，我要说的是中国革命作为一个话题，它在战后的日本思想界是如何被讨论、如何被对待的。

　　说起中国革命，大家可能又陌生又不陌生，是不是？我说陌生又不陌生是因为其实你们这一代没有赶上过革命。可以说我赶上过革命，但是呢，它是中国革命的一个阶段或者是一个分支，就是"文化大革命"。不过呢，"文革"的时候我年纪不大，所以也没有直接参与，但是至少我知道有过那么一段历史，你们这一代人恐怕就没有这个机会了。可能有的同学会说我们也赶上过一些比较大的事件，但是将那些事件称为"革命"可能不一定合适。

　　在"文革"的时候，我们那一代人每天上课要背毛主席语录，所以我现在还能够背诵一段毛主席关于革命的定义。我不知道大家知不知道这段话，毛主席这么说过："革命不是请客吃饭，不是做文章，不是绘画绣花，不能那样雅致，那样从容不迫，文质彬彬，那样温良恭俭让。革命是暴动，是一个阶级推翻另一个阶级的暴烈的行动。"我小的时候这段话是被谱成歌曲的，我们要把它作为语录歌来唱。今天我们回过头来想，毛泽东对革命的定义非常准确，也非常精辟。你们听了这一段话后，不知道其中有几个要素你们关注了没有？第一个要素，革命是暴力性的行动，所以毛主席说它不能温文尔雅，不能文质彬彬，革命一定是暴力性的。那就意味着要流血牺牲，可能要有战争。这是革命的第一个条件。

　　第二个条件，革命是一个阶级推翻另一个阶级的暴烈行动，革命的核心是阶级斗争。在人类历史上并不是所有的人群都使用阶级这个概念，所以，当毛泽东这样定义革命的时候，他是在马克思主义、列宁主义、毛泽东思想这样一条线上来定义革命的，阶级这个核心概念是很重要的。其实，当我们谈论革命的时候，还有许多附加的条件，比如说，我们将一个巨大的历史事件或者一段历史进程定义为革命而不是起义或者一些其他的社会变动的时候，那么你一定要看这个革命是不是伴随了制度上的安排和设计，它是不是要通过暴力来打造一个新的、不同的社会。这里边就存在着制度安排这样一个条件。还有，我们中国人谈革命的时候通常还会加一个限定词"无产阶级"，也就是说，中国人谈的革命是以社会主义、共产主义为意识形态目标所进行的阶级之间的抗争，那么在这个前提下我们所理解的中国革命就不需要再作其他的界定了。当我说中国革命的时候，在座的所有同学都知道我在说什么。但事实上，我们谈中国革命，指的是从中国共产党夺取政权开始，到建立和发展中国现代史上第一个主权国家，而且接着持续了半个世纪的统治，这整个过程我们把它定义为中国革命，这是没有问题的。但事实上，辛亥革命也是一场革命，只不过它的性质不同。我今天要谈的这个革命，是战后日本思想界谈论的中国革命，其实是局限在以中国共产党为政治主导力量的革命这一范畴内的。这一革命的结果，就是1949年建立了中华人民共和国。下面我想讨论这一段历史在日本思想史上的位置。

我先讲一段插曲。前几年我到冲绳去，跟那里一位比我还年长的知识分子聊天。他说他非常尊敬中国的鲁迅，也非常敬仰日本的思想家竹内好。竹内好是把鲁迅介绍到日本去的中国文学专家，而且是一个非常了不起的思想家。他说因为竹内好他才了解了什么是中国革命，于是他就决定去中国。他经过很多年努力，直到1972年中日邦交正常化以后，才终于到了中国，但是从香港到内地的。他先到了广州，然后决定要万里长征，走到北京去。他不坐火车，也不坐飞机，走了几个月，终于到了北京。当然，他不是一个人，而是跟一群人一起。他说，我们完成了在中国大陆的长征，这对我来说是一生里最重要的经验。那个时候他还是一个青年。回到冲绳之后，这位知识分子成为对抗美军基地、争取冲绳政治经济文化自主权的著名文化战士。他对我说，能够支撑他做这样努力的精神支柱是鲁迅。这是我亲身经历的一个例子，类似的例子还有很多。我有一个很好的日本朋友，他在东京编辑杂志，他第一次来北京的时候看到什么都要说"我太感动了"。比如说看到大家等公共汽车不排队，车来了之后一拥而上，他说"我太感动了"；坐电梯的时候，因为那是个单位的宿舍，开电梯的工人占了大概有三分之一的空间，搬了一把很大的椅子坐在上面打毛衣，而坐电梯的人要挤在另一边。我们看了以后大概会很不高兴，会很生气，但他说他很感动。我问他："你感动什么？"他说："我在这里才看到了社会主义，才看到人的平等和自尊。"我相信大家都不会赞成，我也不一定赞成。但是听了他的话以后我必须跟大家说，我也很感动。因为我知道他想赞美的其实不是这些不尽如人意的现象，他想赞美的是日本社会里无论如何也找不到的人的一种活法，他说这是人的尊严。我相信这两个具体的个案未必是人的尊严的最好的表达方式，但是在日本社会找不到，确实没有。于是我了解了这个朋友，他思想里也有对革命的需求和渴望。这两个例子都不能代表日本思想界对中国革命的看法，但它们所传达的信息，是至今仍然在日本社会存在着的潜在氛围。尽管这种氛围很少能在公开场合直接感知到，但是当遇到一些具体状况时，你还是可以察觉到它的存在。

接下来我想讲一点可能不那么好懂的问题，就是中国革命这样一个历史进程进入日本思想界的时候，它会引来什么样的反应。我想先简单介绍一下战后日本的一些情况。我不知道大家有多少预备知识，可能大家都不是专门研究日本政治或者日本思想史的，所以大概不太知道。我简单地做一个轮廓上的介绍。1945 年 8 月 15 日，日本天皇宣布无条件投降，日本战败了。战败之后，日本被美国占领，这个大家都应该知道。美国占领了日本之后，在日本的很多地方建立了美军基地，而且派了一个叫麦克阿瑟的将军对日本社会进行改革。一直到战败为止，日本还是一个典型的军国主义国家，全民被动员起来进行对外军事侵略，所以它是一个全民作战的军国主义国家。在它的社会内部，也不存在以西方个人主义和自由主义为原理的民主制度空间。战争时期日本流行过一首军人歌曲，唱的是军人为了天皇而战，他们希望可以像樱花凋谢那样以死尽忠，而且是无数军人的生命同时飘落。大家知道，樱花的花朵是一起开一起谢的，凋零的时候就像下雪一样。在这样的社会里，可以想象，如果推行西方式的个人主义，那会是一个什么结果。那么麦克阿瑟进入日本以后他做了一件非常有意思的事，他让日本在政治制度上彻底民主化了。这是日本社会有史以来第一次出现的社会制度，它不是从日本社会内部生长起来的，它是从外部、通过战胜国管理这样一种方式被强加的。我们知道民主作为一种与现代化共生的社会制度，它在西欧经历了 300 年的发育过程，在美国也有 100 多年的历史，然而在日本却在短短的两三年内就完成了。我们设想一下，一个社会突然之间在它毫无准备的情况下，变成了一个它不熟悉的、但看上去却是人类最合理的社会，这个现实应该如何接受？据说在草拟战后日本新宪法的时候，有一个美国的女议员坚持要在里面写上男女平等这一条，她说，因为这条写不进美国宪法，所以我无论如何要在日本让它实现。日本人说我们有了人类史上可能是最好的一部宪法。于是，在制度上，日本社会就民主化了。

我不知道大家会不会认为，因为这个制度是外来的、强加的，会不会遭到摧毁，使日本又回到原来的方式里面去？但是事实上没有发生这样的事情。事情不是本土对外来那么简单的二元对立。接下来，反倒是各个派别的日本人抓住了这个机会，他们试图让民主成为他们自己的政治制度。这个过程就发生在 1946 年到 1950 年朝鲜战争爆发之前。在不到五年的时间里，日本社会真正实现了言论自由，在某种程度上反映民意的政治制度也建立起来了。当然，在很大程度上，这个制度安排仍然是外在于社会生活的，对于日本人来说，它更多的意义在于可以作为一种策略来使用。比如在冲绳就有很多针对美军的斗争是引用宪法条文来自我保护的。即使是在制度层面，民主化进程也并非一帆风顺的。到了1950年朝鲜战争爆发，麦克阿瑟把整个局面翻了个个儿。言论不再自由，通过警察和监狱维持的社会控制变得非常严重。这个过程又经过了好几年时间，直到美国结束初期占领，麦克阿瑟被召回国才有所缓解。为什么要在那之前实行民主制呢？是因为美国政府担心日本会赤化。因为在战败的当口上日本有几种可能性，其中一种是走向社会主义。这对于美国的远东政策是非常不利的。为了不让日本走向社会主义，占领当局就推行美国式的民主，同时保留了天皇制。这是美国想出来的策略。结果这套民主制有效地抑制了日本军国主义的能量，也防止了通过暴烈的行动进行革命的可能。因为日本的改革当时都是自上而下由美国占领军操控的。战后日本的土地改革是直接由美国占领军司令部发布指令完成的，它没有经历自下而上的群众运动，没有重新分配土地的过程。因此在日本确实没有发动革命的社会基础。

由于要推行美国式的民主制度，而恰好在20世纪40年代的美国言论自由还是得到保障的，所以美国的工人运动当时非常兴旺，而且看上去美国的整个民主机制是非常健康的。所以从美国回国的一位日本共产党领导人很乐观地说，我们很快就可以和平进入社会主义了。还有一位日共的主要领导人是从延安回国的，他们都是在40年代后期日本有了高度言论自由的情况下回到日本的，他们认为不必要发动革命就可以和平进入社会主义。但是朝鲜战争爆发以后这样的可能性就不存在了。同时日本共产党受到了欧洲共产党情报局的批评，说你们为什么跟着美帝国主义一唱一和？而且把美国的占领军称为解放军？那么在这样的一个状态下，革命就被提上了日程。日共认为他们应该接受欧洲共产党情报局的批评，搞中国式的革命。于是就从1951年开始派出很多山村工作队和一些年轻的战士到农村去，试图走农村包围城市，武装夺取政权的道路。但是很可惜，当时的土地革命已经完成了，日本的农民并不想改变他们的现状，所以他们不支持山村工作队。山村工作队下去以后开会没人参加，发动运动没有人响应，山村工作队的队员生活上有困难没人能支持，这些人在农村生活越来越苦。结果日共的山村工作队在坚持了四年之后全部回到城里去了，于是武装革命宣告失败。日共在1956年宣布说，这是我们犯的一个左倾盲动主义错误。他们又恢复了和平斗争的议会政治道路。我讲的这个大概的情况是想给大家传递这样一个信息：从日本战败那天开始，虽然有过一些潜在的可能性，但是没有出现一场革命的现实契机。也就是说，在现实层面并不存在像中国革命那样的日本革命。但是我翻阅了50年代日本的一些主要杂志，发现上面对革命特别是中国革命的讨论不仅热烈，而且对中国革命正面的评价远远高于负面的评价。这是个很值得关注的现象。

举个例子，去年（2008年），西藏问题出来以后，发达国家的媒体都非常不友好，进行非常敌对的宣传，这基本上是用冷战意识形态的框架来讨论中国西藏问题。日本的媒体也不例外，他们对西藏问题、对圣火的传递、对奥运会的报道是非常简化和冷战化的。是日本人不了解中国的历史吗？我翻了一下杂志发现，1959年日本媒体对西藏问题的报道是非常客观准确的，大家知道那时的事件是今天西藏问题的直接源头。我说客观，是因为他们不仅报道了中国官方的态度，而且报道了原来的农奴在翻身之后对于旧西藏和新西藏的一些描绘，也报道了一些美国记者的看法。同时还报道了印度的尼赫鲁首相在国会的长篇演讲中对西藏问题的看法，还有印度国内对西藏问题的讨论。在那样的报道里面你完全看不到冷战的意识形态。可以说，那时报道的真实性在今天的日本传媒里面反倒没有被继承。这里边暗含了一个巨大的时代变化，其中一个最大的变化是社会主义阵营的瓦解。20世纪50年代中苏之间的对立还没有白热化，整个社会主义阵营虽然经历了例如匈牙利事件、波兰的事变，还有其他东欧国家的一些变动，甚至经历了一个重大的事件，即1956年对斯大林的批判，但是社会主义阵营并没有瓦解，只是在一系列风波之中被多样化了。但是1990年以后，似乎社会主义阵营不再存在。这是一个重大的历史变动，它使得中国这样一个有社会主义经历的国家在发生一些政治动荡的时候，全世界可以用如此单纯简化的冷战意识形态来处理它，而且我相信包括一些中国人也会认同这样一种简单的意识形态。

50年代之所以会出现那样一种理解中国的氛围，是因为当时的日本面对的是如何形成自己的主体性这样一个思想命题。当一个社会对在它之外的某个文化或者国家表现出巨大兴趣的时候，那一定是这个社会自己，它的主体认同出了问题，它需要重新打造自己的主体认同的时候才会去真正关注自己以外的世界。50年代的日本社会刚好处在这样一个阶段。美国的占领持续了7年，到1952年结束了，这一年，日本和中国台湾当局在美国的操纵下单方面签署了《旧金山条约》。今天很多中国年轻人问日本为什么不认罪？在形式上，日本这个国家在1952年就认过罪了，它的战后和约是和国民党政权签署的，而这样的和约是否有效这是另外的一个问题，但是当我们问这个关于认罪问题的时候，这个元素是必须考虑在内的。我需要解释一下为什么需要考虑这个元素。台湾不能代表中国，这个问题即使在

1952 年也是不言自明的。当时日本面对一个抉择，它是承认中国台湾政权还是承认中国大陆政权，本来是可以有选择的。即使是在冷战的状态下，这个选择也是存在的。例如当时英国就决定承认中国大陆政府。日本与中国台湾当局签署单方面和约，与它绑在美国的战车上有关。因此，它在事实上搁置了与中国大陆合法政府之间的战后和解，仅仅依照美国的意志在形式上签署了与"中国"的和约，而这个"中国"却是中国大陆并不承认的国民党政府所代表的。这个事件的历史复杂性在于它使得日本在战争问题上的认罪不再单纯，换句话说，我们在追究这个问题的时候不能使用单纯的思维方式，否则将一无所获。

那么，在签署了《旧金山和约》以及美国占领结束之后，日本是不是就独立了呢？其实很多日本人不那么认为。因为这个国家没有军队。它有一个自卫队，但是自卫队的武器按《宪法》的规定只能用来自卫，不能用来攻击。那么谁来保卫日本呢？美国的军队。所以今天日本的整个领土上布满了大大小小的美军基地，最集中的是在冲绳县。我们知道，前几年在海南岛发生过美国飞机与中国飞机的撞机事件，那个飞机就是从冲绳的军事基地起飞的。伊拉克战争中美军的空军飞机也都是从冲绳飞过去的。美国军队把基地设在日本，使得它能更方便地实现称霸全球的计划。那么在这样的状态下，日本人如何想象他们的独立和主体性？我曾经在东京都立大学做我的博士论文，每天头顶上都有美军的战斗机来回飞，刚好那一年海南岛发生了撞机事件。听到飞机响，我会坐立不安。我问周围的日本人说你们觉得和平？你们觉得日本是一个和平国家吗？日本孩子说我们从来没有想过这个问题，我们生下来就听见飞机的声音。那么 20 世纪 50 年代的日本知识分子是什么感觉？这是日本思想界一些进步的知识分子讨论中国革命或者向往革命的一个重要契机。下面我来介绍他们是怎么讨论中国革命的。

我刚才说过，日本基本上没有产生革命的土壤，在现实层面，模仿中国革命的可能性几乎不存在，日本共产党的实践也证实了这一点。因此，日本的知识分子实际上是在思想层面上来讨论中国革命问题的。换句话说，中国革命成为日本思想建设的一个媒介。50 年代，日本大大小小的杂志做了很多座谈，和中国知识界不太一样，日本知识分子最喜欢的知识生产方式是开座谈会。所以座谈会是一种重要的透视时代精神的渠道。在这种座谈会上很多次都谈到中国革命。

我给大家举一两个例子，日本有一个杂志叫《世界》，在 1957 年组织了一个座谈会，叫做《中国革命的思想与日本》。参加这个座谈会的有四个人，其中有三个人是专门研究中国的，第四个人是马克思主义哲学家。这个座谈会谈到了一些非常有意思的问题。第一个问题，中国革命是不是可以看成是俄国革命推向世界时的一个结果？这些讨论者倾向于认为：最好不要这样看。他们说中国革命有它自己的特点，它不是俄国革命在时间和逻辑上的延伸。为什么说中国革命具有俄国革命所不具有的特色呢？他们举出来这样几个原因：中国革命的核心是联合团结，而不是简单的暴力斗争，这个和俄国革命不一样。毛泽东为什么会成功？蒋介石为什么会失败？是因为毛泽东懂得联合民众，即最广大的底层农民，使得他们成为革命的动力。毛泽东还懂得如何团结民族资产阶级并对他们进行改造。还有一个方面，他们认为中国共产党具有中国传统文化的宽容的特征。可能大家不一定会觉得这个说法是成立的，但是在当时，这个说法应该是准确的。日本知识分子说的不仅仅是对人进行改造的过程，他们说的宽容还有一个重要的指标，是指毛泽东在中华人民共和国成立以后有一个重要的指示，要把日本政府和日本人民区别开来，日本人民在侵略战争中是受到欺骗的。虽然我们知道在前线杀人的都是军人，他们复员以后当了农民，但是毛泽东和周恩来强调的这个标准一直持续到1972年中日恢复邦交周恩来与大平正芳谈判的时候。回到这个座谈会来。参加者说能够这样讲的政党是有理性的，是能够控制人民不再彼此仇恨的政党。当人民的仇恨无限膨胀的时候，这个国家会失掉理性，因此这样的控制很重要。也由于这个理由，他们不同意说中国革命是十月革命的延伸。

竹内好参加了这个会，他提出了一个非常有意思的观点，毛泽东确实说了他是学习了马克思列宁主义以后来指导中国革命的，可是你不能在思维上理解成有了马克思列宁主义以后就可以演绎出中国革命。其实方向是相反的，中国革命想要寻求正当性的时候，就把马克思列宁主义拿来了。所以竹内好反对说中国革命是马克思列宁主义加上毛泽东思想。他认为中国革命是独特的，是有原创性的，原创性体现为中国的哲学思想。竹内好说毛泽东有一种关于永恒的思维方式，当一个人持有永恒的思维方式时，他看眼前一时一地的事件，都是白驹过隙，就会把事物看成是相对的，而不是绝对的。所以毛泽东说要永远革命。竹内好理解中国革命精神的关键词之一是永远革命，这其实最早是从孙中山那里借来的。大家知道总理遗训是"革命尚未成功，同志仍需努力"。尚未成功就意味着还得革命，所以他从同样的角度来解释"文化大革命"。在1968年的时候竹内好与另外一个思想家吉本隆明做了对谈，吉本隆明说，日本只有一个人了解中国，就是竹内好，但是竹内好从来不告诉我们中国是什么样，所以我们都不知道中国是什么。他逼问竹内好："你怎么看待文化大革命"？竹内好做了一个非常有意思的解释，他说"文革"中毛泽东代表了民众传统的意志，这个传统的意志是什么呢？就是中国民众有一种破坏国家的欲望。他说毛泽东要做的很简单，就是摧毁中国这个国家。假如摧毁国家，那么这个地方就会变成殖民地，怎么又摧毁国家又不变成殖民地呢？只能发展国家。所以中国面临着一个悖论，一方面它自我摧毁，一方面它还要发展核武器、发展重工业，使自己变成一个强国。竹内好说，其实毛泽东真正的理想是投身世界革命，摧毁所有的国家。这个解释恐怕对大家来说有点理想化，事情哪有那么简单呢？但是你要注意到竹内好有一个认识问题的结构，这个结构本身是很重要的。

我给大家念一段 1965 年他写的文章，这篇文章有一个很有趣的名字叫做《从周作人到核试验》。大家知道 1964 年中国原子弹爆炸成功，当时引起了所有日本人的恐惧，说中国要变成一个核大国。日本是人类唯一受过原子弹破坏的国家，所以日本立志成为一个无核国家，成为一个反核国家。所以它的和平运动在这一点上是具有绝对的政治正确性的。在这样的情况下竹内好写了这样一篇文章，他说，周作人，大家都觉得他是汉奸，可是他还有非常爱国的那一面。这个方面日本人没看到，中国人也没有看到。在 20 年代的时候，周作人写了大量批判日本支那通的文章，观点非常犀利。其实呢，周作人汉奸的那一面和他爱国的那一面是他作为一个人的两面，我们能不能同时看到这两面呢？日本社会一直没学会这件事。比如说在看中国的时候，支那通很活跃的时候，日本人说中国人要面子，很淫荡，科技很差劲，而且很肮脏，很懒，中国的国民性基本上都是负面的。可是1949 年新中国成立以后，日本朝野对中国国民性的描绘突然就变成另外一种模式了：中国人很勤劳，很整洁，朝气蓬勃，很有活力，中国现在是世界上最光明的国家。竹内好说，我很遗憾，作为一个研究中国的知识分子，我并不能因为你们说了中国的好话就高兴，你们今天说好话的方式与过去说坏话的方式是一样的，这让我看到了日本人的民族性，就是说日本人只能从一个方面去看问题。我们有没有可能同时看到一个事情复杂的各个方面呢？于是他谈到了中国的核试验，他说："中国的核试验是一个不幸的事件，是不应该发生也不应该使它发生的事件，作为人，尤其是日本人，对这个事件不感到遗憾的人，恐怕是少数吧！这是理性的立场，从理性的立场出发，我迄今为止反对包括中国在内的所有国家的核试验，今后也将反对。但是离开理性的立场就感情而言，我很难说清楚。我在心底悄悄地喝彩：干得漂亮！真是给盎格鲁撒克逊和他的走狗们（也包括日本人）当头一棒。我不能隐瞒，对此我产生了一种感动之情，毋庸置疑，拥有核武器的根本动机是军事性的，从朝鲜战争到越南战争一直处于核武器威胁下的中国为了自主开发核武器，废寝忘食，全力以赴，这是很容易想象的，这是把国际关系作为政治场域来把握时的一种方式，当然是正确的。因此按照这个思路来看，中国加入核武器国家的阵营，责任并不仅仅在中国。所有的大国尤其是美国应该负很大的责任。"这些话我相信大家都会赞成，但是竹内好接着这么说："但是我觉得只依靠这些说明依然是不充分的，固然不屈服核威慑这一理由也见于中国的官方声明，这是有说服力的，但是不应看到在这一理由深处存在着更深刻的心理动机吗？就是说这是洗刷耻辱，扬眉吐气的动机。而我，对于表面上的军事动机不能无条件的赞成，可是对于内在的心理动机却是拍手称快的。历史真是充满了悖论，而我们人，也是一样。"

我不知道大家听了他的这一番话能不能建立起一个认识论的感觉。竹内好是反对中国的核试验的，但是在日本几乎形成了蔑视中国的传统和在今天无条件赞美中国这样一种单纯的认知方式的时候，通过对核试验的看法本身的讨论，有可能建立起一个更加复杂的结构。这个结构是什么呢？竹内好说历史真是充满了悖论。在一些不得已的情况下，中国有核武器就意味着中国有可能发动战争。竹内好一直到最后都相信毛泽东是相信和平的，所以中国只有在不得已的情况下才会使用武力。中国拥有核武器是用来自卫，这一直是我国政府的官方态度。但是在没有消灭核武器的情况下，拥有核武器并不是一种正当的手段，正当的手段是任何一个国家都不要拥有核武器。因为历史已经证明，这种武器对人类的杀伤性是非常残酷的。可即使是站在这样一个理性的立场上，竹内好仍然认为干得漂亮！那是因为还有另外的一面，那就是种族、政治、文化的歧视。在这个歧视里面中国有了扬眉吐气、洗刷耻辱的机会，它的意义就不是现实的、军事的甚至是政治的，它的意义是心理的和国民性的。这两个层面放在一起讨论，竹内好得出了一个意味深长的结论，那就是：历史充满了悖论，而我们人也是一样。

沿着这个思路我想再谈一个问题，可能有点抽象，我不知道大家有没有兴趣，我简单地谈一谈。在 1962 年的时候，竹内好挑起了一场关于《矛盾论》翻译的论争。当时翻译毛泽东的著作都要通过一个《人民中国》的对外窗口，它是由中日友好协会作为后援的。翻译毛泽东的著作是有版权问题的，在日本，最初的几年是由日本共产党来主持这个翻译工作的，他们翻译毛泽东的著作是不要版权费的，但是其他人比如说自由主义知识分子是要买版权的。竹内好就很生气，因为他不是日共，他说其实你们一直利用共产党的名义在日本建立另外一种天皇制。他对日共知识分子翻译的《矛盾论》提出了一个质疑，这个质疑很有意思，他开始提了很多技术上的问题，也受到了译者的逐一反驳；这个部分占去了论争的很大篇幅。到后来竹内好进行了这样一个对比，他说，你们一直在解释毛泽东的《矛盾论》，你们在解释它的核心概念和其他概念之间的关系，把它搞成了一篇四平八稳的学术论文。但是我读毛泽东的《矛盾论》，我觉得里面充满了政治危机感。毛泽东其实在向我们大声疾呼，说我们必须要寻找什么是主要矛盾，然后去寻找什么是主要矛盾里面的主要方面，接着再把主要矛盾的主要方面变成我们自己的组成部分，也就是说，我们来掌控这个主要的部分。如果我们没有找到主要矛盾，哪怕是造也要造一个主要矛盾出来。这当然不是《矛盾论》里面直接说的，这是竹内好的解释，他为什么要这样解释？在 1962 年的时候，中苏论战已经开始，中国开始表态说我们不打算在苏联下面充当一个亦步亦趋的小兄弟的角色，我们希望在国际政治格局中有自己的立场。当时苏联和美国都呼吁全球限制核武器的实验，保持当时由他们主导核武器的状态就行了。也就是说，主要由苏联和美国拥有核武器，其他国家就不要拥有了。50 年代末赫鲁晓夫到中国来访问的时候，毛泽东对他说，请你们允许我们进行核试验，赫鲁晓夫说不要了，我们已经有了，你们就不要了，我们是兄弟嘛，我们有不就是你们有了嘛。毛泽东说正因为我们是兄弟所以我们要进行核试验。这次谈话最后不欢而散，中国最后自己进行了核试验。竹内好说，如果用日共翻译《矛盾论》的态度来面对当今的世界格局的话，那么，大概可以这么说，世界已经完成，让我们来说明它吧，来解释它吧。可是用我的态度来翻译的话，就要这样说，世界没有完成，让我们去寻找主要矛盾并且去推动它吧。竹内好认为，如何阅读《矛盾论》直接涉及如何理解中国重新安排世界秩序，重新创造世界格局的政治理念。他说日本的和平人士只把反对核武器作为目标是不够的，为了真正的和平，必须要理解中国人对战争的理解，必须要理解今天的世界格局和秩序是怎样被安排的，有没有可能被重新安排。

应该说竹内好代表了日本知识分子对中国革命理解的高峰。但是我要做一点补充，之所以在战后的日本思想界会出现这样深度理解中国革命的思想巨人，是因为在竹内好的身后有一批为了理解中国革命，或者打造自己的主体认同而进行思想生产的同时代日本思想家。这些人并不一定了解中国，也不一定懂中文，竹内好因为研究中国文学而深谙中文，所以他能从正面去谈中国革命，但是其他出色的思想家，多数是研究欧洲思想史、欧洲政治或者日本政治思想的。我简单做一些背景介绍来作为今天讨论的结语，因为我不希望大家只是从竹内好这一条线索去理解这个问题。这一群知识分子和竹内好是同一时代的人，战后日本大致有三种人是非常关心中国革命的思想功能的。第一种人是马克思主义者和日本共产党人。第二种人是自由主义者，但是这群自由主义者和我们今天接触到的自由主义者不一样，或者更准确一点说，他们是古典自由主义者。第三种人是社会民主主义者，但是这部分人在战后的日本思想界里面没有承担太重的思想责任，因为他们过于观念化，而且在现实当中没有找到合适的切入点。所以前两部分人构成了竹内好讨论中国革命的支点，它使得竹内好可以在很高的起点上来讨论中国。我需要把这一群人讨论的核心观念做一个介绍，第一个观念就是从战后一直到20世纪50年代末期，日本人讨论包括中国革命在内的社会主义或者共产主义实践的时候，是把它作为民主主义来看待的，这和1948年联合国教科文组织发布的一个倡议有关。当时为了抵制冷战格局的形成或者冷战意识形态过分流行，联合国教科文组织试图把社会主义和资本主义看成是两种不同体制的民主主义实践。日本的自由主义知识分子对这个说法进行了进一步定义，他们认为自由主义的民主主义在很大程度上是形式民主主义，注重的是体制的形式如何健全，并通过体制形式来保证民主的实施；而社会主义的民主主义是人民民主主义，它注重的是多数民众的生存状态。

这两种民主主义在当时是被当成两种理念来对待的，所以自由主义知识分子和马克思主义知识分子尝试着在两种民主主义之间找到"最大公约数"，他们认为，假如能找到两者之间有可能相通的一些环节，冷战在很大程度上就可以被牵制甚至被化解。因为冷战的意识形态是把两者的对立高度绝对化，而且非常不幸的是，在冷战格局解体的情况下，冷战意识形态还在自说自话，这个状况其实在冷战意识形态开始之前就已经形成了。这是当时讨论的一个热点，还有另外一个热点是日本的自由主义知识分子非常关心中国革命的政治性。我读过一个座谈会的记录，那是1957年年初的一次座谈会，1956年发生了匈牙利事件，苏联出兵镇压，当时《人民日报》

发表了一篇重要社论，几乎是无条件支持苏联的行动，日本知识分子讨论这篇文章，他们谈了一些非常有趣的看法。

这个座谈的题目叫做《革命的逻辑与和平的逻辑》，日本知识分子认为《人民日报》的社论写得不够好，不像其他的评论文章写得那么丰富，既注意到这面又注意到那面，不仅注意到社会主义国家的多样性，还要强调社会主义国家的统一，这样的句式在这篇社论里面比较少见，显得比较单薄。但是他们注意到这个社论里包含了一些非常特别的信息，比如其中有一个措辞叫做"较大国家和较小国家"。于是一个人向竹内好提了个问题：为什么不叫大国和小国，而叫较大国家和较小国家？竹内好说这个意思是说大国和小国是相对的，如果你说大国、小国，那么就没有余地了，大国就是大国，小国就是小国，但是较大国家和较小国家就意味着在现在的这个序列里面你是大点的，他是小点的，可是放在另外一个序列里那个小的可能又变成大的了。所以这个较大、较小是在一个相对主义的逻辑里定义的。于是一个很著名的政治学家做了进一步的点化：这就是中国革命的政治性，这是它的原理而不是它的策略。什么意思呢？就政治学的角度来看，敌人和朋友不能是绝对的，在今天是敌人的人可能到明天就是朋友，到了后天可能就是战友，这要看局势怎么变化，你怎么去工作，怎么去争取。所以按照中国共产党的逻辑，今天台海是高度对立的（我们知道50年代国民党和共产党的对立是非常强的），国共不会发生合作，但是任何时候，只要条件允许，共产党就有可能把国民党的高官迎到北京政府里去。他说只有不懂政治的政党才会把敌人设定为不可变更的，今天是敌人、明天是敌人、永远是敌人，他说这样的政治力量注定要失败。从较大、较小这样的措辞里面日本的自由知识分子看到了中国政治的原则，而且他们强调说这样的原则不是随意的，他们说中国人在原则问题上是不退让的，但是他们在定义敌人、朋友这样的概念时是非常灵活的。

竹内好有一个非常有意思的说法，他说毛泽东的哲学是根据地哲学。日本人听到根据地这个词就会想到占山为王这样一个固定的空间，他说这不是毛泽东理解的根据地，毛泽东理解的根据地是一种相对的对立关系，相对的紧张关系，他说毛泽东有过一个表述叫做敌进我退，敌退我进，敌强我走，敌疲我打。通常我们会把它理解为一种战略战术，可竹内好说这是哲学。他说当你把它当做一个政治哲学来处理的时候，你就知道所有那些固定的界限，不具有重要的意义。所以对于中国共产党来说，他们的兵工厂在东京，为什么呢？因为你只要把鬼子的武器缴过来就是你的了，你不用在乎它是不是你造的。同理，当中国作为一个独立的主权国家存在于世界上的时候，其实它对于自己的政治权力和在世界政治格局中的位置都有根据地哲学的眼光。它可以在今天把一部分人划分为敌人，把另一部分人划分为朋友，到了明天它还可以改变这个关系。在这里我希望大家不要把它理解为实用主义，它不是，这里边包含中国政治的理念性和原则性。

时间到了，我想简单整理一下我今天和大家讲的这个话题。恐怕对我们每个人来说，中国革命似乎已经变成了一段历史，那么，我们该如何把它作为遗产来继承？我觉得这个问题并不是自明的，这是个我们了解历史，并进行认真思考以后才能够面对的问题，如果连面对都谈不上，更不要说回答了。我想我今天谈的日本知识分子对中国革命的讨论可能会给我们一些间接的启发。我们怎么看当下的中国？我们怎么看当下的中国和昨天的中国之间的关系？我们恐怕很难想象历史会在一夜之间断裂，我们会变得干干净净的和毛泽东时代没有任何关系。今天的中国社会我觉得也很难理解为仅仅依靠市场就可以运作的社会。那么什么是革命传统？我觉得我们不能直观地去面对这些问题，因为我们缺少一种有效接受中国革命遗产的心理准备和知识准备。所以才会有一些现象，比如我们谈到中国革命就会非常简单地理解为发动群众，推翻某一个阶级。那么中国革命作为一种历史的和知识的遗产，我们究竟应该如何继承？恐怕这不仅仅是我关心的问题，也是大家都应该关心的问题。

我本来说要少讲一点，但是到底还是讲多了。我想留一点时间给有兴趣的同学做讨论，大家可以发表一下自己的看法。

互 动 环 节

问：孙老师您好！我觉得今天您的讲座确实给我很多启发，因为我最近也在思考有关革命的问题。比如您说的我们今天应该如何继承革命遗产，当前也有从西方引进的后革命理论，大家也在谈，那么您觉得我们今天是不是还生活在有关革命的话语氛围当中？或者换一句话说，您在今天讲座刚刚开始的时候定义了革命这个概念，关于革命的定义有没有拓展的可能？我知道有的学者认为中国革命只是政治革命，除了这种政治革命，非暴力的手段也是一种社会革命，相对于政治革命来说，社会革命才是一种真正的革命。具体到中国语境来说，从太平天国一直到 1949 年，除了民族独立建立民族共同体以外，这种革命斗争是不是也负载着其他一些内容？比如说要实现国家的现代化，或者说实现国民在精神状态下的一种启蒙。我们说现代文学的时候是救亡压倒了启蒙，启蒙的任务并没有实现，从这个角度来说，很多人也认为现代没有完成，如果我们接续这个话题来讲，是不是说中国的革命并没有完成？从新民主主义革命到"文革"，甚至到今天的改革，今天的改革是不是也可以看成是一个真正意义上的革命？

答：我觉得，革命可以有多种理解，我们作为一个历史过程来讨论的革命确实是一种暴力革命。但是暴力革命在成功完成后并不意味着革命结束了，接下去的革命其实也不一定非得诉诸暴力。所以在这个意义上说中国现在的社会还在继续革命，我觉得也是可以成立的。但是还有一个问题就是我们为什么要革命。因为今天很多人谈革命的时候并不是把谈革命作为目标，而是隐含着一种忧患意识，所关注的是中国社会接下来要往什么方向走。我刚才讲的日本知识分子的讨论里面，有一种看法是怎么定义中国革命。他们认为中国革命和欧洲革命有一个最大的不同，就是中国革命其实是中国现代化的一个过程。而我们知道，现代化的过程其实在欧洲是依靠对外殖民才得以实现的，那么在中国完成现代化，没有进行对外殖民的任何余地，只有在内部来完成。而且我们知道中国的现代化起点是很低的，有相当大一部分人在新中国成立的时候文化水平很低，很多人甚至是文盲，社会经过长期的战争之后，资源匮乏，整个社会非常疲惫，在这种情况下实现现代化，又不依靠外面的力量，而且中途不断受到撤出物资援助等威胁，中国如何完成在欧洲需要 300 年才能完成的现代化过程？所以我觉得这个判断是正确的，就是说中国革命是依靠自己的力量来打造一个现代性国家的暴力性的过程，这个过程在今天其实还没有完结。如果说现代化是中国革命的内容的话，那么这个过程还在持续。而且这个过程本身不像我们在课堂里讨论的那么清楚，它伴随着不断的摸索或者是试错。这个过程我们到底应该如何来把握？我觉得恐怕不是革命或者是后革命这样一些范畴能够涵盖的，我更愿意把中国革命看成是中国历史上一段走向现代化的过程。这个过程付出的代价是非常大的，我建议大家有机会可以读一下英国政治学家拉斯基的《现代革命的考察》，是谈俄国革命经验的。他对俄国革命的分析有相当一部分可以给我们提供非常有效的参照，因为俄国革命当时面对的也是相同的困境。十月革命成功以后面对的最大困境就是这个国家如何依靠自己的力量来打造一个现代化的国家。所以我觉得把革命和现代化联系在一起来讨论是非常有必要的。还有一个呢，就是从历史学的角度来看，也许从 1949 年到今天这段历史我们还看不清楚，它还太短，但是这一段历史付出的代价和经历的波折，构成了中国历史很重要的一个部分。所以我觉得建立一个多重性的观察结构和同时把握复数的不是单数的判断指标可能是比较重要的。

问：老师您好！我想问您两个关于日本的问题。第一个问题是，冷战时期日本的政治势力被分为以自民党为首的保守派和以社会党为首的革新势力这两种，他们分别代表了两种政治思想，一种是右翼，一种是左翼。在冷战后，日本共产党势力大为削弱，实际上自民党在 1993 年体制崩溃后势力也削弱了，它们实际上都融入了很多后冷战时代新的东西，我想问您，在现在这么一个时代，再使用左翼或者右翼的判断方法是不是不太合适？会不会有一种新的判断方式？第二个问题就是说，中国自 1978 年改革开放以来，出现了很大变化，取得了很大成就，当然也有很多负面的东西，那么日本思想界对中国改革开放 30 年的看法应该是比较复杂的，他们是怎么看待这 30 年的改革开放的？

答：这两个问题都很复杂，第一个问题我自己有一个经验，2003 年的时候，我在日本教过一年书，我开的一门课涉及了日本的左翼和右翼，当时日本学生就对我讲，老师您怎么还用左翼、右翼这个词啊？我们现在都不用了，我们这代人认为这个词无效！我说那你说一下为什么无效。他说什么是左啊，什么是右啊，今天拿这个来分的话我们能区别的对象其实是有限的。这确实是一个事实。大家知道，日本新历史教科书编纂委员会中有一些历史修正主义者，他们修改日本的历史教科书，抹掉南京大屠杀，或者为日本的侵略历史开脱。按说这是个右翼的团体，但是这个团体里有一些人在反美的时候表现得比日本的左翼还要激进，所以很难说用右翼或者左翼作为标准的有效性到底有多大。我个人认为，左翼、右翼是一个历史的概念，战后的一段时期，也就是 20 世纪 60 年代中期以前，基本上是大众社会形成以前，它还是一个有效的概念，因为它是个有效的概念，所以在日本政治思想史上还不能被废掉。至少我们在读历史的时候还要使用这个概念，而且有一些文献上会写左翼、右翼。但事实上即使是在左翼、右翼这个观念非常有效的时期，你也会看到，左翼有时候会做很"右"的事情。我们都知道鲁迅著名的一句话：左翼的朋友一直往左走，走到底，就和右翼的朋友碰面了。也就是说，左和右是一个相对的区别，不可以绝对化为一种立场。一旦被绝对化它就失效，这和我刚才说的比较大的和比较小的相对主义思路是一致的。我在日本的一个很著名的左翼运动团体里面就听到有人谈到这个问题，他说我们现在正在考虑我们要和日本的右派坐到一起，我们要跟他们对话，因为我们不了解右派想什么。所以，左翼和右翼现在需要的不是对峙而是对话。不过呢，他们也不想放弃自己的左翼立场。这是第一个问题。第二个问题，对于中国这30年走过的历程，日本的知识界大概经历了几个认识阶段，在改革开放初期，日本人觉得没法理解。很多人觉得按照日本的思维逻辑，中国的很多现象是没有办法解释的。比如中国是社会主义国家，就不应该有市场经济，而且经过了"文革"，中国应该继续走无产阶级专政的路，不可能让一些人先富起来。后来他们看到中国持续性的经济改革，于是比较倾向于认为中国是在搞资本主义。不过在这样的阶段，他们还是觉得中国的变化跟自己没有什么关系。

再后来整个日本社会发生了很大的变化，日本经济开始从高峰走入低谷。大概在2003~2004年的时候，日本的GDP突然又呈上升趋势。可是日本老百姓的生活没有任何改善，他们后来发现，是中国的内需拉动了日本的经济。于是从那个时候开始，日本人觉得中国的改革是和他们联系在一起的。至于他们在思想上怎么看待中国的改革，包括改革中成功的经验和不成功的经验，这个问题我觉得日本的知识界现在并没有圆满解决。但是在现实层面，日本社会其实变动非常大，日本人意识到，中国不是一个可以忽略的对象，而是一个巨大的存在，中国不仅是市场和竞争对手，还是一个能给日本带来生机或能置日本于死地的巨大存在。我觉得日本知识界跟进得还不够，这跟中国的知识界是完全一样的。与现实的复杂性相比，中国知识分子讨论的问题过于简单，过于抽象，过于自我完整，过于自我一致。就是说讨论逻辑是清楚的，但是没有办法涵盖现实的复杂性。日本也是一样。这位同学说的这两个问题也许可以合起来作为一个问题来思考，就是当我们习惯于用左、右这样一个判断标准去看现实的时候，其实现实里面最复杂的部分我们往往是没有办法去把握的，我们过于专注于自己的立场，而忽略了现实的复杂性给我们提供的最有挑战性的课题。所以在这样的情况下，我们就没有办法有效地创造那些能够把握中国30年改革开放的认识论和分析的模式。

问：孙老师您好，我想接着那个同学的提问再问一个问题，您说1949年中国革命是依靠暴力手段实现现代化目标的，那么怎么来理解这个革命后的"文化大革命"，就是怎么看待近年来所谓新左派人士把1949年到1978年理解为是一个反现代的现代性这样一个过程？

答：我觉得反现代的现代性这个说法是有道理的，它讨论的对象主要是现代性。也就是说，是对现代性的一种认知方式，或者说是一种思想反映。但是我们谈中国革命的时候有一个最基本的前提：它是一个历史进程，如果我们把它和现代性的问题放在一起讨论的话，那我觉得不妨把它视为现代化的一种历史过程。另外，怎么理解暴力这个词，我一开始引了毛主席的那段话，但事实上，如果你把中国革命与俄国革命放在一起来比的话，我觉得中国革命确实还具有非暴力的一些特征，至少在一些历史阶段。我希望大家能想起竹内好讨论核试验时的那个视角，当我们谈暴力的时候我们最好不要忽略它非暴力的那一面，然后我们再看看暴力和非暴力这两种要素是如何结合的。因为在中国革命的过程当中我们确实看到有一个非常重要的环节，就是思想改造运动和学习教育。有很多讨论看到了思想改造里暴力的一面，但忽略了它还有另外的一面，就是说服、教育。其实我也是读日本知识分子的讨论文章时才强烈地注意到这个问题，对日本知识分子来说，因为他们是局外人，他们很容易看到整风运动的正面因素或者把它理想化，但这一部分是存在的。所以丸山真男有一个非常有名的定义就是：共产党是一个有理念的党，共产主义国家和资本主义国家不一样的地方在于它的理念会影响它的政策。他说资本主义国家不讲这个。那我们怎么看这个问题？如何看待你说的"文化大革命"？我现在对这个问题只能采取很谨慎的态度，为什么？因为我觉得这个问题没有那么简单。我读到国外研究"文革"的一些著作，他们非常关注"文革"中迫害了多少知识分子，这些人如何受难。这当然是很真实的，但这些是不是就是"文化大革命"的基本结构？或者说从这个角度是不是能看到文化层面的"文化大革命"？我并不是要否认这一部分的阴暗面，这一部分的阴暗面是必须讨论，也是必须留在历史里的，这样我们才能不第二次付同样的代价，那是很大的一笔代价。但是"文化大革命"并不仅仅是那么一笔代价，不然，它就不是一个革命。我觉得可能还需要相当长一段时间的准备，需要从资料开始，去找一个历史结构或者说多个历史结构，然后这些问题才能被讨论。可能现在我们来讨论这些问题是过于性急了，所以可能它的价值不会太大。这是因为我自己没有花力气去做"文革"的正面研究，所以我不能不负责任地随意谈。但是我想可能这个问题我们大家不同程度的都在面对吧。

　　问：孙老师您好！李泽厚和刘再复有个对谈，主题是告别革命，我想问的第一个问题是革命到底能不能告别？第二个是想向您请教一下您对"文革"的看法，因为有些人认为，如果按文化大革命这样革下去，我们现在的社会会更美好，他们认为"文革"是美好的，这出乎我的想象，想听听您的看法。

答：能不能告别革命要看那个告别革命的主体是谁，如果是个人的话，想告别应该是可以告别的。但如果是历史的话，恐怕我们谁也不能替历史做主。所以我觉得可以告别革命，也不能告别革命，关键是你要告别的是什么。我觉得这个可能有很多种解释。无法告别的理由是什么？这个也会有很多种解释。我觉得真正的问题并不是告别革命，对我来说真正的问题是去认识这个革命。我觉得我们对中国革命的认识其实远远不够，就我个人来说，我觉得这是个起码的职业伦理。我不能告别一个我不能完全理解的对象，当你不理解的时候其实你也没有资格告别，也没有条件告别。我觉得只有在我们真正理解了历史之后我们才能去讨论它，才能够在某一个上下文里面谈我的立场。第二个问题，把"文革"看做光明历史的人大有人在，我在韩国遇到过一个很年轻的留学生对我说："我父亲是一个生产队的队长，他说他一生中最光明的时期就是'文革'时期。因为那个时候他是造反派，而且好像是进驻了上层建筑。"当我们看"文革"的时候，你把你的视角放在哪里是很不一样的。我曾经在一个座谈会上引用了这个留学生的话，据说有一个美国学者就把我当成了一个否定"文革"的知识分子。我不知道他是怎么读的，我的结论是他的中文不太好。因为无论如何从我的上下文里面看不出来我在否定"文革"。我个人在"文革"中的经历确实不那么光明，我看到的和我家人经历过的都不是很光明。但当那个留学生和我讨论这个问题的时候，我意识到这个问题非常有意思。今天我们至少要有多重视角来看那个时代的巨大变动，才能知道那段历史有多复杂。当然，我认为只从谈论"文革"有多好或者多黑暗这样的角度是没有办法把握那段历史的。可能我们只有从后面的历史和前段历史的关系中才能全面看待"文革"的整个结构特征。我觉得预设历史恐怕对解释历史没有太大帮助。

问：孙老师您好！我有两个问题，第一个问题是，革命是为政治服务的，您的演讲给我的感觉是日本学界对中国革命的研究不是从革命本身而是从革命中获得了对中国的认识，那么学界对中国的认识和民间对中国的认识存在什么联系？第二个问题是关于冲绳的，2005 年，大江健三郎写的关注冲绳日军责任的《冲绳笔记》引起了一场诉讼，一本在 35 年前写的著作为什么会在 35 年之后爆发以至于公开化？这是否证明了日本整个社会的日益右倾化？

答：这说起来恐怕要花很多时间，首先，我觉得革命是为政治服务这个说法可能需要再推敲一下。你的意思是说革命是一种手段，它本身不是政治。你刚才说的第一个问题在某个程度上讲确实是这样，这确实是日本认识中国革命的一个动机。但是现在回过头看日本知识分子在当时做了这样一件事情是非常重要的，因为在战败之后整个日本社会包括知识界，实际上是被排除在世界格局之外的。比如说很多国际性的、联合国教科文组织的讨论，这些资料他们都得不到。所以在一段时间内，日本的知识分子是不能面对世界发言的。正是在这个时期，他们获得了对整个世界包括中国革命的看法。从这个意义上来说，在这样一个被排除、被边缘化的处境中获得这种认识，是非常难得的。所以，日本知识分子在当时生产了相对丰富的讨论中国革命、世界政治的思想资源，也包括认识论。但是我们要求认识为现实服务的时候，不能使用对号入座的方式。因为如果那样做，思想和理论就不是思想和理论，而仅仅是策略了。我觉得日本知识分子对中国革命的讨论虽然没有直接引发它自己内部的革命，但是它其实为以后重新审视日本的革命，包括重新讨论他们自己的历史提供了非常重要的资源。日本的民间怎么看中国的革命呢？这个要看你所说的民间指的是谁。因为1952年日本和中国台湾当局签订了旧金山合约之后，中国大陆和日本社会的交流实际上就被压到最低的限度，当时还有少量的贸易往来和民间的文化交流，但是总体上看日本人来中国的机会非常少，所以日本民间形成对中国的看法的机会在1972年以前是非常少的。在这种情况下你很难设想日本民间对中国会有一个相对完整的看法。可能日本知识界对中国革命的讨论是那个时期里最集中最突出的。第二个有关大江的问题，这个诉讼最后以大江胜诉结束，但这个官司打了很久。为什么在这个时候会打官司呢？这恐怕有很多种原因，我觉得不能简单地归结为日本社会的右倾化。日本社会的右倾化或者说保守化，这是一个基本的事实，而且是和全世界的保守化同步的。在这个过程中，冲绳发生了很多变化。大江的这个官司之所以在2005年打，其实和冲绳在日本内部的结构性政治定位是有关系的。因为这个官司的直接诱因是这本书里面写到的两个海军小队长，表面上是这两个队长的家属起诉大江，但实际上他们后面的支持者就是新历史教科书编纂会那样的一些团体，他们要求大江认错。这个官司打起来以后整个形势变得对大江很有利，当然大江做出很大的努力，他把整个审判变成了一次次的讲演。这种例子在日本现代史上有过，通常是知识分子在法庭上宣传了正义。至于说为什么会在2005年出现这样一个事件呢，我觉得我们现在说日本本土有右倾化、保守化的趋势，但是同时我们必须要承认日本的进步势力在战败之后就没有停止过他们的斗争。对于历史教科书改写日本侵略史这件事，民间的进步势力一直都在抵制，包括很多市民。在这种情况下，改写教科书一直都没有获得这些人期待的效果。因为被改写的教科书最后很难流通，很多人买，但是学校基本上不用它作为教材。在这种情况下很多事件会被牵出来，大江的这次诉讼也和这种情况有关。还有一个问题，冲绳当地的老百姓一直试图要把美军赶出去，这个斗争一直进行得很激烈。在这个压力下，其实冲绳的整个社会舆论是支持大江的。但是在日本本土有另外一股逆流，他们认为日本和冲绳的关系仍然是中心和边缘的关系。于是，冲绳与日本本土的关系一直构成一个敏感问题。但是引起这个事件的直接诱因我觉得并不是这个大的背景，直接的诱因还是和那两个家属和给他们出谋划策的群体有关。如果仅仅把它说成是日本社会的右倾化，那么我们怎么解释大江胜诉这件事呢？所以在这个意义上来说，我觉得右倾化这个结论可能不够全面。事实上我们看到的是一场又一场的拉锯战。

主持人：因为时间关系我们不能和孙老师进一步展开讨论了，今天孙老师在讲座里讨论的中国革命的问题，我觉得是一个非常有意思的话题。她在讲座中运用了一些具体的历史资料，比如当时日本思想界对于中国革命的一些讨论、分析和评判。我觉得孙老师讲演给我印象最深的是，日本思想界讨论中国革命的时候是在一种没有根基的情况下，自发地展开讨论的，这是他们自己有主体建构的这么一种冲动。像这种讨论对我们当下应该说是很有启示的。在后来的讨论中谈到一些现实问题，包括中国革命、历史的一些问题，我觉得也都非常精彩。好了，让我们再次以热烈的掌声感谢孙老师！

（记录整理：雷奕）

时间：5 月 6 日（星期三）晚 18:30～20:30
地点：北一区图书馆一层学术报告厅

主讲人简介

李均洋 日本爱知学院大学文学博士，首都师范大学外国语学院教授，文学院语言学及应用语言学专业博士生导师，首都师范大学日本文化研究中心主任，兼任人力资源和社会保障部翻译资格（水平）考试日语专家委员会副主任，中国翻译工作者协会理事。日文单行本论文《雷神和雷斧》获北京市第五届哲学社会科学优秀成果二等奖，日文专著《雷神·龙神思想和信仰——中日语言文化的比较研究》（东京明石书店，2001 年 2 月）获北京市第七届哲学社会科学优秀成果二等奖。

主持人（张桃洲） 今天，我们的燕京论坛荣幸地请到了首都师范大学外国语学院的李均洋教授，李教授在日本文学研究领域建树丰硕，在日本文化研究方面也造诣很深。相信大家通过海报上的简介，已经了解到李均洋教授的相关学术成果，在此就不再赘述了。今天晚上，李教授为我们讲解有关日本汉诗的问题，讨论日本汉诗的时间和空间，相信这个议题会非常有意思，我们对它充满期待。下面请李教授为我们演讲。

日本汉诗的时间和空间
——菅茶山《开元琴歌》析

李均洋

　　刚刚张桃洲老师已经介绍过我了，非常感谢张老师对我的"期待"，那么为了不辜负大家的"期待"，今晚我一定要努力表现。日本汉诗是我今天主讲的话题，这也是前段时间我和首都师范大学中国诗歌研究中心的赵敏俐教授、佐腾利行教授一起接受《光明日报》的采访时谈论的一个主要话题。这个访谈被整理成八九千字的文章，刊载在 2009 年 2 月 16 日《光明日报》的国学专栏第 12 版上。日本汉诗研究是教育部为我们立项的一个重大科研项目，今后我们大概需要四五年时间才能将这个项目系统化，如今我们首先要做的就是收集相关资料，整理后编辑出版，然后再作综合性研究。今天我讲的日本汉诗多少有点广告宣传的意思，希望本科生、硕士生、博士生们踊跃加入到我们这个课题中。我们中国是个诗的国度，可是日本汉诗仅仅江户时代刊行的集子就有上千部，若是往前追溯，数量之众更是难以计数。

今天由于时间关系，不可能历数佳作，所以我选了一个文本《开元琴歌》，以此作为范本，探讨一下日本汉诗究竟值不值得研究，日本汉诗的造诣究竟有多高。这次我选的是"时间"和"空间"这样的角度，试图从话语学和国际文化交流这个背景来谈日本汉诗，并从中发掘我国诗人写诗和日本诗人写诗的方式有何不同。以前我们的讲座可能更侧重理论性、宏观视角等，而我的研究特点一般是从个案出发，甚至理论也是通过个案来体现，所以今天我还是从个案出发，以此来探讨并总结日本汉诗的文化史意义。

一　《开元琴歌》的时间和空间

为了让大家能有一个感性的印象，下面我们一起来看看这首诗歌，并集体朗诵。最近我们首都师范大学诗歌研究中心也组织了一场诗歌朗诵活动，可以说诗朗诵是有益于身心解放和健康的，那么现在由我领读，希望大家能够齐声朗读。（诗略）

这是首歌行体七言古诗，共 70 句，490 字。我们今天就从时间和空间方面来展开话题，挖掘一下该诗的主题。这位诗人名叫菅茶山，是江户时代的一个诗人，生于 1748 年，卒于 1801 年。我国晚清国学大师俞樾编了一本日本汉诗集子《东瀛诗选》，选了 500 多位诗人的 5000 多首诗歌，共编了 44 卷，其中有一卷就是菅茶山的特辑，即第 11 卷，此中收了他的 120 首汉诗，可见俞樾对菅茶山作品之重视。他在诗人小传中曾评价《开元琴歌》："菅茶山的《开元琴歌》一诗，借题抒愤，可想见其怀抱……不失为名作。"这是我们中国国学大师对日本诗人菅茶山诗歌的评价，稍后我们再来看看当初俞樾的评价标准。当然我们今天用现代人的眼光来看这首诗，首先会看到它和我们中国诗歌不一样的时空观。我们刚刚读到这首诗的最后一句："松声断续冬夜阑"，此"冬夜"即指诗歌创作时间，该诗创作于1786年，而明治维新是1868年，这是明治维新前几十年所创作的诗歌，但在这个时候已有明治维新的气氛了。当然这首诗并非直接与明治维新相关，个中原因就像我们讲到五四运动，讲到近代史一样，都必然要讲到《新青年》。为什么我们要注重这个时间？前面说了这首诗作于1786年，即18世纪末，诗中有句"若教清庙陈瑚琏"，这实际上是化用我们中国的典故，我们往前追溯到公元前1040年，便可知这里的"清庙"指的就是祭祀周文王的太庙。因为周文王是儒家政治的典范，而孔子的克己复礼指的就是复周代之礼。菅茶山诗中用此典故，是要说明在这个"挟天子以令诸侯"的幕府时代，日本天皇家应该复原皇统。此一时间观念即是借周文王来溯源儒家思想精髓。另外诗中还讲到唐玄宗开元十二年菅茶山等人去老师家，老师摆出很多古玩，其中就有一把我们唐玄宗时期造的琴，即开元琴。当时老师要求他们随即赋诗，菅茶山便据此琴赋诗一首。很明显这里的"开元"是个时间概念，即"开元盛世"。公元724年，正值唐朝的"开元盛世"，诗人在诗中也唱道："维昔李唐全盛日，岁修邻好通使船"，而这后一句便是指我国的"贞观盛世"。从公元630年开始，日本就向中国长安派遣"遣唐使"，一直到11世纪末，共派了15次，诗中的"岁修邻好通使船"便是对这一活动的记述。在此我们可以看到，当年中日文化交流中日本为向唐朝学习而派遣留学生的情况，更为详尽的是诗中还有关于留学生一路长途跋涉的场景记录，如"沧波浩荡如衽席，生徒留学动百千"，为了学习中国先进的文化思想，他们不辞劳苦，奔波海上。当时有一些优秀的日本学生便留在中国做了诸如皇家图书馆馆长、安南节度使等官职。总之，他们在中日文化交流工作中作出了很大的贡献。至此可见，这一部分主要在讲述一种时间观念，并在这一时间观统摄下回顾了中日文化交流的盛况。

值得注意的是，诗中还有另一种时空观，即"一朝胡尘塞道路"所暗指的公元755～763年的"安史之乱"时期。大家都知道，安史之乱是唐朝文明由盛而衰的标志，因为从此便"彼此消息云涛悬"，此时日本向中国派遣留学生已是困难重重，唐朝灭亡后，他们就不再派遣留学生了。诗中所说的"鸦儿北归郡国裂"，便是指唐末李克用的军阀为保皇帝而最终败北，致使唐朝灭亡的事；紧随其后的"白雁南渡衣冠殚"记述的是南宋灭亡之事。这里一处是讲中日文化交流受到唐朝衰亡的干扰，一处是讲宋朝亦重蹈唐朝旧辙。那么日本的情况又是怎样的呢？紧接着诗人就联系到了日本的现状"我亦王纲一解纽，五云迷乱兵燹烟"，这里讲的是 11 世纪日本武士掌权，内战纷扰中武士"挟天皇"而非"废天皇"的事实，以及他们与中国的"异姓革命"的比较。此后诗人写的"壇浦鱼腹葬剑玺"，就是指源氏和平氏决战后，源氏胜利，从而拥戴了另一个天皇的史实，从此日本进入了第一个由武士掌权的幕府时代，即镰仓幕府时代。但是皇家的国体并未从根本上改变，尽管国家的实权由武士掌握着。这部分主要讲到这样一种时空观：从平安前期到平安中期，日本进入了武士掌权的时期。而这期间的中日文化交流给日本带来了所谓的"中古盛世"，且看诗人在诗中这样唱到："中古教化号隆盛，乐律和协礼仪端"，这无疑是日本历史上文明、文化空前繁盛的时期。但可惜的是日本也步了中国的后尘，即从"五云迷乱"开始，日本社会便"我亦王纲一解纽，五云迷乱兵燹烟"了，国家的国体和政体开始和原来的不尽相同了。武士掌权后更改了很多文化、文明传统，诗人在诗中说到"文物灰灭无余尽"，而"尔来豪右耽争斗"，指的是武士之间的内战，结果是"乐律和协礼仪端"的时代也不复存在，终而成了"文物灰灭无余尽，钟簴羊存属等闲"的境况了。总之，战争使日本的文明受到了极大的破坏，国家的政体、国体亦受到了很大的摧毁，后面更进一步讲到了"最恨军府创新式，衣断双袖头免冠"。下面大家来看幻灯片，这是日本南北朝时期一位悲剧式的天皇，诗中的"芳河花草埋锡銮"就是指这位天皇。这位天皇头上的帽子当时叫做"冠"，戴这种帽子在当时是一种制度，到了幕府时代就不戴这种帽子了，人们开始把头发前面部分剃掉，并把头发束在后面，即日语中俗称的"野狼头"。诗人举此例子是为了说明正是武士掌权的幕府时代，把过去优良的文明传统给改变了、破坏了。回头再来总结一下我们所讲的时空观，即从平安时代到镰仓幕府时期，接着就是石町幕府时期，再到最后的江户幕府时期。这里的时间段便是从"五云迷乱"开始，直到作者作这首诗的 18 世纪末期，也就是主要牵涉幕府时代，因为正是幕府时代导致了日本国体、政体的改变，以及文明、文化的改变，也正是幕府时代的战乱葬送了日本的中古盛世。

不可忽略的还有，诗人对日本文化也是很崇拜的，诗中表示为"维吾皇统垂无极，国无异姓仕世官"，而诗人前面提到中国的"清庙"，就是为了指出早在公元 1000 多年时日本就有了第一代天皇，人们普遍猜测那就是神武天皇。日本历史较短，有文字记载的历史更短，也可以这样说，日本有文物可考的历史也就相当于从我国的战国时期开始，而真正有文字记载的历史是从公元 6 世纪开始的，但他们在想象中认为其第一代天皇是在我国的周文王时期，而他用周文王的典故，就是用来强调日本第一代神武天皇的存在，强调日本历史的悠久。当然由于没有史料根据，有人亦猜测神武天皇当权时我国正处于孔子时期。诗中的"维吾皇统垂无极"就是指从1786年再往前追溯1000多年的这段过往时间，但是诗中亦有未来的时空观，即"垂无极"的时空观，而菅茶山此诗就是用"维吾皇统垂无极"这个时空观来覆盖全诗，以反省历史并展望未来的。一会儿我们再来看诗人为何要创作这首诗，以及这首诗在日本政治史上究竟有何意义。

二 菅茶山的"垂无极"时空观

当然，解决这些问题的关键就在于这句诗，"维吾皇统垂无极"。对于诗人来说，皇统存在的时间就是从他作诗的这天起一直追溯到公元前1000多年前的周文王时期，但是"皇统"还要一代代地延续下去，要"垂无极"。大家可以从我做的这张表格上看清楚诗人所设置的时空观，在此时空观里诗人用中日文化对比的方式来反省中国和日本的历史，最主要的是要阐明"维吾皇统垂无极"这样的一种政治观。而这种时空观的设置，主要是为了通过对历史的反省来展望未来，来呼吁日本的将军武士们将国家的政权还给皇家。下面我们来具体看看这首诗歌。刚刚在读诗的时候，大家可能也注意到了我有意用红笔将一些诗句描红，其实这些被描红的诗句正是当年俞樾先生在编选《东瀛诗选》时删除的部分，如果说将"广狭修短手自量，清浊吟猱手自弹。模貌归家巫经始，腹背一一典刑全。胜流相传称雅举，一时众口藉藉然。从此四方争效造，选匠择材不惜钱"删掉，是俞樾考虑到口语写诗的不合理性而为之，那么后面再删"维吾皇统垂无极，国无异姓仕世官。中古教化号隆盛，乐律和协礼仪端。无乃灵物寻灵地，乘桴遥向日东天。及至骚扰深晦迹，有待时运渐循环。先生所蓄亦雷样，音其古淡貌其妍"就显得颇为奥妙了。有的同学可能也注意到了这几句诗讲的都是在日本发生的事件，句中的"灵物"和"灵地"用的是一个典故，这里的"灵物寻灵地"同"凤象"、"荒山"是一个诗歌意象。唐孔颖达疏《毛诗正义》引《说文》云："凤，神鸟也。天老曰：凤象麟前、鹿后、蛇颈、鱼尾、龙文、龟背、燕颔、鸡喙。五色备举，出于东方君子之国，翱翔四海之外，过昆仑，饮砥柱，濯羽弱水，暮宿风穴，见则天下大安宁。""东方君子之国"在哪里呢？《山海经》卷十四《大荒东经》曰："东海之外大壑，少昊之国……大荒之中，有山名曰合虚，日月所出……有东口之山。有君子之国，其人衣冠带剑。"也就是说，菅茶山诗中的"荒山"指日月所出的"日东天"，即日本；"灵物"开元琴之所以"寻灵地"来到"日东天"，是因为这里"乐律和协礼仪端"，有"风象"之瑞。与此相反的史实是，"开元琴"所象征的开元盛世，由于"安史之乱"而"国破山河在"，由盛而衰，最终覆灭了。当初日本是来中国学习文明的，如今却因唐朝衰亡而妄言中国的灵物跑到日本来了，所以俞樾老先生本着一颗爱国之心是必须要把它们删掉的。而菅茶山如此写法，是缘于他无法接受中国社会传统中的"异姓革命"（如中国汉代刘姓、唐朝李姓、宋朝赵姓），而日本天皇是没有姓的，毋宁说天皇是神而非人，所以在菅茶山看来，和中国的"异姓革命"相比，日本是"维吾皇统垂无极"，是万世一系的。而俞樾老先生正是因为不满于菅茶山对中国文化的批判、对中国史官的贬损而删掉这首诗中的一部分的。

　　下面我们再来分析一下菅茶山和俞樾不同的历史观。据日本第一部正史《日本书纪》的记载，首位天皇神武天皇公元前 660 年即位于橿原宫，明治维新后政府也承认了这个事件。在过去的历史上，朝鲜半岛上的新罗称自己是君子之国，日本也称自己是君子之国，包括我们中国人写的《三国志》也评价日本是礼仪之邦，菅茶山就是用此典故，用"日出之国"来比喻自己的国家日本。中国内乱，使得开元琴等灵物择灵地而来到所谓中古盛世的日本。诗人用中国之典故来说君子之国必有风象出现、灵物来寻，这在国学大师俞樾看来是不可容忍的，所以他一定要删掉。但是我们要看到，俞樾的删诗固然有他的道理，但是他并没有菅茶山勇于改革的胸襟，他是用一元论，用中国文人、中国史官的文化立场来删诗的。司马迁《史记》中说"异姓革命"是我们中国的传统，一旦天子不仁不义，便可用异姓来取代之，也就是可以改朝换代。而菅茶山却认为不应该这样，在日本是"维吾皇统垂无极"，是不改朝换代，是万世一系的，这也是两国史官观念的相异之处。菅茶山认为以天子不仁不义为名义来挑起"异姓革命"，使得武士争斗，导致了国家的覆灭。诗中有句也唱到："鸦儿北归郡国裂，白雁南渡衣冠殚"，唐宋的灭亡一是因为安史之乱，一是由于蒙古援军，那么为什么会发生内战？这正是因为中国"异姓革命"的传统。由此我们也可知，菅茶山此意并非批判中国文明，而是借中国文明这面镜子，即唐朝由盛而衰、宋朝被元代所灭这面历史之镜，从二元论的角度，通过中国的历史来反省日本的历史，尤其是反省日本幕府的现实。因为日本幕府正是步了中国安史之乱的后尘，已经"我亦王纲一解纽"、武士争斗、内战纷扰了，天皇也颜面尽失，甚至出现了南北朝对立。这正是诗中所描述的"尔来豪右耽争斗，人枕银胄席金鞍。文物灰灭无余尽，钟簴羊存属等闲"这样一团糟的境地。好在日本天皇侥幸保命，而没有像中国帝王那样命丧黄泉，被"异姓革命"了。刚刚我们讲到的"五云迷乱"直到作者作诗的1786 年这段时间，正是日本的"维吾皇统垂无极"的传统国体受到破坏的时期，中古盛世已不复存在，由幕府武士掌权，文明传统也被改换。所以菅茶山在批判中国文明、历史的同时，更着重于批判日本幕府的政治，呼唤往前可追溯 1000 余年、往后畅想更是可以千秋万代的"维吾皇统垂无极"的政治传统。

三 《开元琴歌》"垂无极"时空观与明治维新

下面我们要讲到《开元琴歌》和明治维新的关系。日本学者黑川洋一指出：江户时代中期，产生了批判武家政治的言论，认为武士掌握政治大权，不是日本的传统，是反国体的现象。菅茶山的学生赖山阳（江户后期的儒家、政治家）的《日本外史》是这一思想之集大成论著。他在卷首写道：通观日本兵制的沿革，便知武士兴起的原因。上古时代，天子君临天下，一旦国家有事，天子亲自劳顿征伐，国民拿起剑戟战斗，战事结束，又返乡从事生产。这就是所谓的全民皆兵制，因而不存在武士的职业，政治大权也不会下移给武家。然而，从平安时代中期开始，藤原氏垄断政权，把军事委托给源平二氏，由此出现了武士职业，最终导致武家掌控政治大权。进入室町时代（1333～1573），随着大名（把管理的地域私有化，也称作守护大名）的出现社会性质变为封建制，这也是反国体的体制，而不是日本的传统。这一批判武家政治的声音越来越强烈，最终酿成了"尊王攘夷"的明治维新。可以说赖山阳的《日本外史》是明治维新的思想武器。明治维新就是要倡导尊王复古，把大权还给皇家，并在天皇的统治下进行改革。我们知道，赖山阳的《日本外史》是在他的老师菅茶山的《开元琴歌》之后 40 年才出现的，在某种程度上也可以说该诗对《日本外史》一书的写作有着很大的影响，而赖山阳的《日本外史》对明治维新亦有着不小的贡献。在这个背景下我们再回头看《开元琴歌》的时空观以及它的二元论思维时，就明显感觉到当年俞樾删诗的不合理性，因为菅茶山正是要借中国的教训来反省日本的幕府现实，以倡导"垂无极"的传统政治观念。通过上述的分析，我们说《开元琴歌》是日本明治维新"王政复古"的先声，是一篇政治改革的史诗，是公正恰当的。中国诗歌中的这种二元论是不多见的，中国把这种政治文明看成是唯一的，很少用对比式的二元论，但日本则不同，他们是善于学习、善于吸收经验的国度，这也使得他们形成了二元式、对照式思维，日本文化的特点就是善于对比、对照、否定和批判，敢于承认自己的不足，当然这也跟它是个小国，历史短暂有着莫大的关系。所以说，通过对日本汉诗时空观念的探讨，我们可以据此来审视日本的文化传统。菅茶山的政治史诗反映了日本文化的特点：善于在对比中抒发自己的心声。由此可知，他批判中国文明并不是最终目的，他是要借此反省日本的社会现实。二战以后，有人就针对日本文化进行了一系列讨论，主要是针对日本汉字文化的改革和天皇制的保存问题。日本某著名学者指出，天皇制是一定要保存的，如果丢了天皇制的传统，国民便会如一盘散沙，所以日本战后依然保持着天皇制的国体，形成了天皇制国体下的美国民主。

今天我们通过《开元琴歌》这个文本，讲到了日本汉诗人菅茶山的思维观、时空观与我国诗人之不同之处，具体表现就是我国诗人所秉持的是中华文明的一元论传统，而日本汉诗人则是在用二元论的思维观学习中国、批判中国并反省中国历史的过程中，来批判日本幕府改变国体造成内战，使人民遭受涂炭，而葬送了中古的"乐律和谐礼仪端"的文明盛世。曾有学者指出，与日本文学中多是花花草草、卿卿我我的故事相比，关注社会、关心政治的中国文学则显得阳刚而有气势。但是对于任何一国的文学我们都不能一概而论，在我们普遍沉迷于日本女性电视的同时也不要忘了日本的男性汉诗——那种介入政治和改革的、富有阳刚气质的文学。通过日本的汉诗，我们看到日本文化中也有曹操似的"对酒当歌、人生几何"般的洒脱自在，也有杜甫似的"朱门酒肉臭，路有冻死骨"的忧国忧民，也有白居易似的"可怜身上衣正单，心忧炭贱愿天寒"的批判和悲悯。总之，日本汉诗的创作与中国诗歌在思维观和时空观上有着明显的不同。虽然二元观的创作思路在某种程度上优于单相度的一元观，但是也不可忽视日本汉诗正是在学习中国诗歌的基础上成就其驳杂又浑融的境界的，况且日本汉诗的艺术性还有很多值得商榷的地方。

互 动 环 节

主持人：刚才李教授的文本分析非常具有典范性，从具体的文本中来梳理有关历史、文化和文明之间的关系，可谓是非常清晰透彻的。下面我们可以就李教授刚才所讲的提出问题，当然同学们也可根据各自感兴趣的话题跟李教授探讨一下。

问：李教授你好，我对你刚刚一直说到的日本汉诗乃是阳刚之诗、政治之诗有些许疑问。我们都知道中国诗歌传统中既有抒发政治抱负、大显阳刚自我的诗歌，如白居易和杜甫的诗歌；也有书写个我的一己情怀，浅吟低唱的诗歌，如陶渊明、王维的诗歌。那么是否在日本就只有这样的彰显"大我"的诗歌，或者说，在日本，小说、散文是专写柔情、爱恨的，而诗歌是专营豪情、义气的？

答：这位同学提的很有意思，我今天只是选择了菅茶山的一首政治气息比较浓郁的诗歌，其实他还写有很多小巧玲珑的诗歌，里面讲到了很多有关日本四季变换、田园风光的物象。我们现在正在编菅茶山的诗集，大约有2000多首，其中有政治诗、田园诗、儿童诗、妇女诗等，他也写儿童的天真可爱，妇女的温柔贤淑，我现在有个硕士生就正在做菅茶山的田园诗研究，通过他的田园诗看到日本诸如陶渊明那样的美好人格的闪现。总之，菅茶山的诗有很多种体裁，既有阳刚的一面，也有风花雪月的一面。

问：我接着刚才那个女生的问题表达一下我自己的看法。古今中外的文学都蕴涵"情"这个因素，如果没有"情"的话，文学也就不成为文学了。我认为"情"这种东西本来就是极其私密化、极其个人化的东西，而婉约和含蓄也便成了普遍的表达方式，那么后来所谓的阳刚之类的风格可能就是作家为了标新立异或为了显示自己的能力和特色所作的努力了。如果说宋词就是以婉约为主要特色的，但我认为并不是说婉约就低人一等，阳刚就高人一筹，而之所以如今还有这样的偏见，我认为这就是男权社会对我们的影响。最近我看了一部电影《南京！南京！》，对我影响挺大，它有一个创新的地方就是通过日本兵的视角来看待这场战争，从而使我们看到了日本兵的另一面。这就说明，我们不可过分强调一方面而忽视另一方面，否则就会出现很危险的情况。

答：这个同学讲得很好。现在中日青年之间有个重要的话题就是对文化的理解，我认为这之中存在很多问题。最近，中央电视台在播老舍的《四世同堂》，当然我们已经没有了当时的抗日战争的气氛体验，以及做亡国奴的生存体验了。前一段时间我去大连看了一下旅顺的古战场，看了以后才深深体会到当时中国人心中的屈辱。我搞的也是文化交流，经常有一些日本青少年来到中国和我们做文化交流，这时候的关键问题就是我们现代人怎样看待历史，过去的历史重负需不需要我们继续扛着？然后我们大家继续互相仇恨？好，回到我们今天讲座的主题，我所讲的菅茶山是个典型的儒家知识分子，他也为日本培养了很多具有儒家思想的人才，他的这首《开元琴歌》是首政治诗，现在也有很多人予以好评，但我还是同意刚刚那位同学的观点，即我们应该从更多的角度来看待问题，比如说从人性、人权的角度。但是有一点是肯定的，就是"民族性"在任何时期的文学里都是非常鲜明的，尤其是在古代的文学里。比如说前段时间报纸上刊登的某些日本学校因为升国旗导致一些校长自杀的事件，这让人又想起了残酷的战争年代，所以战后日本的教育工会就抵制升国旗。而前几年日本的国家主义、保守主义政治抬头，开始要求修改教科书并要求升国旗，这时就产生了一派反对、一派赞成的对立格局。而现在的社会与我刚刚分析的社会明显不同了，现在是更国际化、人性化了，但我分析的古代汉诗时代，民族性还是第一性的，而这种民族性从某种程度上来说，就是当时国家的政治。可以说菅茶山这首诗是在儒家思想规约下所作的，我们分析日本文学、日本诗歌，如果不了解儒学，肯定是白费精神的。当年日本正是感受到我们中国文化的魅力，才派遣学生来学习，从而成就了自己国家的中古盛世。然而，安史之乱使得唐朝开始走向衰落，日本便停止派遣唐使，但已经形成的儒学观念深深地影响着他们，一旦日本的文化传统被更换，文人们便会以儒家思想为出发点和归宿来寻求精神上的补偿，因为不抒发政治心声不为快啊！

问：李教授你好，我想了解一下日本俳句和现代小诗从艺术到形式方面的具体关系，我们的新诗发展有没有从中可以借鉴的地方？

答：这个同学的问题很有意义。法国的印象派画家就是受到了俳句和短歌的影响，西方新诗对日本的短歌改革也有很大的影响。在日本，报纸上就有很多的短歌、俳句，日本的俳句其实就是大白话，也就是老百姓的话，这在过去是不能成为艺术的，但它却正是日本民族的新诗，它们不要求严格的押韵，格式也很自由。可以说目前世界上日本的俳句、短歌创作队伍是最庞大的，他们经常举行全国性的比赛，所以从某种意义上讲，它们就是日本具有现代意义的新诗。

主持人：李教授今天以具体的诗歌文本《开元琴歌》讨论了文学创作

中的二元观，并结合中国同时代的一元观创作观念来加以探幽发微，同时，也展开了诗与政治、历史的讨论，这些对我们都有很大的启发。非常感谢李教授的精彩演讲，希望以后能有机会再次聆听李教授的声音。

（记录整理：卢娟）

时间：5月20日（星期三）晚 18∶30~20∶30

地点：北一区图书馆一层学术报告厅

主讲人简介

杨义 教授、博士生导师，国家级有突出贡献专家，中国社会科学院文学研究所所长兼学术委员会主任。曾任牛津大学、早稻田大学等多所学校的讲座教授。出版著作《中国现代小说史》（三卷）、《京派与海派比较研究》、《20世纪中国文学图志》、《中国叙事学》、《楚辞诗学》、《李杜诗学》以及《杨义文存》（10册）等30余种。

主持人（左东岭） 各位老师，各位同学，现在讲座开始。在讲座之前，我先介绍一下。今天晚上，咱们请到了中国社会科学院文学研究所所长，也是著名的研究员杨义先生来给我们作学术报告。杨先生的报告题目是《先秦诸子发生学》。咱们表示欢迎。（热烈鼓掌）

杨先生在咱们文学研究界，是一位非常有影响的学者。杨先生跟我说，不喜欢介绍行政职务。（杨先生笑）其实杨先生做了很多行政方面的工作，他在中国社会科学院，曾经兼任两个研究所的所长。一个是文学研究所所长，还有一个是少数民族语言文学研究所所长。所以估计行政工作很忙。虽然他这么些年做了这么多的行政工作，但他的主要精力还是在学术上，而且取得了非常丰硕的学术成果。我在读大学和研究生的时候，就读过杨先生的著作。杨先生开始是作现当代文学研究的，他最著名的著作是《中国现代小说史》，上中下三卷。还有《现代中国文学流派研究》、《鲁迅研究综论》、《中国新文学图志》，连续出过四本现代文学研究的很有分量的著作。至今为止，我觉得杨先生的《中国现代小说史》还是写得最好的一部现代中国小说史。杨先生后来把主要精力转到古代文学研究上来了，出版了《中国古典小说史论》，很多读这部书的人都觉得非常新颖。然后是《中国叙事学》，在中国叙事学这个领域内产生了很大的影响。然后是《楚辞诗学》、《李杜诗学》、《中国古典文学图志》、《现代中国学术方法论》等十多种著作。杨先生的每一种著作都能给大家带来新鲜的学术视野。最近杨先生在做的一个课题是《中国古代文学图志》的先秦卷，杨先生在对先秦诸子的研究过程中，发现了很多有学术价值的学术结论和学术增长点，所以，他就把"先秦诸子发生学"作为一个专门的课题进行研究。

今天晚上，我们首都师范大学的师生，能够听到杨先生最新的学术心得和体会，肯定会非常有收获。那么我就不多讲了。让我们欢迎杨先生给我们作学术报告。(热烈鼓掌)

先秦诸子发生学

杨　义

谢谢左教授，也谢谢大家来听我的讲课。今天讲先秦诸子的发生学。先秦诸子是中国文化的根本。研究它的发生学，实际上也是从根本上去研究它。因为你研究一门学问，首先要认识它的本质是什么。先秦诸子的本质是什么呢？我觉得有两点是必须强调的。其一、先秦诸子是在充满了动荡的大时代和转型期，应对国家、家族、个人的生存危机，所思考的天道、世道和人道；其二、先秦诸子是把人类最原始的生存智慧和原始的信仰、民俗转化为思想。所以，这种思想就带有原型性，是可以经得起反复地解释的，是古今相通的。我们应从这样基本的方面去考虑，先秦诸子并不是读了西方的哲学史，读了柏拉图，读了亚里士多德，才写书的。那么，我们的研究，就不能光用西方的一些东西来比拟。比拟，可以使我们的眼界开阔。但是，比拟也容易使我们的原始思想脱离它的根。我今天之所以要从发生学的角度来思考诸子，就是为了研究孕育诸子思想、学术、文学的家族、部族、民族的母体是什么。诸子思想和什么样的生活发生了最早的关联。就是研究它的文化的 DNA。

首先先从具体的分析开始。先讲庄子。庄子是谁？为什么把《庄子》写成现在这个样子？这是我们两千年来都没有好好清理的问题。从朱熹开始，都认为庄子是楚人，只有楚人才有这种思想。近代像刘师培的《南北文学论》、朱自清的《经典常谈》也这样说，跟汉代的学者毫无差异。这里，关于庄子是谁，就有很多谜团留给我们。

第一个谜团：《史记》中不写庄子，那时是黄老思潮，不是魏晋以后的老庄思潮。包括司马迁父亲司马谈的《六家要旨》所讲的道家，也是指黄老之道。所以司马迁在写《史记》时，没有专门写庄子的列传。而是把庄子作为"附传"，附在老子、韩非列传里面。所以他对庄子的祖宗脉络没有交代清楚。但是他讲了一个故事，说楚威王派使者请庄周回楚国当大官，庄子对使者说："你看过宗庙里的牛吗？吃着好饲料，穿着漂亮的衣服，但是祭祀的时候，要杀它当牺牲，那时它连想当野猪的资格都没有了。你看过河沟里的乌龟吗？它拖着尾巴在泥地里面走，但活得自由自在。你说我是当乌龟好呢？还是当牺牲的牛好？"使者说："你还是当乌龟吧。"楚国当时是一等的强国，为什么请宋国的一个穷人去当大官？庄子的话，我们觉得是寓言，但是里面包含着杀机啊。这是庄子身世的一个谜。

第二个谜团：庄子是那么穷的一个人，他的知识是哪里来的？当时是学在官府啊。孔子的一大贡献是将官学改为私学，但也没有收庄子为学生，孔子的学生也没有一位能写出《庄子》这样的著作。《庄子》这样的书需要很高的才华和智慧才能写出。

第三个谜团：庄子仅仅是蒙地的漆园吏，他有什么资格和将相、士大夫们打交道？而且说话牛气哄哄的。

这些问题我们两千年来都没有好好地清理。这些东西有没有一个引子在里面呢？庄子到底是谁呢？经过考证，我认为庄子是楚庄王的后代。

为什么这么说呢？郑樵的《通志》里面，有个《士族略》，讲先秦姓氏起源时，提到因谥号得姓。庄姓，来自于楚庄王。康姓来自于蔡康公。他在庄姓条目下面，加了一个注：庄氏，芈姓，楚庄王之支姓也。六国有庄周，著《庄子》。唐宋很多姓氏书，都是依据前朝而作的，都公认庄子是楚庄王的后代。《史记》中讲楚威王请庄子，是含有一定的意义的。再有，《史记》中有《西南夷列传》，讲到楚国有个将军叫庄蹻。庄蹻后来打到云南当了滇王，因白启占了楚国都城，他回不来了。讲庄蹻时，他加了一句话，楚庄王之苗裔也。可见，《史记》也证明庄姓是楚庄王的谥号。庄子与楚庄王的生活时代相差 200 多年，也就是说相隔七八代以上，是相当疏远的一个旁系的公族。这 200 年间发生了什么事情？他为什么跑到宋国去了呢？楚国发生过很多宫廷变动，特别是楚悼王时，任用吴起进行变法。这次变法很有成效，使楚国的领土扩大到洞庭湖以南。吴起变法中一个很重要的条目就是三代以上的公族不能再继承其位，甚至要充实到边疆那些正在开拓的土地上去。由于这样的措施，得罪了三代以上的公族。所以楚悼王一死，这些公族就起来叛乱，追杀吴起。吴起跑到灵堂，扑在楚悼王的尸体上。这些公族射死了吴起，同时也射中了楚悼王的尸体。楚悼王的儿子楚肃王继位之后，灭了七十个公族。庄子家族受到这个事件的牵连，逃到宋国去了。

如果考证成立，我们反过去看这三个谜。楚威王请庄子回去，这时离吴起变法已四五十年，且与肃王中间隔了一代王位，这样，就要为当年受此案件牵连的人平反。为什么要平反呢？因为七十个公族还有不少朋友在朝廷里，他们会不断请求将这些受牵连的后代的优秀子弟请回朝廷来，并给予一定的官职。所以才会有楚威王派使者请庄子的事情。那么庄子为什么会说自己是牺牲的牛呢？因为这时楚国的政局还很复杂，是否还会有变动，是很难说的。那么庄子的知识从何而来呢？因为他虽然是出生于一个疏远的、逃亡的贵族的家庭，但毕竟是贵族家庭，有学习文化的传统。为什么能和王侯将相交谈呢？因为他是破落贵族的身份，而且是个大国的破落贵族，他有这个身份。楚庄王是春秋五霸之一，是楚国最优秀的君王，所以用他的谥号作姓，也是一种荣耀。

如果我的考证成立的话，那么就获得了破解《庄子》这部书的密码。人文学者要从这里面看出庄子是怎样把自己的生命投射进《庄子》这部书里的。

我们来讲几个《庄子》的寓言。比如有个凤凰鸟和猫头鹰的故事。惠施在卫国当了相，有人说，庄子要去谋他的相位，惠施就在大梁搜查庄子三天三夜。后来庄子见到惠施，给他讲了一个故事，说有个凤凰，非甘泉不饮，非竹子的果实不吃。但是，猫头鹰抓了一个死老鼠，它怕凤凰夺它的食物，就要赶走凤凰。《庄子》书中说"有鸟自南"，当时劝楚庄王的臣子也说过"有鸟自南"的话。"生于南海，飞于南海"，这就暗示着庄子家族起源和迁徙的过程。意思是说，还有人在南海请我当大官，我都没有去，我还会抢你的死老鼠吗？暗示的味道是很明显的。第二个故事是鼓盆而歌。庄子的老婆死了，他自己来鼓盆歌唱。我们过去的解释是，庄子多么通达，庆祝辩证法的胜利呢。实际上，鼓盆而歌是楚国的风俗。《明史》中有一句话："丧事击鼓歌舞，楚俗也。"根据《孟子》所讲，祭祀和丧事必须要行祖制，所以庄子在老婆死时，应该请巫师带着一帮人来作丧事，敲锣打鼓唱歌。但是庄子太穷了，请不起，所以只好自己鼓盆而歌。惠施看到后不懂，就说你为什么对老婆一点感情都没有啊？人死了还唱歌？庄子讲了一个道理，说天地之间只是一种气，气聚合起来就生，气散掉了就是死，大化无形。这样他就把一个很古老的民俗转化为一种思想。

还有，《庄子》里有关于混沌的故事。混沌是楚人的信仰，中央之地叫混沌。南方之地叫倏，北方之地叫忽。二者为混沌开窍，七日开凿而混沌死。倏忽是楚国的方言，在先秦的其他文献中是找不到这个词的，只有《楚辞》有。

我们还可继续往前推，《庄子》中所写的楚人的故事都是很神奇的。因为这是庄子的爷爷奶奶告诉他的关于那个遥远的、失落的地方的故事。月是故乡明，庄子抒发的是一种怀乡、怜乡的情结。比如有一个故事叫"郢匠挥斤"。郢地有个石匠，挥起一个斧头，"挥斤如风"，竟然能把别人鼻尖上薄得如苍蝇翅膀一样的白泥巴都砍下来。挥斧头的人了不得啊，受斧头人也了不得啊。这是楚人的故事。还有一个故事叫"佝偻承蜩"。一个驼背老人拿竹竿去粘蝉，他说要是能在竹竿上放两个石丸不掉下来的话，粘蝉十有三四；要是有三个不掉下来的话，十有七八；要是有五个不掉下来，则粘一个是一个。这也是很神奇的。还有一个故事叫"汉阴抱瓮"。有一个老人不用杠杆汲水，人们问他为什么不用，他说"有机械就有机事，有机事就有机心"。这就是混沌之术。庄子主张要跟自然保持混沌一体，不要用机械之事来损坏自然。

庄子跑到了宋国，但他所写的宋人都是很笨的，因为他无法融进宋国。比如，有一位宋人发明了使手不皲裂的药，但祖祖辈辈都在漂洗布。有人买了这个药方，卖给正在打仗的吴、越，使他们在打仗时手不开裂，从而列土封爵。而宋人还在漂洗衣服，你看宋人多笨。还有许多，包括"舐痈吮痔"故事，多恶心。我们看《左传》就会发展，宋人是不接受外迁的。宋国掌权的都是自己家的人，怕被别人夺权。所以诸子对宋人都是没有好感的。《孟子》中"拔苗助长"的是宋人。《韩非子》中"守株待兔"的也是宋人。所以，庄子在宋国是无法融入当地社会的一个破落的楚国后代。

如果我们再往前推，《庄子》里面有很多动物，这同庄子小时候的经历有关系。庄子逃亡到了宋国之后，生活在一片荒地上。小时候出去玩，是没有朋友的。他一个人，或者是跑去看杀猪，或者是去看耍猴，或者是到河沟里看鱼，或者去山林里看螳螂捕蝉。"独与天地相往来"，他的生活是与自然相呼应的。他还讲过一个故事，是说有两个国家在蜗牛角上打仗，打了半个月，伏尸数万。这是小孩子的想象方式。这种同自然相结合的想象方式，都是从小培养出来的，影响了庄子的一生。庄子也写了很多梦。先秦诸子中老子没有写梦，孟子也没有写过。《论语》中有一个梦周公，那是政治梦。庄子写了11个梦，是写梦最多的。庄子梦的特点是生命之梦。

是庄周梦蝶还是蝶梦庄周，到底梦是真还是真是梦，这是他思考的问题。所以说《庄子》有以梦来体验人生的传统。

我们了解了庄子是一个破落的楚国后代，这就触摸到了庄子的体温。文学研究，归纳为文学性、思想性的研究，实际上是概念上的研究。而还原文学研究最核心的东西，还是要研究人，研究人的生命，研究人的精神，这才是真正的文学研究。

那么要对先秦诸子作发生学的研究，就会遇到很多障碍。因为历史所记载的东西远远小于所未能记载的东西。一个春秋时代，就一个《春秋经》吗？18000字，再加上一部《左传》，18万字，这200多年就交代过去了，很多东西都没有好好地记载下来。所以我们要去还原，这是一种不可还原的还原。但是，作为一名中国的学者，有责任弄清这些东西，从发生学的角度研究诸子，不能靠外国人。外国人可以用一个陌生的眼睛来看你，但这是他所看到的东西，这东西往往会游离我们文学的根基。

那么我们怎么做呢？我们还有很多残损的文献，我们要从文献入手，在空白处运思。老子讲天地就是个大风箱，你要把握住风箱的把儿或者皮囊、活塞，但是只有风箱是空的，才有意义，才能鼓出风来。所以，着手的地方是文献，运思的地方是空白。庄子的祖宗脉络是空白，我们就从这个地方来运思，就可能会对庄子的研究有所突破。没有记载的东西，并不等于不存在。清代毛奇龄讲过一句话："六经无髭髯。"但是，中国人的胡子，并不是到了汉代才长出来的。因为你什么时候关注它、记载它，是一回事，而它存不存在，是另一回事。

最近我在无锡参加了一个"吴文化节研讨会"。我认为吴文化有三个亮点，第一，泰伯和仲雍去开拓吴地，在整个中华民族的形成史上，其意义在于牵动了长江、黄河这两个大系统的对角线。泰伯奔荆蛮，是华夏化蛮夷，吴通中原，是蛮夷回到华夏。这是华夏共同体形成的一个缩影。第二，吴公子季札到鲁国观周乐。为什么像季札这样的人才没有产生于中原，而产生于蛮夷之地的吴？这说明吴通中原不光是经济上的，还有文化上的。如果我们把季札这个谜解开的话，我们就会对中华共同体的形成有更深的认识。第三，吴国在通中原之后，仅用了70余年就迅速地崛起称霸，但是称霸30年之后就灭亡了。为什么吴国迅速地崛起又迅速地灭亡？这个问题解决了，会对历史有更深的了解。在我看来，吴国灭亡的原因是吴国作为蛮夷之地，缺少中间阶层，即士人阶层或者大家族阶层。所以伍子胥、孙武到了吴国之后，吴王只要一点头，按照着他们的办法治国，马上就崛起了。这在晋国是不可能的。晋国有六亲，他们要是不同意，国王也拿他们没办法。伍子胥到了晋国只能当县里的大夫，而在吴国一下子当了相国，说明吴国还是一片空白，没有人反对，所以它能迅速地崛起。30 年之后，由于伍子胥自杀，孙武离开了，吴王夫差带着军队去和晋国结盟，争谁是老大。你的后方空虚啊。越王打到吴国首都，当时太子守城，就守不住了。如果伍子胥、孙武在，肯定不会这个样子。这是吴国迅速崛起的原因，也是它轰然倒塌的原因。所以这些问题，虽然也是从文献入手，但是在运思时，则要运思到历史的脉络。而这些历史的脉络是没有被好好地记载下来的，所以你就要通过蛛丝马迹把这些空白说清楚。

　　下面讲一下《论语》的发生学问题。研究先秦诸子的书，首先要弄清它的性质。《论语》不是孔子写的，是他的弟子及再传弟子写的，这是共识，但我们往往到此为止。如果我们再往下问一下：弟子和再传弟子编的是什么形态的呢？弟子和再传弟子编的，就体现了他们对老师的理解吗？这是第一。第二，主编很重要。因为孔子之后，儒分为八，谁当主编就显得很重要了。说我坏的话，我就不编进去，说我好的话，我就编进去，再加几个形容词。这是很可能的事情。有这样一种意识之后，我们再看宋儒所说的话。宋儒说《论语》是曾子和曾子的弟子编的，有可能有一些有子的弟子。曾子比孔子小 46 岁，还比孔子多活了一岁，曾子是在孔子死后近50 年时编《论语》的。这就出现了一些问题，《论语》中所用材料最多的，是子路、颜回等人的事迹。子路、颜回是在孔子之前死的，没有弟子。没有私家弟子，靠别人的弟子编，会给他们最多的材料吗？而且材料那么鲜活，那么有场景性，这怎么解释？还有，《论语》的《先进》篇中，有孔门四科十哲，但是十哲肯定不是孔子定的名单。因为这些人都称字，称字不是老师对学生的称谓。所以这样的排名，引起了争论，成了一个大公案。第二个大公案，是德行科。德行科是传道统的，第一人是颜回，孔子本来是想让他当继承人的。因为孔子知道，因材施教，以后会分派别的。"天丧予，天丧予"，老天这是要我的老命啊，是要我孔门的命啊。第二个闵子骞，是个大孝子，最不愿当官，最清高，所以继承孔子是没问题的。第三个冉伯牛，就有点问题了。冉伯牛在先秦文献中只有一条记载：冉伯牛得了麻风病，孔子去看望他，说这样的人得了这样的病，是命啊。原来冉伯牛是德行科第四名的仲弓的父辈。为什么让冉伯牛也入德行科呢？根红苗正嘛。所以，第四名冉仲弓最值得怀疑。因为所有那些人都死了或者老了，唯有身强力壮传道统的仲弓。仲弓是谁呢？鲁国有个记氏，记氏有鲁国一半的天下。孔夫子的弟子，轮流当记氏的宰，就是管家。这些管家，第一是子路，第二是仲弓，第三任是冉有。但是在政事科里，只有子路和冉有，仲弓到德行科去了。所以，德行科有仲弓，是四科十哲的另外一个大公案。

我们忽视了一个问题，汉儒认为《论语》是46个人编的，是子贡等46个人编的，这是什么意思呢？这是说孔子刚死时，有46个人为孔子守孝三年，《语论》就是这时期编的。这时颜回、子路刚死，大师兄刚死，所以大家回忆起来非常鲜活，材料很多。所以只有这样才能解释为什么颜回、子路的材料最多，也最无顾忌。这时候，谁负主要的责任呢？汉儒郑玄认为《论语》为仲弓、子由、子孝编，仲弓负主要责任，所以他才把自己列入德行科。他是继承道统的。我们弄清楚这个问题有什么价值呢？我们看荀子。他认为子思、孟子都是罪人，唯一推崇的是仲弓。他说："仲尼、子弓，圣人。"他说："上效舜禹之志，下行仲尼子弓之法。"他的道统很清楚。然后，从荀子到汉儒。而50年后又编过一次《语论》，是从曾子、子思、孟子到宋人，那是汉宋两儒在《论语》的编撰中埋下的伏线。为什么说后来又编过一次呢？因为《论语》中最晚的材料是曾子死。所以柳宗元就认为《论语》是子思、乐正、子春之流所作。乐正、子春在《礼记》中有记载，曾子临死的时候，有四个人在身边，曾子的两个儿子，还有乐正、子春。在曾子弥留之际，旁边有个仆人说曾子现在躺着的席子是贵族用的。曾子马上换了个席子，然后就断气了。这就足以证明，在孔子死后50年的时候，《论语》又重新编撰过。他们采取什么原则呢？第一，不能改变原来的内容。因为那是师伯们编的，且已经流行，要改是不行的。第二，是增加。增补的最关键的一条，就是曾子能传道统。关于曾子有十几条材料，这些材料放的位置很特殊。比如"吾日三省吾身"放在第三条，等等。但最关键的是两则材料，一则材料是孔子跟曾子说："吾道一以贯之。"曾子说："是的。"其他人不懂，曾子说："忠恕而已。"再一条材料，是孔子和子贡的对话。子贡是孔门中最聪明、最有能力的人。孔子说：赐，你认为我博学多闻吗？子贡说：是啊。孔子说：吾道一以贯之。子贡说：这是什么意思？孔子说："其恕乎！己所不欲，勿施于人。"子贡这样聪明的弟子都猜不出来，对孔门精髓的理解跟曾子处在不同的层次上，你说谁最能承道统啊？尤其是有一条材料，就是"吾与点"这一条。有一天，孔子对子路、公西华、冉有、曾点四个人说：你们都讲讲自己的志向。子路的志向是带领军队，公西华的志向是作行政管理，还有一个人的志向是作司仪，这时候，旁边有一个人在弹琴，是曾点。曾点说："暮春者，春服既成，冠者五六人，童子六七人，浴乎沂，风乎舞雩，咏而归。"
孔子说："吾与点也。"不是孔子指点了曾点，而是曾点感动了孔子。他们
的关系在私友之间。然后其他人都走了，孔子与曾点评论这三个人，曾点
的身份，相当于副导师。这是曾门造的家族神话。这段话在《论语》中是
很特别的一段话。在这段话中，曾子两次称孔子为"夫子"，一下子露马脚
了。"夫子"是战国时的称呼。春秋人称孔子为"子"，不会叫"夫子"。
曾子家族，是夏朝的后代，称鄫国。到了曾子的曾祖父这一代，莒国灭鄫
国，这个家族就流落到鲁国的南面。这一段记录就包括了破落贵族的雅气
和亲近自然的意识。所以，通过考证，我们认为《论语》有两次重大的编
撰。两次编撰者不同，一次是通汉儒，一次是通宋儒。儒学最大的两个学
派，在源头上碰在了一起。为什么我们现在能发现这些问题呢？因为清以
前的人是崇圣的，民国的学者是非孔的，都没有细查这段历史。我们现在
的学者，是为一个现代的大国清理她的文化的根基。我们对于古人，还他
们的伟大，但并不需要仰着头看，而是作为对话的伙伴。孔子弟子编《论
语》时，才三四十岁，比我年纪还小呢。我还看不出他们那点把戏？把古
人还原成一个有血有肉的人，就能把握到他的体温。我们研究《论语》是
怎么产生的，先秦两汉时代以"子曰"开篇的文字有十几万字，进入《论
语》的只有一万三千字。难道其余的都是假的吗？我们过去崇拜圣贤的时
候，认为那些都是假的。但是，刘向《说苑》中所用的材料，也是先秦留
下的，当然里面有记录者的一些色彩，但是它的可信程度不在《论语》之
下。现在已有的一些考古发现和将来可能的一些考古发现，将会证明这一
点。比如庄子写孔子，就把孔子老庄化了；韩非子写孔子，就把孔子韩非
化了。但并不是说这些材料是完全不可信的，而是主编者和材料的提供者
没接上茬儿，很多地方可能是这样导致的。

　　比如孔子说，鲁国有没有贤人呢？如果有，那就是闵子骞，如果闵子
骞主编《论语》，那他肯定要把这句话加进去。但是别人编的话，他会
想，鲁国第一君子是闵子骞，那把我放在什么位置啊。所以这里有很多值
得探讨的问题。我们现在的学术态度应该和过去不一样，做学问如果要创
造一个比较大的空间的话，我们对于以前的学术要有个理性的认识。既要
借鉴他们伟大的成绩，同时也要看到他们的缺陷。他们的缺陷所在，就是
我们的创造性的空间所在。比如说清代学士，一讲起乾嘉诸老，我们都仰
脖子。乾嘉诸老的学术也存在明显的缺陷。民族问题他们不敢讲，因为那
是少数民族当统治者啊。你讲的话，那会招来杀身之祸。吕留良言华夷之

辨，结果招来剖棺断尸啊！但是，中华民族是个民族共同体，如果不讲华夷问题，就说不清这个民族共同体是怎么形成的。还有民间的问题，口传的问题。根据牛津大学对人类语言基因变异的研究证明，人类开口说话已经12万年了。但是，有文字才5000年，大量的东西是口传的东西。这5000年中，大概有4500年是用文字记载的，能够有著作权的是很少的。大量的东西是民间流传的，什么时候被文人墨客所注意才被记录下来，并不是那以前的历史就不存在。所以说孔子以后才有尧舜是不对的。尧舜的传说早就存在，孔子之后才赋予其一种新的儒家的意义。不讲民间问题，不讲文献，那你研究的是它的果实，而不是它生长的过程。只有把民间的东西联系起来，你研究的才是一个发生的、生命的过程。还有我们这一百年的考古，清人没有看到，民国的学者也存在一定的缺陷。比如疑古的问题。对司马迁的评价太低了。在中国古书中，除了《论语》，几乎没有其他的书能够比得上《史记》。老庄当然影响很大，但那只及于知识分子阶层。而广大中国民众的思维方式，是受《史记》中很多故事影响的：毛遂自荐、脱颖而出、背水一战、将相和、渑池会、廉颇老矣、飞将军李广、匈奴未灭何以家为、萧何追韩信、破釜沉舟、霸王别姬，等等。这对中国的思想的影响多大啊！那是一个概念影响得了的吗？很多人疑古了半天，最后考古发现，还是司马迁对。刘邦的《大风歌》，当时有可能唱了很多句，但司马迁只录了这三句，成为千古绝唱。还有《垓下歌》，是司马迁在当地民间采到的。影响了我们几千年的霸王别姬，竟然是民间传说。这个诗歌的创作权，有一半是司马迁的。历史学家把你的三十句话删成三句话，这个效果就不一样。所有的历史学家中，最具有先秦诸子气质的，是司马迁。读书要认真去读的。比如司马相如，小名犬子，因为羡慕蔺相如，所以他改名为相如。虽然他在王府表现平平，因为他口吃，但是晚上，他用弹琴的方法，掩盖了他的缺点，所以把卓文君勾搭来了。（同学们大笑）然后回成都搞美女经济，让卓文君站柜台。（同学们笑）他不能站柜台啊，因为结巴，所以他洗碗。这个东西，就是这样一个过程。读书不能越读越死。我们现在有一些科班训练是必要的，但是科班训练出来的，往往不是思想家型的研究者，他用非常多的材料，说明了一个平常得不能再平常的思想。（同学们笑）杜甫的全集，都能背下来，最后得出的结论是杜甫是现实主义诗人。（同学们笑）所以我们要信任我们的思想。要有感觉地思想，同时要有思想地感觉。有感觉地思想，这个思想才是有生命的思想；有思想地感觉，我们的感觉

才能变成创造性的思维。就讲这些吧，两个钟头了，谢谢大家。（同学们热烈鼓掌）

互 动 环 节

主持人（左东岭）： 杨先生给我们作了一个非常好的报告。现在咱们有一刻钟的提问。抓紧时间，因为我们请杨先生来一次非常不容易。有问题举手吧。

问： 杨老师您好，您刚才讲到《庄子》的产生。我们知道，《庄子》中经常借一些故事来表明作者的观点，但是如果我们把这些故事都当成他生命中确实发生过的，会不会产生一些问题呢？谢谢。

答： 是！要完全把它当成百分之百的真实，那是有问题的。但是如果把它当成百分之百的谎话，那也是有问题的。因为一个作家，他在谈论自己的问题时，必须要根据自己的阅历和潜在的意识。鲁迅讲拿来主义，说有一座老房子，里面有鱼翅，有鸦片烟，有烟灯，有姨太太。这个房子是哪儿？不是恭王府，有金玉珠宝；也不是农民的房子，有篱笆锄头；那是他自己的家族。鲁迅的家族是怎么败下来的？鸦片和姨太太起了什么作用？如果不是小时候在田沟里看到过那些动物，他能编得出这些寓言吗？庄子的思想会飞，但是会飞还要有翅膀。鲁迅讲魏晋文学，我们听得目瞪口呆，为什么要讲药与酒啊？鲁迅懂药啊，他是学医的，是酒乡出来的啊。如果是懂音乐的人讲魏晋，有可能讲《广陵散》啊，讲《声无哀乐论》啊。如果是好山水的人，可能是讲谢灵运啊。好书法的人，可能会讲王羲之啊。不经意，就会透露出自身生命的痕迹。《庄子》书中，两次讲楚王要请"我"。《史记》中也说楚威王要请他。如果一点痕迹没有，那庄子就是大骗子了，冒充干部子弟。（同学们笑）

我们不要把这些事情全部当做史料，但是也不要把这些记载完全当做假话。被叙述的历史与完全真实的历史，是不能完全地画等号的。先秦的史料就那么一些，要还原是很困难的，但是我们要知其不可为而为之。我不要求所有的人都用我的方法，但是，我们古典文学界，有学问的学者恐怕要以万来算的，可为什么都是一个路子呢？世界这么大，为什么不能提出新的问题呢？怎么能和这个创新的时代合拍起来呢？先秦诸子发生学的问题，是我们必须要弄清楚的，其方法，不要完全遵照前人所说的注不违经，疏不破注，要这样的话，我们只能亦步亦趋了。为什么我们不以"疑古为荣"呢？古人有他们的伟大，但是不要因他们的伟大钳制我们现在的创造空间，这样才有我们大国的气象，现代人要有我们现代人自己的命题，自己的思维方式。搞文学的人有一个特点，就是能感受到一个人的生命。我的方法，是我个人的方法，但是我觉得这种方法能把文学作活起来，思想会跳起舞来，我们是有根基的，比如"吾与点"，战国才说"夫子"。（热烈鼓掌）

问：杨老师您好。请问发生学和传统的知人论世的方法有什么联系？谢谢。

答：实际上我们也在用"知人论世"。我们过去讲时代、家族背景、思想、影响，但是我们要深化知人论世，要带有现代人的深度。在广义上说，发生学也是知人论世。比如孙子，在吴国攻入楚国都城这场战争之前，根本没有孙子的记载。为什么呢？因为孙子之前只是客卿，是一个军事顾问而已，官方材料中不会给予记载。再比如屈原，战国的文献中看不到屈原，那么屈原存不存在呢？一些"饱学"的老人说，既然这样，那屈原是不存在的，不记载的就不存在嘛。但是，我们看司马迁是如何作《屈原列传》的。司马迁跟屈原相差150年，他到过屈原的家乡，到过屈原流放的沅水、湘水、洞庭，到过屈原沉江的汨罗，到过屈原研究的中心——淮南王统治的地方。一个与屈原生活的年代相隔150年的历史学家，作了这样的调查回来说屈原是存在的，那我相信谁呢？我认为更可信的是太史公。我们的知人论世，要真知，真论。（热烈鼓掌）

主持人：好的，肯定咱们还有很多问题，但是呢，现在已经大大地超时了。杨先生今天非常忙，来给我们作报告，我想我们的收获肯定是多方面的。特别是关于诸子的发生学，杨先生也把"知人论世"的方法用现代的很多理念、思维方式和研究手段进行了非常好的提升。从我个人的感受来说呢，有两点非常重要：

第一，正如杨先生说的，我们应该大胆地去发现问题。现在我们研究先秦两汉的同学，不管是搞历史的还是搞文学的，都说选题难。其实选题难的背后，就是提问题难。提不出问题，就没有选题。其实，学术研究就是在提出问题和解决问题当中来进行的。提不出问题，就谈不上解决问题，那么学术就不可能进行了。今天杨先生的报告，从提出问题这个角度，给了我们很大的启发和鼓励。特别是年轻老师和学生，就是要敢于提出问题。

一个学者要是永远也提不出问题的话，那么他这一生肯定是没有任何成就的。

第二，是从哪儿找问题。杨先生今天用的文献，我们大家都看到过，可是为什么我们没有从中发现问题呢？杨先生今天没有用清华竹简、上博楚简，许多人认为那些材料新，可以发现新问题。可是，一个好的学者，一个真正有思想的人，他是能够从大量的非常平凡的文献中去发现问题的。那才是真水平，才叫真功夫。当然，这不是说我们能够随便猜想。我们大家可以听一听，杨先生也是根据几个方面的材料找出他们内在的关联性，然后才提出问题，不是随便猜想，也是有文献依据的。所以，我们在做学问时，能不能从这些大量的、普通的、常见的材料中找出问题来，我想这对我们老师和学生都是非常重要的。当然，不是发现问题就能解决问题，但是，首先要能提出问题来，学术才能很好地往前推进。敢不敢提问题和会不会提问题这是两个相互关联的学术思维。今天的讲座结束，我们再次用热烈的掌声表示感谢。(学生们热烈鼓掌)

(记录整理：王霄蛟)

时间：6月3日（星期三）晚18：30～20：30

地点：北一区图书馆一层学术报告厅

主讲人简介

莱纳·温特（**Rainer Winter**） 生于德国卡尔斯鲁厄，哲学和社会学博士。奥地利克拉根夫大学人文社会学系教授，德国文化社会学协会会员，国际文化研究协会成员。主要研究领域是传媒与文化理论及研究。著作有《电影、文化与社会关系研究导论》、《电影与解释》、《文化研究与媒体分析》、《作为权力批判的文化研究》、《文化研究的视角》、《媒体与身份及自我认同》、《当代批评理论》等。

无规则的实践与后现代生活：
作为批评理论的文化研究

——后现代日常生活中的反抗社会性

莱纳·温特

一 绪论

我此次演讲的核心内容是批判理论，这一理论尤为注重日常生活的重要性和相关性。我将以西美尔对日常生活的现象学分析开始，通过超现实主义者在巴黎对梦想和现实的混合，以及语境主义者从巴黎公社直到现在的实践活动，去探讨日常生活可能产生的变革，虽然日常生活尚没有得到应有的重视。这种日常生活反抗全球资本主义的现代化，但灵活吸取了其同质化的趋向，并顽强地坚持与过去的联系。即便是本雅明研究城市资本主义的作品也曾尝试着与其他的时间和空间联合起来，以此来让现时的统一性支离破碎。

二战以后，列斐伏尔融合了种种思想，并提出了一种日常生活辩证法。尽管科层化、消费主义和物化成为战后的文化主流，但超越性的与越界性的思想依然留存在日常生活中。社会性与公共交流包含了对日常的循规蹈矩以及政治生活的批判。日常生活成为列斐伏尔批判的基础，以此质疑、批判、挑战社会分化、原子化以及学科专门化的种种趋向。法兰克福的批判理论也持有类似观点。我们且举一个具体的例子：阿多诺在其《最低的道德》（*Minima Moralia*）一书中探讨了西方的日常生活，但在奥斯维辛之后，他的态度既饱含期待又充满疑虑。他的方法是历史哲学式的，展示了社会形式的变化，以及技术的规范化，同时指出资本主义生活方式如何塑造，或者说扭曲了我们的自我以及世界图景。尽管社会关系几乎全部都被工具化，阿多诺意在寻找看似无关紧要的关联所具有的可能性，这些都是社会变革的因素。很明显，在被规训的世界中，个人对权力关系毫无察觉。因此个人采取行动的可能性就微乎其微，因为他自己已然被规训了。尽管如此，阿多诺寄希望于一种真理概念，这一概念旨在批判社会状况和公正社会的理念。好生活是可能的，即便它尚未存在；但也还有一种可能，即便是被扭曲的可能，而且这种可能是内在于现实的。

和列斐伏尔一样，阿多诺认为现实包含了超越自身的东西。他反对狄尔泰所开启的历史相对主义传统，认为真理的意义只有在当下才能把握。历史从当下得到意义，而非过去。因此，对现在的分析就首当其冲：也许今天我们唯一能说的就是，真正的生活存在于对虚假生活形式的反抗之中，只有成熟的意识才能认识到这种虚假性并最终将其消除。除此之外，其他都是多余的。批判知识分子反对晚期资本主义的文化工业，对新社会所带来的解放寄予厚望。后期阿多诺主要在艺术中寻找反抗意识。批判理论立足现在，寻求社会改造，以面向未来。

我很清楚，阿多诺的批判理论态度悲观，但同时也具有批判性。同时我也认识到，他的方法是典型的西方马克思主义传统对资本主义总体性的批判，只反映了现代社会及其媒介文化的某些方面。社会与文化发展过程中的分化、多元化和全球化，以及社会问题的多元化，这些都需要更为恰切的理论与工具。当今时代与列斐伏尔和阿多诺的时代一样，都需要批判思想，虽然我们不能再求助于黑格尔的真理概念。下面，我将从后结构主义与文化研究中的核心概念即反抗问题说起，去追问反抗与批判到底是什么关系，社会变革的解放性可能到底何在。

我将引述尼采与福柯对当下这一概念的分析，然后通过媒介文化研究尤其是约翰·费斯克的研究来说明，批判与反抗如何内在于现代日常生活中，而对德赛都的探讨会让这一主题得到深化。

二　后结构传统中的反抗

首先，我们要认识到，从后结构主义视角来看，反抗与其所反对的社会结构相关联。福柯认为，在现实中，反抗总要依赖现状，这现状就是反抗要斗争的东西。批判与反抗紧密相关。我们从很多社会运动中可以认清这个问题，如性别少数或少数族裔团体反抗社会压迫的运动。

在对权力的分析中，福柯指出，在现代社会中，我们可以区分不同形式的反抗，虽然这些反抗形式关系密切，如对规训权力的反抗，对生机权力的反抗。在文化研究语境中，媒介文本的反抗意义很早就浮出水面，这些都是反抗统治意识形态的行为。刻板意识受到颠覆，性别少数或少数族裔认识到了他们自己的利益。自从伯明翰当代文化研究中心在 20 世纪 60 年代成立以来，反抗性阅读就与社会行动和运动紧密结合，关键问题就是对社会和政治场域的介入。文化研究想要对经济、社会政治问题的解决作出贡献，80 年代以后的后结构主义思想加强了这种跨学科的取向，可以说没有后结构主义就没有文化研究的今天。

后结构主义，简而言之，就是对普遍原则、宏大叙事和抽象规范的批判。它不是黑格尔的绝对精神，而是尼采及其谱系学方法塑造了德勒兹、福柯和德里达的思想。这种思想源于亚里士多德或维科所定义的实践的知识，即对具体情境的关注。谱系学检验具体的语境和反抗由之而起的社会背景。基于抽象原则的道德主体这一概念，受到了根本的挑战。甚至传统的意识形态批判，即寻求正确的意识这一概念，也受到了挑战。尼采所发明的谱系学视角关注肉体化的、基于社会环境所进行的实践行为。

在法国哲学的语境下，尼采创造了一种阐释的哲学，认为理解和真理有多种面相。对尼采来说，阐释没有终点。身体由各种相互对立的阐释所构成，这就是后结构主义的缘起。对福柯来说，批判不仅在于我们对自身的理解，同时也包含一个去主体化过程。他不告诉我们我们是谁，应该去做什么，他要说的是，我们要反抗固定的身份，这身份是社会强加给我们的。因此他在一次采访中说，我努力想要去理解权力运作的机制，之所以这样做是因为那些与权力相关的人，那些通过行动反抗权力的人，他们有可能逃脱和改造权力关系，他们不能臣服于权力。在福柯看来，不是人制造了权力关系，相反，是权力关系塑造了人。在《规训与惩罚》中，他说明身体不仅得到塑形，同时也被变形了，身体屈从于规范化过程，最终可能性受到了制约。个体必须顺从规范。而福柯反对单一规范，因为舍此之外都被视为不正常。福柯认为，只有当规范化程序成为我们日常生活须臾不可离的、自然而普遍的东西时，对这种权力形式的反抗就成为必须，即便人们早已忘记当下现实只是可能现实的一种。

在霍伊（David Hoy）和德勒兹看来，福柯发展了一种反抗的社会存在论。福柯在《性经验史》第一卷中就说，哪里有权力，哪里就有反抗。既存在着多重的反抗据点，同时权力也需要反抗据点来发挥作用，甚至通过反抗活动而得到强化。福柯无法想象一个没有权力关系的社会，他认为谱系学的方法可以对权力的不对称范畴进行分析。

一方面，对福柯的批评总有这样一种看法，福柯的反抗是无效的，因为这种反抗内在于权力。但另一方面，有效的反抗利用权力机制去弱化或者颠覆权力。例如对身体进行规训，一方面可以让工作更有效率，让权力更坚固；另一方面也可以让身体更加健康、舒适和享受。福柯也承认，这种反抗可能被更为微妙的策略所消解，如消费行为或整容所带来的幻象。在他的后期作品中，福柯阐明了批判的角色，让我们认识到了自我意识的界限。只有认识界限，我们才能有所开拓。因此，福柯的哲学品质就是不断揭露和反抗压迫，其批判性反抗就是确保权力游戏所产生的压迫缩减到最小。

在文化研究的传统中，对后现代媒介文化的研究与福柯的思想有着很大关联。我想先强调对日常生活进行批判研究的视角。因此，对我来说，问题不是简单地去与研究日常生活的方法相挂钩，而是强调从现代权力与统治关系的视角出发，去发现日常生活转变的可能。

（一）反抗性、社会性与文化研究传统

文化研究这一可以视作颠覆传统社会学的方法，旨在考察日常生活中存在的矛盾、冲突和可能。这种批判传统的品质旨在让能动性得到增强，以此来改变社会关系。

对阿多诺来说，社会控制的技术以及文化工业的渗透变得越来越复杂，日常生活经验即便不是被扼杀，也会变得越来越虚弱，也许只存在于先锋艺术或理论分析中。然而，在这一传统中，日常生活的时空成为获得权力

和社会转变的可能场域。乔治·奥威尔所描述的绝对集权国家尚未出现，因为根据列斐伏尔、巴赫金或德赛都的理论，在日常生活中，客观化、科层制和同质化都因为各种各样表现的创造性、激情和想象力而受到弱化。社会转变的动力在这里得到揭示和实现。打破常规，我们便可以超越，让日常生活变得更加丰富。超现实主义运动就是对日常生活的惊异化、诗意化。巴塔耶等人在平庸生活中制造神圣，列斐伏尔分析晚会，而巴赫金则对狂欢节情有独钟。

于是，阐释社会学的一个任务就是维护日常生活。20 世纪 80 年代的米歇尔·马非索里（Maffesoli）就已开始了这项研究，并提出社会性（sociality）这一概念，意思就是社会交往中的不可被形式化的因素。在他看来，日常性就是异质性、多维性，是流动的、矛盾的和变动不居的。他提出了社会现象的活力，强调非理性的意义，以及后现代社会性所特有的表面化。马非索里的日常反抗具有很强的非政治意味，因为他对于推翻资本主义现代性这一想法所报的态度非常悲观。他认为，即便革命成功，依然还有权力关系。这一点他同意福柯的观点。下面，我们要探讨一下约翰·费斯克的作品，然后我们再分析德赛都对反抗、日常生活和乌托邦的看法。

（二）反抗、大众与人民

文化研究这门学科的确立与大众文化研究的合法化密切相关。与此相关的是威廉斯意义上的对日常文化和共同文化的再评估，同时对高雅与低俗文化划分的挑战。自从 80 年代以来，费斯克对大众文化进行了影响重大同时也是争议四起的分析，在这种分析中，创造性的反抗行为、强烈的快感与消费之间的关系得到强调。他强调经验的特殊性、表面的和有意义的刺激游戏以及文本之乐，他赋予身体快感以反抗机制。当人民使用流行文本时，这些文本便具有解放功能。这种潜能，在费斯克看来，是不能指望高雅文化的。人民、大众、大众力量，是一个变动不居的共同体，可能与所有的社会团体都有所接触；不同的个体属于不同的大众团体，在不同的团体间游移。所谓的人民，就是这种变动不居的社会团体，最好描述为人民的情感团体，而非外在的社会性的团体，比如阶级、性别、年龄、种族、地域，或随便其他什么群体。另外，费斯克将后结构意义上的主体性视为一种游牧形式，在日常生活复杂的、社会的分化中自由游移，然后根据情况所需，进入继而改变团体，最后创造出新的共同体。

费斯克吸收了福柯的权力分析和德赛都的日常生活理论，对从属团体的反抗能力深信不疑。因此，他说，购物中心可以从无数地方进行改造，起码暂时可以被弱者所控制。商场本是为了商业目的，现在却被消费者用于满足自己的需求，老人、穷人也可随意享用里面的设施。社会体制的策略没有人民的战术那样有效和成功。同时，费斯克说明，那些所谓的强者反倒是虚弱的，因为正是那些所谓的弱者决定了他们商业行为的成功与否。

费斯克的核心观念是大众快感，以此来区别霸权快感。它的目的是在社会、道德、美学和文本的层面上对抗权力。权力想要控制规训快感。根据费斯克的理论，大众快感外在于社会控制，是对权力的威胁和破坏。在历史中，大众快感总是被低估，被视为非法，从而臣服于社会规训。一方面，根据这一概念，费斯克找到了一种有效的能量，去发展他自己对社会经验的看法。另一方面，他看出快感可以逃脱权力集团。大众快感触及了人民都要进入的社会关系。在费斯克看来，大众文化在文化工业所提供的资源与消费者的日常生活所形成的界面中得以产生。这种相关性无法得到定性的说明，因为这只是一种潜能，与文本所处的时空相关联。当大众自己的社会经验与从流行文本博弈所得来的意义产生关联时，大众快感便产生了。

费斯克认为大众文化对日常生活的微观政治学意义重大，让我们在权力关系中，拓展自由的空间。处理社会系统的文化研究方法不再关注意识形态或文化工业理论。文化研究所提倡的伪装、策略、手段都没有系统化的组织，只是人民反抗权力集团的种种零部件。同福柯一样，费斯克没有将反抗视为一种本质，而是将其视为某种关系的组成部分，权力也属于关系。他由此得出结论，大众文化无法在文本中找到，而是存在于去日常生活实践。

我们都知道，德赛都的日常生活实践是费斯克理论的基础，他将其统合到葛兰西、福柯与霍尔所提出的权力和权力集团与人民对抗的模式中。德赛都的理论更加复杂，且为我们在后现代日常生活中提供了另外一种视角。

（三）反抗与德赛都的现实

德赛都不想提出一种系统化的理论或封闭的理论系统，他的作品更多是与实践相关，也就是日常生活。这就是拉康所谓的他者性场所。现代的日常生活都是通过科层制进行组织和构形。德赛都方法的特征是创造性，即对身边物件的挪用，巧妙地改变、重组了日常生活，同时以不同方法对其进行调整。这些实践见证了文化的多元性与异质性。德赛都不只求助于实践，同时唤起身体的顽强、孩童的记忆和形形色色的文化记忆，这些都有助于改造活动。反抗源于差异、他者性以及想象域，去抵抗科层制管理和文化工业对日常生活的殖民化（colonization）。他的立论基点就是，日常生活是现代权力模式、生产和消费的一种障碍。

与布尔迪厄和福柯不同，德赛都想要发现一种创造性的挪用，去制造大众文化，通过重新组合与挪用消费的各种形式，在消费世界以及现在的科技环境中进行偷猎。这种反抗是隐而不彰的。他分析的中心问题是日常实践的策略性特征。策略没有具体原则，由具体的时间和空间要求所决定。它们必须与具体的事件进行交涉，由此发现有利于己的机会。阅读、谈话、做饭、散步、电视购物，这些都是对机制的再挪用，而这一机制是由权力策略和功能主义理性所形成的。普通人就是日常生活的英雄，他们通过自己的行为和颠覆方式进行反抗，通过生活世界的战术性漫步，不同的欲望和利益都变得真实不虚。德赛都强调颠覆性首先是生活和体验出来的具体行为，而不是自由或阶级斗争这种宏大叙事所建构出来的空洞概念。

在拉康那里，有些东西在时空中是不可见也不可感的，它们存在于文本或媒介结构的边缘，无法在现实中得到表征或体会。德赛都接受前话语、无意识经验，并认为反抗在拉康的现实域和日常生活中得到了体现，虽然这种体现是无意识的。德赛都认为，日常生活的主体不是一个反文化英雄，而是一个由各种关系所形成的建构物。日常生活实践在工业社会中，是大众边缘性的表达，它们不生产文化，却利用文化进行游戏。日常生活理论的根本预设就是日常生活本身拥有一种可识别的逻辑和形式，目标就是发现实践的模态。德赛都发现了文化分析的新形式，这种形式可以让日常生活的多元性和异质性得到更好的体现。很明显，任性的、变动不居的微观实践不能被系统化地纳入到体系中，这也可以说明阿多诺的非同一性。布朗肖的观点也有类似之处，他将日常生活定义为人类可能性的无限总体结构。在一个给定的社会秩序中，他将未得到社会承认的原则与矛盾和日常生活的开放性统一起来。霍米·巴巴的杂交身份理论也表明，不是对殖民话语的反抗，而是模仿性的习得、再定位等实践赋予了屈从者以力量，去破坏同质化进程，开启新的可能性。德赛都将社会变革视为社会内部蕴涵的一种潜能，而不是结构的彻底断裂，这无疑具有乌托邦性质。德赛都对可能的地理学分析就是要显明日常生活中实存与可能之间的张力。

不同于那种悲观的分析，德赛都认为日常生活不可能被完全殖民化。

对体制的反抗势不可挡——起码是在真实域这一范畴中，异质性所具有的力量源源不绝。日常生活就是反抗的据点，但不一定就是系统性的反抗力量，德赛都更为关注的是精神分析对反抗策略的启发。因此，他不仅关心挪用的想象性形式，同时也注意到日常生活不可能被完全驯化，完全被权力所渗透，因为日常行为由意义、幻想与感觉构成。他的作品就可以被视为日常生活的诗学。

三　结论

我演讲的目的是提供一种视角，以发现日常生活所具有的反抗潜力。这一视角通过分析日常行为的不可驯服，通过分析经验的感性模态，去拓展我们的社会实践。这一视角让文化多样性得到彰显，同时也阐明了这些视角对我们的后现代生活是多么关键，尤其是当我们以为自己已经穷尽种种逃逸的可能时，当我们想要去理解社会转变所需的条件时。没有对内在于日常生活的反抗的理解，批判理论就不可能有所作为。

互　动　环　节

问：我们都知道法兰克福学派对资本主义文化工业进行了强烈的批判，其中阿多诺（Adorno）和本雅明（Benjamin）的批评理论尤为著称于世。但是，就本雅明来说，他是否存在两种面向：一是激进的，像布莱希特那样，而另外一个就是保守的，像波德莱尔那样，你的理解是什么？

答：阿多诺的批判理论，由于继承了布莱希特的和波德莱尔的批评理论，强调从总体角度去抵抗同一化的思维方式，批判文化工业的欺骗性，分析个体意识如何能够有效地反抗文化工业和物化世界的诸种可能性，具有强烈的批判性。本雅明和阿多诺一样，激烈地批判现代资本主义的发展，这没有问题，但与其将本雅明的另一个面向定义为保守，我更愿意将其定义为忧郁，因为他和波德莱尔一样，想要改造资本主义社会，波德莱尔本人就参加过巴黎公社运动。本雅明选取波德莱尔为主角进行研究，就是要分析颠覆资本主义的可能，但同时他又发现这种可能性非常微弱。于是他的气质则不免忧郁。

问：你为什么会将德赛都与拉康的理论结合在一起？德赛都的理论与拉康的精神分析理论之间有何关系？

答：毫无疑问，德赛都深受拉康的影响，德赛都本人就参加过拉康所举办的弗洛伊德小组。德赛都对日常生活的解读是建立在拉康的心理学精神分析的基础之上的。其中的核心概念就是现实域，这是无法触及也无法理解的一片晦暗角落。或者用弗洛伊德的术语就是潜意识或前意识。正因为无法理解，才无所被完全殖民化，从而为反抗提供可能。

问：德赛都关于日常生活实践的理论是否有美化日常生活即神化日常生活的嫌疑？我们这么容易就可以在日常生活中进行反抗吗？

答：首先我们要谈到两种反抗行动。一种是 action，这是需要理论指导的社会运动，是群体运动。这是非常困难的。而我们所谈到的日常生活实践则是一种 practice，这是个人自发行为。因为如前所述，潜意识的存在为我们提供了反抗的可能性。同样费斯克把反抗的主体性视为一种游牧的形式，在日常生活和社会分化中自由游移，改变原属团体，进而创造新的联盟，比如"购物中心"的构建原本出于商业目的，可现在却转变成人们享受的中心。这样我们就可以在日常生活中进行反抗实践，日常生活就是我们的据点。这是一种微观政治学，是个人的隐形反抗，而非大规模的社会运动。

问：您的报告里反复强调日常生活的反抗社会性，我也同意自发反抗社会理论具有其自身的合理性，可是，在一个高度集权的国家，其党派控制极其严密，请问在这种情况下，德赛都的理论能否用于这样的国家？反抗有无可能？

答：首先我要强调，德赛都和福科的理论为我们日常生活反抗提供思想的基础。在福柯看来，权力关系无处不在，无论是集权国家还是自由民主国家，这是必然的。但福柯又在《性经验史》中说，哪里有权力，哪里就有反抗。权力甚至需要来自下层的反抗，这样权力才能发挥其作用，并显示其权威。

德赛都认为人们可以利用日常生活，比如身边的物件，对其进行巧妙的改装和调整，从而实现对日常生活的改造和重组，以期发现有利于自己的机会。正是这种机会让日常生活的多元性和异质性得到体现，使非统一性成为可能。于是，社会集权在非统一性的抵抗下逐渐遭到破坏。这些都是进行反抗的契机，而这种契机就蕴涵于日常生活实践中。

（记录整理：吴远林）

时间：2009 年 6 月 10 日晚 18:30

地点：首都师范大学北一区图书馆一层报告厅

主讲人简介

主持人（踪训国）　今天，我们非常荣幸地邀请到北京师范大学的康震教授来为我们讲座。康教授现为北京师范大学文学院副院长，教授、博士研究生导师。曾在南京师范大学文学院从事博士后研究。他还是中国李白研究会常务理事、中国苏轼研究学会常务理事、中国王维研究会理事、北京高等教育学会理事、中国唐代文学学会会员、中国韵文学会会员。主要从事中国古典诗词散文、中国古代文化与文学的研究。

康先生在《文学评论》、《文艺研究》等学术刊物上发表论文 50 余篇。出版《长安文化与隋唐诗歌》、《康震品李白》、《康震评说诗圣杜甫》、《康震评说苏东坡》、《康震评说李清照》、《康震评说唐宋八大家》等学术著作、教材 16 部。主持、参与多项国家级、北京市级教学科研项目。荣获全国模范教师、宝钢教育基金理事会全国优秀教师奖、北京市高校青年教师教学比赛一等奖等多项奖励。

2005 年至今，康教授在中央电视台（CCTV）10 频道"百家讲坛"主讲"诗仙李白"、"诗圣杜甫"、"苏轼"、"李清照""唐宋八大大家"等专题讲座，另外还在国内外举办讲座数十场，获得广大观众和国内外听众的广泛好评。今天是一个非常难得的机会，下面我们就用热烈的掌声欢迎康教授给我们作报告。（热烈掌声）

李清照：一代词宗的情感世界

康　震

同学们好，今天我讲座的题目是《李清照：一代词宗的情感世界》。我们对李清照应该说非常熟悉，对李清照的一些词，比方说"帘卷西风，人比黄花瘦"，"才下眉头，却上心头"等也都非常熟悉。我们对一个作家的了解，往往都是从他最为人们所熟悉的作品开始的。

但同时，李清照又是一个复杂的女性，为什么说她复杂呢？因为她跟一般的女性不一样。我们只知道她是一个很优秀的作家，而且是中国古代最杰出的、最出名的女作家。但中国古代女作家也不少，为什么她最出名？归纳起来有这么几点：第一，她有一桩好的婚姻。这对任何一个成功的女性来讲，都是很重要的基础。当然，我并不是说每一个成功的女性都能延续一桩好婚姻，这是两个不同的概念，但李清照成功的起点应该是有一桩好的婚姻。第二，她的后半生遇到了一个女人所能遇到的最糟糕的境遇，也就是说，她的前半生是一个最幸福的女人，而她的后半生是一个最不幸福的女人，这两点就能让李清照成为最杰出的词人。当然还有一个因素是不言而喻的，就是她的艺术天才。也许像李清照这样，前半生非常幸福，但后半生却不幸福，或者说前半生特别不幸福，但后半生特别幸福的人很多，可是，有这样遭遇的人又是一个天才的艺术家，那就很少见了。也许还得再加上一点，除此之外，李清照还是一个非常有个性的人。在宋代，士大夫对李清照有一个评价，说李清照有"林下之风"。什么是有"林下之风"？我们知道，在魏晋南北朝的时候，有一个很著名的文人群体叫"竹林七贤"，"竹林七贤"整日做的事都很潇洒，要么吟诗，要么喝酒，要么吃药，（众笑）所以，饮酒、吃药、赋诗、弹琴，就构成了魏晋文人很重要的生活内容。我们知道"旧时王谢堂前燕，飞入寻常百姓家"这句诗，当时谢氏家族里面有一位女子，（观众有人说谢道韫）对，有的人知道。她跟这些士大夫的风范特别贴近，虽然身为女子，但看上去却颇有些丈夫之气，这个丈夫之气不是说她有丈夫的豪壮之气，而是有那种旷远的、通达的丈夫之气。所以，当时人们就说，这位女子有"林下之风"。"林下之风"的"林"指的是什么呢？指的就是"竹林七贤"。所以在宋代的时候，有很多人就说，李清照也有"林下之风"。我认为，就算你满世界去找，在你身边的人里还真是很难找出一个有"林下之风"的女子，要成为这样的女子需要很多因素，不是只有温柔就可以，不是会赋诗就可以，也不是性格豪爽就可以，不但要有这些因素，还得有见识；不但要有见识，还得显得不粗豪；不但显得不粗豪，还显得很通达；不但显得很通达，而且通达之外还要有女性的别样的韵致，这就太难了，所以李清照是很厉害的。

当然，作为女性来讲，最开始都是从温柔开始的，李清照也不例外。

我在这里举的这首词，大家再熟悉不过了，《如梦令》："常记西亭日暮，沉醉不知归路，兴尽晚回舟，误入藕花深处，争渡，争渡，惊起一滩鸥鹭。"写得好，（众笑）为什么写得好啊，这是少女的词，这就是个性。不像我们，虽然都已经20多岁了，一下笔还是瓦蓝瓦蓝的天空，（众笑）这就不好了。或者本来只有十几岁，一下笔就先从中央说起，先从文件说起，这就叫"党八股"，毛主席早就批判过。我的意思是，写文章、写诗和写词，都要写出自己的性情和个性，这样人家才喜欢。因为写文章、写诗词，实际上是在写谁？是在写学问，在写自己。所以从词中看，也许是李清照一个人，也许是她跟她的女伴在一起，在一个黄昏时节，但也许从早晨就已经出来了，玩儿得非常尽兴。有人说"沉醉不知归路"，是玩得太陶醉了，忘了回家，但也有人愿意相信她们喝了一点酒，这都不要紧，关键在于，这种高兴和兴奋是少年时期的李清照所特有的，她能把这个东西写出来，就已经证明她具有超凡的写作能力。有几个人能写好天真烂漫？有很多人能写民族的历史，但是能写一颗童心的人，并不多见，这需要更高超的技艺。尤其难得的是，儿童能写童心又能够流传千古，成为佳作，这就太难了。我们知道有这样的情况，比方说："鹅鹅鹅，曲项向天歌。白毛浮绿水，红掌拨清波。"这跟"争渡，争渡，惊起一滩鸥鹭"相比，就差得太远了。写这首词的时候李清照也就是十五六岁的样子，这是她的一篇少年之作，但是任何一个杰出的文学家去读它，都会异常地惊讶，因为这代表了李清照的一段人生，而且她这么杰出地把自己的人生和个性镌刻在了文学史的画卷当中，这是非常了不起的。

到了这时候，李清照就大了一些，还是一首《如梦令》，说："昨夜雨疏风骤，浓睡不消残酒，试问卷帘人，却道海棠依旧。知否，知否，应是绿肥红瘦。"昨天晚上，风大雨小，我睡得很好，早上起来的时候，因昨天晚上狂喝滥饮，那个酒劲还没过去。"浓睡不消残酒"，大家要注意，词人写词和诗人写诗最重要的手法，就在于会不会剪裁，一个杰出的文学家最擅长做的工作就是"砍"，而不是增加。我还想举一个例子，比方说李白写诗，我们知道李白写了很多山水诗，其中有一首特别有名，就是那首给汪伦写的，这首诗有时候我也背不下来，只记得第一句："李白乘舟将欲行，忽闻岸上踏歌声。桃花潭水深千尺，不及汪伦送我情。"（众吟）今天能背下来真不容易，有时候背着背着就成了"朝辞白帝彩云间"。（众大笑）桃花潭，鄙人是去过的，估计大家很少有机会去，因为它在安徽的泾县，就是"皖南事变"爆发的地方。那个地方风景秀丽，我有一个偶然的机会去了这个桃花潭，是挺美的，它的早晨、它的中午、它的傍晚和它的夜晚，都是很宁静而温馨的。潭水清澈见底，"潭中鱼可百许头，皆若空游无所依"，这是柳宗元写的。但是我当时就在想，如果是我写桃花潭的美，我就会从远处的青山写起，然后再写到村庄，然后再写到稻田，然后再写到桃花潭的水是多么的绿，然后再写桃花潭边的村庄，还有那里的人有多美。可是李白呢，李白写了一个最不可能的事情，那就是"桃花潭水深千尺"。天可明鉴，桃花潭水真的不是深千尺。我去看了桃花潭，我要跳进去，离岸近的地方也就齐到腰，如果再往深处走，顶多能没到我的脖子，百分之百不是深千尺。就是当年也不可能是深千尺的，要不就不是桃花潭了，就是桃花海了。（众笑）我想说的就是诗人写诗，像李白这种诗人之所以是大才、是天才，因为他写景但不溺于景，不被景所囿。我们一般的人到了一个非常壮丽的地方就懵了，被景物所攫取，然后我们的创造力就萎缩了。所以我们写出来的东西都是什么？都是流水账。这不就像欧阳修说的吗？他原来并不是说"环滁皆山也。其西南诸峰，林壑尤美"，他一开始说东山怎样，西山怎样，北山怎样，南山怎样，但最后他说"环滁皆山也"，这是神来之笔。"桃花潭水深千尺"，这就是景物给李白留下的最深刻的印象，李白看完桃花潭之后，他就抓住这一个点来写，如果他把什么都写全了，还会不会是这个著名的《赠汪伦》了呢？那就不会了。这首诗里，李白抓住一个什么点来写呢？就是桃花潭确实很美，但桃花潭的情更深。

李清照也是同样的，"昨夜雨疏风骤，浓睡不消残酒"，她把"浓睡"、"残酒"、"雨疏风骤"截取出来了。要是我们写可能就很麻烦了，我们会说昨天晚上干什么了，为什么喝多了，晚上睡觉的时候是怎么回事，早上起来又是怎么回事，昨天的风有多大、雨有多惨，不交代清楚担心读者不清楚，还有一点就是总觉得要是不写的话自己的才华就被埋没了，但最重要的是没有天才的剪裁力。艺术创造最可贵的地方是什么？就是善于在一堆麻当中能找到最精彩的那一根，只有那根麻才是能够提纲挈领的。所以我们说，看一个作家、艺术家是不是一个伟大的天才，首先得看他的剪裁力。另外还有大刀阔斧的写作能力，什么是大刀阔斧的写作能力？就是善于在众多的生活意象当中，立刻抓住自己最需要的，最能够表现自己的核心主题的那个句子。这个主题的句子是什么呢？"雨疏风骤"、"浓睡残酒"，如果没有这个，后边的"绿肥红瘦"就不合理了，因为如果雨很大的话，就不可能"红瘦"，而是"红肥"，只有风很小才会是这样；但如果是风很大，雨很小，那自然叶子还剩得很多，但是花朵却被刮掉了。除非是台风，叶子和花都没了，那是两码事。（众笑）所以，看似一首小词，里边全是精心的功夫。关键是诗人想表达的是什么，就是"却道海棠依旧。知否知否，应是绿肥红瘦"。海棠并不依旧，昨天晚上我伤春来着，我伤春了，所以我喝酒，因为这海棠花就是青春的象征。所以这首词虽然很短小，但是里面所有的元素以及关于青春的主题，全部都存在，词里有雨，有风，有睡，有酒，有帘，有海棠，有绿叶，有红花，全都包括了，但是非常精炼。最重要的是，它具有一种巨大的情感的感染力。有的人也很会剪裁，都剪裁好了，但是不会贴，贴上去之后不能形成一种意境，这是不行的。这首词借了一个人，就是"卷帘人"，至于是不是真有这个卷帘人，这根本不重要，一切都是为我所用，我的格局，我的布局。所以，"昨夜雨疏风骤，浓睡不消残酒"，早上起来的时候，不知道昨天晚上院中的海棠以及昨天晚上的自己，到现在是个什么模样，所以就胡乱地、假装地问了一个也许并不存在的人，借卷帘人来说海棠花没事，在经过这雨疏风骤之后，海棠花还是一样的好。错，这不是我要的答案，我喝酒的结果就是想告诉自己青春已逝，年龄到了。"绿肥红瘦"是对青春的感慨，跟卷帘人的回答毫无关系。就是海棠花又长了一指，跟我都没关系，结果就是绿肥红瘦。所以，从这方面就能看出作家的成熟程度。为什么说她成熟呢？因为她具有一种对艺术的高度的概括力和剪裁力，当然这里边也能看出来，李清照有一种个性。

"男大当婚，女大当嫁"，李清照跟赵明诚认识的过程也是比较奇特的。应该是赵明诚主动追求她的，有一条材料能说明这个问题。元代伊士珍所著《琅嬛记》中说，"赵明诚幼时"，其实这时已经不年幼了，当时已经是19岁、20岁了，他父亲要给他选个媳妇儿，赵明诚说自己在白天做了一个梦，梦见他在看一本书，我想这本书的名字可能叫《李清照小传》，（众笑）这个很有可能。"觉来惟忆三句"，醒来的时候只记得书里面的三句话，就是"言与司合，安上已脱，芝芙草拔"，"以告其父"。赵明诚的父亲赵挺之是当时的宰相，所以他是个高干子弟。"其父为解曰：汝待得能文词妇也。""言与司合"是什么意思呢？是"词"，"安上已脱"是"女"，"芝芙草拔"是"之夫"二字。"非谓汝为'词女之夫'乎？后李翁以女女之，即易安也，果有文章。"我觉得这里面大概有两种可能：第一，确实有这个事，我觉得赵明诚觊觎李清照已久，就是盯着她盯了很久了。大家可能有很多情况不太了解，李清照其实是具备很多少年成名的条件的，比方说，她的父亲李格非虽然并不是特别有名气，但是，他很受苏轼的赏识，是苏门"后四学士"之一。而且李格非也是宋代很有名的散文家，他写的《洛阳名园记》是很有名的。更重要的是李清照当时的诗词创作在士大夫中间很有影响，而且不是一般的影响，这我就不细说了。总而言之，赵明诚肯定对李清照是早有耳闻，或者是早就想一睹芳容了，所以才把这个心事通过这种方式告诉他的父亲，因为我实在看不出这12个字有什么意义，这个谜面本身有什么意思，很容易就知道他是什么意思。还有一种可能，我觉得是他们两个已结为百年之好后，别人太过艳羡他们的婚姻，所以编出来这样的故事。但不管怎么讲，能有这样一个故事就说明这两个人的婚姻是基于一种美好的感情，而且是基于互相之间的仰慕。赵明诚是什么人呢？赵明诚当时是太学生，相当于当时清朝京师大学堂的学生一样，或像国子监的学生。赵明诚9岁就开始收藏文物，他对这方面有着超凡的兴趣。我们知道，当时"江西诗派"有个很重要的代表人物叫陈师道，陈师道是他的姨父，陈师道出去做官的时候经常会碰到一些稀奇的东西，他觉得比较有价值的就给赵明诚寄回来，所以等到赵明诚20多岁的时候，他的收藏之名以及他的收藏之实在当时的士大夫圈子里头已经很有名气了。想必李清照才华再高，但是毕竟是各有各的行当，她的词写得好、诗写得好，但是赵明诚的文物收藏和文物鉴定在当时已经是小有名气，所以彼此仰慕，彼此爱慕，然后就构成了他们的婚姻的基础，这是很重要的。所以我说李清照在她的前半生的时候，拥有了一个封建时代的女性所可能拥有的最好的爱情和婚姻，这是非常非常难得的。就是两人彼此的仰慕构成了共同的婚姻基础。

有两首词，应该说是李清照在婚前和婚后两个阶段里面比较有代表性的。第一首《点绛唇》："蹴罢秋千，起来慵整纤纤手。露浓花瘦，薄汗轻衣透。　　见有人来，袜刬金钗溜。和羞走，倚门回首，却把青梅嗅。"有人认为这首词不是李清照写的，原因是这里面用了一个"倚门回首"，"倚门"在古代就不是一个好词，为什么呢？司马迁在《史记》里面曾经说过，我记不清原话了，意思是说农不如工，工不如商，意思是说商人做生意是很能赚钱的，所以当时有很多的女子就倚于门市，就靠在门框上做生意。我不知道靠在门边上怎么做生意，但是这肯定不是一个好意思，所以女子倚门就被认为不是一个特别良性的行为。（众窃笑）但是我觉得写词就得这样，要是说"和羞走，靠门回首"好吗？或者说"和羞走，躲门回首"？"和羞走"的后面用什么呢？所以我觉着，中国有很多有性情的诗词被士大夫们一解读就没办法看了。这首词好在哪儿呢？就跟她前面写的《如梦令》一样，就是把这个时期的李清照的性情给写出来了。刚打完秋千的时候，把手搓一搓，因为手抓绳索抓得有点麻了，这个时候是个什么时节呢？"露浓花瘦，薄汗轻衣透"，注意，这句写得太好了！好在哪儿呢？就是什么都没说，但是又什么都说了，你看这词里面有什么？有时间、有地点、有人物、有事件、有发展、有高潮、有结局、有反响，（众笑）是不是什么都有？但是如果这些都有了，那就成小说了，小说有没有意境呢？没有意境，诗词最讲究的是点睛之笔，一句出来之后人们一下子就神会了。小说不是靠神会，小说是靠对事件全部了解以后，沉浸其中，然后陷入到沉思里边，这是小说的功能。但是诗词的功能是什么呢？是抓住你的神经末梢，然后一搓，你就浑身发抖，（笑）所以诗词是最难写的，因为它要捕捉你的情感的末梢神经。大家看，刚打完秋千，这是场景，"露浓花重"，这时候露水还很重，花还没开，说明是什么时候？说明是在清晨，大概就是早上六七点钟的样子，这就把时间给点明了；"薄汗轻衣透"，运动量还挺大的，（笑）当时穿得很薄，汗把衣服都浸透了；玩得很尽兴，这是一个调皮的女孩子；"见有人来，袜刬金钗溜"，什么意思？突然有人闯到后花园里头来了，因为穿得不得体，穿得又少，连鞋都没穿只穿着袜子，而且这袜子在荡了半天秋千以后，可能也不齐全了；然后因为要跑，所以"袜刬金钗溜"了，头上簪子因为荡秋千的原因也都松了，快要掉下来了，袜子也没穿齐整，就急忙要跑回去。跑到哪儿去呢？就是离开后花园跑回自己的书房里去。可是要真的一溜烟地跑没影儿了，这就没得写了，（众笑）所以下面说"和羞走"，一边走，一边羞答答地，脸上有点儿挂不住了。这就奇怪了，如果说是李清照的爸爸李格非召见某一位伯伯或者叔叔，李清照就不用"和羞走"了，直接走了就可以了。"和羞走"，一边走，一边特别不好意思地突然"倚门回首"，走到花园门口了，突然靠在门边上往回看，她可不会直接说她要看，她说"却把青梅嗅"，梅子还没熟，回头闻一下，（笑）其实她的眼睛就不在梅子上，（笑）全在那个人的身上。但是又有点害羞，因为他来的不是时候。所以，我认为"倚门回首，却把青梅嗅"，这就是整首词的词眼。前面都是铺垫，就最后来这一下，但是叙事的元素在词里边全都存在，这才是写词的高手。李清照写词有一个很大的特点，就是在最后的一两句词里边突然放出光彩，而且特别好懂，不用注释。所以有很多人认为《点绛唇》应该是她恋爱时期的作品，我们应该这样认为，因为符合这样一个情境。

《醉花阴》毫无疑问是她婚后的作品，也是她最知名的作品之一。"薄雾浓云愁永昼，瑞脑消金兽。佳节又重阳，玉枕纱厨，半夜凉初透。东篱把酒黄昏后，有暗香盈袖。莫道不消魂，帘卷西风，人比黄花瘦。"这首词的后边写得特别好，其实这首词不需要我来讲解，大家一看都能明白。意思是，李清照的丈夫离开了她到远方去做官，当时正值重阳佳节，也是家人团聚、登高的时节，可是她一个人孤苦伶仃地觉得家里边凉冰冰的，没有一个人跟她做伴。这时候正是黄昏时节，她坐在东边的篱笆边上，手里把着一盏黄酒，突然不知从哪里飘来了一阵暗香。我觉得沙宝亮唱的《暗香》，那歌名百分之九百是从这儿来的。（众大笑）为什么这样讲呢？暗香的这种比喻方法，绝对不是现代汉语的思维。倒是有一个比喻跟它很接近，在《荷塘月色》里边朱自清先生写过一段话，（学生低吟"好像远处高楼上渺茫的歌声似的"）对，说得非常好，就是那个荷花的香。他感觉到"仿佛远处高楼上渺茫的歌声似的"，这是通感。暗香呢，就是隐约地、忽然地袭来一阵香气，"花气袭人知昼暖"，说的就是这个感觉。"东篱把酒黄昏后，有暗香盈袖。莫道不消魂"，这时候，正是让我神魂颠倒的时候，这个"神魂颠倒"指的是什么呢？指的是无尽的相思，太想念了，都想出幻觉来了，本来应该是"西风卷帘"，但是她说"帘卷西风"，这里有个很强烈的动态，"帘卷西风"的那个时候，我比那黄色的花儿还要瘦一些。李清照特别喜欢写黄花，就用黄花比自己。这个词写好以后，她就寄给丈夫赵明诚了，赵明诚看了这词之后特别愤怒，觉得怎么能这样呢，写得太好了，（大笑）不该是这样。然后他就愤然地把自己关在小黑屋里，连续地写了三天三夜，写了50首和其词，来和这首词，然后把50首词跟这首词放在一起，把自己的朋友陆德夫叫来，对他说："老陆，你看看，我这50多首词中，哪首写得好？"陆德夫看了之后说："写得真不怎么样，就三句写得好。就这三句，'莫道不消魂，帘卷西风，人比黄花瘦'。"这根本就是没办法的事，就算他写一万首都没用，一句顶一万句，这就是赵明诚跟李清照在词坛上的差距。（笑）当然赵明诚也有自己的强项，他的强项在文物的收藏方面，但由此也可看出词的创作在宋代的时候的的确确很兴盛，三天三夜写50首，同学们，这也是个奇才，虽然这位奇才有点庸，（大笑）但一个奇异的庸才总比一个毫无才华的庸才好点吧？（大笑）所以我觉得，从中可以看出词的修养在北宋士大夫中间是怎么样的，是很不错的。所以读这个材料好像就是个笑料一样，其实不是。你看这里边，有最优秀的创作者，有最普及型的创作者，还有一个特别有鉴赏力的人，都齐全了，既有文学的创造，又有文学的鉴赏，还有文学的比较。从这件事也能看得出来，在宋代的时候，文学创作以及文学比较的氛围是很宽松的，就连夫妻之间都要比较，然后叫他们的朋友来评判，这本身也是文学培育的一种方式。

　　后来就发生了一些矛盾，其实说起来这个矛盾很简单，在北宋时期最大的矛盾是什么呢？在政治上，就是王安石的改革与司马光的反对，当然这样说显得过于简单了，实际情况没这么简单，不是一个赞成一个反对的事，但是它最后变成了党争。那么在这个党争的过程中，就有所谓的保守派，我只能这么说，所谓的保守派和所谓的革新派。那么李清照的父亲李格非，我只能说他毫无疑问地是一个所谓的保守派，因为他就归到这一派里头去了。但是李清照的公公，也就是赵明诚的父亲赵挺之，他跟蔡京可是好朋友，他是革新派，所以赵挺之在当时是权重一时，是宰相。而且赵明诚自己也做官，他的几个兄弟也在做官。这时发生了很著名的元祐党争事件，具体的不说了，总而言之，最后李格非被革职了，并让他还乡。但这时候李清照就颇为为难了，因为一方面是她的父亲遭到了这样的政治迫害，另外一方面，发出政治迫害的一方里面有就她的公公赵挺之，所以李清照给她的公公写了一首诗，请他的公公施以援手。但从种种迹象上来看，赵挺之没有这样做，因为大家都知道，这根本不是个人问题，这是两个政治派别之间的斗争，跟人情没有关系。所幸的是张琰的《洛阳名园记》的序和晁公武的《郡斋读书志》都收录了李清照写给赵挺之的诗的残句。前面一句说"何况人间父子情"，后面一句说"炙手可热心可寒"，我们从这两句里能看出来这诗里边有两个内容：第一，是李清照在向赵挺之陈说，我为什么要请您来援救我的父亲，因为"何况人间父子情"。两家是亲家，而我为我的父亲这样做，您是可以理解的。第二，赵挺之肯定是没有办法，那么最后李清照就说"炙手可热心可寒"，这句诗是从哪儿来的？这句诗是从杜甫的《丽人行》里来的。杜甫在《丽人行》里边讽刺杨国忠和杨玉环兄妹在当时是"炙手可热势绝伦"，就是说他们的权力太大了，无与伦比，以至于"炙手可热"，手掌就像拿火烧了一样发烫，意思是说权力太大了。但李清照这里是相反地说"炙手可热心可寒"，是说您的手越发烫，我的心里越凉。其实很少有儿媳妇儿这么说公公的，这就能看出来李清照的脾气确实不是很好，而且也能看出来她的个性是很强的，她是有话就要说的人。而这时候的李清照也才不过20多岁，她父亲的官做得没有赵挺之的大，她们家族的背景也没有赵挺之、赵明诚家族的背景大，她自己其实只不过是众多的儿媳妇儿中的一个，这还不包括那些妾们，更何况现在是赵挺之这些所谓的革新派在当政，而她自己只不过是赵明诚的夫人，她在求她的公公能不能帮一帮的时候，都写出"炙手可热心可寒"这样的句子。所以，李清照本来就是个聪慧过人的女子，这跟她从小接受的家庭教育有很大的关系，但更重要的是，她这个小家庭里边却有大政治。李清照未出嫁的时候，李格非的背景虽然没有赵挺之这么大，但是他本人跟苏轼等一批文人的往来也影响了李清照。也就是说，李清照在家里从来不是一个躲在深闺之中的女人，也不像《老残游记》和《官场现形记》里边的那些非常迂腐的女子，她是个头脑很灵活的女子，特别是嫁到赵挺之家里之后，就更是如此。但家庭之间联姻的关系却笼罩上了政治斗争的阴影，这就使得李清照更加认清了人情世故，所以她就更成熟了。她的成熟跟一般的女性不同，一般的女性要是有点才气，也就是写写词，躲在家里边相夫教子。所以我们说家族内部所显示出来的政治的矛盾和症结教育了李清照，让李清照在这样的斗争环境当中成熟了起来。实事求是地讲，就是这么个道理。

在这期间，应该说他们的夫妻关系并没有受到影响，他们的文物收藏事业也在蒸蒸日上。在著名的《〈金石录〉后序》里边，李清照记录了很多生动的情节。我们都知道，在中国古代文物收藏史上第一部很重要的关于文物的著作，就是欧阳修的《集古录》。在欧阳修的《集古录》之后，最大的一部文物著作就是《金石录》，是赵明诚所作，所以赵明诚在中国古代的文物收藏史上占有非常重要的地位。赵明诚去世以后，李清照重新整理了《金石录》。《金石录》是赵明诚为他所收藏的所有文物、金石、字画做的一个总目录，目录底下都有一些介绍。李清照为它写了一篇后序，在这个后序里边介绍了一个叫大相国寺的地方，这个地方大家应该非常熟悉，鲁智深在这儿拔过垂杨柳，他跟林冲也是在这里认识的，当然这都是小说家言了。大相国寺在北宋是一个很著名的文物古籍集散地，就跟我们现在赶庙会差不多，跟天坛、地坛的庙会差不多。赵明诚夫妇经常去相国寺里边淘文物，他们常常把衣服当了，然后拿钱去买一些文物。一次，有人拿着晚唐五代著名画家徐熙的《牡丹图》，要他们出 20 万才卖，夫妻两个人把画留在家里一晚上，翻来覆去地看，最后还是计无所出，没这么多钱。赵明诚虽然是宰相的儿子，但是因为赵挺之本是寒族士人，所以他对子女要求很严格。夫妻俩没那么多钱，第二天早上只好把画又还给人家，"夫妇相向惋怅者数日"，夫妻两个为这事不高兴了很多天。"每获一书，即同共勘校，整集签题。得书画彝鼎，亦摩玩舒卷，指摘疵病，夜尽一烛为率。"每次新得到一本旧书，因为他们收藏的都是文物，买的不是新书，他们夫妻两个都要一起进行校勘整理，把破损的地方弥补好，"夜尽一烛为率"，往往要把一根很粗的蜡烛燃完。那种蜡不是咱们点的小洋蜡，是很粗的那种蜡。蜡烛点完之后，这工作就——"夜尽一烛为率"，一晚上都不睡觉也要把这个工作做完才算完事。虽然两个人当时很贫寒，但是很快乐，为什么很快乐？因为生活的情趣很高雅，我们现在一说情趣高雅就是咖啡馆，品茶，吃西餐。他们那时候可不是，人家做的事情很高雅。"余性偶强记"，我记性比较好，"每饭罢，坐归来堂烹茶，指堆积书史，言某事在某书某卷第几叶第几行"，就是李清照跟赵明诚比，看谁的记性好。那天我们买了一本书，那本书里头记了一个事，这个事在那本书的第几卷的第几页的第几行，我们就从那开始背，"以中否角胜负"，看谁背的准来决定胜负，"为饮茶先后"，背赢的先喝茶，背输了的后喝茶。这不是赌博啊，（笑）就这个很简单的内容，这就是他们所谓的雅趣。"中即举杯大笑，至茶倾覆怀中，反不得饮而起"，要是背准了特别地高兴，举杯大笑，然后茶洒了，杯子倒在怀中，反而喝不成了。"甘心老是乡矣"，就希望夫妻能一直这样到老。但是，同样是变老，变得过程不一样，人家在背诵诗文当中慢慢变老，我们怎么变老的那我就不知道了，可能是逛百盛的时候慢慢变老了吧。（众笑）这段话是写赵挺之去世以后他们的生活。赵挺之和蔡京把那些所谓的保守派都赶跑了之后，他们也产生了矛盾，最后蔡京把赵挺之赶走了。赵挺之就一病不起，去世之后家也被抄了，全家人都回到了山东青州老家。这段故事是写他们回到山东青州老家后，两个人甘心贫贱以收藏为乐的生活，"甘心老是乡矣"，就这样我就很满足了。"故虽处忧患困穷，而志不屈"，虽然很穷，但是很快乐，虽然很穷但是腰很硬。为什么呢？我有我的快乐，我的快乐我做主，（笑）很简单的道理。所以说李清照跟一般的女性真的不一样，真的有很大的区别。"收书既成，归来堂起书库大橱，簿甲乙，置书册。如要讲读，即请钥上簿，关出卷帙。或少损污，必惩责揩完涂改，不复向时之坦夷也。是欲求适意而反取僽栗。"书收回来了，刚才说做校订之类都做完了，该弄个书架子或者书橱把它们收起来，收起来之后就跟图书馆一样，也要订甲乙丙丁戊己庚辛，按这个排好，如果要看这个书，你要从我这里拿钥匙，钥匙拿到后打开书橱，然后才能拿出藏书。如果我们俩有一个人把书给弄脏了或弄破了，是要赔的。所以"必惩责揩完涂改"，滴上墨汁儿了，弄破了，就得修得跟原来一模一样。"不复向时之坦夷也"，再也不像刚开始时那么快乐了，"是欲求适意而反取僽栗"的意思是，本来是个取乐儿的事，到最后却变得惴惴不安了。因为太在乎了，本来很高兴收藏了很多东西，但到最后因为要慎重地收藏，越来越爱惜了，所以心里边反而不像原来那么坦然了，这是一个收藏家的心声。"余性不耐"，我这个人性子急，不耐烦，"始谋食去重肉，衣去重采，首无明珠翡翠之饰，室无涂金刺绣之具"。李清照说：我不爱吃肉，不爱穿好看的衣服，也不爱戴首饰，全都不爱。"遇书史百家字不刓阙、本不讹谬者，辄市之，储作副本"，但看到好书，品相俱全、没有破损的，我就买来储作副本。比方说，我刚刚买了一本《欧阳修诗选》，这是一个善本，过两天我又看见有一个出版社出的《欧阳修诗选》，版本一样，我就把它也买来作为一个副本，因为那个善本不能总去翻它，总翻就给翻坏了。"自来家传周易、左氏传，故两家者流，文字最备"，赵明诚收藏《周易》和《左传》的各种版本最全，"于是几案罗列，枕席枕藉，意会心谋，目往神授，乐在声色狗马之上"。我的这种快乐一般人根本就不知道，我的快乐全在收藏、点校、校勘等这些方面，也就是说精神上的享受达到了很高的境界。李清照本来就是一个女性，她家里又不是说特别缺钱，但她说了，我不爱吃什么玉盘珍馐，也不爱穿什么奇装异服，更不爱戴明珠翡翠，我什么都不爱，我就爱书。所以别人说她有"林下之风"，说她身上有丈夫气，这是有原因的，实际上这个丈夫气里边，有很多都是她有别于一般女性的那种旷达的眼光。为什么说她有旷达的眼光，有开阔的眼光呢？因为她不但书读得多，而且她还很有学问，她已经不是一般地翻翻《唐诗三百首》，而是进入到了学问的层面，所以她身上有书卷气，也有一种旷达之气，这跟一般的女性是有很大区别的。实际上这段文字是在说她自己的心声。

其实，李清照和赵明诚之间也不是没有矛盾，应该说他们之间也发生过一些比较大的问题，《凤凰台上忆吹箫》这首词就能说明一些问题。"香冷金猊，被翻红浪，起来慵自梳头。任宝奁尘满，日上帘钩。生怕离怀别苦，多少事、欲说还休。新来瘦，非干病酒，不是悲秋。休休！这回去也，千万遍阳关，也则难留。念武陵人远，烟锁秦楼。惟有楼前流水，应念我、终日凝眸。凝眸处，从今又添，一段新愁。"这首词大家也都很熟悉，其实我觉得讲解李清照的词纯属多余，因为她的词都非常容易懂，我只不过就是渲染一下。我觉得这"被翻红浪"写得挺好，说白了就是没叠被子，（笑）被子在床上是一团，但是人家不说一团，说"被翻红浪"。回头你看我们男生床上那都不是红浪，那是白浪滔天啊。（众笑）"多少事、欲说还休"，显而易见的，这是长久的离别之后生出的哀怨。"多少事、欲说还休"，这个就是说很多的事情，想要说却没法说，一时不知从何说起。现在我是越来越消瘦了，为什么呢？不是因为饮酒过度，也不是因为在这儿伤秋，罢了罢了，这回你走了，我就是把那《阳关》曲吹上千遍，也留不下你，就这个意思。"念武陵人远，烟锁秦楼。惟有楼前流水，应念我、终日凝眸。凝眸处，从今又添，一段新愁。"李清照写的所有这些情感，今天我们在座的大部分人都曾经经历过，我可以负责任地讲，我相信有些人体会可能会更深。（众笑）但是你们注意到没有？凡是中国古代作家写过的所有的题材，跟爱情有关的，我们每个人都有体会，不然我们不会这么喜欢这一类的诗。但是遗憾的是，我们自己就是写不出来，（众大笑）总是借他人之诗词浇自己心中之块垒，这是很痛苦的，但是我们也没有办法。所以艺术家跟一般的人唯一的区别就在于，他知道怎么把感情表达出来，而且可以与我们分享，但是我们只能默默地咽一口苦水，有时候是口水，咽到自己的肚子里，就是表达不出来。其实说白了就是跟赵明诚总见不到面，相思苦。我刚才说了李清照词有个很大的结构性的特点，就是到结尾处突然有一刹那的、一瞬间的情感的表达，非常的鲜明，你看这个地方，"惟有楼前流水，应念我、终日凝眸"。这句词很一般，没什么稀奇的，只有那楼前的流水，应该知道我每天每时每刻都在凝眸，都是愁眉不展，现在我又要愁眉不展了，我得说服我自己不要如此。"凝眸处，从今又添，一段新愁"，我刚准备舒展我的眉头，可是一段新愁又突然涌上来了，就这种一瞬间的变化，就把我们想说的话都说出来了，那个感觉也就出来了。这就是天才的艺术家，她天才在哪儿呢？就这一丁点儿，问题是就这一丁点儿你走一辈子也走不到，这就是天上地下，差距就这么大。

这首词里用了两个典故，用得很好，一个是"武陵人远"，一个是"烟锁秦楼"。"武陵人远"说的是魏晋南北朝的时候有两个人，一个叫刘晨，一个叫阮肇，这俩人到山里砍柴，砍着砍着，就碰见一对仙女，这对仙女盛情相邀，分别和他们成了夫妻，于是他们就在山中住了一段时间。住了大概有半年的时间，再回到家里一看，他们自己已经变成了六世祖，他们见到的人是他们的六世孙，这就是所谓的"山中一日，世上千年"。这个"烟锁秦楼"说的是春秋战国时候著名的秦穆公，他有一个女儿，他女儿爱上了一个男子，这个男子吹洞箫吹得特别好，俩人就天天在一块儿，男子吹得如此之好，竟把凤凰吸引来了，结果夫妻两个人就骑着凤凰飞走了。这两个典故有一个共同的特点，第一，都是最后走了，离开了；第二，都是一种新的爱情的发生，都跟男女的爱情有关系，都是跟离别有关系。实际上，这中间还有很多很多的事情，我没法讲了，时间不太多了。但是不管怎么说，赵明诚在山东青州居住了十年。

后来政局发生了重大的变化，他再度出山做官，但是这个时候他们夫妻之间感情上出了问题。其中一个很重要的原因，就是赵明诚和李清照没有儿子，不是没有儿子，是没有子嗣，就是没有后代，没有儿子也没有女儿。这个在当时有很清晰的记载，其中有几条很重要的材料，虽然很短，但是非常准确。一条材料是李清照还没有去世的时候，当时一个著名的文物家叫洪释，他给《金石录》写了一个跋，跋就是写在文后的，洪释在里边说了一句"赵君无嗣"，就这么一句跟我们的话题有关，"赵君无嗣"。后来翟耆年在他的《籀史》里边写到赵明诚的收藏，《籀史》卷上有"赵明诚古器物铭碑十五卷"一节，介绍了赵明诚文物收藏的成就。文中提到："又无子能保其遗余，每为之叹息也。"赵明诚的收藏颇丰，但是没有后人继承他的收藏。前一条记于李清照还在世的时候，后一条记于李清照去世后。但不管怎么讲，他们两个人没有子嗣的事是时人都知道的。其实没有子嗣这个问题，对于赵明诚和李清照来讲是个很大的不利因素，我们都知道古人所说的老话，到现在也很流行，"不孝有三，无后为大"，（笑）这都不是主要的，关键是对李清照在家庭中的地位就构成了很大的威胁。因为我们都知道，宋代的士大夫以及唐代士大夫，纳妾是常事，不是一件丢人的事。我们今天说"一夫多妻制"实际上是不准确的，应该是"一夫一妻多妾制"，因为妻跟妾是完全不同的概念，妾是纳，而妻是什么呢？（众回答"娶"）妻是娶，明白这道理就好。我发现大家对这好像都比较精通。所以一个男子，比方说，唐代诗人王维30岁的时候他夫人就去世了，史书上记载说再没有续弦，但这并不等于说他往后的生命当中没有女人，这完全是不同的概念。有的人说你看王维真好，他从此就再也没有结过婚了，这是不对的。他没有再娶，是因为在古代娶妻是一件非常大的事情，妻必须是要门当户对的，不门当户对绝对是不行的，但是妾就两说了。像苏轼自己都说，自己没有被贬黄州之前，包括后来被贬惠州之前，家中的妾是很多的。但是后来，他自己遭贬，命运有所变化，很多人就离开他了，只有朝云还陪伴着他。朝云的地位是非常低的，她是苏轼在杭州的时候买来的，那时她才12岁，她怎么能和王弗和王闰之这两位夫人的地位相比呢？根本不可同日而语。她刚被买来的时候不识字，完全是个小孩子，所以妻跟妾的位置完全不对等。那么赵明诚是有妾的，为什么这样说呢？我们做研究是很艰难的，尤其是研究写词的人，因为词的叙事性很差，但是这并不妨碍我们从一些蛛丝马迹中得出一些判断。在《〈金石录〉后序》里边她说到赵明诚去世那一天的情景："八月十八日，遂不起"，说赵明诚不行了，八月十八号那天他已经病得处于弥留之际了，"取笔作诗，绝笔而终"，写了一首绝笔诗就走了，"殊无分香卖履之意"，什么意思？"分香卖履"这个典故是从曹操那儿来的，曹操临去世的时候对他的那些妾们说"今后你们就要自己自力更生，丰衣足食了"。怎么丰衣足食呢？你们自己可以做一些香囊，制作香料，或者说是做鞋子来卖，养活你们自己。所以"分香卖履"这个典故的本义是说临终之时对家人交代后事，但因为这个典故跟曹操对众位妻妾交代事情有关系，所以在这里说"殊无分香卖履之意"，就是说他去世得很快，还没有来得及为妻妾们交代后事。所以看起来没孩子的问题主要是赵明诚的问题。（众大笑）这根本没什么好笑的，这是科学的结论。但是不管怎么讲，他们两个没有孩子，这对李清照和赵明诚的关系谈不上是个好事，所幸的是倒也没有因此而严重地损害到他们的感情，也没有导致婚姻的破裂。

后来很快就发生了靖康之变，靖康之变对李清照的人生来讲是一个重大的转折，在《〈金石录〉后序》里边，她详细地记载了她跟赵明诚的最后一面，她说是在六月十三号这一天。我们知道，赵明诚曾经担任过建康的知府，就相当于现在南京市的市长，但是后来因为做了一些不大好的事，建康城里面发生了暴乱，结果他自己就先仓皇出逃，逃走之后又没有有效地组织反击，确实有失城之责，后来被罢免了。靖康之变发生之后朝廷需要人手，赵明诚家族在朝廷里面有很大的势力，所以他很快就被任命为湖州的知州。我们知道，宋代和唐代的时候官员要去履职之前必须要到首都去面见天子，当时宋高宗赵构就在建康城，所以李清照就和他分手了。李清照去哪儿呢？李清照当时要去池州，就是现在安徽的池州，到那儿整理他们的文物，他们的一大批文物都从青州搬到了池州，因为青州已经被金人占领了。而赵明诚要从这儿去哪儿呢？他要去南京面见天子。"六月十三日，始负担舍舟，坐岸上，葛衣岸巾，精神如虎，目光烂烂射人，望舟中告别。"这是说当时赵明诚精神抖擞，精神非常好，穿着葛衣，就是布袍，扎着头巾，"精神如虎"，看上去精神非常饱满，目光灼灼，"望舟中告别。余意甚恶"，他看着船里边的李清照，李清照走的是水路，当时李清照心情很坏，"呼曰：'如传闻城中缓急，奈何？'"就是说我在池州城如果碰到兵怎么办？就是说敌人打来了怎么办呢？"戟手遥应曰"，"戟手"就是摇着手，手岔开，招着手说："从众。"跟着大家一起跑。"必不得已，先去辎重"，你要是跑不动了，就把家里头粗重的那些家伙全都扔了，"次衣被"，又跑不动了，就把衣服被子扔了，"次书策卷轴"，再跑不动了，就把咱们那些宝贝当中的书、卷轴、画都扔了，"次古器"，再就是青铜器之类的东西，"独所谓宗器者，可自负抱，与身俱存亡，勿忘之！"只有那些祭家庙的礼器，你就抱着跟它们死到一块算了。（众笑）你们注意到了没有？这是一个非常细致的交代，这是一个很负责任的交代，这真的是一个很好的丈夫。因为在古代来讲，什么东西最重要，最重要的东西就是宗庙祭器，手里有祭祖、祭家庙的东西，这个祭器是什么时候都不能丢的。所以说能跑就跑，前面都是告诉她怎么逃生的问题，但是当你实在跑不动了，有件东西你死活不能丢，这是什么东西？就是咱们家的宗器。"遂驰马去"，说完之后就走了。"途中奔驰，冒大暑，感疾。至行在，病痁。"赵明诚到了南京就病倒了，"七月末，书报卧病。余惊怛，念侯性素急"这个"侯"是指赵明诚的封号。我知道赵明诚这个人性子很急，怎么能忍受这个病痛呢？"或热，必服寒药，疾可忧"，"遂解舟下，一日夜行三百里"，那船划得快，"比至，果大服柴胡、黄芩药，疟且痢，病危在膏肓。"这跟苏轼死的时候是一样的。苏轼死的时候也是中了暑，中了暑之后他就喝麦门冬，喝了很多寒性的东西，但是人中了暑之后大热之后，他的身体是虚的，虚的时候应该以温热徐徐补之，把它补起来之后再拿寒药驱它，一下子就吃冷的，又发着疟疾，又拉着痢疾，那人怎么能受得了？"病危在膏肓。余悲泣，仓皇不忍问后事。"然后后边是"八月十八日，遂不起——"。所以，就这么好好的，精神如虎的一个人，说去就去了，很快。这对她来讲是一个很大的一个打击，这个打击的直接的结果是什么呢？就是他们的文物保不住了。

李清照孤苦伶仃一个人独居杭州，后来与张汝舟再婚，但很快又离婚了，这对李清照自然造成了很大的影响。到晚年的时候，李清照的境遇很悲惨，《永遇乐》很能表达她的心境："落日熔金，暮云合璧，人在何处？"夕阳西下的时候，我不知道自己在哪里，"染柳烟浓，吹梅笛怨，春意知几许？元宵佳节，融合天气，次第岂无风雨？来相召、香车宝马，谢他酒朋诗侣。　　中州盛日，闺门多暇，记得偏重三五。铺翠冠儿，捻金雪柳，簇带争济楚。如今憔悴，风鬟霜鬓，怕见夜间出去。不如向帘儿底下，听人笑语。"她当时是在杭州，但是杭州的元宵节不能令她高兴，只能让她想起在靖康之变之前，在老家济南、在开封时跟女伴、姐妹，跟赵明诚在元宵节里那一幕幕的情景。虽然夜晚是快乐的，但对她来说，一点儿快乐都没有，所以"怕见夜间出去"。但是毕竟是元宵节，是个快乐的节日，朋友们都在屋子外边，很高兴地喝着酒，说着话，自己一个人孤零零的，心里头实在是非常凄苦，怕出去见着热闹，"不如向帘儿底下，听人笑语"。她就躲在那帘子后边听，听别人怎么谈笑，期待着能够分享一点点快乐的氛围。晚年的她很孤独、很寂寞，没有任何的感情寄托，却多了很多感情的负担，甚至多了一些感情上的屈辱，所以在热闹和人多的时候，她都会有一种说不出来的伤感和凄凉的情怀。但她又是一个很活泼的人，我们还记得她那句"争渡争渡，惊起一滩鸥鹭"。从前她是一个很活跃的、很活泼的女孩，是个"却把青梅嗅"、"袜划金钗溜"的荡秋千的女孩，现在她的本性没有变，从"不如向帘儿底下，听人笑语"一句中还依稀可以辨出当年的活泼个性。

暮年时期，《声声慢》最能代表她的心声，这也是她最著名的一首词："寻寻觅觅，冷冷清清，凄凄惨惨戚戚。乍暖还寒时候，最难将息。三杯两盏淡酒，怎敌他晚来风急！　雁过也，正伤心，却是旧时相识。满地黄花堆积，憔悴损，如今有谁堪摘？守着窗儿，独自怎生得黑！梧桐更兼细雨，到黄昏，点点滴滴。这次第，怎一个愁字了得！"她的词已经变成了一种情绪，跟具体的事情毫无关系，写词已经到了最高的境界，随口就能写来。"寻寻觅觅，冷冷清清，凄凄惨惨戚戚"，情感的表达扑面而来。下面陡地一转，"乍暖还寒时候，最难将息"，我的心情跟这天气一样。又接着说到了酒，由酒而转到了风，接着又是一只孤雁飞来，"却是旧时相识"，接着又一转，"黄花堆积"，然后是"梧桐更兼细雨"。她没有把梧桐跟细雨写成逻辑关系，而是写成了一个并列的关系。梧桐本来就是一个令人愁苦的意象，再加上细雨连连，每一点滴都会滴在离人的心上，那种愁就不是言语所能表达的。这首词是李清照的集大成之作，从这首词里能看出她的艺术功力，也能看出一个曾经幸运又曾经不幸的女性一生的情感凝结。所以我们说，李清照这个一代词宗，患难是太深了，她所付出的情感代价是巨大的，付出的生命代价也是巨大的。所以我觉得我们今天读这样的词，应该用美好的心情来读它，读完之后会觉得我们的生活、情感是很圆满的，是很美好的。这才是科学的态度。非常感谢大家，谢谢。（掌声）

主持人（踪训国）：康震教授在《百家讲坛》上讲了十讲李清照，今天这一讲实际上是十讲的精华。康震教授为我们做了一个精彩的讲座，给我们梳理了李清照一生的经历，从少年的天真烂漫到婚姻的幸福，一直到晚年的婚变，再到最后冷冷清清的生活，她的心路历程也就是她的词的写作历程。讲得非常精彩，我不能赞一词，我也没办法去做点评，因为我的任何的评点都可能歪曲了康震先生的精彩讲座。所以呢，大家回去再去认真地体会，现在时间有点晚了，要不今天就这样，康先生也非常辛苦，我们再次以热烈的掌声表示对康先生的感谢。（热烈掌声）

（整理：李伟霞）

时间：2009 年 9 月 16 日（周三）晚 18：30

地点：北一区图书馆一层学术报告厅

主讲人简介

杨联芬　北京师范大学文学院教授、博士生导师。主要研究领域：20世纪中国小说、中国现代文学思潮。著有《中国现代小说中的抒情倾向》、《晚清至五四：中国文学现代性的发生》、《中国现代小说导论》、《孙犁：革命文学中的"多余人"——20 世纪中国文学论》、《中国现代文学期刊与思潮（1897—1949）》等。曾获唐弢青年文学研究奖一等奖、北京市哲学社会科学优秀成果二等奖等。

主持人（张桃洲）：今天晚上我们很荣幸地请到了北京师范大学文学院的杨联芬教授。杨教授的研究领域主要是 20 世纪中国小说，特别是她关于孙犁的研究在国内是非常有影响的。另外，她对中国文学现代性的发生，对晚清到五四这个时段文学、文化的研究，也是非常令人瞩目的。她今晚给我们带来的话题显然与今年的年份有着密切的关系。我们知道，今年是五四运动 90 周年，今天杨教授带来的这个新女性的话题与五四运动这个背景有着重要联系。下面我们以热烈的掌声欢迎杨教授！

性别与认同：从五四新女性谈起

杨联芬

谢谢张老师给我这个机会，能与首都师范大学的同学们一起交流。我这个话题源于今年 4 月在北京大学参加五四纪念会时提交的论文，但我的论文只是个初稿，还有许多地方需要修改和充实。今天在这里把这些还不成熟的想法跟大家一起交流一下，希望得到各位的批评指正，也希望能在互动交流中促进自己的研究。

今天的话题是"新女性"。说到中国的"新女性"，不能不涉及"新"、"旧"概念。其实"新"、"旧"概念都是晚清西学东渐以后出现的。所谓"新"，与"现代"相联系，与"传统"相对立。那什么是"新女性"呢？"新女性"实际就是指受到西方文化影响的现代妇女，是洋务运动后随晚清思想启蒙的进行而出现的一种现代女性形象，在一般的文化论述或文学作品当中，是20世纪以后才出现的。但实际上，在20世纪之前，也就是19世纪90年代末已开始出现一些不寻常的女性，这些女性既是晚清出现的新女性，也是我们所说的五四新女性的先驱。

我先给大家介绍一些晚清新女性，大家看一看图片。康同薇、康同璧是康有为的女儿，是晚清新女性。康有为不让他的女儿缠小脚，对她们的教育与男子一视同仁，而且更注重对她们独立人格的培养。这两位女性确实成为了晚清思想启蒙及"现代"阶段很出色的女性。我们现代史的叙述表面上是被五四遮蔽了，更确切地说，是被五四之后一种强大的政治潮流遮蔽了，因此我们往往不知道这些我们应该了解的女性。康同薇曾办报纸、做记者、做翻译，她懂两门外语，当时《时务报》上有很多她写的文章。她为康有为当过翻译，1900年后办《女学报》，与梁启超的夫人李惠仙一起办过中国最早的女报之一，倡导男女平等、倡导女子要受教育，等等。康同璧也很出色，在章诒和的《往事并不如烟》中就有对她的描述。新中国成立以后，她是民主人士，地位还是很高的。维新变法失败，康有为逃到日本，她也随之去了日本，辅助康有为进行一些工作。1902年，她还代替父亲去欧洲做演讲。康氏姊妹是非常独立和出色的两位女性。下一位是张竹君，中国第一个红十字会的建立者和会长。她是教会学校学医出身的，在清末，她积极从事慈善事业，办医院，后来又办医学学校。在清末革命思潮高涨的时候，她在日本也参加了革命党，是第一批同盟会会员。辛亥革命时，她出生入死，做了很多好事，颇具传奇色彩。据说当时的鸡鸣狗盗之徒，听到张竹君的名字，都非常敬畏，赶快收敛。下面是吕碧城，吕氏三姊妹在晚清是有名的才女，出过一部诗集，叫做《吕氏三姊妹集》。1903年，吕碧城到《大公报》做主笔。1905年，她到袁世凯办的北洋女子公学做总教席。中国的女子学校起步很晚，且早先都是外国传教士办的，袁世凯办的这个学校应该是最早的国人办的女子学校。1905～1907年的报纸和杂志经常有吕碧城的名字，她的着装打扮也很时尚。1921年《妇女杂志》曾刊登过她的照片。她在1915年袁世凯执政的时候曾经做过袁的秘书，因此社会上产生了很多关于她的传言。吕碧城当时在中国的政治、文化、教育领域都是很前卫的，她后来担任了袁世凯的幕僚。袁称帝后，吕碧城就心灰意懒，退出了中国社会的核心阶层，开始经商、经营股票。她经商也很成功，后来非常有钱，在上海和国外都有房产。但最后她皈依了佛教，一切都看空了。接下来是秋瑾，大家很熟悉，也就不介绍了。下面是唐群英，她是第一批同盟会员，是和秋瑾一起到日本去的，也是湖南人，性格非常泼辣。她在当时是女性参政的首脑，是最早倡导组织女性参政的。1912 年中华民国成立，国民党第一次代表大会公然排斥女性。这些女性都是和孙中山、黄兴、宋教仁一起干革命的，但革命胜利后，她们却被排斥在外。于是唐群英就带着一批女革命者冲击国会，并当众扇了宋教仁一记耳光。因为当时欧洲的女权运动进行得非常猛烈，女子参政的呼声很高。英国的女权主义者也做过这样的事情，打男性议员，唐群英可能是受到启发才去打他，（笑）因为他们背叛了起初跟女同志们的一种约定。其实这背后有很多原因，国民党的做法是一种妥协，实际上有很多传统的根深蒂固的对女性的蔑视，为了顾全大局，国民党只好先牺牲女性。为什么我们现在对唐群英不大了解呢？因为秋瑾死得早，没有跟男性去竞争官位，唐群英却一直在组织女子参政运动，20 世纪 20 年代以后，她回到湖南，在湖南组织女子参政。后来，随着国民革命的展开，女子参政运动渐渐式微。女性解放的运动越来越深入，但是女子参政的呼声却越来越低。所以，最后唐群英就去办教育了，但是我们应该记着她。下一张图片，这个中间坐的女性是吴弱男，是章士钊的夫人，也是第一批同盟会会员，她也是个有自己独立人格和尊严、很男性化的女子，在五四时期还经常发表文章。她在1929 年与章士钊协议离婚。

　　我们把这些先进女性做一个介绍，就是要说明虽然新女性这个名词是在五四以后才流行起来的，但是新女性这种角色却不是五四才有的，而是从晚清就开始出现了。但是晚清的新女性和我今天要讲的新女性有哪些不同呢？刚才讲的这些女性有一些特点：第一，大都出生在开明的士绅家庭，一般家境都比较好；第二，她们都受过良好的教育，也有一些不凡的经历；第三，她们都是为数不多的女性精英。她们是中国女性解放运动的先驱者、启蒙者，同时也是中国近现代思想启蒙运动中的精英。但是我今天要讲的是五四运动之后出现的新女性，这批新女性跟晚清的新女性的不同是：五四新女性是受惠于学校教育的，这些新女性之所以成为有独立人格和社会地位的女性，更多是依靠社会整体的改变。就是说，新的教育制度建立起来了，女子上学有了制度上的保障。她们是在这样的条件下成长起来的新式女性。那么这群人既趋于普遍化，也属于普通人。我要讲的就是这些作为普通人的新女性，而不是女界的英杰。这是我对今天要讲的新女性做的一个界定。下面就开始正式的演讲。

再来看一组照片，这是第一批冲破大学女禁的女生的照片。在 1919 年，只有一所国立的女子大学，也就是北京女高师。1918 年开始，新文化舆论就开始鼓吹男女同校。男女同校是什么时候实现的呢？1919 年冬，这三名女孩子获得了到北京大学做旁听生的资格。1920 年北京大学正式招收女生，这第一批有九名。我们对比一下，1921 年，牛津和剑桥大学教授委员会讨论男女同校的提案，就是讨论女孩子可否进大学和男生一起读书，均遭到否决。但在中国，受惠于五四运动，1920 年国立大学就开始实行男女同校——北京大学和南京高师是最早接收女生的国立大学。这是北京大学第一批女学生，其中有浙江海宁的查晓园。这张照片是冯沅君，她是冯友兰的妹妹，是北京女子师范学校 1917 级的学生（1919 年，北京女子师范学校升为女子高等师范学校），也是五四时期有名的女作家。下面这张是庐隐，也是著名的女作家、诗人，和冯沅君同届毕业。苏雪林和她是同班同学（1919 年入女高师），苏后来也是很有名的学者和作家，曾经在 20 世纪 30 年代骂鲁迅骂得很厉害，后来到台湾去了。下面这张照片是庐隐的三个同班同学，庐隐曾在《海滨故人》里写了四个很要好的女孩子一起到海边去，那其中的三个人就是照片里的这三个。这三位看起来都很漂亮，是毕业以后照的。左边这位叫程俊英，后来在华东师范大学做教授。这位是比她们低一级的学生石评梅，石评梅当时也是笔头很健的女作家，当时的《晨报》、《晨报副刊》，还有她们女大学生自己办的《妇女周报》上面经常有石评梅的文章。但我们知道她不是因为她的作品，而是因为她和高君宇之间的关系，因为高君宇是共产党人，今天在陶然亭公园还有两人的墓碑。高君宇死后，石评梅把他埋在那里，当时很荒凉，现在却成了闹市中很可怜的一小块地方。这块地本来是石评梅买来葬高君宇的，石评梅去世后，人们也按照她的遗愿把她跟高君宇葬在一起。他们的故事缠绵悱恻，但是恐怕没有后来的传记作家写得那么庸俗，其中反映出的当时女性的处境问题很值得我们思考，后面还要讲到。"文革"时，墓被砸了，大概到 70 年代末，在邓颖超同志的关怀下（邓颖超、周恩来和高君宇曾经是同事），坟墓才得以修复。修好以后成了"高君宇同志之墓"，石评梅就成了一个陪衬，这也是我们当代文化的一个特色。（笑）这是几张石、高墓地的照片，这个墓碑因为是后来复制的，所以很粗糙。石评梅的字和本来的面目差别很大。这块地的地产应该属于石评梅，后来成了"高君宇烈士之墓"。（笑）还有这位，许广平，跟鲁迅私奔的。（笑）刚才我介绍的这些和晚清的女性有些共同点，就是都是著名的女性，但是她们之所以著名，是因为她们见证了一些历史事件，或者说靠文字的书写、传播而留在了历史上，刚才讲的大部分都是作家。我要讲的是以她们为代表的五四新女性，但不是说那一代女性都有她们这样的成就，都是著名的女作家，都是杰出的什么人的夫人或女朋友，但是她们的经历，她们的人生中所遇到的跟性别有关的困境和她们的痛苦是那一代人共同的。这也是我以她们为个案的原因。下面就进入我要讲的实际内容。

五四新文化运动的核心，实际上就是伦理革命。五四新文化运动的方面很多，但最根本的就是在伦理上来了一个大的颠覆。传统中国伦理中，以儒家文化为代表的礼教制度是核心。所以中国社会要从单元上来看的话，就是一个个家庭，整个国家也是一个家庭，皇帝就是家长，每个人都是处于不同等级的家庭成员，是按照家庭的结构形态建立起来的社会。在这种按家庭等级组成的社会中，女性又处于最底层，无论从社会的角度或者从家庭的角度看，都是最底层。所以说，五四新文化运动在伦理问题上的讨论，无论讨论的是父子问题、家庭问题、教育问题还是婚姻问题，最终都要落实到女性问题上来。所以，最终，对女性的态度和对女性权利问题的讨论，就成了新文化运动讨论的最终落脚点。这样来说，新文化运动中的女性解放过程大致上就揭示了中国传统伦理的颠覆和新伦理的建构过程。这样说也许有的同学不会完全同意，但是从我自己的体验来说，我觉得基本上是可以成立的。这也就是最近几年我选择女性问题作为我的研究视点的原因。刚才讲到大学男女同校问题的时候我说过，中国1918年才开始讨论男女同校问题，但在1920年就正式开始男女同校，当然这并不是全国统一的，也是逐步的，但就是这种逐步，其速度也是惊人的，这就得感谢五四运动了。说到五四，在现代文学、现代史的研究中，我们说到的五四不是狭义的1919年由学生游行而引起的罢工罢市，而是指从1914、1915年就开始的新文化运动，它延续的时间一般要到大革命之前，也就是1923、1924年，这期间都应算五四时期。

五四运动就像一个催化剂，极大地加速了中国社会的革故鼎新，很多常态社会可能需要更多时间去讨论一个问题，比如我们刚才说过的，1921年，英国的牛津、剑桥还在讨论男女同校的问题，《妇女杂志》上刊载的这则消息也是若干次提议中的一次，但还是被否决了。在常态社会中，一点点变革和进步都是很艰难的。但晚清以来的中国社会，它的进步经常是一种超常规的、超速度的。五四运动加速了社会的超常态发展。破坏旧的、建立新的；抛弃传统，建立一些西方化的、现代的观念和制度。这里有一些例子，比如说，五四运动之前，在我国，不光是男女分校，在公共场合也是男女分开的。比如剧场演戏的时候，会在剧场中间拉一道很大的布幔，男女分坐。但在五四运动之后，很多这种规定就慢慢被取消了。对这种习俗构成最大威胁的是学生的一些活动，比如说，学生男女同校之后，就要一起搞活动。1919 年 5 月 4 日当天的游行是没有女生参加的，本来北大的男生去串联女高师的女生，但由于男女不能直接交谈，北大的男生去找女高师的女生，竟被校方安排在一个大的会客间，男生和女生分坐在对角，中间由校方的人来传话。（笑）因为是秘密活动，不能泄密，所以不敢说得太明确，因此女生就始终没听懂男生的意思，就错过了五四游行。这件事令女高师的学生特别气愤，所以一个月后的 6 月 3 日，又有一次大规模的学生游行，那次，女高师的学生差不多倾巢出动，把大门都撞坏了。我们可以看出，1919 年以前还是男女分开的，而 1920 年以后大学校园里男女社交公开已是很时尚的口号，男女社交公开也成了衡量一个人进步还是落后、保守还是觉悟的一个标准。接着就是恋爱自由，接着就是离婚自由。（笑）这样一些思潮，都是从大学校园里面向社会蔓延的。这些思潮之所以在那几年那么快地发生，与五四运动有很大关系。

五四时期的社交公开，男女恋爱自由、结婚自由以及离婚自由的思潮，不同性别的人有不同的体验。关于这一点，我写过一篇文章，发表在《现代中国》第十期上面。在那篇文章里，我对在这样一个破旧立新、面临大的道德颠覆过程中，处在漩涡中的男女青年的处境、体验，尤其是女性的体验，做了一个详细的考证，有兴趣的同学可以找来看一下。我在这里要强调的是，大学作为现代教育的体制，它对新文化运动的作用是怎么估计都不为过的。很多年以前就有学者说，五四新文化运动的发生就是"一所学校（北大）、两份报刊（《新青年》、《新潮》）"，当然这个说法有夸张之嫌，但是大学体制让大学教授和学生作为主体参与到了新文化运动中，他们对五四时期中国新道德的建构、旧道德的破除、新观念的建立等起到了决定性的作用。当时的女生都非常渴望上大学，为什么呢？因为上大学基本上意味着她的人生获得了自由。举例来说：冯沅君在上大学之前已经订过婚了，她的家庭比较开明，允许她去上学，但是婚约却不能取消。冯沅君上学以后为此非常苦恼，最终，她还是把这个婚约赖掉了。许广平也是订过婚的，但是她坚持要去上学，要解除婚约。所以对当时的女孩子来说，上学和获得人身自由、走不同于传统妇女的生活道路是可以画等号的。要想解除婚约就想办法去上学，上学就意味着你基本上可以摆脱家庭对你的束缚，求学差不多就是解除婚约、获得自由的最有效途径。这样的例子太多了，到后来的三四十年代一直都是这样。许多女孩子为什么不怕千辛万苦出去上学，就是要获得自由，大学为女性获得自由提供了一个平台。冯沅君早期有一篇小说《旅行》，写的就是五四时期的两个大学生，男生在一个学校，女生在另一个学校，当时女子高等学校只有一所，就是女高师，而五四运动期间，北京高校中最活跃、学生最"无法无天"的就是北京大学和女高师，所以基本上可以认定小说中的男女主人公是北大和女高师的。两个人就逃课跑到某个小县城去谈恋爱。我们可以看出，在中国，逃课去谈恋爱，除了大学，没有其他地方会发生这种现象，大学成了当时社交公开、自由恋爱实施的一个最好场所。所以，在20世纪20年代，自由恋爱就成了当时革命阵营中最风行的思潮，这个思潮最初就是从学校开始的。大学也造就了一批新女性，刚才我们看到的那些图片上的新女性全都是从大学里出来的。我再补充一点，中国的国立高等女子大学创办于1919年，最初办女学的是英国传教士，始于40年代。作为政府行为，开始办女学是1907年，1907年清政府颁布了办女子学校的章程《学部奏定女子师范学校章程》。这样，全国各地就开始办起了女子师范学校，各省稍微大点的城市都有女子师范学校，女子师范学校主要是培养小学教员的。从1907年开始办，到五四的时候，好多女生已经从女子师范学院毕业了，这个时候就出现了北京女高师这样的女子大学。所以全国各地很多女孩子都心向往之，希望到北京来继续上大学。原因有二：一是要获得更多的自由，譬如逃避包办婚姻；二是女孩子要在社会上立足，初级师范远远不够，还需更多的知识，接受更多的教育。也就是说，大学成了新女性成长的摇篮。

以大学教授和大学生为主体的新文化人，也是媒体的主要力量，他们在五四时期新女性的成长过程中起的作用是非常大的。当时的新文化媒体，如《新青年》、《新潮》，对青年人影响很大；还有梁启超等人主办的《晨报》，它的撰稿人很多都是北京大学的学生；《晨报副刊》、《少年中国》等也是以大学师生为主体的刊物。大学师生作为媒介传播的中坚力量，他们在五四时期，在女性问题的讨论中，起的是什么作用呢？举个例子：1919年8月，北京女高师一个叫李超的学生，贫病交加而死。为什么会出现这种情况呢？因为她家父母双亡，她家没有男孩子，按照当时的家庭制度，女孩子没有继承遗产的权利。所以族长们就把她的表兄过继到她家里来继承她家的遗产，表兄就成为了她家的家长。这个表兄为独占所有家产，拒绝给她提供学费，逼她出嫁。而李超偏偏不愿意就这样嫁人，还想读书，所以从家乡的师范学校毕业后，就跑到北京上女高师。她没有钱，只能苦苦求人、四处借贷。她姐姐、姐夫支持她，一直接济她，但毕竟能力有限，李超过得很苦。最后，因长期压力和贫困的煎熬，病死在了医院。女孩子被虐致死的事，在男尊女卑的社会中，应该是很普遍的，但因没人呼吁，也就无人知晓了。李超因是女高师学生，她的同学们很为她不平，就把李超生前的信件等订成一本，交给她们的老师们看（当时女高师的老师，大都是北大老师兼任的）。大家都非常悲愤，觉得这看似是偶然的一个事件，其实反映了中国家族制度的黑暗和中国女性的悲惨处境。11 月 30 日，北京大学和北京女高师两校师生联合为李超举办了隆重的追悼会，很多新文化名流都参加了，蔡元培、陈独秀、胡适、李大钊、蒋梦麟、梁漱溟等都在追悼会上发表演讲，《晨报》和《新潮》等媒体在追悼会后连续一周，每天都有对李超事件的跟踪报道。胡适做的长篇发言，以《李超传》为题在《新潮》上发表后，又被其他刊物转载，影响非常大。这样，李超之死就由一个偶然事件，变成了引起社会广泛关注的公共事件。媒体对社会事件的报道，有一种放大的功能，也有一种影响公众判断的巨大作用。

李超之死在社会上引起了强烈反响，大家便开始质疑家族制度，正如胡适所提出的：第一，女孩子应不应该有财产继承权？第二，女孩子有没有权利接受教育？这样一些针对当时社会的文化制度、习俗等提出的质疑，它的启蒙作用是非同小可的。我想，在你们成长的过程中，其实也有一些类似的公共事件。在我们成长的 20 世纪 80 年代，那时获得信息的渠道远不能与现在的互联网相比，但 80 年代毕竟是个很难得的改革开放时期，还出现过一些民间刊物。即使在官方媒体上，比如"潘晓事件"的讨论，这些本来不一定是很重要的事情，因其有代表性，通过媒体的渲染，便成了一种公众参与的价值观大讨论，就能影响很多人。另外，五四时期还有一个"赵五贞事件"，熟悉毛泽东的人都大致知道，因为毛在五四时期写过关于赵五贞事件的文章。赵五贞是长沙人，15 岁时父母就做主把她许配给别人，她不同意，但父母之命没法违抗，最后，就在成亲的花轿中拿剪刀自杀了，血流满地。直到出了人命，她的父亲才追悔莫及。这个悲剧事件发生以后，长沙的《大公报》连篇累牍地发表文章讨论这件事，这个事件比李超事件引起公众更强烈的反响。人们随着报刊的文章进行反思：包办婚姻到底合不合理？女孩子为什么没有婚姻的自主权？这些社会讨论的热点问题，对新文化价值观的传播起到了极大的推进作用。这些例子说明大学体制和大学师生作为媒体的核心群体，他们在中国现代社会的转型期，在新道德、新伦理的建构过程中所起的作用是非常大的。

五四新女性成长于一个特殊的年代，用五四新文化人的话来说，即发现人的时代，所以五四关于新女性的论述与晚清是有区别的。晚清对于女权或女性解放的论述，更多的是把它纳入"国民论"中，最初的口号就是要做"国民之母"。传统中国社会是家族式的专制体制，没有"个人"的概念，人只是皇权之下的臣民，是缺乏主体性的。晚清启蒙运动试图用国民意识来启迪大众，在女权启蒙中就有这样一个逻辑：中国在世界范围的合法性存在，在于摆脱皇权专制、建立现代国家（即以国民为主体的民族国家）；要使一国之人成为国民，则他们的母亲必须成为"国民之母"，健康和有文化是必备的。如果母亲缠小脚、病恹恹、足不出户、目不识丁，那么她诞育的孩子就不具备成为高素质国民的条件。所以，20世纪初中国提倡女性解放时，是以"国民之母"相号召，提倡"不缠足、兴女学"。再往后就是鼓励女性由"国民之母"成为"女国民"，当时有一句流行的话是："天下兴亡，匹夫有责，匹妇亦有责。"也就是鼓励女性对国家的存亡担当责任。可见中国女性之"浮出历史地表"，一开始就被戴上了一顶高帽子，根本上是借助了以民族独立为目标的20世纪中国民族革命思潮的。晚清是这样，大革命时期和后来的社会主义革命时期也基本是这样。

但五四比较特殊。五四是"人"的视角，五四启蒙话语是人本主义的，人道主义、个人主义是新文化提倡的主要观念，所以五四女性问题讨论更多着眼于女子作为个人的权利，生命、教育、婚姻、职业等都应有自主抉择的权利。五四"人"的视角比晚清的"国民"视角更贴近妇女解放的根本，不管是什么性别，最终要成为一个完满的、独立的、充分发展的个人，这才是女性主义的最终目的。但是，由于新文化当时的语境是新旧文化二元论的，女性解放的话题纳入到人的解放话题中本来是没有问题的，但五四的"个人"是与"非人"对立的概念，这个视角无法深入窥视"个人"之间的另一层关系——性别的关系。也就是说，"新"和"旧"的文化问题、"现代"和"传统"、"真理"和"谬误"这样一些二元关系，取代了女性解放当中更为微妙的性别权力关系。在这样的二元视野下，女性问题就常常被包含在了青年问题中。

举一个例子。我们注意一下易卜生的《玩偶之家》在五四时期是如何被解读的，从中可以看出五四时期的思维逻辑。这个剧是 1918 年在《新青年》上发表的，由胡适和罗家伦翻译，表现的是夫妻之间、男人和女人之间的一种权力关系。娜拉在家庭里好像很幸福，丈夫一回来就跟她"我的宝贝"长、"我的小鸟"短，很宠爱她，娜拉感到很幸福。但有个偶然事件却打破了这个感觉：娜拉在丈夫病重的时候为救他去借钱，因为怕他担心，就背着他独自做了这个决定并替他签了名。娜拉以为自己做了一件非常敢于担当的大事，拯救了丈夫和家庭，很自豪。没想到，丈夫病好后，这件事却成了家庭矛盾爆发的导火线。丈夫知道这件事后非常生气，觉得借钱原本就不体面，而且还竟然冒用他的签名。他不问娜拉借钱的缘由，却用很恶毒的话来咒骂她，指责她"卑鄙"。娜拉完全懵了，这个那么爱自己的人怎么突然就变脸了呢？她最初还想干脆自杀算了，因为她认为自己伤害了丈夫，那就用死去换回丈夫的荣誉。但随着剧情的发展，丈夫的詈骂使她发现自己在丈夫心目中根本就没有尊严，她醒悟到自己在家庭中原来不过是一个玩偶，丈夫对自己的爱，只是权力者对所有物的爱，就像主人对宠物的爱一样，绝没有平等和尊重。娜拉有句台词是："我明白了，家庭不过是一座戏台，我是你玩意儿的妻子，正如我在家时是我爸爸的玩意儿的孩子。"所以，后来娜拉就坚决地离家出走了。胡适和罗家伦的译本当然也是比较忠实的翻译。但是从胡适的引导及《玩偶之家》在中国上演后公众的反应看，易卜生到中国以后被误读了。胡适最推崇的娜拉的台词是："我不管旁人说什么，我只知道我该这样做"，"我相信第一要紧的，我是一个人，同你是一样的，无论如何，我总得努力做一个人……从今以后，我不能信服多数人的话，也不能信服书上的话，一切的事我总得自己想想看，我总得自己明白、懂得。"胡适解释说，他特别推崇娜拉那种个人的自觉、人的意识的自觉。在发表这个剧本的那期《新青年》上，第一篇文章就是胡适写的《易卜生主义》，他认为易卜生主义的核心之一就是"个人主义"，也就是一个对自己负责的个人的完成。"对自己负责，务必要做一个人"，这一点尤为切合五四启蒙者的心意。陈独秀等人当时在《新青年》上发表的文章，也是反复强调"青年是自主的而非奴隶的"，强调个体是独立的，而非依附性的。所以《玩偶之家》这个剧在五四那么风行，它的个人主义的表述符合那个时代人们突破礼教禁忌、争取个人自由的精神需求。

我为什么说五四对娜拉的解读偏离了易卜生的原意呢？因为易卜生的作品其实是一种女性主义的表述，揭示了男性和女性在家庭中是支配者和被支配者、家长和服从者的不平等关系，他是从性别角度来揭示家庭矛盾的。但是在中国，它却变成了中国式的家庭问题剧。怎么理解这个问题呢？让我们来看胡适模仿《玩偶之家》写的独幕剧《终身大事》。《终身大事》这个剧本是胡适1919年写的，当时中国留美同学会要办联谊会，胡适为演出仓促写成了这个剧本。但是1919年五四运动后，这个剧成为各地学生剧团上演的热门剧。而在1935年《中国新文学大系》出版的时候，这部剧被选入了戏剧卷，位列第一篇，可以想见《终身大事》实际上的影响。《终身大事》改写了《玩偶之家》的性别矛盾模式，成了一个中国式的家庭问题剧。它的女主人公田女士是个留学生，在留学期间跟一个姓陈的同学恋爱了。回家以后，遭到父母的反对，父母请的算命先生说他们八字不合，又说田、陈二姓古代是一家，不能通婚。田女士不能说服父母，就在陈先生的鼓励下离家出走了。这个剧的结尾很有意味：田女士在感到很为难的时候，收到了陈先生写的一个纸条，上面写着："此事只关系我们两人，与别人无关，你该自己决断！"田女士受到鼓励，就决心自己拿主意。结尾很有喜剧感，就是听到外面嘟嘟的声音，田女士坐上陈先生的汽车走了。

《终身大事》中，田女士反抗的是父母，是家长，她离开了这个父权之家，进入了一个新的家庭，而这个家庭难道就是一个平等的家庭吗？胡适没有追问这个问题，那么这个问题是谁来回答的呢？后来，鲁迅的《伤逝》回答了这个问题：女性如果没有独立的人格和独立的社会地位，也就是经济上不能独立的话，她是永远走不出这个玩偶附庸的怪圈的。但是鲁迅的这个观点在五四时期基本上是很孤立的，很多人没想到这一层，也不愿意深思。所以说，五四女性解放话语最大的盲点就是忽略了性别的权利关系，把女性解放纳入个性解放之中。因此，娜拉作为五四青年的楷模，她的出走，鼓舞的不仅是女青年，也鼓舞了男青年，男女青年都与他们的父母闹"出走"——女子要上学，男子则要离婚。如果我们对"出走"概念的理解更宽泛一些，即并非真要像田亚梅、子君那样与家庭挥手诀别才叫"出走"，而将凡背离传统家族观念和道德、追求人格独立与婚姻自由的行为都视为"出走"的话，那么，比较而言，五四时期男子的"出走"，比女子来得更毅然决然，形式上也更成功。

理论上，已婚男子的"出走"，因不但涉及家族伦理与利益，更面临妻子的归宿及与父母的感情关系等问题，远比未嫁的女子困难更大。因为传统中国家庭一般实行早婚，十五六岁就订婚，那些外出求学的男子，大多是已经结婚生子的。他们要离婚，面临很多问题：原配妻子怎么办？孩子怎么办？父母谁来伺候？等等。比较起来，男子离婚比女子出走要困难得多。然而，实际的情况却并非如此。实际上，女孩子要跟家里决裂或者要走独立自主的道路很艰难，而男子不管怎么说已经走出去了，如郭沫若，一走就不回家了，在外面不断地结婚；鲁迅最后也离开北京的家，和许广平同居。相反，新女性由恋爱通往婚姻的路途，总是障碍重重，结局也多是悲剧性的。

　　由于在新文化运动中，女性的问题常常被作为新旧文化的问题来看待，所以，新女性和赞同新文化的男性一样，成了新文化的组成部分。也就是说，女性和男性成了新文化的共同体，有共同的诉求和利益，都要离家出走，都要追求个人的自由和权利。但是由于没有"性别"这个视角，新文化共同体就存在一个问题。刚才我们讲到，在五四男女社交公开后，男女恋爱自由成了风尚。瑞典有个女权主义者爱伦·凯，她对两性之间的关系有过一段著名的论述："无论怎样的结婚，只要有爱情，即使没有法律上的手续，也是道德的；相反，如果没有爱情，即使具备法律手续，这婚姻也是不道德的。"爱伦·凯的理论特别适合用来否定传统包办婚姻，因此这段话在五四时期特别风行，到处被引用，被反复阐释。由此，在20世纪20年代初，社会上形成了离婚自由的思潮，好像一夜之间中国人都要面临离婚问题。（笑）刚才我讲到，求学的男孩子一般都是结了婚的，而出来上学的女孩子大都是没有结婚的，因为结了婚以后，很多家庭就不再允许女孩子出来上学了。这样就有了一个不对等的问题：同属于新青年的青年男子和女子，男子一般都面临着离婚的问题，而女子大都面临着爱上有妇之夫的问题。所以，当时的恋爱自由其实是非常不对等的，也是非常痛苦的。按理说，应该是男人更痛苦，因为他们有家室的拖累，离婚是件很麻烦的事。但是我们从历史的现象和文学作品的表现来看，最痛苦的往往是那些新女性，以及被"离"的旧式妻子。刚才讲了，在新文化中，男性和女性是一个共同体，但对这些新女性来说，她们在意识形态上认同新文化，认同个人自由、婚姻自主，但是作为女性，她们又对那些"被离婚"的旧式妇女抱有极大的同情。这就是说，在20年代的离婚自由思潮中，有个很重大的不能解决的矛盾。

　　离婚这个词是新文化运动开始以后才出现的，离婚这个字眼带有一定的现代性，而离婚现象却古已有之，古代的"离异"、"出妻"就是。但是传统中国社会中，离婚的主体是男性，只有男性有权利离婚，女性只有"被离"。当时"出妻"之条很严酷，女子无子、淫、重病都是要被"出"

的，如《孔雀东南飞》中的刘兰芝，什么都好，就是没有孩子，所以要被"出"。那"离婚"这个词又包含着什么现代意义呢？"离婚"作为现代概念，意味着男女双方都有离婚的权利。不但男人可以"离"掉妻子，妻子也可以提出来跟丈夫离婚，这就是中国婚姻制度的一个进步，也是女性获得权利的一个象征。但是，当时受过教育、有独立谋生能力的女性还很少，大部分都是传统的女性，即使是受过一点教育，也仍然处于传统的生活方式中，扮演传统家庭中的女性角色（儿媳、妻子）。所以，五四尽管提倡离婚自由，但提出离婚的，往往是男子，而被离婚的常常是缺乏独立谋生能力的旧式女性。那么这些被"离"的女性就面临困境：第一，娘家不接受。第二，社会普遍歧视被"离"的女性。第三，社会鄙夷女子再嫁。所以离婚的女子往往结局很悲惨。当时这些问题在报纸杂志上被广泛讨论过，上海《民国日报》副刊《妇女评论》，还有商务印书馆著名的《妇女杂志》，在1922年都开辟了离婚问题专号，可见离婚自由思潮所带来的社会影响是多么大。

那么，新女性在这样一种离婚自由、恋爱自由的思潮中，出现了认同（identity）危机。从思想价值观来说，她们接受的是新文化、新道德；但是，从性别认同来说，她们是女性，与那些在新文化思潮中被淘汰（被离婚）的女性是同类，所以说她们处在一个矛盾的旋涡中，这是男性所不曾面对的。我在论文里面引用了美国心理学家卡罗尔·吉利根的理论，她有一本专著叫《不同的声音》，书中把男性道德和女性道德分别归纳为"正义的道德"（ethic of justice）和"关怀的道德"（ethic of care）。男性的道德是以追求正义和真理为目的的，是富于征服性、以自我为中心的。女性的道德善于照顾人际关系，富于温情，富于同情心。借用这个理论来分析当时新女性的认同危机，我认为，从正义的道德来讲，她们追求自由恋爱；但从关怀的道德来讲，她们又同情那些被离婚的旧式女性。这就是石评梅不愿意与高君宇结婚的重要原因之一。高君宇为了能够赢得石评梅的爱情，回家和自己的发妻离了婚，但是离婚以后，石评梅更觉得寒心，更加不可能与高结合。因为石评梅自己曾经有过一段不成功的初恋，也是恋上了一个有妇之夫，她对家庭中的妇女也是很同情的。这个事件对她的刺激很大，后来她就执意坚持独身主义。当时抱独身主义态度的女性很多，其实有一个重要原因就是"正义的道德"和"关怀的道德"二者不能兼容。有些人妥协了，既要坚持"正义的道德"，同时也要兼顾"关怀的道德"，就跟自己所爱的人同居，不去追求名分，比如庐隐和许广平。但其实她们幸福吗？

许广平和鲁迅的婚姻后来得到新政权的证明，而且鲁迅的原配也已经去世。庐隐的第一次婚姻是和她的同乡、北大的郭梦良结合，郭虽然是男性，但也富于"关怀的道德"，不肯与他的发妻离婚，但是他与庐隐又爱得死去活来，那怎么办呢？后来两个人在上海举行了婚礼，他们离开家乡自己住的时候可能还稍微自由一点，后来郭梦良生重病，庐隐送他回老家休养。在郭的老家，庐隐受到的就是妾的待遇，被婆家的人百般蔑视。庐隐作为一个知识女性，这样的体验，可以想象是多么痛苦。许广平虽然跟鲁迅成功地结合了，但在此过程中，许广平作为女性，肯定有很多时候心里很不是滋味。她和鲁迅恋爱了一段时间后，鲁迅还不肯向外界公布他们之间的关系，跟外人说许广平是帮他整理资料的学生。他们去杭州玩，鲁迅为了避嫌，非要拉着许钦文和他们共住一个房间。以至于他们快要结婚了，林语堂还以为她只是鲁迅的学生。最后在许广平怀上海婴以后，他们才正式同居，许广平作为鲁迅爱人的身份才公开。我觉得，作为一个很独立的女性，这种情形终究是很委屈的。但是，作为五四的女性，她们那一代人有她们自己的解脱方式。1921年，罗素到中国访问，带着他的女朋友勃拉克。虽然当时很多中国媒体称之为罗素太太，但其实他们还没有结婚。罗素和勃拉克的这种关系实质上为当时的新文化人做了榜样。

　　表面上，五四那一代人似乎对名分不太在意。但从庐隐的小说中，我们可以发现她有点无病呻吟。她的作品跟郁达夫的比起来就有一个不同，郁达夫的苦闷可以直接喊出来，而庐隐的苦闷却是说不清道不明的。她的苦闷其实是内心深处两种道德的纠缠和冲突，她的道德观念是新文化的，所获的语言也是新文化的，但这套语言缺乏性别关系的考量，不足以使她真切地表达自己。所以说，她表现出来的就是"人生的究竟"一类大而无当的话，这样的语言难以承载她的体验。当她的语言稍稍能够承载其体验之时，五四已经过去很多年了。20世纪20年代末，她根据石评梅的故事写出的《象牙戒指》，可以说是庐隐小说中写得最好的，读这本小说才使我们恍然明白当时她们所经历的煎熬和痛苦。孟悦和戴锦华在《浮出历史地表》里面说过这样一句话："五四新女性是从神话中产生出来的一代。"所谓"神话"，就是"启蒙话语"所营造的价值世界，她们是"正义道德"所唤醒的一代；但是孟、戴后面又说，她们"也是没有神话庇护的一代"，是说她们这代人所经历的灵魂的挣扎是我们现在的人不容易体验的。后来，我在明了了这一切再回过头看她先前的作品，就多了一些理解。毕竟，她们写小说的年纪就像同学们这么大，才20出头，所以就少了一些苛责。从前我对她们的小说很苛责，认为她们是在空喊大而无当的东西，但是现在多了一些理解，对她们的体验也有了更多的同情。

好了，由于时间关系，今天就先说到这里，欢迎批评。谢谢大家！

互 动 环 节

主持人：杨教授今天特别细致地为我们分析了在五四新文化思潮下女性的身份被遮蔽的困境。非常透彻，给我很多启发。可能是讲座题目的缘故，我注意到今天来听讲座的大部分是女生。下面是互动时间，我们还有一点时间向杨教授提问。

问：您认为女性自觉应该做些什么？因为在男权社会，女性受到歧视。虽然现在已经很开放了，对妇女也有保护措施，但并不完善。比如，一个女的和丈夫一起生活，生活很平淡，在外面有个情人。您觉得这种现象是应该被认可的吗？

答：这种事除了当事人，别人都很难去评价，这可能要看具体情况是怎样的。

问：当她在很为难的时候，要选择自己的情人，但仍旧与丈夫保持夫妻关系，您觉得这样符合伦理吗？

答：我觉得只要她丈夫同意就没问题。她应该跟她丈夫提出来，有个妥当的处理方式。

问：我想知道您研究这些的目的和意义？

答：从世界范围来看，中国的女性解放进程在某些方面是非常激进的。比如刚才讲到的男女同校的实行，还有一夫一妻制，包括女性用自己的姓。实际上在激进之外，又有很多被遮蔽的问题，我觉得中国女性解放一开始，就是刚才讲到的晚清的女性解放是被纳入到民族国家建构进程中的，是一种策略性的。中国女性解放最接近本质的就是五四时期。再往后，许多表面上看很激进的东西，实际上都带有策略性，是因为现实需要而解放妇女。所以，当政治需要的时候就可能会有相应的策略，如果妨碍了现实的稳定就可能会有相反的策略。比如：婚姻自由和恋爱自由，从20世纪20年代初开始，在革命阵营中一直是主流。延安时期也这样，延安有一个时期离婚、结婚非常频繁，自由恋爱非常盛行，高级领导人的夫人很多都在那个时期换过。但是那个时期一过，当频繁的离婚、结婚影响稳定时，就又号召大家要忠实于婚姻。在新中国成立初期也是这样，很多干部闹离婚，以此反抗包办婚姻，后来，为了限制离婚，当时风行一出戏叫《铡美案》。我小时候曾听母亲讲过，20 世纪 50 年代初，我的一个叔叔闹离婚，他很小年纪就被包办婚姻，他不满，要离婚，就被拉去看《铡美案》受教育，看完戏他就跑到我父母那儿哭诉。（笑）我研究这个的目的，是想通过性别的视角来审视新文化和现代文学，以期对现代中国的历史和文化有更深和更好的理解。

问：杨教授，我看冯友兰的书里有这样一段话："五四时期之后，好多女性征婚广告上写的就是新女性旧道德，以此作为征婚的一种条件。"也就是说，很多女性虽然接受了很多知识，但是在道德认同上还是认同传统道德。她们绝对不能算是一个旧女性，但也不能算作一个彻头彻尾的新女性，您怎么看待这种现象？

答：能够选择与人同居而不在乎名分，这本身就是一个新女性才能做出的选择。但是新女性并不是说不管孩子，不照顾家庭。"关怀的道德"并不是仅指传统的道德，而是指人的一种道德，也是符合人性的一种道德。

问：我们周围的同学很多人接受的是新式的教育，但是却认同一种非常传统的道德。在多元化的社会中，对女性的道德认同您认为会有什么趋势？

答：我觉得我没有预言这种趋势的能力。其实不一定忠实于爱情、家庭就是传统，不忠实就是非传统。不能用传统或非传统去概括这种现象。我不主张用传统或非传统去界定这个问题。道德没有什么多元的问题，只有自己认同的道德。

问：刚才这几个同学的问题是不是都应该由社会学家、史学家或哲学家去解决呢？我觉得文学研究应该关注文学作品本身，而不应该过多地研究社会问题。

答：学术研究的对象是真问题，而不应在乎体制所规定的范围。历史学家也在做，他们做他们的，我们做我们的。文学作品是表现人的存在和精神的，也是表达人的情感的，怎么可能与社会脱离呢？只是，文学不负责解决社会问题，文学研究的目的也不提供解决社会问题的办法。但人的精神世界有多么广大，文学所表达和关注的就有多么广大。

问：那这种研究是不是超出文学研究的范畴了呢？

答：你的意思是说我的研究有点偏离文学的研究，好像走到了历史研究和社会学研究的范畴了。你的批评也许是有道理。也许因为现代文学作品太少了，总得找点东西来说吧。不过，文学研究的职业，不能成为我们思考问题的束缚。

主持人：由于时间关系，今天我们的讲座到此结束，请大家再次用热烈的掌声感谢杨教授！

（记录整理：张丹萍）

时间：10 月 14 日（星期三）晚 18：30 ~ 20：30
地点：北一区图书馆一层学术报告厅

主讲人简介

陶礼天　首都师范大学文学院教授，博士生导师，兼任中国文心雕龙学会秘书长。主要研究领域为中国古代文论和美学，侧重于从诗、书、画、乐等各门古代艺术论的整体发展和中国古代哲学、文化传统角度对古代文论进行研究。著有《司空图年谱汇考》、《艺味说》、《北"风"与南"骚"》、《文心雕龙研究史》（与张少康等合撰）、《司空表圣诗文集笺校》（与祖保泉合撰）等。

《文心雕龙》与佛学关系检论

陶礼天

一　引论

各位同学，受桃洲教授委托来做这个讲座。我今天主要讲一下学术界一直比较关注的一个问题——《文心雕龙》与佛学的关系。关于这个问题的研究，可以说是"龙学"研究中的一个老课题，涉及问题甚多，就此发言者颇多，我自己也发表过几篇相关的论文，① 现在我对此课题及其研究得

---

① 这些论文主要有：《〈出三藏记集〉与〈文心雕龙〉新论》，载《安徽师范大学学报》1999年第 3 期；《〈文心雕龙·序志篇〉"范注之六"商兑》，载 1999 年 10 月 20 日《人民政协报》；《僧祐〈释迦谱〉考论——兼论佛学与〈文心雕龙〉方法论之关系》，载《首都师范大学学报》1999 年第 2 期；《刘勰之文质观与佛经翻译之文质论》，载《文艺研究》1999年增刊；《刘勰〈灭惑论〉创作诸问题考论》，载《文心雕龙研究》第 4 辑，北京大学出版社，2000；《儒道释之尚"中"论与刘勰的"执中"精神》，载《文心雕龙研究》第 5 辑，河北大学出版社，2002。

失略抒己见，故谓之"检论"。

这个关系问题，涉及中国古代文论、古代美学、古代文学，包括古代传统文化的研究等，因为佛教从汉末开始传入中土，逐步与我们本土文化相交融，我们要研究自此以后的"国学"，大家就都会碰到这样一个共同问题。今天讲的，相对而言，是一个很具体的问题，但是它在方法论的意义上面，在很多具体问题研究的思路方面，与其他学科领域的相关研究也是有共同之处的。

关于《文心雕龙》与佛学关系问题，我先后写过大概五六篇论文，主要探讨了佛教在汉末传入中国以后对六朝以来中国思想文化传统产生的一些影响，以及中国思想文化传统因之而产生的一些新的变化。就文学理论批评来说，佛教传入中国后对文学批评的审美理想，包括语言观、创作心理等方面都产生了一些影响。我主要是结合《文心雕龙》进行研究的，另外也作了一些相关文献的考论，如僧祐的《出三藏记集》、《释迦谱》的研究等。在有关佛教研究的学者当中，有人参考我的观点，也有人提出很多问题跟我讨论。经过长时间的考虑之后，我发现大家对于这一问题可能是在不同层面上进行阐述的，可能有很多问题本来是没有必要讨论的。所以我想在发言之前对《文心雕龙》与佛学的关系作一个界定，对研究的内在理路做一些研讨。这一篇文章主要就是谈论这个问题，同时我也提出了另外一些问题。希望能和同学们交流，也希望同学们在听完之后多提宝贵意见。

今天的讲座主要是先讲一下佛教的中国化问题，这个问题当中实际上包含了两个层面的内涵，一个是佛教的中国化，另一个是佛学的中国化。我认为这两个方面既有联系，又有所不同。佛教的中国化在六朝时期，对中国古代文论、美学理论的影响相对要小一些，佛学的中国化对他们的影响则要大一些。在这里，先谈一下问题的引入。

我在《僧祐及其与刘勰之关系考述》[①] 一文中，曾引证僧祐《释迦谱·序》中语："散出首尾，宜有贯一之区；莫齐同异，必资会通之契。故知博崇（讯）难该，[②] 而总集易览也。祐……遂乃披经案记，原始要终，敬

---

① 《僧祐及其与刘勰之关系考述》一文，曾提交为 2006 年 12 月 6 日至 8 日北京大学中文系与日本六朝文学联合会举办的"中日学者六朝文学研讨会"会议论文。已发表于中国文心雕龙学会编《文心雕龙研究》第 7 辑，河北大学出版社，2007。

② 《大正藏》第五十册《释迦谱》本校曰："诤"，三本、宫本作"讯"。

（故）述《释迦谱》记，① 列为五卷。"② 我在另一篇文章当中也曾对僧祐的《释迦谱》做了详细的考证，可以说僧祐的《释迦谱》本身，就是对"散出首尾，宜有贯一之区；莫齐同异，必资会通之契"这种方法的实践。我们现在看到的《释迦谱》，实际上就相当于释迦牟尼传记这样的一种佛经材料，是僧祐根据翻译过来的这些经典进行综述，通过汇通整理编成的。在《文心雕龙》研究的学界当中曾流行过这样一种观点，认为僧祐的佛学研究著作（包括《出三藏记集》、《释迦谱》以及《弘明集》），特别是《出三藏记集》可能是刘勰代笔写的，我认为这个观点是不对的。这样理解的话实际上并不利于我们研究刘勰《文心雕龙》与佛教的关系，反而增加了很多问题。刘勰依僧祐十余年，受到僧祐的影响肯定是很大的。僧祐是一位高僧，他的《出三藏记集》和《释迦谱》里面经常讲到"祐……"，我们知道古人是非常重视自己的著述的，虽然那时候没有版权意识。像这种写法在书中有好多处，足以证明此书非出刘勰之手。我认为僧祐研究佛学的"原始要终"、"会通"、"贯一"等思想方法，明显是中国传统哲学观念和经学的治学方法的一种新的运用，如果我们不了解在佛学研究中这些方法的新发展，可能对很多问题的研究就不会深入。刘勰《文心雕龙》也曾反复申明"原始要终"（《史传》、《序志》等篇）、"变通适会"（《征圣》、《通变》等篇）的方法论原则，形成将史、论、评三者相互结合的理论批评特色。

我们在现当代的文学理论著作当中最缺少的就是"史"这一块，因为作为一个文学理论家要掌握史的知识是需要有长久的积累和很深的功夫的，我们现在的文学理论往往在这方面做得不是太好。20世纪40年代，美国学者韦勒克和沃伦合著的大学教材《文学理论》当中就专门列了文学史一章来建构文学理论，他们提出文学史之上才有文学批评，然后才有文学理论这样一种三层架构，我认为这种说法在中国古代的著作特别是《文心雕龙》当中体现得比较明显。中国古人是不尚空言的，总是把理论和具体的文学史的发展、作品的分析结合在一起来谈论。《文心雕龙》在20篇文体论当中提出了"原"、"释"、"选"、"敷"的方法论原则，上升到理论的高度。他的"敷理以举统"是建立在最初"原始以表末"的基础上的，所谓"原始以表末"就是说各种文体的历史发展渊源是什么，以及怎样逐步形成规

---

① 《大正藏》校曰："敬"，宫本作"故"。
② 《大正藏》校曰："列"，宋、元、宫本作"刊"；"五"，三本皆作"十"。

范的。这是一种文体的批评，也是一种历史的批评，同时还是一种选文的批评或者案例的批评。"选文以定篇"就是把历史上最优秀的作品列举出来，最后总结出一种文体的写作规范。刘勰在文学批评的模式里面可以说有很多的总结，其中在文体论研究上，主要就是这"原、释、选、敷"的批评方法。"原"是一种历史批评方法，"释"确定文体的含义和规范，"选"来总结历代文学发展的情况，然后再上升到理论的高度，即所谓的"敷"，这就是上篇。在下篇当中从《神思》到《程器》也讲述了很多理论问题，它的理论都是建立在很深厚的历史基础上的。他的"原始要终"、"变通适会"的精神与当时佛学对这方面的强调是有很大关系的。刘勰在他的这本著作中确实能够做到"振叶以寻根，观澜而索源"。我们认为《文心雕龙》这种思想方法论的特色，正说明了这部"体大而虑周"的杰出的古代文学理论批评专著，乃是作者刘勰在受到固有的文化传统与中国化之佛学相互交融的思想共同影响下，才能够写出来的。说明刘勰论"文"的思想方法不仅具有独特个性，同时又是与在追究本末体用的哲学本体论基础上，会通儒释道三教的时代思潮相一致的。

另外我们看一下慧皎（当时另外一部佛学著作）《高僧传》中的一段话，其卷八《僧远传》说，僧远"善《庄》《老》，为西学所师，与高士南阳宗炳、刘虬等，并皆友善"。① 可见"西学"一词由来已久，本来主要是指佛学。六朝时期的文化传统主要就是在这种"中学"与"西学"（佛学）交融会通中发展形成的，具有独特性。《文心雕龙》表现出了一种儒道释相互结合的文艺思想，尽管它的主要思想倾向无疑是儒家的。前面已经说过，要想对这一课题诸多问题进一步深入研究下去，那么就必须对《文心雕龙》与佛学之关系及其现有许多研究观点作出简要评述，究明其得失。我认为有必要讨论一下所谓《文心雕龙》与佛学到底为何种之关系的问题，因为历来研究者对此争论纷纭，许多问题还不甚明晰。主要想通过这一课题的分析和界说，表明我对《文心雕龙》与佛学之关系的基本看法，以便确立一个研究的原则和科学的理路。

二 《文心雕龙》与佛学关系研究

唐宋以前，对《文心雕龙》的研究，一般学人主要着眼于其关于"文体"、

---

① 慧皎（公元497～554年）：《高僧传》，汤用彤校注，中华书局，1992，第321页。

"文理"、"声律"、"文病"等方面的内容进行评论。元朝以后,《文心雕龙》渐成显学,对《文心雕龙》的思想方法探讨遂多。关于《文心雕龙》与佛教的关系,元、明、清时代的学人亦已有论及,并形成两派对立的意见。

第一派是较为肯定地认为刘勰虽曾依附于僧祐,晚年又遁入佛门,但《文心雕龙》是以宗尚儒家为指归的,而且也几乎没有"祇陀之杂言"。如元人钱惟善《文心雕龙》至正本序云:

> 自孔子没,由汉以降,老佛之说兴,学者日趋于异端,圣人之道不行,而天地之大,日月之明,故自若也。当二家滥觞横流之际,孰能排而斥之?苟知以道为原,以经为宗,以圣为征,而立言著书,其亦庶几可取乎!此《文心雕龙》所由述也。①

其后明人王惟俭《文心雕龙》训故本序云:

> 余反复斯书,聿考本传,每怪彦和晚节,燔其鬓发,更名慧地,是虽灵均之上客,实如来之高足也。乃篇什所及,仅"般若"之一语,援引虽博,罔祇陀之杂言。岂普通之津梁,虽足移人;而洙泗之畔岸,终难逾越者乎?②

认为《文心雕龙》基本不杂佛典之言,并以之来说明刘勰的以儒家思想为宗尚,持此说者,实滥觞于王氏此论。③

第二派是认为《文心雕龙》的理论于创作有益,而于儒家经学无益,含有反对该书以儒家为宗尚之观点的意思,但所论模糊,并未道出其所以然之故。如清人李家瑞《亭云阁诗话》云:

> 刘彦和著《文心雕龙》,可谓殚心淬虑,实能道出甘苦疾徐之故;谓有益于词章则可,谓有益于经训则未能也。乃自述所梦,以为曾执

① 杨明照:《文心雕龙校注拾遗》,上海古籍出版社,1982,第724页。
② 杨明照:《文心雕龙校注拾遗》,第734页。
③ 其后清人史念祖在其《俞俞斋文稿初集·文心雕龙书后》一文中,从"作者不必善论,论者不必善作"的角度说:"《南史》本传称其长于佛理,都下寺塔名僧碑志,必请制文,是固寝馈于禅学者也。顾当摛藻扬葩,群言奔腕之际,乃能不杂内典一字,视王摩诘诗文之儒释杂糅,亦可以为难矣。"但并未说明《文心雕龙》是否受到佛学的影响。引见杨明照《文心雕龙校注拾遗》,第448页。

丹漆礼器于孔子随行，此服虔、郑康成辈之所思，于彦和无与也。况其熟精梵夹，与如来释迦随行则可，何谓其梦我孔子哉？①

这两种意见一直延续到今天，有各执一端的倾向。继承前人所论，又力图作出调和者，可以范文澜先生为代表。他说：

> 刘勰撰《文心雕龙》，立论完全站在儒学古文派的立场上。《序志篇》说，本来想注儒经，但马融、郑玄已经注得很精当，自己即使有些独到的见解，也难得自成一家；因为文章是经典的枝条，追溯本源，莫非经典，所以改注经为论文。这里说明刘勰对文学的看法，就是文学的形式可以而且必须新变（《通变篇》），文学的内容却不可离开圣人的大道（《原道篇》、《征圣篇》、《宗经篇》）。《文心雕龙》确是本着这个宗旨写成的，褒贬是非，确是依据经典作标准的，这是合理的主张，因为在当时，除了儒学，只有玄学和佛学，显然玄学、佛学不可以作褒贬是非的标准。刘勰自二十三四岁起，即寓居在僧寺钻研佛学，最后出家为僧，是个虔诚的佛教信徒，但在《文心雕龙》（三十三四岁时写）里严格保持儒学的立场，拒绝佛学思想混进来，就是文字上也避免用佛书中语（全书只有《论说篇》偶用"般若"、"圆通"二词，是佛书中语），可以看出刘勰著书态度的严肃。②

虽然范文澜先生认为刘勰于齐代撰述《文心雕龙》时，是完全站在儒家思想的立场上的，不过他又认为《文心雕龙》的体例、论证方法是受到佛学影响的。范文澜先生引用慧远《阿毗昙心序》之论来说明，然后认为"彦和精湛佛理，《文心》之作，科条分明，往古所无。自《书记》以上，即所谓界品也。《神思》以下，即所谓问论也。盖采取释书法式而为之，故能觲理明晰若此"。③

---

① 杨明照：《文心雕龙校注拾遗》，第447页。

② 范文澜：《中国通史简编》（修订本）第二编，人民出版社，1949年第1版，1964年第4版，第418页。

③ 范文澜：《文心雕龙注》卷十《序志》篇注二，第728页。按：觲：音腮，又古音意（今此古音已失读），当通"鳃"字义，意谓"角中之骨"。《礼记·乐记》"角觡生"，汉郑玄注："无鳃曰觡"（或作"无觲曰觡"）。按：觡音各，指角中无肉、其外无理而有小的分支之角的（《玉篇》谓：有分支的角谓觡）骨角。范文澜先生自造此"觲理"一词，意思应该就是指刘勰论文的内在骨理，内在的逻辑思理的触角的意思，意谓在其论文的内在逻辑思理方面受到佛学典籍的影响，故而其论文特别明晰条畅。范先生自造此一成词，阅者多费解，故不嫌烦琐，注解如上。

这种结论是不完全正确的。对此，兴膳宏先生的《〈文心雕龙〉与〈出三藏记集〉》①、饶宗颐先生的《文心与阿毗昙心》等文，均曾有所辨正。兴膳宏先生《〈文心雕龙〉与〈出三藏记集〉》一文，对《文心雕龙》与佛学关系之问题，提出了许多新的研究结论，其中深入地分析了《出三藏记集》卷一中的《胡汉译经文字音义同异记》一文，认为这是一篇具有比较文化论之性质的重要文献，并从悉昙学的角度，联系刘勰的《灭惑论》特别是《文心雕龙》的《练字》等篇，详细考辨了"十四音"、"半字"诸问题。饶宗颐先生通过分析《阿毗昙心论》原典的篇章结构，指出：

> 《阿毗昙心论》首品为 dhatu，义为要素，终品为 katha，义为问答，全书十品之结构……与《文心》布局方式全不相干。问论在最末，安得谓"《神思》以下即所谓问论"？可谓拟于不伦。②

在《文心雕龙》与佛学之关系问题的研究上，饶宗颐先生先后发表过《文心雕龙探原》、《刘勰文艺思想与佛教》③、《文心雕龙声律篇与鸠摩罗什通韵——论四声说与悉昙学之关系兼谈王斌、刘善经、沈约有关诸问题》、《文心与阿毗昙心》④、《论僧祐》⑤ 等论文，认为《文心雕龙》的文学理论是"建筑在佛学的根基之上"的，并认为"这是不容否认的事实"，⑥ 此观点也受到不少学者的赞同或质疑，赞同者，如饶先生的门生石垒作《文心雕龙原道辨原》等论文，⑦ 进一步申发了其研究观点，质疑者如潘重规先生的《刘勰文艺思想以佛学为根柢辨》⑧ 等。

关于《文心雕龙》的思想倾向与佛、玄、道的关系问题，我以为从固有传统之文化与西来之佛教思想的双重角度去透视和理解，无疑是正确的

---

① 该文收入中译本《兴膳宏〈文心雕龙〉论文集》，齐鲁书社，1984，第 5～108 页。
② 饶宗颐：《梵学集》，上海古籍出版社，1995，第 180 页。
③ 两文见香港中文大学《文心雕龙研究专号》，其节文见饶宗颐《澄心论萃》六八、六九、七○则，题作《文心雕龙与佛教》，上海文艺出版社，1996，第 170～177 页。
④ 两文见饶宗颐《梵学集》，上海古籍出版社，1995，第 93、179 页。
⑤ 《论僧祐》一文，见饶宗颐讲演集《中国宗教思想史新页》（北大学术演讲丛书之十一），北京大学出版社，2000，第 17～35 页。
⑥ 饶宗颐：《澄心论萃》，第 176 页。
⑦ 石垒此文见《人生》杂志五一卷第 3 期，其后石垒刊出专著《文心雕龙原道与佛道义疏证》，香港云在书屋，1971，此书又与其论文一起收入石垒《文心雕龙与佛儒二教义理论集》，香港云在书屋，1979。
⑧ 潘重规先生文载《幼狮学志》十五卷第 3 期。

研究取向，但也并不认同"刘勰文艺思想以佛学为根柢"的观点，视其思想倾向为在儒学的主体层面上的三教会通，庶几近与《文心雕龙》之实际，也与刘勰一生始终在调和儒道释的道路上徘徊前行之实际相符。

此外，泛泛地不赞成或从《文心雕龙》的儒家思想倾向出发，来反对范文澜先生观点的尚多，如王更生先生《文心雕龙范注驳正》云：

> 《序志篇》释《文心雕龙》之著作旨趣，既有创见矣，但却漫引释慧远《阿毗昙心序》……事实上，《文心雕龙》之所以以"心"名书，彦和开宗明义便说："夫文心者，言为文之用心也"，并举涓子《琴心》，王孙《巧心》，明"心"之所本，援证十分确凿，自不必多加臆测。今范氏竟附会及之，诚所谓"蔑视古作者之用心"。今人张立斋斥其"饶舌"①，不谓无因。②

张立斋《文心雕龙注订》一书，我未见，其说为李曰刚先生引之于《文心雕龙斠诠》，现转引如下：

> 此益以意测，未加精审。不知《文心》一书，虽涉解渊汇，殊不及内典一字一事也，以皈依佛法之彦和，而其宏著若是者，可以窥知其人矣。今范氏附会及之，诚所谓蔑古作者之用心，犹夫俗所谓饶舌。篇中"心哉美矣，故用之焉"，是明言文心二字所本，与佛典何涉？③

然而范文澜先生其说，虽有"拟于不伦"的缺点，但所见十分重要，故其说颇为学者所称引。如王礼卿先生的《文心雕龙通解》，篇首之《提要》中，列一《文心雕龙》的篇章结构表，还是按照"界品"和"问论"来概括《文心雕龙》之《明诗》至《书记》与《神思》至《程器》这两大部分的内容结构的。④

我上面引证几位港台地区学者的论述，都是围绕范文澜先生以《阿毗昙心序》之《界品》与《问论》比拟《文心雕龙》之结构问题的，由此我们亦可见在《文心雕龙》与佛学之关系的研究上，是如何的徘徊不前了。

---

① 原注：张立斋说见其所著《文心雕龙注订》，正中书局印行。
② 王更生：《文心雕龙范注驳正》，台湾华正书局，1979，第36页。
③ 李曰刚：《文心雕龙斠诠》，台湾"国立编译馆"中华丛书编审委员会发行，1983，第2302页。
④ 王礼卿：《文心雕龙通解》，台湾黎明文化事业股份有限公司，1986，第8页。

对此，大陆学者也大体如是。或由此思路别作新的比较考论者，如普慧（张弘）发表了《〈文心雕龙〉与佛教成实论》一文，[①] 提出了新的看法。但就整体研究情况看，能像饶宗颐先生、兴膳宏先生那样，作出实证考察的论文还是不多见的。不过大多数学者认为《文心雕龙》"体大而虑周"的理论体系与论述方式，是受到了佛学的影响。陈寅恪先生早在《论再生缘》一文中，讨论其结构时就曾附带论说道：

> 综观吾国之文学作品，一篇之文，一首之诗，其间结构组织，出于名家之手者，则甚精密，且有系统。然若为结合多篇之文多首之诗而成之巨制，即使出自名家之手，亦不过取多数无系统或各自独立单篇诗文，汇为一书耳。其中固有例外之作，如刘彦和之《文心雕龙》，其书或受佛教论藏之影响，以轶出本文范围，故不置论。[②]

朱东润先生《中国文学批评史大纲》也认为"飆究心佛典，故长于持论，《文心雕龙》一书，其主旨见于《总术篇》，所谓'圆鉴区域，大判条例'者是，二句皆佛家语，又《论说篇》称'般若之绝境'，亦由佛经来也"。[③] 又说："佛家经论，每有树立宗旨，宏博圆融，而过事精微，翻成繁苛者。此种现象，在佛教盛行期之文学批评中，每每见之。沈约之论音律，卓然名家，而八病猥烦，贻议后代，此一例矣。《文心雕龙》亦不免此"，[④] 以下朱先生举出《丽辞篇》与《练字篇》作了具体说明。刘永济先生《文心雕龙校释》一书的《前言》中也说道："彦和此书，思绪周密，条理井然，无畸重畸轻之失，其思想方法，得力于佛典为多。"[⑤] 其他如方孝岳先生、杨明照先生等都作过类似的论说。

王元化先生提出《文心雕龙》的逻辑性、系统性与佛教因明学有关的看法，受到一些学者的质疑。王先生坚持自己的观点说：

> 我在拙著中也曾谈到《文心雕龙》的逻辑性与因明学的关

---

① 文载《文史哲》1997 年第 5 期，该文收入作者《南朝佛教与文学》一书的附录二，题曰：《〈文心雕龙〉的成书及其与佛教成实学》，中华书局，2002，第 285～302 页。
② 《陈寅恪先生文集》第一册，台湾里仁书局，1981，第 62 页。本文所引陈寅恪先生之文，凡《陈寅恪史学论文选》所无者，一般均据此本。
③ 朱东润：《中国文学批评史大纲》，上海古籍出版社，1957，第 45 页。
④ 朱东润：《中国文学批评史大纲》，第 54 页。
⑤ 刘永济：《文心雕龙校释·前言》，中华书局，1962，第 2 页。

系。……曾有人反驳说，因明学是在唐代玄奘那时才传入中国的，怎么会与《文心雕龙》有关系呢？从因明学著作看，确是唐代才传入中国的。这里可举最有代表性的《因明入正理论》为例。但是，因明是古代印度"五明"之一，早在佛教前就已存在。其实，北朝所译的两部佛书，即《方便心论》与《回诤论》都与因明学有关。《回诤论》系龙树所造，于东魏孝静帝（元善见）兴和三年（公元五四一）译出。此时刘勰已殁，不可能看到，据《出三藏记集》著录，《方便心论》为西域三藏吉迦夜与昙曜于北魏孝文帝（元宏）延兴二年（公元四七二）译出，刘勰是有可能见到的。……《文心雕龙》把史、论、评糅合起来，成为一部具有系统性的专著。我认为，构成这种重逻辑的特色不能说没有因明学的影响。我还认为，刘勰也受到先秦名家乃至玄学家思辨思维的影响。①

对上述争论，我在此略谈三点浅见：第一，对《文心雕龙》受到"佛教论藏之影响"的问题，不能看得太死，这就是说不必非要认定受到哪一部具体的"论藏"的影响。此外，即使《阿毗昙心论》的结构与《文心雕龙》不相类似，也不能说慧远的《阿毗昙心序》等一些佛教原典研究的序论思想特别是其方法论没有对刘勰产生作用。饶宗颐先生《文心与阿毗昙心》一文又认为："彦和思想方法，和释氏似结有不解之缘，自范文澜以来，几乎众口一声，谓其严密之方法，是受到佛经之影响，我则谓其书体例实与释氏无关，惟居正之态度，完全符合释氏正道之宗旨。持以论文，故与当日'文章且须放荡'之风尚乖违，在在见其坚定之立场，足为一时之针砭。"② 刘勰论文讲宗经居正的思想态度，"符合释氏正道之宗旨"，饶先生作出抉微，无疑是十分有道理的；不过，其断定《文心雕龙》之"体例实与释氏无关"的观点，似乎还有值得商榷的余地。

第二，关于王元化先生等提出的《文心雕龙》受到因明学的影响问题，我以为也应该圆通视之。因明学是一种十分深奥复杂的逻辑学，以阐明一种逻辑思想、逻辑方法的理论为主，刘勰时代，不仅《因明入正理论》这种因明逻辑的理论著作还未传译到我国，即使已经传译，《文心雕龙》也不大可能直接受到这种逻辑理论本身的影响。然而，佛经论著是讲逻辑的，

① 王元化：《文心雕龙讲疏》，上海古籍出版社，1992，第 295～296 页。
② 饶宗颐：《梵学集》，第 183 页。

是重因明的，六朝时期大量佛经的传译，本身就是因明思想的活的体现，例如，在其时有着广泛传播和影响的《维摩诘经》，就十分讲究严密的逻辑性论证，其中也深刻地表现出"中道"哲学的观念，根据《出三藏记集》的记载等情况来看，刘勰对之也是十分熟悉的。由此我们不难论证《文心雕龙》受到佛教经论的"严密之方法"的影响，不能断然否定因明学对《文心雕龙》的潜在影响。

　　第三，关于《文心雕龙》中"佛书中语"的问题，我以为这个说法历来都似乎是模糊不清的，也应该作出进一步的追问。也就是说，所谓"佛书中语"到底是个什么概念呢？首先，可以是指像"般若"这种明显的"音译语词"，明人王惟俭说："乃篇什所及，仅'般若'之一语，援引虽博，罔祇陀之杂言。"王氏自己"反复斯书"，又作"训故"，可见对《文心雕龙》是相当熟悉的，却只发现"般若"一例为"祇陀之杂言"，那么大概他是从这种音译词的角度看问题的。如果这样看，明显是不对的，自不用多言。其次，可以是指本来为汉语所固有的语词而在佛书中被赋予了独特的意义而成为一种表现佛教思想的范畴（包括佛经传译中重新铸就的语词）。再次就是指上述二者兼而有之的语词。范文澜先生认为"全书只有《论说篇》偶用'般若'、'圆通'二词，是佛书中语"，范先生之后有人又找出"半字"、"体性"等，亦为佛书中语。看来范先生等是从后者的角度来看问题的，而这样看也才是正确的，但问题是相当的复杂的，必须通过《文心雕龙》理论观念与佛学思想体系的勘比会通的研究才能得出结论，并非一望可知的，简单地说《文心雕龙》"援引虽博，罔祇陀之杂言"的观点，是不能令人信服的。

　　佛经既传译为汉语，一般的语词当然不能说明任何问题，而音译词也随着传译过程而逐步减少，因为音译词明显妨碍理解，相对地说，只有少部分如"般若"、"涅槃"（另：人名、地名一般都用音译，在此可以除外）等，传译使用既早，而又为人们所接受，加以与固有汉语语词对译很困难，得以保留下来（当然也不断有新的音译词产生）。大多数能够表达佛教思想之范畴的独特语词，仍然是通过赋予汉语固有词语（包括单字词和多字词）以"新义"和"新造"（即将单字结合为新的双字或多字词）的办法来解决的，这是自然而然的事。一个语词（包括单字词和多字词）有本义、引申义、古今义，只有放到具体的文本（所谓上下文的语言环境）之中，才能得以辨别。而一旦联系具体文本来考虑问题，又必然会有一个研究的深浅问题、是否周密的问题，而且还存在研究者的知识修养问题。最明显的例子是，近年来饶宗颐先生、兴膳宏先生从悉昙学、梵学之音韵学的角度，来讨论《文心雕龙》的《练字》、《声律》等篇中的理论观点，说明了《文心雕龙》与佛学关系的密切性，这种从实证出发再上升到理论高度进行的分析，是可以征信的。而有些论《文心雕龙》与佛教之关系的文章，对佛学是否对《文心雕龙》有无影响的讨论，写得扬扬洒洒，寻章摘句，结论模糊，似乎说得很圆通，实质并没有解决任何问题。我们一般研究者不可能像饶先生等专家那样对梵学有造诣，我对此亦属门外之列，不敢妄言。不过，我认为，汉译佛典还是可以直接有资于研究《文心雕龙》与佛教的关系的，"语词"问题的最后解决，必须从语词意义生成的历史文化积淀性的角度着眼去探讨。

我这里讲的"语词意义生成的历史文化积淀性"，并非什么深刻的道理，是针对《文心雕龙》研究现状来讲的。简单地说，一个语词（在此主要指能够反映作者的思想观念的范畴性的术语）的意义，是在思想文化的历史发展中不断积累、不断丰富的，把它放到特定时代特定作者的特定著作中，联系其相关（例如这一特定作者的特定著作中可能出现相同的语词）思想观念来研究时，应该力求全面考察其时新的历史文化意义，将其古今之义（从本义到引申义，实质上也是一种古今结合而产生的）结合起来。例如《文心雕龙》中的"虚静"、"神理"等概念，我们不能只着眼于刘勰以前的文化典籍中使用的意义，也应该考察这两个"语词"在大量佛学研究著作中的使用意义，我们不能断然说这两个"语词"不是"佛书中语"，当然也不能只注意"佛书"中的用法，或见到"佛书"有之，就只见"佛"而不见"儒"、不见"道"了。

例如《文心雕龙》出现"般若"语词的《论说》篇中，就还有"徒锐偏解"的"偏解"、"莫诣正理"的"正理"、"动极神源"的"神源"、"词深人天"的"人天"等，这四个"语词"具有重要术语的意义，就都是当时已经传译的"佛书中语"，也是当时佛学研究中屡屡见及的重要"语词"，我们就应该考虑到佛学思想在这些"语词"原有意义上的新的积淀性，由此来联系《文心雕龙》全书的理论体系以及佛教中国化的进程，来考察《文心雕龙》与佛学之关系，庶几可信。例如《文心雕龙·论说》篇"赞"曰："词深人天，致远方寸"，其中"人天"一词，很少有人注意其是一个佛学词语，其实中国传统只说"天人"的，本于天在人先、人参天地的"天人合一"的思想，而佛学中"人天"却是个很普遍的词语，其作为一种概念或者思想范畴，又融入传统的"天人合一"的思想。如《高僧传》卷六《僧睿传》记曰："什所翻经，睿并参正。昔竺法护出《正法华经》、《受决品》云：'天见人，人见天。'什译经至此，乃言：'此语与西域义同，但在言过质。'睿曰：'将非人天交接，两得相见。'什喜曰：'实然。'其领悟标出，皆此类也。"① 我在本文结尾的"具体案件分析"部分，将拟举"虚静"、"馀味"二语词（也是重要理论范畴）作一些实例的讨论。

"语词分析"历来是考辨学术思想的重要途径，一些国外汉学家尤其是日本汉学家中的《文心雕龙》研究者，就特别爱好运用此法，但这又是最容易产生谬误的方法，必须摆脱庸俗的研究作风。王元化先生多次批评过简单的"语言类比法"，值得我们重视。他说："有人认为《文心雕龙》这本书的主体思想并不是儒家思想，而是属于佛学的思想体系。……我认为，这种观点不是采用科学的态度。我姑且称这种方法为语言类比法。这就是说，从《文心雕龙》里找出一些词汇，跟当时的玄佛的用语进行类比。倘使在玄佛著作中也发现了同样的词汇，就以此作为主要的根据，断言两者的思想是一致的。这种只是追求形似的简单化方法，是不能够用来证明《文心雕龙》是以玄佛思想为主体或骨干的。因为在不同的理论家、思想家那里，即使用同一的概念或同一的名词与术语，也往往包含着完全不同的涵义。"② 另外，又曾说：应该把"舍本意的引证"与"用本意的引证"区别开来，要"划清思想资料和思想体系的区别"。③

我阅读《文心雕龙》研究的论著，发现王元化先生所批评的现象是确实存在的，例如少数学者常常流于"寻章摘句"式的研究，存在比附倾向，结论便不能服人，也不符合《文心雕龙》本身的实际。如马宏山先生从"神理"（视《文心雕龙》中的"神理"为佛性）诸概念的简单研究出发，提出《文心雕龙》的主导思想是"以佛统儒，佛儒合一"的论断，④ 就是较为典型的例子。但是，这不等于说，"语词分析"的方法就是不可以运用的，相反，应该加以积极运用，不过，要注意联系《文心雕龙》的思想体系的整体来考虑，注意联系当时的佛教中国化的进程作较为全面的考察。

---

① 慧皎：《高僧传》，汤用彤校注，中华书局，1992，第245页。下引此书，均据此本。
② 王元化：《文心雕龙讲疏》，第255页。
③ 王元化：《文心雕龙讲疏》，第67页。
④ 马宏山：《论〈文心雕龙〉的纲》，引见其《文心雕龙散论》，新疆人民出版社，1982，第1页。

三 《文心雕龙》与佛学关系之界说

如上所说，关于《文心雕龙》与佛学关系的研究，已有不少论著，也作出了不少有益的探讨，在这些论著中，对《文心雕龙》与佛学的关系，存在肯定和否定两派意见，完全否定者，暂可以置于不论；而肯定者，其中当以饶宗颐先生、兴膳宏先生、张少康先生等学者作出的成绩为突出。限于篇幅，不能一一加以评述。我在此想略为概述一下台湾研究者方元珍的专著《文心雕龙与佛教关系之考辨》的内容义旨，① 因为这本著作对 20 世纪 80 年代中期以前有关这一问题研究的成果作了较为全面的介绍和评说，其评说尚多可商榷，但《文心雕龙》与佛教关系的研究面貌已经得到较多的反映，可以免去我的呶呶不休。《文心雕龙与佛教关系之考辨》全书除序言及第七章之结论部分外，主体内容共六章，讨论了刘勰生平，时代背景，《文心雕龙》的文原论、文体论、文术论、文评论与佛教的关系问题，其主旨在于驳正所谓"《文心雕龙》以佛教思想为根柢之伪说"，就上述各章各个主要问题的方面，一一列举现有关于《文心雕龙》与佛教思想相"关涉"的讨论，然后再加以辨别，结论以为：

> 彦和窥寐圣贤，抽扬遗典，以儒家思想为树德建言之根柢，灿然明备。虽或谓《文心》之书，发脉释氏，弘扬佛理，然彼抗辞夸世之论，徒启名山寂寥，遗帙谁赏之叹而已，于作者用心之抉发，《文心》堂奥之布宣，又何益焉？②

总之，此书在《文心雕龙》与佛教的关系上，虽认为佛教对其有一些影响，如说"饶氏（引案：指饶宗颐先生《文心雕龙与佛教》诸文）以四声说与梵音有关，其说信为实录"。③ 但仍以刘勰崇尚儒家思想为其理论基础，主要着眼点在于否定《文心雕龙》与佛教之"关涉"，不少观点我也表示赞可，但主要论述又非我所敢苟同的。这里就涉及一个最为重要的问题，这似乎是一些论者未能明析而导致其论说纷纭芜杂的关键所在，这个问题就是"何谓《文心雕龙》与佛学（或佛教）之关系？"其

---

① 方元珍：《文心雕龙与佛教关系之考辨》，文史哲出版社，1987。
② 方元珍：《文心雕龙与佛教关系之考辨》，第 120 页。
③ 方元珍：《文心雕龙与佛教关系之考辨》，第 94 页。

实，历来学者对此已有论述，特别像陈寅恪、范文澜、朱东润、刘永济、饶宗颐、兴膳宏、王元化等先生，对此应是心有定见的，因为所谓佛学（或佛教），无疑是包括天竺佛教（当然包括佛经原典的研究）和中国化的佛学、佛教思想两个方面的内涵的，在上述各位先生的论述中，原以为这个问题本是不成问题的问题，但是时至今日，在许多反对《文心雕龙》与佛学有关系的论著面前，我们不得不追问一下：何谓《文心雕龙》与佛教之关系？何谓《文心雕龙》与佛学之关系？这两个发问之命题有何区别？此理不明，又何以为言？下文试略加辨析之。

我以为一般我们说"《文心雕龙》与佛学之关系"，实质上都包含了两个方面的涵义：一是广义的，指其与"佛教"之关系，一是狭义的，仅仅指其与对佛教本身进行研究的"佛学"之关系。佛教作为一种宗教，包括佛教经律论三藏原典所宣扬的宗教教理以及佛教作为一种宗教的仪式、组织、教徒等各个方面的内容；而所谓佛学，也可以说从佛教产生那天起就已经产生了，它包括对佛教的各个方面内容的研究。现在有人说《文心雕龙》与佛教之关系，有人说《文心雕龙》与佛学之关系，其实，这两说都应当主要包括两个方面的涵义，一是指《文心雕龙》与佛教原典的关系，一是指《文心雕龙》与佛教原典的传译、研究的关系。总之，是着重从宗教经典义旨、宗教思想以及对这种宗教经典义旨、宗教思想的研究、理解的角度看问题的。而所谓"佛学"之"学"，则更侧重于中国的（也包括西来佛教徒在中国宣扬佛法、传译佛典者）佛教徒和一般学人对佛教的经典义旨、宗教思想的研究、理解方面。本文使用"《文心雕龙》与佛学之关系"，就是限定在这个意义上讲的，有时也用"《文心雕龙》与佛教之关系"的说法，是在具体行文中考虑到广义的宗教意义才使用的。一旦我们辨明"《文心雕龙》与佛学关系"的具体涵义后，就会发现问题是相当复杂的，因为我们由此必须考虑"佛教的中国化"问题。只有从"佛教的中国化"出发看问题，才能真正理解何以我们要认定《文心雕龙》是与"佛学"有密切关系的，或者说"佛教"对《文心雕龙》有着深刻的影响的。

所谓"佛教的中国化"，是指佛教本身由天竺佛教传播到汉土以后，在与中国文化相互交融、相互碰撞的过程中形成的中国特色，也就是说，指的是结合中国传统文化而产生具有浓厚本土特色的佛教流派与思想特征等，佛教的中国化从佛教自汉代传介到中国之时就开始了。我以为我们也可以把"佛教"的中国化与"佛学"的中国化略加区别，佛教的中国化是佛学的中国化的结果。简要地说，佛教的中国化是指佛教形成中国特色的问题，侧重于宗教内容本身；佛学的中国化是指以中国传统的思想方法去诠释、说明佛教的思想旨意的问题，侧重于思想接受过程和研究的方法论意义。但所谓以中国传统的思想方法去研究佛教、认识佛教，一旦落实到"具体实践"的意义上，就必然会受到佛教思想义理本身的影响，故是"佛教的"又是"中国化的"。佛教史家一般讲佛教的中国化，实质上包括"佛教"中国化与"佛学"中国化这两个方面的内容。具体与《文心雕龙》研究联系起来讲，即包括《文心雕龙》与汉译佛藏原典的关系和《文心雕龙》与佛学研究的思想方法、学术观念的关系这两大方面的内容，而后者是重点所在。

从天竺佛学到中国化佛学再到《文心雕龙》这一条理路看，研究《文心雕龙》与佛学的关系，探讨《文心雕龙》是否受到佛学的影响，仅简单地从《文心雕龙》中找出几个佛学词语，或者断然否定《文心雕龙》受到佛学思想的作用，都会明显表现出立论的促狭而不够融通。而同时要看到，讨论《文心雕龙》与佛学的关系，实质上就是讨论《文心雕龙》与"中国化的佛教"的关系。我们说刘勰的"折中"论与龙树《中论》中表述的"中道"观有密切的联系，即与已经由中国的佛教学者（包括白、黑门徒）用汉语译出《中论》后，又用中国固有的传统思想方法加以诠释的"中道"观的关系，就此角度而言，西来佛学已经受到两次"改造"，一是翻译过程中的"改造"，一是解说过程中的"改造"。

汤用彤先生《言意之辨》一文中论云："玄学之发达乃中国学术自然演化之结果，佛学不但只为其助因，而且其入中国本依附于中华之文化思想以扩张其势力。大凡外国学术初来时其理论尚晦，本土人士仅能作枝接之比附。及其流行甚久，宗义稍明，则渐可观其会通。此两种文化接触之常例，佛学初行中国亦然。其先比附，故有竺法雅之格义。及晋世教法昌明，则亦进而会通三教。于是法华权教，般若方便，涅槃维摩四依之义流行，而此诸义，盖深合于中土得意忘言之旨也。"下文汤用彤先生接着又说："华人融合中、印之学，其方法随时代变迁，唐以后为明心见性，隋唐为判教。而晋与南朝之佛学，则由比附（格义）进而为会通，其所用方法，仍在寄言出意。"[1] 所谓"格义"，即是"生解"的意思，梁代慧皎的《高僧传》卷四《晋高邑竺法雅传》有明确说明，其云：

---

[1] 汤用彤：《魏晋玄学论稿》，第 40、41 页。本文采用《魏晋思想》本，台湾里仁书局，1983。该书共收入贺昌群《魏晋清谈思想初稿》、容肇祖《魏晋的自然主义》、刘修士《魏晋思想论》、汤用彤《魏晋玄学论稿》等五种。

法雅，河间（今河北省河间县）人，凝正有器度，少善外学，长通佛义。衣冠士子，咸附咨禀。时依门徒，并世典有功，未善佛理。雅乃与康法朗等，以经中事数，拟配外书，为生解之例，谓之格义。及毗浮、昙相等，亦辩格义，以训门徒。雅风采洒落，善于枢机。外典佛经，递互讲说。与道安、法汰每披释凑疑，共尽经要。①

可见，"格义"之法的运用，是因为当时士子、门徒们"未善佛理"，用"外书"即中国的经、史、子等著作中的思想义理，来"拟配"（比附说明）佛经中的"事数"。② 由上面的引文看，当时"格义"之法，主张之、运用之，并非一人，是流行一时的研治佛学的方法。对此，汤用彤先生的重要文章《论"格义"——最早一种融会印度佛教和中国思想的方法》论述已详，其文中指出，"格义"之法实是一种汉代学术思想的模式，认为"它的踪迹可以从汉代思想看出它的模式。那些学者是非常喜欢将概念与概念相比配，这时儒家学派的人（如董仲舒，约公元前179~104年）和道家学派思想家（如淮南王刘安，卒于公元前122年）都任意地借用古代哲学阴阳家的思想，他们应用二元的阴阳，五行，四季（时），五音，十二月，十二律，十天干，十二地支等等，使它们成对相配合。"③ 竺法雅作为道安的同学（共师佛图澄）早年活动于黄河以北学风较为保守的地区，故承袭汉学之风，但后来道安明确表示反对"格义"的方法，认为"先旧格义，于理多违"。④ 说明玄学的"得意忘言"的风气使佛学的研究开始普遍重视"义解"的重要性。

对佛学从"格义"到"得意忘言"而讲究"会通"发展历程的研究，汤用彤先生和其他佛学研究者论述尚多，我们不再引述。我在此要说的是，

---

① 《高僧传》，第152~153页。

② 《世说新语·文学》刘孝标注曰："事数：谓若五阴、十二入、四谛、十二因缘、五九（力）、七觉之声（属）。"案：五九，余嘉锡先生"校文"曰："注'五九七觉之声'：'九'，景宋本作'力'。'声'，景宋本及沉本作'属'。"作"力"、"属"，是。余嘉锡：《世说新语笺疏》修订本，上海古籍出版社，1993，第240页。

③ 文见《理学·佛学·玄学》，北京大学出版社，1991，引见第286页。又汤用彤《汉魏南北朝佛教史》第九章《释道安时代之般若学》中的第二节《竺法雅之格义》，与上引《论"格义"》一文，主要内容基本相同，见中国现代学术经典《汤用彤卷》，河北教育出版社，1996，第174~177页。

④ 引见《高僧传》卷五《僧光传》，第195页。

僧祐与刘勰及当时的学人，对佛学研究的这一历程是相当了解的。《出三藏记集》卷第十四《鸠摩罗什传》有记云：

> 自大法东被，始于汉明，历涉魏、晋，经论渐多。而支、竺所出，多滞文格义。（姚）兴少崇三宝，锐志讲集。什既至止，仍请入西明阁、逍遥园，译出众经。什率多暗诵，无不究达。转解秦言，音译流利。既览旧经，义多乖谬，皆由先译失旨，不与胡本相应。……更另出《大品》。什持胡本，兴执旧经，以相雠校。其新文异旧者，义皆圆通，众心惬服，莫不欣赞焉。①

这里的"滞文格义"，其实不仅指翻译，也包括对经论的解说。又上书卷十五《道安法师第二》记云："初，经出已久，而旧译时谬，致使深义隐没未通。每自讲说，唯叙大意，转读而已。安穷览经典，钩深致远。其所注《般若》、《道行》、《密迹》、《安般》诸经，并寻文比句，为起尽之意没，及《析疑》、《甄解》，凡二十二卷。序致渊富，妙尽文旨。条贯即叙，文理会通，经义克明，自安始也。"② 道安后来批评"格义"，注重"得意忘言"的义解精神，在这里已经得到详尽的说明。

但是，我们应当辩证地看待这个问题，"格义"作为一种对佛学这种外来文化的诠释方法，不可能立刻泯灭，泯灭的只是那种机械地"以经中事数，拟配外书"的做法，高屋建瓴地看，"格义"乃是天竺佛教文化与中国本土文化的交融、碰撞、会通过程中的一种"文化误读"，这是两种异质文化结合过程中的普遍现象。因而，"格义"之精神不仅在道安之后南北朝时期的佛学研究中绵延未绝，而且在整个佛学中国化的历程中也一直绵延未绝。唐代兴起的禅宗，也可以说是一种"格义"的产物，就近处讲，道安后来虽反对"格义"，但其弟子慧远仍在运用"格义"之法讲经，并得到道安的允可。《高僧传·慧远传》云："（慧远）年二十四，便就讲说。尝有客听讲，难实相义，往复移时，弥增疑昧。远乃引《庄子》义为连类，于是惑者晓然，是后安公特听慧远不废俗书。"③ 所谓"引《庄子》义为连类"的"连类"的方法，④ 正如冯友兰先生所说，也就是"格义"的方法，其

---

① 僧祐：《出三藏记集》，中华书局，1995，第533～534页。
② 僧祐：《出三藏记集》，第561页。
③ 《高僧传》，第212页。
④ 冯友兰：《中国哲学史新编》第四册，人民出版社，1986，第213页。

实，从佛教义理上讲，这也是符合佛教尤其是大乘教的方便说法的精神的。

刘勰《灭惑论》对《三破论》中利用佛经旧译中的一些"名词"而对佛教的批评，也反映了他对佛学从"格义"到"得意忘言"这一佛学发展历程的了解。刘勰《灭惑论》说：

> 三破论云："佛，旧经本云浮屠，罗什改为佛徒，知其源恶故也。所以诏为浮屠，胡人凶恶。故老子云：化其始，不欲伤其形。故髡其头，名为浮屠，况屠割也。至僧祎后改为佛图，本旧经云丧门。丧门，由死灭之门，云其法无生之教，名曰丧门；至罗什又改为桑门，僧祎又改为沙门。沙门，由沙汰之法，不足可称。"灭惑论曰："汉明之世，佛经始过，故汉译言，音字未正。浮音似佛，桑音似沙，声之误也；以图为屠，字之误也。罗什语通华戎，识兼音义，改正三豕，固其宜矣。五经世典，学不因译，而马郑注说，音字互改。是以昭穆不祀，谬师次于周颂；允塞宴安，乖圣德于尧典。至教之深，宁在两字？得意忘言，庄周所领；以文害志，孟轲所言。不原大理，唯字是求，宋人申束，岂复过此？"[①]

刘勰所说的"原大理"，也就是要求能像鸠摩罗什那样做到"义皆圆通"，像道安那样做到"文理会通"，其间的精神是一致的；与《文心雕龙》反复强调的"贵乎体要"的方法原则上也是相同的。

说到这里，是否可以认为既然这种"言意之辨"的思想、"得意忘言"的方法，原本于道、儒两家的固有思想方法的传统，而经过六朝玄学的张扬贯通，成为一种普遍的思想方法，[②]影响了佛学，所以就可以说刘勰《文心雕龙》就与佛学没有关系呢？我以为不能这样简单地看问题。

首先，佛教内典经过上文所说的两次"改造"，即翻译过程中的"改造"和解说过程中的"改造"，仍是非常有限的，在一定程度上，对梵文原典的译解正在逐步走向"正确"的理解与接受的阶段，特别是在像"转解秦言，音译流利"的鸠摩罗什等梵汉双通的大师不断涌现之后，在像僧祐

---

① 本论文引用的刘勰《灭惑论》，据杨明照《文心雕龙校注拾遗》附录所载，第797～809页。

② 从刘勰说的"得意忘言，庄周所领；以文害志，孟轲所言"来看，明显表现出将儒、道两家思想方法融贯起来的倾向。

的老师法献等人亲自前往西域、天竺取得梵本、胡本佛教典籍并加以译介之后，① 佛学在不断地走向"独立"。换句话说，在佛学中国化的道路上，已逐步建立起中国化佛教，佛教学者努力摆脱"格义"之法，而注重"得意忘言"的领会，其目的在于能够做到对佛教原典的接近"原意"的阐释。比如《出三藏记集》卷十一所收《中论》序文两篇即僧睿的《中论序》和昙影的《中论序》，仍然表达了佛学"中道"观的基本思想，我们要认识到问题的两面性。

其次，更重要的是，佛学西来，引起了传统思想文化的变异。传统的儒、道诸家的思想在与佛教思想碰撞的过程中，不仅使佛学必然走上中国化的道路，同时，传统的思想无论是在观念上还是在方法上，还会由佛学本身引发对传统思想固有问题的"新"的反思，而滋生种种新的问题，那么上至朝廷的统治者，下至一般儒、道信徒，就会力图从传统的思想典籍中去寻找阐释的依据，从而使诸如儒家的"五经"、道家的《老子》、《庄子》等著作"产生"出新的思想（新的阐释），这些"新的思想"许多并非是原有典籍中所固有的，而是佛学问题的研究，促使人们就所碰到的新问题重新"反观"、重新"注解"传统文化典籍中的许多思想命题，从而产生了许多新的思想。从牟子的《理惑论》、宗炳的《明佛论》到刘勰的《灭惑论》等论著中，可以列举无数例证。这些例证决非零星的、片段的，如果加以归纳，我们不难看到佛学对传统思想的影响是深刻的。如儒家的心性哲学、仁学思想、忠孝理论乃至祭祀礼仪中的神鬼观念等无不是在佛学思想的影响下得到的新的阐释；道家体道通玄的形而上的"道"论，以及玄学家的有无之辨、言意之辨、形神之辨、才性之辨等理论命题，也无不受到佛学思想的浇灌而不断有所更新。而且这许多新的命题、新的文化诠释，都是在佛学与传统儒、道等思想碰撞交融以后才能产生的。

总之，这些由佛学思想而带来的对传统思想的新的诠释，对《文心雕龙》的影响可能是相当大的。刘勰在《文心雕龙·论述》篇中，以"般若之绝境"来评价玄学家的"有无之辨"，批评双方都属于"徒锐偏解，莫诣

---

① 参见汤用彤《汉魏两晋南北朝佛教史》第十二章《传译求法与南北朝之佛教》。在该章第二节《西行求法之运动》中，汤先生通过大量史料说明，西行求法者，朱士行而后，以晋末宋初为最盛，并考列了晋及宋初西行求法之运动中的知名者，参见第 279 ~ 280 页；又该章第五节《南北朝之西行者》中，较详细地论述了法献西行及其有关问题，参见第 287 ~ 289 页。

正理"，这只是《文心雕龙》受到佛学思想方法影响的显处一例，而更多的潜在影响还有待于我们去深入研究。《文心雕龙》讨论文学创作的心物、神思、虚静、体性、养气等许多理论问题，不少研究论著已经说明这些理论观念亦受到儒道释三教思想的交融会通的影响。

四　具体案例分析——虚静论与馀味论

我在前文曾说明：正确地运用"语词分析"，特别是《文心雕龙》一些重要的文论范畴的分析方法，是研究《文心雕龙》与佛学之关系的重要途径，只不过要特别注意联系《文心雕龙》的思想体系的整体来考虑，注意联系当时佛教中国化的进程作较为全面的考察，即我前文所讲的"语词意义生成的历史文化积淀性"问题。这里就《文心雕龙》中"虚静"论和"馀味"论略作案例分析，即主要从"虚静"和"味"这两个重要语词（也是文论范畴）出发，对《文心雕龙》与佛学关系之课题进行具体解剖。

（一）从"虚静"心理论中的佛理浸染看问题

《文心雕龙·神思》篇云："故思理为妙，神与物游。神居胸臆，而志气统其关键；物沿耳目，而辞令管其枢机。枢机方通，则物无隐貌；关键将塞，则神有遁心。是以陶钧文思，贵在虚静，疏瀹五藏，澡雪精神；积学以储宝，酌理以富才，研阅以穷照，驯致以绎辞。然后使玄解之宰，寻声律而定墨；独照之匠，窥意象而运斤；此盖驭文之首术，谋篇之大端。"这段简明而重要的论述，运用描述的方法把创作过程讲得透彻入理，指明作家创作的"神思"（艺术思维活动，实质就是想象）特征，是"神与物游"。就主客两方面而言，"神"即是"心"。中国古人认为"心"具有能思的功能，孟子早已论之，而汉扬雄直接释"神"为"心"，这种"心"的涵义实质就是一种主观体验和认识功能。就作家而言，其"心"实质上就是一种主观的审美功能、审美精神，审美精神的活动，就思维特征来说，不能离开具体的物象（已是作家主体反映到心灵脑海中的"物象"）。

首先，就其审美功能来说，就是想象的作用，由于思维与语言同步，同时精神活动必有主观的意向性，所以说"神居胸臆，而志气统其关键；物沿耳目，而辞令管其枢机"。

其次，在此"心物交融"活动中，要调动作家主体的经验知识，所以说"积学以储宝，酌理以富才，研阅以穷照，驯致以绎辞"。

复次，最终构思的完成在于营构创作审美"意象"并将之完美地表现，所以说"然后使玄解之宰，寻声律而定墨；独照之匠，窥意象而运斤"。

最后，在整体的创作过程中，就其审美活动和凝神构思的心理特征、心理形式而言，就是"虚静"，所以说"是以陶钧文思，贵在虚静，疏瀹五藏，澡雪精神"。

论者讨论刘勰的"虚静"论，多从老庄并兼及荀子的"虚静"论而探讨其思想渊源和心理特点，也有论者注意到慧远的《念佛三昧诗集序》等佛学思想资源，认为其受到儒道玄释思想的影响，特别如普慧（张弘）的《慧远的禅智论与东晋南朝的审美虚静说》这篇论文，就曾作过专门的讨论，我也曾论及之。①

在此，我对慧远《念佛三昧诗集序》这篇著名佛学论文略作标点校正，拟结合其思想重点再讨论一下在"虚静"这一思想范畴也是文论范畴（也可以说是论文之观点、命题）中所积淀的佛理。也就是说，从"语词意义生成的历史文化积淀性"的角度看问题，刘勰"陶钧文思，贵在虚静"，应该在其思想意识中浸染了佛学对"虚静"的理解和发挥，不再仅是传统意义上庄子的"心斋"、"坐忘"等固有之义。先不妨把慧远《念佛三昧诗集序》全文抄录如下：

> 序曰：夫称三昧者何？专思寂想之谓也。思专则志一不分，想寂则气虚神朗，气虚则智恬其照，神朗则无幽不彻。斯二乃是自然之玄符，会一而致用也。是故靖恭闲宇，②而感物通灵，御心惟正，动必入微。此假修以凝神，积习以移性。③犹或若兹，况夫尸居坐忘，冥怀至极，智落宇宙，而阇踏大方者哉！请言其始：菩萨初登道位，甫窥玄门，体寂无为，而无弗为。及其神变也，则令修短革常度，巨细互相违，④三光回景以移照，天地卷舒而入怀矣。⑤又诸三昧，其名甚众。功高易

---

① 普慧文见其专著《南朝佛教与文学》附录一，第263~284页，版本同前。我的论说，可参见拙文《视域融合：〈文心雕龙〉审美心物观之建构论》等论文，载台湾政治大学《政大中文学报》第4期，2005年12月出版。

② 大正藏本："宇"作"守"。按：作"守"，义胜。

③ 大正藏本："积习"作"积功"。按：作"积习"，义胜。"积功"与前"假修"义复。

④ 大正藏本："违"作"围"。

⑤ 大正藏本：无"舒"字。按：此句本于《管子》，原无"舒"字。根据其文本句式，此当有"舒"字。

进，念佛为先。何者？穷玄极寂，尊号如来，体神合变，应不以方。故令入斯定者，昧然忘知，即所缘以成鉴，鉴明则内照交映，而万像生焉。非耳目之所暨，^①而闻见行焉。于是睹夫渊凝虚镜之体，则悟灵根湛一，^②清明自然；察夫玄音之叩心听，则尘累每消，滞情融朗。非天下之至妙，孰能与于此哉！以兹而观，一觌之感，乃发久习之流覆，豁昏俗之重迷。^③若以匹夫众定之所缘，固不得语其优劣，居可知也。是以奉法诸贤，咸思一揆之契，感寸阴之颓影，惧来储之未积。于是洗心法堂，整襟清向，夜分忘寝，凤宵惟勤。庶夫贞诣之功，以通三乘之志；临津济物，与九流而同往。仰援超步，拔茅之兴，俯引弱进，垂策其后。以此览众篇之挥翰。岂徒文咏而已哉。^④

虽然慧远论说的是创作念佛的诗作及这种创作与研修佛理的功用等问题，但无疑与创作有关，撮其要至少论及如下几个问题。

第一，念佛三昧诗的创作，目的不在于写诗而在于明佛理之"三昧"，是"假修以凝神，积习以移性"，而其过程就是要"入定"（其实就是"虚静"），这就在心理层面上把写诗的"虚静"与悟佛的"虚静"统一起来。其实，后世论诗者如唐代的释皎然的《诗式》、南宋严羽的《沧浪诗话》，都认为佛理有助文理，论诗如论禅，都要有"妙悟"的能力云云，也是在此层面上展开的。

第二，创作过程（"神思"）的展开首先需要"入定"、"虚静"。"入定"、"虚静"的特征就是"专思寂想"，因为"思专则志一不分，想寂则气虚神朗，气虚则智恬其照，神朗则无幽不彻。斯二乃是自然之玄符，会一而致用也"。

第三，在"虚静"心理中展开的活动，能够使万物映显于胸中，故能写出诗，故能悟佛理空明。所以说"靖恭闲宇（守），而感物通灵，御心惟正，动必入微"，进而使"三光回景以移照，天地卷舒而入怀矣"。

第四，我们看慧远带有总结性的论述："故令入斯定者，昧然忘知，即所缘以成鉴，鉴明则内照交映，而万像生焉。非耳目之所暨，而闻见行焉。

---

① 大正藏本："暨"作"至"。
② 大正藏本：无"根"字。按：有无"根"字，句义均通。
③ 大正藏本："豁"作"割"。按：当作"豁"。
④ 唐道宣：《广弘明集》卷三十，《弘明集·广弘明集》合刊本，标点为我所加，上海古籍出版社，1981，第363～364页。

于是睹夫渊凝虚镜之体，则悟灵根湛一，清明自然；察夫玄音之叩心听，则尘累每消，滞情融朗。"这与刘勰所说的"神思"活动及其关于创作构思过程中想象（神思）活动特征的论述是一致的。

早在刘勰之前，陆机《文赋》就指出，构思开始要"收视反听"，才能"耽思傍讯"，其论云："其始也，皆收视反听，耽思傍讯。精骛八极，心游万仞，其致也，情曈昽而弥鲜，物昭晰而互进。"最终就可以"馨澄心以凝思，眇众虑而为言。笼天地于形内，挫万物于笔端"。"收视反听"的结果就是在"虚静"空明的心理境界中，展开"内视"、"内听"的活动，这种活动就是"神与物游"，陆机、刘勰等均深明其理。

陆机说"情曈昽而弥鲜，物昭晰而互进"，就是一种"情（心）物交融"的构思"意象"过程，也就是刘勰所谓"夫神思方运，万涂竞萌，规矩虚位，刻镂无形。登山则情满於山，观海则意溢於海，我才之多少，将与风云而并驱矣"①。这个过程也就是慧远所谓的"鉴明则内照交映，而万像生焉"的过程。

（二）《文心雕龙》与佛经传译中的"味"论的关系

关于这个问题，我曾发表《刘勰的"美感"论——〈文心雕龙〉与佛经传译中的"味"论》一篇专文，② 这里为了说明问题，不嫌重复地撮其要点进行论述。《文心雕龙》中所使用的"味"的术语和范畴有十多处，如"馀味"等，对后代文论批评产生了重大影响。

这些"味"的术语和范畴，在宋齐之前和当时的佛学研究论著中基本都出现过，主要体现在一些高僧为佛经作"解说"或为讨论翻译问题而撰写的经序中，这些经序很多都被僧祐收载于《出三藏记集》之中。

如《出三藏记集》卷十道标《舍利弗阿毘昙序第五》云：

> 会天竺沙门昙摩崛多、昙摩耶舍等，义学来游，秦王（引按：指姚兴）既契宿心，相与辩明经理。起清言于名教之域，散众微于自无之境，超超然诚韵外之致，惜惜然覆美称之实，于是诏令传译。然承华天哲，道嗣圣躬。玄味远流，妙度渊极。特体明旨，遂赞其事。

---

① 《文心雕龙·神思》。

② 拙文载首都师范大学主办的《文学前沿》第5辑，学苑出版社，2004。该文原为笔者《艺味说》（百花洲文艺出版社，2005），一书的第二章第三节，题曰《〈文心雕龙〉中的"味"论》，可参看。

道标不仅以"玄味"比喻佛经义理，还提出"韵外之致"的说法，其所谓"韵外之致"与后来唐代司空图论诗要有"韵外之致"不同，但就"言外之意"的角度讲，也有相通之处。道标说的"韵外之致"不是指人的风韵情致，而是昙摩崛多、昙摩耶舍与秦王等"相与辩明经理"、诵读佛经的音韵之美，具有令人体会无穷的滋味。陈寅恪、饶宗颐等先生都曾对佛经转读与永明声律运动的关涉性作过论述。把《文心雕龙·声律》篇与慧皎《高僧传》卷十二《诵经》、卷十三《经师》及同卷《唱导》之"论"、"赞"联系起来看，可以说明刘勰十分重视"声文美"，除了传统的音乐、声律学的影响外，当也直接受到佛经"转读"论的濡染。

又《出三藏记集》卷十道安《阿毗昙序》云：

> 阿毗昙者，秦言大法也。……其说智也周，其说根也密，其说禅也悉，其说道也具。……故为高座者所咨嗟，三藏者所鼓舞也。其身毒来诸沙门，莫不祖述此经，宪章鞞婆沙，咏歌有馀味者也。

道安所谓"咏歌有馀味"的说法，也是从"言外之意"的角度而言的。道标所说的"韵外之致"和道安所说的"馀味"（今简化字作"余味"），明显与刘勰论《声律》的"滋味"以及论"隐秀"的"馀味"之概念有一致之处；仅就其概念的使用而言，前后也有继承关系。只是道标、道安讲的是辨析佛理和诵读佛经而已。

刘勰对这些佛经研究的"经序"当是非常熟悉的，他在定林寺曾依附僧祐达十余年之久，僧祐《出三藏记集》的初编（约编成于南齐末年）为十卷本，开始编撰时间（约在南齐建武年间）早于《文心雕龙》的成书时间。把《文心雕龙》中的"味"论与佛经传译中的"味"论结合起来进行分析，不仅可以说明六朝"艺味说"的形成与佛经传译中的"味"论之间具有相互影响的关系，也为《文心雕龙》与佛学研究的关系提供一个研究的实例。

最后，我简单做一下总结。就当时的三教会通的思潮看，并通过现有的有关史料分析，我认为研究《文心雕龙》与佛学的关系问题，应该关注佛教的中国化问题，从佛教中国化的角度来分析，从佛学思想给当时带来的"新问题"进而使"旧传统"如何被作出"新诠释"的角度来讨论。我认为这是研究《文心雕龙》与佛学关系（当然也包括方法论内容）的基点，或者说是基本原则，如果没有这一原则随便发言就会有失偏颇。这条基本原则，既是根据《文心雕龙》本身所反映出来的思想观念和思想方法进行考辨、分析而获得的，也是对现有关于这一问题研究的成败两个方面进行检讨而获得的。与此相关，我也发表过相关论文，涉及《文心雕龙》的文质观与当时佛经翻译的文质观问题、《文心雕龙》折中观念与佛教宗教思想关系问题的研究等。由于时间关系，今天就讲到这里，如果大家感兴趣可以参考我的其他论文，谢谢大家！

互动环节

问：请您简单讲解一下《文心雕龙》中与书法有关的知识。

答：我认为这一问题可以从如下几个方面来看：一个就是在《文心雕龙》的《练字》等篇章当中，讲到一些汉字字体之类的知识；一个就是可以从审美理想和批评方法方面来看，六朝时期文艺批评形成了一种意象批评方法，这在书法、绘画批评中尤其突出，但在《文心雕龙》以及钟嵘的《诗品》中也有体现，只是《文心雕龙》中表现得不突出。另外一个就是从具体的美学范畴以及一些批评术语方面来看，例如"风骨"就是突出的例子，"风骨"也被用于书法批评，而书法批评中还没有专门解说"风骨"的，要想了解这个重要的而且在当时可谓中心的美学范畴，看《文心雕龙》最好，六朝时期提出的许多评论书法的术语，在《文心雕龙》中都提到过。我在《艺味说》一书当中也专门就这一问题作了一些探讨，可以作为参考。

（记录整理：王洁）

时间：11 月 4 日（星期三）晚 18:30～20:30

地点：北一区图书馆一层学术报告厅

主讲人简介

周伟驰　宗教学博士，中国社会科学院世界宗教研究所研究员，曾任耶鲁大学访问学者。主要论著有《记忆与光照——奥古斯丁神哲学研究》、《奥古斯丁的基督教思想》、《彼此内外——宗教哲学的新齐物论》等。译著有《超越东西方》、《论三位一体》、《原罪与恩典》等。

主持人（张桃洲）　各位同学，大家晚上好，欢迎来到燕京论坛。今天晚上我们非常荣幸地邀请到了中国社会科学院宗教研究所研究员周伟驰先生来为我们做一场报告。他报告的主题是"文明内的冲突：两百年来七大世界观在中国的角逐"。周伟驰先生的主要研究领域是世界宗教，特别是基督教，当然他在其他方面，比如哲学、文化、文学研究等领域也都有很深的造诣。如果大家有兴趣去检索一下周先生的著作的话，会发现他还是一个诗人，并且还有各类著作的翻译。一方面他是一位学理性很强、很细心的学者，另一方面他又是一位很有激情的文学创作者。下面我们请周伟驰先生给大家做报告。

文明内的冲突：两百年来七大世界观在中国的角逐

周伟驰

我今晚的讲座叫做"文明内的冲突"，主要是讲两百年来发生在中国的几种世界观之间的冲突和融合。

西方文明内部三大世界观之间的相生相克

我先解释一下这个题目。我们讲到西方文明、印度文明的时候，是使用一个单数。但实际上在每一个文明的内部，都会有多种文明，是一个复数。所以，当我们说到中国文明的时候也应该用复数，比如说在古代的时候，长江流域、黄河流域都会有不同的文明。所以，我这里说的"文明内部"指的是在中国文明内部和西方文明内部，当我们仔细考察它们的时候，会发现其内部有不同的"亚文明"，有不同的思想体系。当我们谈到印度的时候，印度除了佛教之外，之前还有婆罗门教，与佛教同时并存的还有耆那教和许多流派。这些流派相互之间有一种竞争、冲突和替代的情形。比如说，释迦牟尼觉得婆罗门教不能够解决他自己的人生问题，于是在这种情况下，他找出了婆罗门教的一些破绽和一些不能够自圆其说的地方，从而发明了他的新观点。通过他的种种努力，带门徒传教，慢慢就形成了佛教的传统。

西方文明可以说是从希腊开始的。经过两千多年的发展，也有了很多"亚文明"。主要是"两希文明"，也就是希腊文明和希伯来文明，而这两种文明结合之后，就形成了基督教的传统。一般认为中世纪时是基督教传统。西方还有一个传统是罗马文明，尤其是罗马的法律是西方文明内部一个非常重要的因素。希腊文明主要是哲学的、理性的。我们读文学的同学知道，希腊的诗歌、戏剧也都很发达，特别是悲剧。有了基督教之后，主要是宗教和神学的传统。到了近代之后，也就是 11～12 世纪，伊斯兰世界要比基督教世界发达，在哲学、神学、医学、科学各方面都要领先。那个时候，几百年前被翻译成阿拉伯文和波斯文的亚里士多德著作重新被大规模地翻译成了西方通用的拉丁文，造成了基督教世界内部神学等领域的重大变化，主要是从柏拉图主义慢慢转变成亚里士多德主义。到了 16～17 世纪的时候，从阿拉伯传来的经验科学加上西方本身流传下来的希腊的传统，尤其是数学和逻辑学的传统（它们一直没有中断），于是就慢慢出现了现代科学，如培根、伽利略，一直发展到后来的牛顿。所以对于西方人来说，他们也有几个较大的传统，一个是希腊的，一个是基督教的，一个是罗马的，一个是近代科学。其中最主要的是三个传统，即人文主义、基督教和近代科学。

先讲第一个。人文主义源自希腊，希腊哲学家认为"人是万物的尺度"，即人是衡量万物的价值、地位的尺度，这是在强调人的重要性。这个传统在中世纪基督教时代受到压抑，文艺复兴之后慢慢地得到了恢复。第二个是近代科学，由于科学研究需要人们尊重事实、讲究分析、注意观察，观察里面还得加上分析、比较、衡量，对观测手段进行改进，所以会对"物"有尊重，形成了一种科学的态度和思维方式。这种思维方式，相信大家都知道。我们从小学到中学，都学习过自然科学，应该很清楚。还有一个就是基督教，基督教传统的核心是"上帝"的观念，认为在宇宙万物的后面有一个上帝，世界是上帝创造出来的。而上帝对万物和人是有其目的的，要引导万物和人走向他。由于有这样一个"超验"的维度，围绕着上帝这个观念便形成了一整套的世界观，包括创造世界、世界的变化以及人的原罪、人要怎样得救和末世论等。基督教是以上帝为核心的。

笛卡儿是近代哲学的创始人，他的命题"我思故我在"意味着把"我"个人的思想作为第一出发点。这与基督教"从上帝出发"是不同的，笛卡儿把这个起点转移了，从上帝那里转移到了人自身的思想上。而思想是理性的东西，一切都是可以怀疑的，无论是上帝还是自己的感觉。有时候你可能会以为自己发生了错觉，以为是在做梦，但是只有"思考"、"怀疑"本身是无可怀疑的。于是他就找到了一个思想的出发点。这里，理性主义的传统和个人主义的传统慢慢开始出现，这也是对基督教传统的一个反驳。

自然科学和科学主义是不一样的，有很大的区别。当我们说到自然科学的时候，如研究物理、化学，一般是对物质做一种分析、考察或理论推测，不会牵涉到人与社会、人的自由意志等问题。但是，当在自然科学的基础上，把自然科学的结论运用到人类社会的时候，就很容易形成"科学主义"。比如说我们在 20 世纪 80 年代流行过"老三论"、"新三论"，也就是"控制论"、"信息论"等，就是用自然科学来解释人类社会的现象。在这个时候很容易形成科学主义。再比如说，大家都知道进化论是达尔文在观察动物的演化后提出来的。但当赫胥黎这样的哲学家把进化论运用并推广到人类社会的时候，就成了"社会进化论"或"社会生物学"。当代美国有一个很有名的社会生物学家叫威尔逊，他本身是研究蚂蚁和蜜蜂等社会生物的，他认为可以将他研究的一些结论运用到人类社会，看看人类社会有没有类似于蚂蚁社会的规律。威尔逊的著作有不少曾经在 20 世纪八九十年代翻译了过来。

说到这里，我们知道西方文明有三大世界观："神本"、"人本"、"物本"。三大世界观之间肯定是有冲突的。

19 世纪法国有一个哲学家叫孔德，他认为，在最早的时候是"神学的世界观"，神学主宰了人们的心灵。后来哲学的世界观慢慢出现了，但哲学里还是有很多东西只是主观的猜想，于是又慢慢进入到科学的时代。他就此提出了人类思想进化的三阶段说：神学、哲学、科学。这也正好是西方文明的三大传统。

我们说基督教的传统是"有神论"，这是和人文主义相冲突的。最早的一批人文主义者是从基督教中衍化出来的，我们称之为"基督教人文主义者"，后来慢慢演化成为世俗人文主义者、自然神论者、怀疑主义者、不可知论者和无神论者。到了17~18世纪的时候，法国的启蒙主义者，尤其是像伏尔泰这样的人，对当时的天主教神学发起了猛烈的攻击，一路进行到德国的启蒙主义和理性主义，从康德到费尔巴哈，再到马克思，就是比较彻底的无神论者了。基督教和无神论者之间存在一种世界观的冲突，一个是"有神"论，一个是"无神"论。当然这里还有唯心主义和唯物主义的冲突。

基督教和科学主义也是有冲突的，这两者的冲突是很清楚的。其实，人文主义和科学主义之间也是有冲突的。根据刚才所说，把通过观察自然世界得出的结论套在人类社会之上时，就会带来很多问题。因为人与动植物有一个很大的区别就是人有自由意志。所以到19世纪末20世纪初时，法国哲学家柏格森就非常反对以孔德为代表的科学主义和实证主义。他说："人是有自由意志的，人是处于时间之中的。"对人类社会的研究与单纯地关注空间和仅仅研究物质是不同的。

与中国和印度相比，西方文明的特征是"求真"，追求真理。他们认为只要一个想法是真的，那么与这个想法不同的其他想法都是错误的，这就是"真理的一元论"。在组织形态上，也会体现出"唯我独真"的意思。拿基督教来说，基督徒会认为"我们尝到了真理的滋味，这样的好东西也要让别人享受"，于是他们就有传教的冲动，就有了教会组织的大规模的传教行动。到了人文主义和科学主义占上风的时候，西方人的"传"的态度和行为也还是如此，科普工作者宣传科学，其实在行为模式上与基督教传教有很多相似之处。基督教的教会有天主教和新教，在教会的组织上，如果你把它们和东方相比较的话，特别是与中国的佛教、道教相比较的话，其特点就是"严密"两个字。

对于西方人来说，他们的心和脑常常处在一种分裂的状态。"脑"一般指mind，指心智，重在理性；另外还有一个heart，指心肠、心灵，重在情感。他们有一种情与理的冲突。因为希腊哲学和科学两大传统都是讲"理"

的，而基督教传统更加着重于人的生活实践和情感。所以，他们有着一种"心"和"脑"的冲突。

西方文明的这三大传统在时间上有先有后，在现代，这三种世界观是并存的，是相互冲突的。西方本有理性地进行辩论的传统，进入近代以后更从制度上保证了这种传统。就是说，假如你相信的东西和我不一样，我依然要尊重你，而不是利用政治等手段将你打翻，让你说不了话，发不了言。比如说，我们在电视上可以看到，美国的老百姓觉得小布什总统错了，就可以示威游行、公开表达，可以在报刊电视上发表相反的言论，而且这些行为是得到了制度的保障的。（在印度也有这样的传统，自由辩论，以理服人，不以拳头服人。）我们可以把西方的这三个传统当做理性自身运动的结果，并不是静止地"定"在那里。西方文明总是在"动"中产生一些东西，形成支流，其理性自身也在运动，在向前走，并形成新的东西。而我们由于没有认识到西方的一些现成结论只是其理性活泼泼流动过程中暂时的停留，因此这 200 年来就犯了许多错误，集中体现在"把哲学当宗教，把宗教当哲学"。把一些暂时的理性讨论中的结论当做宗教教条来膜拜和执行，不容反思、讨论和推翻；把作为西方人生活实践的、身体力行的宗教当做了哲学而加以"批倒批臭"，并且把自己的宗教传统通通推倒，从而丧失了自己的立足之地。

中国文明内部四大世界观之间的相生相克

西方的三大传统到了 19 世纪初，尤其是鸦片战争之后，传到了中国。传到中国之后，因为我们对于西方理性的运动没有把握住，就把其在理性运动中形成的哲学、科学当做一个信仰，造成了一些错误。即"把哲学当做宗教，把宗教当成哲学"。这在上面说过了。当我们说"中国文化"是个复数的时候，是说它里面也有几大传统。这几个传统都是在中国民间文化或者民间宗教的传统上生长出来的。像儒家和道家，和中国"巫"的传统是紧密接触的，跟萨满教有密切的联系。在这里对于儒和道暂不多说，佛教相信大家也是比较熟悉的，这里我们要多讲一下伊斯兰教。伊斯兰教在其创立后不久，在唐朝时通过商人传到了中国。到了元朝，蒙古军队打到中亚和欧洲时，把一些伊斯兰教徒带回中国当兵。到了明清时期，就出现了"本土化"。信徒以前学的是阿拉伯文，而到了明朝，受天主教耶稣会士利玛窦这批人用中文著述的刺激和启发，当时一些伊斯兰教学者也开始用汉文著述，并把中国文化和伊斯兰教教理结合起来，这些人被称为"回儒"。最有名的有王岱舆、刘智等。但是他们的进路和天主教有所不同。因为利玛窦采取的策略是回到先秦儒家、回到孔子和孔子之前的儒家。他说孔子之前就已经有"上帝"的观念了，这与天主教的上帝其实是一样的，所以他的策略是用天主教融合先秦儒家。他是反对宋明理学的，因为他觉得宋明理学是先秦儒学的一种倒退，一种堕落。因为宋明理学讲"理"，就没有了"上帝"的观念，所以利玛窦要反对。而伊斯兰教的这批思想家们觉得可以把宋明理学的太极、无极观念和伊斯兰教结合，所以他们像佛教一样做的是一种"中国化"的处理，应该说做得还是比较成功的。

中国的这四大传统，儒、释、道、回，两个本土的加上两个外来并中国化了的传统之间，也有一种紧张。假如你看庄子的话，庄子对孔子和颜回会有些调侃的地方，显得不是很尊重。因为庄子继承的是老子的传统，反对儒家的等级制，反对"君君臣臣父父子子"这一套。佛教到中国之后，也和占统治地位的儒家发生过很多的冲突。佛教有一种"平等观"，认为众生平等。而在儒家的传统里讲究一种秩序，这种秩序必然牵涉到上下尊卑如何相处，因此二者在社会生活层面上会有一些冲突，另外在义理的层面也有很多冲突。佛教的"缘起说"和儒家尊重事实、承认外部世界的真实性在观念上也有很大的差别。伊斯兰教也与佛、儒有着很大冲突。大家看王岱舆的一些著作，里面就会有专门的章节是对佛教进行批评和攻击的。在两千多年的历史发展中，中国的四大传统之间有冲突也有融合，在大家彼此熟悉之后就会慢慢地形成一种生态，即大家相生相克，保持一种动态的平衡。

大家知道，"生态"是一个动态的概念，比如说树林要维持自己正常的生态，里面的动物、飞禽、灌木、树木、草地、菌类之间会形成一种相生相克的关系。其实，东方和西方文明的内部也各自形成了一种相对平衡的生态关系。

对于中国来说，到最后形成了"三教合一"的观念。大家不去强调儒、释、道三教是如何冲突的，而是强调如何统一起来，也就是说形成了一种比较稳固的生态。就如动植物一样，假如你从国外回来，海关都会检查你有没有把一些外地的植物种子或动物带到国内来，这里担心的是可能会造成生态失衡。对于思想界来说，也有一些非常类似的现象。比如说，我们受之于印度的一个最大恩惠就是佛教，但是佛教原来在印度只是思想生态中的一种思想。在佛陀的时代，婆罗门教的世界观及其实践在慢慢崩溃，于是出现了很多新的教派，佛教就是其中之一。这就和我们春秋战国时的百家争鸣一样。而佛教的传教是相当成功的，在其传到中国之后便变成了一个很大的世界观，成为一个很主流的世界观，而佛教本身在印度反而消亡了。消亡的原因除了外部的因素如穆斯林的侵略外，也和其本身的思想有些无法自圆其说相关。比如说，到底是"有我"还是"无我"？佛祖释迦牟尼是主张"无我"的，而你要成佛还是主张要有一个不变的东西。所以如果你的理论有内在的缺陷，在和别的思想派别辩论的时候无法斗过别人的话，就会很危险。但是佛教在其本土消逝了，却在中国、日本很强势。这是不是和本土的宗教没有强有力的反驳能力有关呢？

西方的基督教新教是从天主教中分离出来的。新教传至中国，是在1807年马礼逊来华之后。那时，在西方，科学主义和人文主义已经慢慢地，起码在受过教育的知识分子中占了上风。但是基督教在传至中国后却变成了一种强势的世界观。这和佛教传入中国后的情形有某种相似性。这属于世界观生态的移植现象。一种世界观脱离了原来的生态，脱离了原来的"天敌"（论敌），在新的环境里它可能"所向无敌"，急速地放大，从而"覆盖"整个新的环境。我们看西方的三大传统传入中国后，似乎都有这种现象。

晚清儒耶的变化与互动（以日本为参照）

现在我们进入正题，基本的铺垫已经讲了很多了，差不多了。我们都说中国近代史开始于1840年鸦片战争，但其实最近也有一些争论。假如从全球化及其历史事实来考察，结论可能会有所不同。比如说马礼逊1807年到广州时，就接触到了很多英美的商人，他们在和中国做着大量的贸易。所以说历史上"近代"的概念，要不要跟鸦片战争这种政治事件紧密相连，其实也是可以讨论的。

不过，假如没有1840年这样的事件，假如没有近代西方侵略中国的话，我们现在看到的、想到的东西便会完全不一样。我们现在的文明起码在物质上是发达的，有电灯、电话、电脑等。而如果我们按照原来的文明发展下去的话，很可能就没有这些东西。而更重要的是，我们的世界观假如没有这200年的冲击的话，也会和现在完全不一样。比如我们生病了，便很可能是先去找中医，若中医不灵的话，便会去看看风水、去祈神等。

作为一个参照系，我们来看日本。日本在近代也有被他国侵略的事，比如荷兰的入侵。和清朝禁教后"西学"几乎在中国销声匿迹不同，在日本一直有"兰学"——荷兰的学问,它在日本开国之后便变成了"洋学"。和中国不一样的是,由于日本当时是处于战国纷立的状态,各个藩国之间由于竞争,便会对"洋学"开放,学一些非常有用的东西。比如如何制造枪炮、使用枪炮等。同时,他们没有科举制和八股文约束知识分子,知识分子有学习什么和不学习什么的自由。所以,对于西学,他们能够有积极性和人才的准备,在这方面要比我们好。再有,日本1853年才被美国的佩里"叩关",这时它已能够吸取中国的前车之鉴了。1840年中国被英国打败之后,日本非常受刺激,使得魏源的《海国图志》虽然在中国没有人读,在日本却被翻印了很多套,到处流传。日本人产生了一种危机感,因为他们觉得,以前是学中国的,现在中国都被打败了,所以产生了强烈的学习欲望。到了1867年明治维新成功,之后的一二十年,日本西化得很厉害。有代表性的知识分子组了个"明六社"(明治六年结社),大力倡导西学。他们中的福泽谕吉写了《文明论概略》,认为应该抛弃中国的学问,应该学习西方,应该"脱亚入欧"。这时的中国在他们的眼里只算是个"半野蛮国家"了。

比较一下,日本"明六社"这拨知识分子其实和我们新文化运动、五四运动那批新式知识分子差不多。但在时间上,我们相当于是晚了人家50年。日本在明治维新之后就建立了一套现代的教育体制,全面地学习西方。我们却是到1905年才废除科举制,而真正建立现代教育体系就更晚了。这个现代人才培养上的差距,在时间上是差了四五十年,用人来比较的话就是两代人了。这个差别是非常巨大的。我们看看我们今天的改革开放,只用了30年一代人的时间,就造成了今天这么繁荣强大的局面,大家想想,当时日本的现代化比清朝整整领先了50年,这是个什么概念!

日本明治维新之后,原有的三个传统和西方的基督教、人文主义、科学主义传统也发生了很多冲突,具体内容就暂且不说了。在清朝灭亡之前,西方这三个传统与中国本土的四个传统之间的冲突,主要是基督教与儒家的冲突,也连累到佛教。比如太平天国遵守旧约十戒,把"破除偶像"当做第一要义,所到之处,佛庙都要遭殃,佛书也被洗劫,所以搞得近代"佛教复兴之父"杨文会没有办法,只好到处寻找剩下来的佛经,重新刻录传播。

太平天国是洪秀全受到西方传教士的影响,并结合中国民间宗教的传统制造出来的。在宗教上,它是一个"四不像",但也是基督教本土化的结果。西方传教士大多认为太平天国是"异端",对于清政府和儒生来说,则是大逆不道,是要"以夷变夏",以"异教"灭"圣教"。所以我们现在看曾国藩、李鸿章这些人打太平天国的时候,除了政治、军事上的较量之外,还有一个"教义"层面的冲突。

晚清70年，中国来了很多传教士，而当时这些传教士基本上都属于保守派。19世纪上半叶，人文主义和科学主义的传播在西方知识分子层面已经很兴旺，但对于普通老百姓来说，宗教信念还是根深蒂固的。当时来中国的传教士都秉承了比较传统的观念，认为中国是一个异教国家。"异教徒"对于他们来说，是要沦落到地狱里去的，所以他们传教的热情很高，因为要拯救这么多人的灵魂。当时中国有三亿人口，每天有多少人死去而没有听说过基督教，便有多少人堕入到地狱中去。所以他们兴起了一个传教运动。传教士要传播的是基督教，但他们到中国之后才发现中国已经有儒、释、道了，一时并没有多少人接受他们。他们发现中国人对西方的枪炮和机器倒很感兴趣，所以一些较开通的传教士就和当年利玛窦一样，走上了"以学辅教"的道路，想用西方的学问来辅助传教。于是，他们结合神学输入西方的科学。而儒士这方面，像曾国藩这样的儒将要和太平天国打仗，就必须制造先进的枪炮，学习西方的东西。后来就兴起了"洋务运动"。搞洋务运动就要翻译大量西方著作，尤其是实用科技。围绕着洋务运动就开办了一批学馆和翻译机构。于是在当时的通商口岸就出现了一些所谓的"口岸文人"，比如，王韬、郑观应等。他们在科举制上是处于边缘的，没有进入政府当官的可能性，但又很有知识，这时官方正好接受了西方的学问，他们开始介绍西方的议会制等政治制度。

那一时期西方的基督教受到人文主义和科学主义的冲击，其内部也产生了一些变化，慢慢出现了一些"现代派"、"自由派"。迟一些来中国的传教士中，有一些就倾向于自由派，他们比较尊重中国文化，不会把儒、释、道看成是一种很愚昧的东西。像李提摩太，主持广学会是为了翻译和介绍西方的科学、人文知识。后来康、梁搞维新时成立了一个强学会，还出了一份报纸，头几期把李提摩太报纸中的内容都转载了。丁韪良是清政府办的同文馆的教师，在中国待了几十年，对中国非常了解。创办北京大学的时候，他还是外方校长。李佳白对中国文化也是很尊重的。卫礼贤是德国的传教士，在山东待了很久，后来放弃了原来的信仰而信膺孔子的学说了。所以，传教士自身也有从传统到开放的转变。当然，这些人在传教士中是占少数的，但也代表了一种类型。当时，清政府的现代教育制度还没有建立，基督教在这方面却领了先。

大家知道，现在的北京大学未名湖那个地方是从前燕京大学的校址，而燕京大学就是一个教会办的大学，校长就是司徒雷登。燕京大学的前身是好几家教会中学。他们开办中学和大学的本意是传教，同时也把西方的哲学、文学、史学等知识介绍过来。所以当时能接受先进教育的，一般都是在教会办的学校里面学习的学生。而当时中国许多其他地方根本没有这一套教育制度，还在入私塾，读四书五经，不知自然科学为何物，不知苏格拉底、柏拉图是何许人也。传教士还办了一些报刊，中国最初的报刊都是传教士办起来的。但传教士为什么要把这套东西传过来呢？他们认为中国人很迷信，中国人风水观念很严重，如果你要修铁路的话，从官员到老百姓都不让你修，他们认为你把龙脉、风水破坏了。所以，这帮传教士认为应该用科学来摧毁这些迷信。再比如说当时吸食鸦片、缠足、多妻制现象很普遍，在他们看来这都是落后的，应该改变，应该进行社会改造，应该"移风易俗"。移风易俗最早就是由传教士搞起来的。他们用科学去解释为什么修铁路好，他们论证说，西方国家之所以强大，是因为有科学，而西方国家之所以有科学，是因为有基督教。所以，归根结底，中国想要强大，就应该学习基督教。有个德国的传教士花之安（Ernst Faber, 1839～1899）写了本《自西徂东》，就宣传这个。我不知道他是否了解马克斯·韦伯（1864～1920）的思想，作为德国老乡和同代人，他可能会有些了解，但也许不会，因为他比韦伯要早生了20多年，而且在1904年韦伯发表《新教伦理与资本主义精神》时，花之安早就去世了。

新文化运动及其引发的世界观变动

对于这200年来说，有几个最重要的转折。第一个便是1840年鸦片战争之后，基督教开始大规模传入中国；第二个重大转折，是1895年甲午战争，偌大一个中国竟然败给了小小的日本，况且我们以前还是日本的"老师"，日本的文化都是从我们这儿学去的。明治维新后的二十几年，日本便变得如此强大，打败了老师。这对于知识分子的触动是非常大的，于是出现了康梁维新。维新运动失败后，人们便更加激进了，出现了革命党，像孙中山、章炳麟等。这一批知识分子的想法和以前的维新派已有所不同了。清政府也意识到，这样下去是不行的，慈禧太后虽然把光绪帝的变法政策废去了许多，但却依旧保留了京师大学堂。慈禧认为建立一个现代大学还是挺好的，她认为教育进行改革，进行人才储备是很好的，不会造成社会动乱，清政府便从1896年开始派遣学生到日本去。张之洞在《劝学篇》里也说，应该直接去日本，同文同种，距离近，费用省，学完后可以很快使用。像陈独秀、郭沫若、鲁迅等在文学史、哲学史上很有名的一批人都是从日本留学回来的。从日本回来的学生与从欧美回来的学生相比，是有自身特点的。除了受到人文主义、科学主义等的熏陶，也受到了很多的歧视。因为日本人认为，中国这么大都被我们打败了，与西方打也从未赢过，他们觉得中国不够分量。

从英美回来的学生如胡适等，他们留学的地方不同，接触的思想不同，后来传播的"主义"也不同。从 1896 年一直到新文化运动，再到"五四"，有 20 多年，也是一代人的时间，新式知识分子被培养出来了。新文化运动和五四运动是两个不同的概念，应该分别开来。虽然它们有重合的地方，但新文化运动在时间上是一个较长的概念。所以，中国现代意义上的世界观的建立是从新文化运动开始的。因为，这批出国的知识分子了解了不同的思想，发现西方不仅有基督教，还有人文主义、科学主义。去法国的了解了启蒙主义、无神论传统和实证主义传统，从英美回来的就学到了自由主义的传统。所以，在新文化运动之后，在中国最有名的人就不再是以前的李提摩太那些传教士，而是一些学者了。这些学者即使在西方人里，也是非常有代表性的人文主义、科学主义的学者，比如说罗素、杜威等。杜威是在五四运动发生的第二天来到中国的，他在中国讲学大概有一年多。罗素也讲了差不多一年，他是在 1920 年 10 月到上海的。像罗素这样的人是特别反对基督教的，甚至是恨之入骨的。这样，西方内部传统的冲突，也被传播到了中国。在晚清时，反对基督教的人主要是曾国藩等士大夫和儒士，他们从儒家的立场上，从儒、释、道这些自身传统来反对基督教。但在新文化运动之后，反对基督教便变成了从西方内部来反对西方。"五四"和新文化运动把"科学"、"民主"、"自由"等观念确立起来了。人文主义和科学主义在中国也就取得了强势的地位。这也是一把双刃剑，既可以拿来反对基督教，也可以拿来反对传统的儒、释、道。对儒家的攻击，我们可以看陈独秀、李大钊、鲁迅等的批判。他们认为，儒教宣扬不平等，对人造成异化，是对人自然本性的压抑。一言以蔽之，就是鲁迅所说的"吃人"。另外，还有人反对佛教、道教等偶像崇拜等。

面对这种情形，儒、释、道方面的人必须努力进行一些解释，以适应新的文化环境。所以经过新文化运动之后，儒、释、道也开始慢慢改变。比如说现在中国台湾地区的佛教基本上是"人间佛教"，是从印顺来的，而印顺又是从太虚的"人生佛教"来的。大陆也一样，强调佛教要入世，要以慈悲心介入社会的改善。佛教"唯识论"在近代很兴旺，即强调对人的认识进行分析，这和西方的认识论有许多接近的地方。为什么"唯识论"被大家所接受，正是因为它和西方的哲学很接近。但是，佛教里面还是有很多不科学的地方，从印度传统出来的佛教，始终都有印度人摆脱不了的"轮回"、"解脱"的观念。那么，想要把"轮回"这个东西科学化，实际上是很难的。

儒家里，我们也知道，出现了所谓的"新儒家"。新儒家也说自身是讲平等的，例如孟子对"君"、"臣"、"百姓"、"社稷"等孰轻孰重也是很有一套说法的，也是强调平等的。像明朝黄宗羲等也复兴儒家，并结合了民族主义和天下主义来讲儒家，所以黄宗羲等这批明末的思想家重新得到了重视。新儒家到后来受到的挑战是，如何把"民主"吸收到儒家思想里面去，要让儒家看上去很科学，并被理性所接受。

在儒、释、道三家里，道家的麻烦比较多，因为道家是要讲鬼神的，当然它也讲个人的修养，后者是容易被现代人所接受的，前者却与科学格格不入。

随着西方的三大世界观大规模的建立和在中国的扎根，它们不仅相互之间相生相克，还和我们的本土思想产生相生相克的关系，于是造成了我们这200年间异常丰富的世界观。以下是反映这种丰富性的简表。

世界观互动中的基督教与传统文化（示意表）

时　期	儒　教	佛　教	道　教 （泛）/ 伊斯兰	基督教	人文主义	科学主义
1840～1895 （洋务运动）	保守派、洋务派、口岸文化（王韬、郑观应等）	佛教开始复兴（杨文会与金陵刻经处）		传教士来华、太平天国运动、基督教教育与报纸杂志、移风易俗	传教士介绍的西方哲学、人文思想，严复等人零散的翻译	洋务派及传教士翻译部分科技著作
1895～1911 （百日维新 辛亥革命）	维新派、革命派、中体西用派。1905年废科举兴新式教育。1911年废皇权	保护庙产，佛学教育。杨文会祇洹精舍。儒士转入佛教（康、梁、章）	1900年义和团运动	传教士自由派。孙中山与革命。基督教在华发展进入黄金时代。基督教大学纷立	赴日、赴欧美留学生运动，各依其环境习染西方新学，新知识分子群体兴起	一些科学知识通过传教士、新式学校及留学生传播
1911～1949 （民国）	新儒家（熊十力、马一浮、梁漱溟、冯友兰等）	保护庙产。欧阳渐内学会。人生佛教（太虚）。圆瑛	民间创教（新兴宗教）	民国宪法宗教自由。基督教新知识分子群体（赵紫宸）。非基运动（1922～1927）。基督教本土化探索	新文化运动（1917）。"科学民主"。自由主义（胡适）、马克思主义（陈、李）、无政府主义、人文主义（学衡派）。中西论战	科玄论战（丁文江）（梁启超《欧游心影录》后）

续表

时　期	儒　教	佛　教	道　教 (泛)／ 伊斯兰	基督教	人文主义	科学主义
1949～1978 (新中国成立前30年)	港台新儒家。大陆批梁漱溟、冯友兰，否定儒家	台湾佛教兴盛。大陆批佛教封建迷信	镇压反动会道门。批封建迷信	台湾新士林哲学。大陆以马克思主义批判基督教	大陆马克思主义基要派全面扩张（战斗的无神论）。批胡适。本土化。毛泽东思想	大陆唯科学主义（苏联式的科学批判运动）。科普
1979～2009 (改革开放30年)	国学热。港台新儒家传入。大陆新儒家	宗教政策落实，佛教复兴。佛学研究兴盛	道家哲学的研究	基督教热。文化基督徒。基督徒急剧增多	实践唯物论。西方现代哲学热。"西马"。自由主义。新左派。民族主义等	老三论、新三论、社会生物学等。"两种文化"
2009～2040	新儒家理论	佛教复兴	新道家（？）	基督教及其知识分子	官方、自由派与新左派	社科之兴盛

　　第一竖行说的是儒家的变化，讲儒教从当初最保守、最顽固的士大夫怎么一步一步变化到现在我们所说的"大陆新儒家"。儒士面临着西方的冲击，原先是基督教的冲击，到了新文化运动后是科学、民主的冲击，他们在一步一步地转变。第二竖行是佛教方面。第三竖行我把伊斯兰教和道教放在了一起，因为其内容相对而言要少一些。1900年的义和团运动，我们可以看成是当时华北民众的民间信仰，具有广义上的道教思想功能。道教是比较容易被视为封建迷信的，所以到了新文化运动之后便受到压制。尤其在1949年之后，"会道门"都被镇压了。但道教和道家不一样，"老庄"作为一种哲学思想还是有很多值得学习的东西的。这也和西方的自由主义有很多接近的地方，都是强调民间力量的自发性。基督教这一竖行，从最早的传教士到太平天国，一直到辛亥革命时的孙中山、蒋介石、冯玉祥等，都是基督徒。黄花岗起义烈士中有一大部分都是基督徒。到了民国时期，由于民国宪法确立了宗教自由，这对于基督教是一个解放，因为在清朝时，除了几个通商口岸，一直是禁止传教的，因此造成了许多教案。袁世凯执政的时候，康有为等人提出要把儒教定为国教。因为1905年废科举、1911年清政府垮台之后，儒家的"学统"没了，教育没了，政统也没了，所以康有为等人急忙建议袁世凯将儒教定为国教，但遭到其他宗教的一致反对。

前几年有一个叫颜炳罡的教授写了一本书，说晚清时基督教一直想要取代儒教，做了很多事，但最后等到科学、民主的思想一过来，尤其是共产主义运动一兴起，基督教不仅没有取代儒教，结果自身也被取代了。我觉得他的这个观点是非常有意思的，大家可以参考一下。到了20世纪20年代，有一个非常有意思的事就是"非基"运动。当时西方基督教要在中国开大会，其宣传材料中有一些非常刺激中国人的说法，如"中华归主"等，中国的知识分子对此非常反感。在要否反基督教的问题上产生了争议。有些知识分子受自由主义的影响，虽然不赞成基督教的教义，但是主张维护信教的自由。所以"非基"运动可以看成是在基督教问题上各种世界观的冲突。基督教内部也作出了一些反应，特别是赵紫宸等人，他们认为科学和宗教实际上是不矛盾的，是互补的，认为科学最早出现在西方是和宗教有巨大关系的。80年代，中国出现了文化基督徒，如刘小枫1988年写了一本书叫《拯救与逍遥》，引起了很大的轰动。

人文主义的传播其实也有很多的支派，从最早的严复、王国维到后来新文化运动时的知识分子（我们可以将其分为"左"、"中"、"右"）。比如说社会主义派、共产主义派是当时比较激进的一派，是"过激派"，属"左"，胡适等自由主义派是比较"中"一些的，保守一些的有当时的学衡派，为"右"派。

后来的结果大家都知道，"中国化"、"本土化"做得最好的是中国的马克思主义。我们可以把1949年之后的30年看成是马克思主义全面扩张的一个阶段，这30年批判儒、释、道，批判基督教，而且当时"唯科学主义"是非常盛行的。1978年改革开放之后，学术界进行了一系列的反思，介绍了很多西方马克思主义的学说，主张"回到马克思"本人，认为斯大林、列宁的主张附加了很多马克思本人没有的东西。

另外西方哲学的种种思潮也开始出现，最值得一提的是20世纪20年代丁文江代表的科学主义，他认为人生的一切问题都可以用科学来加以回答。而张君劢由于受到柏格森的影响，认为科学并不是万能的，认为哲学是不会被消灭的，因为哲学关注人，而人都是有自由意志的。以丁文江为代表的那种"科学万能论"其实就是科学主义，发展到"文革"的时候就变成了"唯科学主义"，造成了很多的问题。

冲突之外尚有融合

在这种种的世界观传统中，也有一些人做着融合的工作。比如，谭嗣同早年学儒，后来跟着杨文会学佛，但又读了大量传教士译的西方书籍，因此形成了一种混合的世界观。在他的《仁学》里，什么"以太"呀、电子呀、佛心呀，全都混杂在一起。他的这种融合比较粗糙，甚至有些混乱，而后来的思想家就显得很有条理了，对于其所融合的思想成分，也更了解了。下表是一些融合的具体例子：

	儒	佛	道	基督教	人文主义	科学主义	其他
儒教本位		康有为 梁启超 熊十力			冯友兰 贺　麟 牟宗三		
佛教本位	谭嗣同 梁漱溟		章太炎	张纯一 聂芸台	欧阳渐	太虚（？）	
道教本位						陈撄宁 （？）	
基督教本位	吴雷川 赵紫宸	徐松石			吴耀宗		
人文主义本位	学衡派 冯契			陈独秀 （早期）		胡　适 陈独秀	
科学主义本位				丁文江			
其他							
备注	康、梁思想 综合多变						

　　总之，200年来中国的世界观变化是非常大的，从最初的三种到现在的七种，保持一种必然的张力也是很好的。而在西方，比如法国，也有30万人信佛，然而对于他们的文化主流来说，这是次要的。可在中国，各大传统都很活跃。所以说，中国在文化的丰富性和融合上是一个很有希望的国度，而且随着国力的强盛和教育的普及，中国在将来很可能在思想上会有大丰收。因为时间关系，我就讲到这里吧。

互动环节

　　主持人（张桃洲）：周伟驰先生将西方的三大传统和中国的四大传统做

了详尽的对比介绍，特别是对近200年来这七大传统在中国的交会融合的过程作了深入的分析。在听周先生讲座的过程中，我有一种不同于听其他学者讲座的感觉，那便是周先生的讲座中虽然没有很花哨的言辞，但是我觉得其中"干货"非常丰富，而且讲得非常扎实，让我受益匪浅。下面还有一点时间，大家有问题的话，可以和周伟驰先生交流一下。

问：周老师您好，首先感谢您精彩的讲座。我的第一个问题是，您比较欣赏什么形式的世界观？第二个问题是，我们大学生应该如何树立正确的世界观？谢谢！

答：这个正确的世界观，可能还是由马哲老师回答比较好。（笑）我个人比较欣赏自由主义，但是自由主义不能提供世界观，它只是说要建立一种制度，让每个人的世界观都得到发展。就是说它只能保证一种"工具理性"，不能保证"价值理性"。在世界观上，我个人比较喜欢道家。但至于有没有正确的世界观，这个却是不好说的。各大世界观能够在这么久的时间内流传下来，肯定有其合理的因素。无论是佛教的"无神论"还是基督教的"有神论"，能够几千年流传下来而兴盛，肯定有其理论上和实践上的合理性。比如，在理论上，佛教就是非常深刻的，基督教方面，有一些伟大的神学家像托马斯、阿奎那，我们能够想到的他们基本上都能够想到。所以说，从制度上来说，自由主义可能更有益于大家思考的自由、言论的自由，这是比较好的。世界观上我比较喜欢道家，但谈不上信仰。

问：谢谢老师。我想问一下，在中国，现在看来，这七种世界观的角逐，好像都没赢，而是都输了。可是马克思主义赢了，赢了60年，现在可以说是马克思主义一统天下。那么我想先问一下马克思主义属于这七种里面的哪一种？另外，在这种情况下，这些世界观怎样才能齐头并进而并行不悖，让其他的世界观也能够"百花齐放"？谢谢。

答：我是把马克思主义放在人文主义这一块的。但是马克思主义接受了一些科学主义的成分，尤其到了恩格斯的时候，我们称之为"科学的唯物主义"、"科学的共产主义"，这与以前的"空想社会主义"、"空想共产主义"是不一样的。因为马克思主义和自由主义不太一样，马克思主义的辩证唯物主义和历史唯物主义是建立了一套自己的世界观的。它对整个宇宙、人生都作出了一种解释，而且在实践上也能体现出来。马克思主义作为西方传来的一种传统，和基督教一样都面临着一个"本土化"的问题，就是到了中国之后，怎么样实现中国化。在这一点上马克思主义是做得最成功的。在 20 世纪的二三十年代，基督教的传教士都非常感慨，说我们在这里搞了这么多年，却搞不过刚来的共产主义。

至于所谓的输赢，实际上，任何世界观，当它成为一种意识形态的时候，当它有控制外部世界能力的时候，它本性上是必然要扩张的。比如太平天国，它的信仰是一定要扩张的，所以一开始虽然太平军很少，都是广西兵，但它会经常进行一些布道之类的活动来鼓舞士气，太平军和清兵不一样的就是它士气高昂，这其中有一种宗教的维度。所以太平天国早期发展很快，到后来也是政教合一。

从西方的历史来看，基督教开始也是政教合一，只是到后来才逐渐分离的。而在伊斯兰国家，到现在还有政教合一的。所以，任何世界观，当它成为意识形态，要把社会的思想和行为统一起来的时候，它就必然要扩张。那么，在这个时候怎么样保护信仰和你不一样的人的自由，就成为了一个大问题。这就需要政教分离，否则就会造成教派冲突和思想压制，比如我们在"文革"的时候。当然"文革"是一个比较极端的例子，但其实它和太平天国有许多非常相似的地方，也是一种极端主义。直到十一届三中全会之后，才对"文革"的做法进行了纠正，并进行了反思。在"文革"时追求的是一种纯而又纯的共产主义，对其他的世界观就要清除掉。所以有些人也认为，从"五四"到"文革"或许有着某种内在的逻辑联系，因为"五四"的精神就是确立"科学"、"民主"这些人文主义和科学主义的绝对权威，批判和消除旧的宗教和哲学的权威。

我们今天的言论自由空间应该说还是比较大的，这是改革开放的结果，起码在学术上还是很自由的。只有在"文革"那种极端的条件下，才可以说某一个世界观"赢"了，但即便是"赢"了也是悲剧性的。所以，就世界观来说，不牵涉政治的话，纯粹作为一种思想、理念，大家都处于一种平等自由的状态时，双方都能够得到发展。所以，如果说"赢"的话，可能说"共赢"也许更好一些。（掌声）

演讲者的补充说明

第一，200 年在时间上是一个连续体。1840 年后，中国被动地卷入了全球化和现代化，发生了"三千年未有之大变局"，在军事上、政治上、经济上、社会上全方位地受到了西方的冲击，在世界观（心智）的层面上也前所未有地受到了来自西方文明的冲击。先是有西教的冲击，接着是西学的冲击，这个过程直到现在仍在继续和深化。

　　200 年可以初分为三部分：晚清 70 年（1840～1911）、民国 38 年（1911～1949）和中华人民共和国 60 年（1949～2009），以及未来 30 年（2010～2040），即鸦片战争后 200 年。各部分又可以根据具体的政治、经济、社会形势分成不同的小的阶段。其中一些标志性的历史事件会影响到主流世界观的变迁。如太平天国运动（1851～1864），可以视为基督教本土化的尝试（本土化体现在其对民间宗教和儒教伦理、封建生活方式的吸收），以及对"偶像崇拜"的攻击，初步体现了基督教一神教排他主义的思维模式；1905 年废除科举和 1911 年清帝逊位标志着儒家学统和政统的依次灭绝，传统的士被迫转变为新式知识分子；民国宪法"宗教自由"条款使得基督教有了与本土宗教完全平等的传教自由，迎来了基督教在华的黄金时期；1917 年开始的新文化运动（其高潮是五四运动）标志着废除科举十多年后，以赴日和赴欧美的留学生为代表的新式知识分子的出现，他们不再经由传教士而是亲自跑到西方了解西方社会和思想，这就引来了对西方人文主义和科学主义的大规模引进；1922 年开始的"非基"运动即是留学生"以西学制西教"的结果，而与此前传统儒士对基督教的抵制理由有所不同；1949 年随着中国共产党取得政权，马克思主义成为官方意识形态，作为基督教世俗版（无神论版）的中国马克思主义基要派对其余的世界观（传统的儒、释、道和基督教）展开了全面的、深入的批判和取代的努力；1978 年改革开放后，对"文革"展开了深入反思，基要派意识形态开始退缩，思想学术领域"双百"方针及宗教政策的落实，使得传统的世界观（儒、释、道）和基督教复归并出现兴盛的状态。尽管有种种政治上的转折和波折，但应该看到，这七大传统实际上都未曾完全灭绝过，也没有能完全地"一统江湖"，只不过在不同阶段各个世界观或隐或显罢了。

　　第二，本土化。对于外来的世界观来说，它传到另外一个地方和文化中，都面临着一个"本土化"的问题，要顺利地、成功地被本地的人们所学习、吸收和消化，并能根据其文化、生活而有进一步的发展。基督教如此（传教策略），科学如此（科普手段），人文主义也如此。在这方面，马克思主义做得最成功，毛泽东成功地把马克思主义本土化了。

　　由于佛教在本土化方面有很多的经验，因此在这方面它成为基督教及西学学习的榜样。

　　第三，世界观变迁的根本动力是人民的存在处境和生活需要，在被动之中有主动。人们之所以选择这种世界观而不选另一种世界观，与其适用性有关。与古代相比，中国近代的最大问题就是面临着西方的侵扰，有"亡国"、"亡种"、"亡教"之虞。前面两个问题，清朝儒家制度无法解决，国民党民族主义也无法解决，只有马克思主义才能够解决。但马克思主义作为一种西方传来的世界观，在掌握政权后对其他世界观作了清除（类似于基督教排他主义），从而改变了传统的精神生态，引发了深层的信仰危机。当其自身由于种种失误而不再具有威信后，各种世界观就会提出替代品。随着对于"国家"和"政党"功能的现代化理解的深入，将来官方意识形态会进一步从社会撤退，中国将成为各个世界观争鸣的最后一块空地。

第四，互动。各个世界观互相影响是免不了的。当一方变得"基要"时，另一方也往往变得"基要"。太平天国和儒将（曾国藩等）如此，传教士和佛教也如此。当儒家保守派很顽固时，新文化运动的态度也便强硬。当某个世界观取得更多的人承认时，其余世界观多少都会作出调整。比如，在西方，随着近代科学、哲学的兴起，基督教内部出现了"现代派"，使其信仰不至于太"落后"于时代的文化共识。从杨文会到太虚，都越来越强调佛教与哲学、科学的一致（表现为对唯识宗的喜好）。喜爱佛教的梁启超说佛教是"智信"而非"迷信"，也是因为要与"科学"一致。于是净土宗这样的宗派往往就被目为"迷信"，佛教中六道轮回之类的"奥秘"也被从哲学和科学方面加以解释。儒教在丧失其学统（1905年废除科举）和政统（1911年废除皇权）后，新儒家逐渐抛弃了传统儒家的等级制等不适合"民主"、"科学"、"自由"的成分，对儒家思想进行了重新解释，连牟宗三也要以"一心开二门"、"良知坎陷"的架构容纳儒家所没有的"民主"一说。但是何为科学？他们对于科学又有何理解？许多人并没有科学的训练和素质，却抱持了科学主义的信念（如20世纪20年代的实证主义），以之为旗，对传统作了全盘的否定。

第五，思维模式。有时两种世界观的内容是对立的，但它们的思维模式是相同的。比如，西方现代无神论者（如费尔巴哈）把基督教颠倒过来，把上帝作为人的形象（而非人是上帝的形象），把宗教当做鸦片，以无神论否定有神论，但其思维模式跟基督教仍是一致的，就好比用同一个模子铸金币和铜币，虽然金和铜不一样，但是因为模子是一样的，因此其上的图案还是一样的。我们知道西方社会主义者许多是从基督教转变过来的，马克思关于共产主义和无产阶级革命的设想，在模式上也跟基督教是很相似的。比如，基督教说人类始祖亚当、夏娃原先生活在伊甸园里，后来吃禁果沾染原罪沦落，将来一部分人要靠上帝的恩典升到天堂。马克思、恩格斯也说有个原始共产主义社会，后来因私有财产出现，才使人类社会出现异化，最后要经过阶级斗争等走向没有异化的共产主义社会。在原罪、恩典、觉悟、选民、牧师、教主等概念上，二者基本上都有相应的对应物。尤其是排他主义式的真理观，对于与之不符的世界的排斥，在基督教与马克思主义基要派那里有很多相似之处。在最早中国化的新教版本（太平天国）那里，我们会发现很多现象跟后来马克思主义的中国版本（"文革"）非常相似：对于其他偶像（"不正确的"世界观或异端邪说）的不宽容、攻击和毁灭；纯而又纯的信仰；以天国的极端信仰来指导"改造"此岸的行动；对于灵魂深处的干净（觉悟）的要求；大公无私；等等。在坚持一元的、排他的真理观，反对和攻击"异教"、"异端"上，太平天国和"文革"都保留了基督教的胎记，只不过太平天国是来自于新教（太平天国本身被大多数传教士视为异端），而"文革"是来自于脱胎于基督教思维模式的"马恩列"。当然，确立自我身份、排斥异端异教，是任何一门世界观都要做的，但是以纯而又纯的形式、极端的排他主义表现出来的，在亚伯拉罕宗教传统（犹太教、基督教、伊斯兰教）那里要比东方宗教传统（印度和中国）突出得多。

在世界观冲突和互动的过程中，有些思想家对于思想模式有很敏锐的嗅觉。比如，康有为意识到，对抗来华基督教、保存儒教的最好方式就是尽快地将儒教改造成基督教那样的国教，在教义、教主、圣经、组织形式、政教关系上都尽量吸取基督教的模式，在这个模子里他填上了跟基督教十分不同的材料。

第六，历史情境与思想生态演化的相似性。历史常常会出现一些惊人的相似，这源于一些相似因素的聚合导致的相似的结果。比如，虔诚主义往往导致极端的排他主义和"破除偶像运动"，当对"科学"的信奉变成一种崇拜时，也会导致非理性、不科学的行为出现。当从一种占主导的、控制性的社会结构和思想观念中"解放"出来时，历史情境和思想演化也会出现惊人的相似。比如，"新文化运动"之百家争鸣的盛况与旧话语（儒家）的衰落（政治控制力失效）、新思潮的涌入、新旧思潮激荡有关，最近的改革开放新思潮也与原有话语衰落（"文革"后政治社会生活的松动）、新思潮涌入或重新涌入、儒释道传统复活、形形色色新旧思潮激荡有关，使得近30年成为这200年来"新文化运动"之后思想最活跃的一个时期；放大了看，与日本明治维新后、中国春秋战国时期都有某种相似性。

第七，目前仍处在过渡阶段，世界观呈现出"混合主义"的趋向，但几个主要的倾向还是清晰可辨的。

（记录整理：黄琪）

时间：11 月 11 日（星期三）15：00 ~ 17：30
地点：北一区文科楼 6 层文学院学术报告厅

主讲人简介

赵宪章　南京大学文学院教授、博士生导师，主要从事文艺美学和文学理论方面的教学和研究。著有《文艺学方法通论》、《西方形式美学——关于形式的美学研究》（合著）、《形式的诱惑》、《20 世纪外国美学文艺学名著精义》（主编）等。

主持人（王德胜）　各位老师、各位同学，大家下午好！今天我们有幸请到了我国著名的文艺理论家赵宪章教授，他也是中国文艺理论学会副会长，南京大学中文系前任系主任，资深博导……头衔太多，我就不做详细介绍了。赵宪章教授是我们大家非常熟悉的，赵老师长期从事文学形式方面的研究，取得了累累硕果，相信我们很多同学都看过赵老师写的一些书。今天在座的是文艺学的硕、博士生和其他专业的研究生。下面我们就请赵老师就"文学形式研究的若干问题"这样一个话题为我们作报告，大家欢迎！

文学形式研究的若干问题

赵宪章

　　十年前我来咱们学校做过一次讲座。我有一个原则，十年之内不会到同一个学校去做两次报告，因为我感觉作为一个学者，十年之内积累一些学术体会已经很不错了，不可能经常有新的看法和新的体会。今天到此就是和大家交流一下近十年来我在学术研究中的一点体会。我所讲的内容和首都师范大学老师的特长，包括德胜教授、东风教授的研究可能不太一样，因为我很少涉及文化研究方面。所以，我希望讲过之后能够听到对我的批评意见。

我讲演的内容包括以下四个方面：

一、现状和任务。

二、文学形式研究的基本原则。

三、文学形式研究的基本方法。

四、文体形式研究中的当代问题。

一　现状和任务

新时期以来，"文学形式"研究所取得的成绩主要包括下面四个主要领域：①文学语言研究；②文体研究；③叙事学研究；④形式理论研究。这几个方面都取得了比较好的成绩。最近大家都在纪念"3、6、9"（改革开放 30 年，新中国成立 60 年，五四运动 90 年），我也看过一些这方面的文章，特别是关于改革开放 30 年的，如果让我写这一时期文艺理论的主要成绩，我就写上述四个方面。因为现在对 30 年文艺理论的回顾，基本上是各唱各的调，不可能有统一的看法。这方面的述评姑且听之就可以了，不要当真，因为"为当代修史"是很难的。但有一点可以达成共识，那就是形式研究并不是我们文学研究的主流，主流仍然是传统的"思想史方法"（或称"主题学方法"）。特别是"文学被边缘化"的现实以及"文学终结论"的提出，更加引发了包括文学理论在内的整个文学研究的困惑与转向，这种困惑与转向就是"向外转"，包括文化研究在内，也是向外转的一个方面。还有思想史的研究。如果我们的文学研究一味"向外转"，那么，它的弊端是显然的。

首先是文学理论批评的越位。我们的本位是"文学"理论批评，而很多打着文学旗号的研究实际上和文学没有什么关系。其次是难以应对当下文学形式的剧变，特别是先锋文学。从 19 世纪末开始，就中国来说主要是新时期以来，文学的创新首先表现为形式的创新，诸如小说不像小说，诗歌不像诗歌……在这样的情况下，如果我们仍然固守思想史的方法，就很难对文学的新变作出有效的回应。最后一个问题是导致文学理论批评本身的贫困。现在，我们面对气象万千的文学现象，除了"真实性"的老套话语以外，还能说些什么？判断一部作品好还是不好，首先想到的是真实，除此之外我们似乎就无话可说了，我们还能找到哪些话题作为我们谈论文学的理由呢？这就是我们长期以来一味"向外转"所造成的后果。因此，我们就应当设想另外一条路径，例如，能不能反其道而行之——"向内转"？我们认为，这种可能性是存在的。因为，当前文学被边缘化以及"文学终结论"的喧嚣，也可能是由于另外的原因，那就是我们对于文学本身和文学本体没有研究透彻，才导致了"向外转"的状况；如果我们"向内转"，说不定也是一条道路。

我所说的"向内转"，就是转向文学的语言形式本身。不可否认，这样一条道路是相当困难的，主要原因是：第一，"文以载道"的传统根深蒂固。"文以载道"的传统在文学研究中的表现就是"思想史"方法，文学研究的思想史方法就是把文学首先看做是思想的文献，判断文学的价值是以它的思想性、现实性等为首要甚至唯一标准。这样一种思想史方法的基本特点是"超越形式直奔主题"。所谓"超越形式"，就是当我们面对一部文学作品或者某种文学现象的时候，首先不把它看做是一种语言的形式，而把它看做是一种思想的载体，从思想性来判断其价值。这样一种方法早在一个世纪前就被俄国形式主义者批判过，雅各布森把这种方法戏称为"评论家满足于充任文学的'警察'"，好像警察那样只关注那些像小偷的人。我们的文学研究就是这样，关注的兴奋点只是它的思想性，除此之外都是次要的。于是导致文学的形式问题一直没有得到足够的重视，长期被误解为内容的附属品。第二，对20世纪西方形式理论满足于走马观花。20世纪西方形式理论被介绍到中国来已经30年了，但是并没能真正化解和为我所用。尽管我们已经不像30年前那样面对西方的文学理论张口结舌，不知道说什么，现在已经可以在同一个平台上与之进行对话了，并取得了一些研究成果；但是，目前仍然停留在"说别人头头是道，谈自己另有一套"的水平。第三，缺乏形式研究的技能和耐心。形式研究和思想史方法有一个很大的不同，它是一种技能考量，而不仅是一种世界观、一种思想观念。在这方面，我们是比较缺乏的。同时也缺乏形式批评的耐心。形式批评并不是看过一篇作品马上就可以写出一篇文章，而是要通过充分的学术调查，特别是要通过文本细读、文本调查，才能发表一些看法，在这一点上，它和思想史方法很不相同。换句话说，文学形式研究是文学研究中的"细活"，没有思想史方法那样固定的套路。第四，也是最重要的一个原因，是我们长期以来对于"形式"概念的狭隘理解，仅限于"内容与形式"的语境谈论形式，从而限制了我们的视野。殊不知，现在我们所使用的形式概念，已经超越了这一传统意义，是把形式作为蕴涵着内容的形式。

关于形式概念，从古至今有着丰富的内涵，在此我们没有充分的时间展开，只能简单地回顾一下。

首先是古希腊罗马时期出现了四种形式概念：数理形式（毕达哥拉斯学派）、理式（柏拉图）、质料与形式（亚里士多德）、合理与合式（贺拉斯）。其中，只有贺拉斯的"合理与合式"与我们现在常用的"内容与形式"二分法相似，其他三种都和"内容与形式"无关。其次是德国古典美学时期的形式概念：先验形式（康德）、内容与形式（黑格尔），二者的影响都十分广泛，特别是黑格尔的"内容与形式"影响巨大，一直影响到20世纪初，直到俄国形式主义的出现才使这一模式受到质疑，从而实现了对这一范畴的超越。其中的原因就在于黑格尔对于"内容与形式"这对范畴的阐释实在是太充分了，前无古人，后无来者。在内容与形式的关系问题上，黑格尔已经充分释放出它的能量，以至于现在我们想要摆脱它的束缚都非常困难。再次就是20世纪的形式概念，那就非常丰富和复杂了：俄国形式主义的文学性和陌生化理论，英美新批评的文学文本研究，法国结构主义和叙事学的"结构"和"叙事"，完形心理学美学的"格式塔"，原型理论中的"原型"，符号学理论中的"符号"……都是"形式"概念的变异或演绎。

在所有这些形式或者是与形式相关的概念中，我们可以发现关于形式概念的两条线索：一是建立在艺术一元论基础上的线索，一是建立在艺术二元论基础上的线索。什么是"艺术一元论"？比如毕达哥拉斯学派的"数理形式"、柏拉图的"理式"、亚里士多德的与"质料"相对应的"形式"，都是建立在艺术一元论基础上的。而贺拉斯的"合理与合式"、黑格尔的"内容与形式"等，则属于二元论。二者的区别在于后者把艺术一分为二：内容是一方面，形式是另一方面，然后是二者的关系。艺术一元论则是找到一个"元点"去推演，如毕达哥拉斯学派的数理形式，从元点推演出世界、美和艺术等；柏拉图的"理式"则是他的元点，由此推演出世界、文学和艺术；等等。亚里士多德的"质料与形式"是非常独特的，与黑格尔的"内容与形式"完全不同，也是一元论，即从形式出发，认为形式是事物的存在，质料是形成事物的原料。比如我们所住的房子，它本身的存在就是形式，包括外观、色彩、结构等，而建成这座房子所用的砖瓦泥块就是它的质料。所以，亚里士多德的"质料与形式"并非二元论，而是一元论，其出发点是形式，形式是事物的存在和现实；二者的关系对于我们的形式研究非常富有启发性，可以说，我们下面所讲的"形式"主要就是建基在他的理论之上的。亚里士多德认为，人类是根据"形式"而非"质料"来给事物命名的，这一点至关重要。举个例子来说，有两张桌子，一张是木头做的，另一张是金属做的，二者的质料不同，但形式是一样的，所以二者都是"桌子"，说明决定事物名称的不是质料而是形式。亚里士多德的这一观念是很伟大的，影响十分深远；至少在黑格尔以前是这样的。当然，他关于质料与形式的观念还涉及很多方面，比如说艺术，他认为就是质料的形式化，或者说是赋予质料以形式。可见，亚里士多德的形式不是相对于内容而言的，而是建立在艺术一元论基础之上的形式。就文学而言，文学就是语言的形式，或者说是语言的形式化。这种形式本身就蕴涵"意义"，这里所说的"意义"包括两个方面：一个是"思想"，一个是"意味"。"思想"是可以用语言明确表达出来的，"意味"则不能，它们都蕴涵在语言形式之中。我们今天谈论的"文学形式研究"就是这一意义的"形式"研究，而不是相对于内容而言的。

　　正是因为上述几个方面的原因，以至于我们的文学形式研究长期得不到重视，或者说一直处于文学研究的边缘。当然，我们这样讲并不是呼吁它进入文学研究的中心，它很可能永远处于边缘性的位置。但是，不处于中心并不等于说就没有价值；同样，处于中心也不必然有价值。由此看来，形式概念的多元性和复杂性本身表明，以形式研究为对象的形式美学是可能的，将形式美学的方法应用到文学研究领域有可能展现文学研究的新视界，当是摆脱包括文学理论在内的整个文学研究困境的"新思维"。

　　这就是我们所谈的第一个问题。

二　文学形式研究的基本原则

　　文学形式研究的基本原则只是我的一家之言，大家姑且听之。这是我根据这几年自己文学形式研究的体会所总结出来的。这个原则是相对于传统的思想史方法而言的。传统的思想史方法的特点是"超越形式直奔主题"，而我所主张的形式研究则是"通过形式阐发意义"，也就是"形式优先"的原则。现在，我们就以高行健获诺贝尔文学奖的《灵山》为个案，阐明文学研究中"形式优先"原则的可能性。

　　《灵山》的叙事非常独特的地方在于小说的主要人物，其大部分人物都是使用人称代词"你""我""她""他"来命名的，只有极个别人物是用传统的"张三李四"等命名方法来命名的，而后者在整个叙事过程中都是次要人物，或者一闪而过。我的研究首先不是针对《灵山》的思想，这部小说的思想研究在海外已有许多成果。我首先是研究这部小说的人称代词，因为用人称代词为人物命名是《灵山》最显著的形式特点之一。其中，单数第一人称代词"我"，既是主要人物，也是小说的叙述者，因为按照作者的说法，整部小说无非是"我"的"自言自语"和"漫长的独白"。"你"是"我"的外化或对象化，是"我"的"讲述的对象"、"谈话的对手"、"倾听我的我自己"，即"我的影子"。总之，"你"这个人称代词本身就是站在"我"的立场、从"我"的角度、用"我"的口气对言说对象的称谓。所以，"你"的言说者仍然是"我"。作为第三号人物的"她"，根据作者的自我表白，也是"我让你造出"的，从而为"你"也"寻个谈话的对手。你于是诉诸她，恰如我之诉诸你。她派生于你，又反过来确认我自己"。至于男性的"他"，作者解释说，则是"你离开我转过身去的一个背影"，因为尽管"你"离开"我"到处游荡，但完全是循着"我"的心思，所以"游得越远反倒越近，以至于不可避免又走到一起难以分开，这就又需要后退一步，隔开一段距离，那距离就是他"。也就是说，《灵山》的叙述者实际上只有"我"自己，由"我"对"我"、对"你"、对"她"、对"他"和其他展开叙说。正如作者所说："《灵山》中，三个人称相互转换表述的都是同一主体的感受，这便是这本书的语言结构。"之所以需要"变更"和"转换"一下叙说的角度，很显然，是为了消弭一个叙说者进行"长篇独白"的寂寞和单调。

可见，《灵山》的叙述者，就其内在心理世界来说，显然是一个远离亲人、朋友、故土、社会、祖国等一切人间亲情的孤独者。他之所以孤独，是因为他所远离的东西恰恰是他之由来；他之所以言说，是因为他之远离并非自愿，只能以言说排解难以割舍的情怀，排解一个游子和流浪者的寂寞和单调。

这就是矛盾：一方面是"我"的独白，另一方面却又要找"你"、"他"、"她"来代言。这实际上就是美国语言学家戴维森所提出的"第一人称权威"（first person authority）问题。就是说，在所有的人称代词中，只有第一人称具有绝对的权威性，第二人称和第三人称都是第一人称的派生物。

我们接着分析。从《灵山》本身来讲，一方面是"我"的独白，一个言说的独裁者，另一方面又力图消弭言说独裁的劣迹；一方面自言自语、自说自话，大搞"一言堂"，另一方面又力图营造众口纷纭、众声喧哗的民主假象；一方面有着强烈的自我言说欲望，另一方面又虚伪地将这种欲望通过转嫁给他人为自己代言。正是叙述者的这种双重人格，使《灵山》在人称代词的使用方面挖空心思、绞尽脑汁。

下面，我们就来看看叙述者是如何挖空心思、绞尽脑汁地来掩盖其语言暴政的。我们先来比较一下用人称代词给人物命名与传统的人物命名方式有何不同。传统的人物命名方式的特点主要是其唯一性指向，用人称代词为人物命名则有多向所指。例如小说第十一章，共779字，其中使用人称代词151次，大约平均每5个字就使用一次人称代词；全章共75句，大约平均每句话就使用2次人称代词。全章共出现11次"你"，其中7次指称与小说中的主人公"我"（本章未出现）相对应的次主人公"你"，另有4次在特定的语境中指称与次主人公"你"相对应的第三号主人公"她"的父亲。全章共出现32次"他"，其中7次指称第三号主人公"她"的父亲，25次指称"她"的情人；换言之，"她"的父亲这个人物，在某些语境中用"你"来指称，在另外的语境中又用"他"来指称。由于本章是"你"听"她"讲述"她"的故事，所以，"她"出现的频率最高，共104次，平均不到7.5个字就出现一个"她"字，平均每句约有1.38个"她"字出现。这个"她"，主要是指与"你"相对应的第三号主人公，但在某一语境中，"她"又用来指称"她"的继母。很清楚，作者高频使用人称代词，是有意识地、自觉地通过其所指对象的频繁转换干扰对文本的阅读理解。这就是《灵山》摈弃传统小说人物命名方式，用人称代词为人物命名的用心，也是小说的叙说者为遮蔽自己作为一个言说独裁者的真实面目所使用的伎俩——叙说者的"一言堂"本质在"你"、"我"、"她"、"他"的一片喧哗声中被淹没、被掩饰、被蒙混、被消弭了。

这种为遮蔽自己作为一个言说独裁者的真实面目而制造民主假象的现象普遍存在于我们的政治生活、社会生活，以及教育、学术等各个领域，包括我们的文学理论研究领域。这个问题大家可以深入思考。我举这个例子只是为了说明文学形式研究的基本原则，即和传统的思想史方法相比，不是"超越形式直奔主题"，而是"通过形式阐发意义"，即"形式优先"。人称代词的使用就是文学的语言形式之一；而且，我们所说的"形式"，绝非无意义的形式，也不是所谓的"纯粹形式"，而是蕴涵着意义的形式。文学作为语言的形式，它本身就蕴涵着意义；通过形式阐发出来的意义才是文学的意义，而不是强加给文学的意义。

下面我们就说说形式研究的基本方法问题。

三　文学形式研究的基本方法

依据以往的思考，我暂且把文学形式研究的基本方法概括为"基于文本实证的语象分析方法"。这一方法基于如下思考：①文学是语言的艺术，即"语言成像"的艺术；因此，"语象"分析应是文学研究的核心。②"作品"是文学的中心；因此，"文本实证"应是文学学术的主要路径。

"文学是语言的艺术"是亚里士多德早已给出的定义，无论后人如何折腾文学的定义，都不能彻底颠覆这一公理。如果我们沿着亚氏的思路进一步从语言的角度讨论文学，那么就可以发现，"语言成像"是其基本特点，即将文学看做是一种"语象的艺术"（不是抽象的概念）。就此而言，大凡赞成亚氏这一定义的，就应该沿着这一思路向前走，将文学作为一种"语象艺术"的性质、特点和规律进行研究。

关于"作品"是文学的中心，阿布拉姆斯的文学坐标系已经解决了这一问题，在此不必赘述。但是，我们需要对他的这一坐标系作些修正和补充，那就是在"作品"这一要素的周围还需加上"其他艺术"。理由很简单，文学（作品）作为语象的艺术，必然和其他艺术发生关系，例如绘画、音乐等，这就是各类艺术之间的关系问题。阿布拉姆斯考虑到世界、艺术家和读者等外部因素对于文学（作品）的影响，这是对的，但同时也应考虑到绘画、音乐等其他艺术对文学的影响，这是艺术内部的影响关系，也很重要，甚至比其他三个外部要素更加重要。

我为什么强调"实证"呢？因为"实证"是所有学术研究的基本特征，当然也是文学学术不同于"文学鉴赏"、"学术随笔"的重要特点。但是我们回忆一下，我们的文学研究的实证方法目前只限于"文献引证"这一条路径，我认为是远远不够的。既然我们已经把"作品"看作文学的中心，那么，我们就应该首先把"文本调查"作为文学学术实证的基本路径，其次才是"文献引证"。因为我们只有通过文本细读和文本调查，才能为"文学学术"寻找到新的而且是更加可信的依据。而传统的文学理论批评缺乏这方面的实证，我认为是有缺陷的。我们所说的文学研究中的"文本调查"，类似于考古学中的"田野调查"。当然，考古学也使用文献引证的方法；但是，考古学作为一个学科，不是建立在文献引证上，而是建立在田野调查上，没有田野调查的"考古学"很难具备充分的说服力和可靠性。而文学学术之所以是"学术"，在我看来，就应该建立在"文本调查"的基础之上。

下面，我们就以《美食家》的词频分析为例，说明文学形式研究中的文本实证方法。

我们之所以选取这一老而又老的小说作为例证，是因为"美食家"一词源自陆文夫这部同名小说，现已成为正规汉语的常用词。这一事实不仅肯定了《美食家》的首发之功，而且意味着《美食家》的成功在很大程度上得益于这一陌生语词的使用。由此观之，《美食家》的真实意蕴很可能就浸润在它所使用的这类语词中。于是，我们采用形式美学的方法对《美食家》的语词展开文本调查，就可以在潜意识的层面发现两个未被思想史方法所发现的意义：①中西文化冲突；②政治和吃饭的矛盾。

先说"中西文化的冲突"。

《美食家》的第一句话就对朱自冶这个人物做了一个很清晰的定位：

> 美食家这个名称很好听，读起来还真有点美味！如果用通俗的语言来加以解释的话，不妙了：一个十分好吃的人。

叙述者用这样一种调侃、轻松的口吻去表述小说的主人公，显然就把自己摆在了一个居高临下的地位，从而毋庸置疑地规定了"美食家"一词在整部小说中被俯视、被贬抑的基调。也就是说，在叙述者看来，"好吃"不符合我们的民族传统，"好吃的人"就是"好吃鬼"、"馋痨坯"，总被人斥为"没出息"、"不要脸"，无非是一些"饕餮之徒"，应当坚决反对，这就是我们的"反好吃"传统。朱自冶这个人物是如何出名的呢？是因为机缘巧合：改革开放了，苏州为了发展旅游业、餐饮业，要成立一个"烹饪协会"，需要请一个"顾问"，于是，大家一致想到了朱自冶。但是，以什么名义邀请他呢？说他是"好吃鬼"？或者说是"吃的专家"？都不雅，大家非常犯难。后来，有人想到了一个外来词——"美食家"，大家一致赞成。这就是"美食家"这个词的来源。这个词在我们汉语中首次出现，就是从这部小说开始的，也算是该小说对汉语语汇的贡献。也就是说，这个词是一个"舶来品"，"美食"和"美食家"在"我"的叙述中之所以总是处于被人指手画脚、说三道四和被贬抑的地位，个中原委豁然大白：这一语词和我们的民族话语不能兼容，它是作为汉语的异类侵入进来的，所以就难逃被窥视、被冷落、被嘲弄、被责难的厄运。因此，它在《美食家》中就不可能被赋予褒扬的意义。我们的这个结论是基于下面的文本调查得出的：《美食家》中可以独立成词的"吃"出现了207次，其余（137次）均为由"吃"组合而成的衍生词，都是负面的或中性的语词。统计结果见下表。

语词	吃	好吃	吃饭	吃客	小吃	吃喝	想吃	吃友、吃法、会吃	吃家、吃经、吃福、大吃大喝	吃龄、白吃、吃不起、吃食癫皮一吃销魂	合计
词数	1	1	1	1	1	1	1	3	4	5	19
词频	207	41	25	12	11	9	8	6	2	1	344

显然，小说《美食家》为"美食"和"好吃"所设置的这一对立，实际上就是中外文化的对立，是传统和现代的对立，揭示出改革开放初期深藏在中国人内心的隐痛：一方面意识到闭关自守的穷途末路，不改革开放就没有出路；另一方面又唯我独大、唯我独尊，固守着沉重的历史包袱，用敌视的目光窥视来自域外的异类。

下面我们分析小说的第二个意义：政治和吃饭的矛盾。

《美食家》的基本语词共235个。就语词的意义分类来说，使用频率最高的是"吃"和"政治"两类语词。"吃"类语词，即和"吃"相关的语词，如上文所列"美食"、"好吃"等，计43个，约占基本语词的18%，并不是最多的。让我们不能理解的是，在《美食家》中出现最多的是政治类语词，即和社会政治相关的语词，达76个，约占基本语词的32%，接近前者的两倍，诸如旧世界、旧社会、新中国、国民党、共产党、共产主义等。上述两类语词合计约占全部语词（235个）的50%。这一统计数据说明，写作者主要是从政治的角度去解读"吃"的，或者说，《美食家》所设置的矛盾冲突（主要表现为"我"和"他"的冲突），就事物的本质来说，是"政治"和"吃饭"的冲突。前者属于主流社会意识形态，后者表征普通社会民众的需要。当发现这一层意义的时候，我很欣喜。这样的方法是传统的思想史方法所不能达到的深度。我认为，这样的文本实证方法，要比单纯的文献引证更有说服力。

至于语象问题，由于时间的关系，在此我就不再展开论述了。实际上，前述关于《美食家》的分析，本身就是一种语象分析，即其文本所呈现出来的语象。

下面我讲最后一个问题：文体形式研究中的当代问题。

四 文体形式研究中的当代问题

文体是文学形式的重要方面。最近几年，我主要是围绕文体来做文学形式研究的。文体研究作为新时期文学形式研究取得成绩的一个重要领域，主要体现在中国古代文体理论、各体文学、西文文体论研究等方面。国内大学文体论研究的主力在外文系，很少有中文系开设文体学这门课程，这非常奇怪。

总体来看，我们在文体研究方面尽管取得了一些的成绩，但是对于文体学的当代问题关注不够。现在我就把近年来我所关注的问题汇报如下。

（一） 文学传播的载体问题

文学传播的载体变化可以描述为以下几种历史形态：口传文学→文本文学（→后文本文学?）→超文本文学（网络文学）

文学传播载体的变化对文学本身产生了重大的影响，特别是网络文学的出现，将这一问题凸显了出来。例如台湾"歧路花园"网站上的一首小诗，名为《西雅图漂流》，打开页面后可以看到整整齐齐写着这样 5 行字，与纸质载体的诗歌无甚区别：

> 我是一篇坏文字
> 曾经是一首好诗
> 只是生性爱漂流
> 　启动我吧
> 让我再次漂流而去

单纯从诗的角度来讲，这是一首非常普通的诗歌，似乎并没有多少新意和诗意。但是当读者点击诗上端的链接"启动"，这诗中的文字就开始抖动起来，歪歪斜斜地朝网页的右下方扩散开来，像雪花一样飘飘洒洒，并逐渐溢出网页，游离我们的视线，电脑屏幕上的文字逐渐稀疏起来。这时，一种失落感和孤独感在读者心里油然而生，舍不得它们全部散落和游离的心理迅速增强。于是，读者就会像急切地想抓住落水的孩子或远去的亲人那样，不得不赶快点击"停止"按钮，散落的文字也就停止了漂流；然后再点击一下"还原"按钮，《西雅图漂流》就恢复了原样。这时，紧张的读者才能平静下来，开始细细回味这首小诗的"漂流"滋味。这首诗是典型的网络文学。显然，欣赏这样的作品与欣赏传统作品大不一样。一方面读者的兴奋点主要不在作品本身，而在作品的载体（媒介）——多媒体技术支持下的文字符号的漂流和跳动。另一方面，就"作品的形式"来说，也不是传统意义上的语言、结构、韵律等，而是它的"动感形式"，即由电子软件所支持、所操纵的"文字舞蹈"，读者的心理感受是在它的影响下升降起伏的。也就是说，由于载体（媒介）的变化导致文学表现方式及其意义的变化，这不能不引起我们的关注。

（二）跨文类研究

这也是当代文体研究中的一个重要方面。因为有些小说或诗歌已经不像小说和诗歌，还有以词典的形式来写小说的。如《哈扎尔辞典》和《马桥词典》等。我们通过形式分析可以发现其中所蕴涵的意义究竟是什么。

词典和小说是两种截然不同的文体：词典是语词和知识的汇集，小说是叙事和虚构，完全是风马牛不相及的两种文体，作家写作词典体小说的意义究竟是什么？我们不妨先看它的页码标示。小说的页码标示先验地规定了读者的阅读顺序，而词典的页码标示并没有规定阅读顺序，只是向读者提供了一个寻求意义的路标。换句话说，小说的文本结构是历时的，词典的文本结构是共时的。词典体小说在标题和版式等方面的改头换面，主要目的在于力图改变或弱化小说叙事的历时性，在以"历时叙事"为能事的小说文体中尝试"共时叙事"之可能。

词典体小说使用"语词"作为各篇章的标题只是情节的"引子"，或者是以语词解释为"由头"展开叙事。于是，由每一"语词"所引发的叙事便具有相对独立性，各篇章的内容基本上环绕"语词"本身展开。这样，词典体小说在叙事的连贯性和历时性方面也就被大大弱化。也就是说，每一"语词"都成了一个相对独立的"意义岛"，"语词"与"语词"之间的断裂使其重新组合成为可能。由此可以想到罗兰·巴特关于"可读之文"与"可写之文"的区分。例如《哈扎尔词典》关于"哈扎尔大辩论"的记载，不同宗教文献的记载大不相同，究竟什么是真实的历史？疑问留给了读者。这就是词典体小说所创造的与古典小说完全不同的文体意味：钢铁浇铸的文本顺序变成了可以任意把玩的"魔方"，读者的阅读顺序变成了对文本顺序的"重新洗牌"。这也是所谓读者参与写作和重写的"可写之文"的价值，即其"实践性"或"生产性"价值。

当然，罗兰·巴特所推崇的"可写之文"与"辞典体小说"并不完全等同：巴特的"可写之文"是通过对传统（古典）小说的解构提出的文本理论，其方法是拆解为碎片，重新组合；而词典体小说则是创造了便于读者重写的新形式，无需读者亲自解构（拆解），它的价值取向无非是为了更加鲜明和更加直率地向读者推介开放性文本，展现了赤裸裸的"可写之文"的平台。

（三）风格变体研究

文坛戏说风"刮"来已久，从《戏说乾隆》开始，到当前互联网和民间广为传播的各种戏仿性作品和手机短信"段子"等，从中可以发现反对话语霸权的诉求，带有解构主义的意义，应予重视。例如《白雪公主》（小说，唐纳德·巴塞尔姆，1995）和《大话西游》（电影），我们从形式的角度分析就可以发现它们其实是一种复合文本，即由"戏仿文本"和"源文本"组成，这是它不同于改编或续写之类的作品的独特之处。《大话西游》作为"戏仿文本"，是当下的、现实的、直接被写作或阅读的文本；被戏仿的"源文本"则是历史的、幻象的，作为背景的"记忆文本"。前者是强势文本，后者是弱势文本，于是，二者必然发生反复激烈的互动，即"图—底"关系的互动，从而形成了特有的戏仿机制。

"图—底"戏仿机制的第一个方面是"转述者变调"。超文性戏仿的叙述者是一个独特的"转述者"，即将他人已经叙述过的故事用自己的话语传述给当下的听者。由于所转述的故事早已被经典化和众所周知，"转述者"如果不甘于旧故事的如实复述，就会改用自己特有的立场和方式重新叙说，从而改变了源文的方向和语调。这就是戏仿文体的"转述者变调"。根据语言学理论，"转述"可以引发以下效果："当我们在自己的讲话里重复我们交谈者的一些话时，仅仅由于换了说话的人，不可避免地要引起语调的变化：'他人'的话经我们的嘴说出来，听起来总像是异体物，时常带着讥刺、夸张、挖苦的语调。"也就是说，由于从"我的嘴"里说出来的是"他人的话"，是"异体物"，于是，脱离"原话"的"自说自话"就成为必然。这就是一般仿拟文体和戏仿文体之间的差异：一般仿拟文体是源文的"代言人"（改编），追求"忠于原作"；而戏仿文体是源文的"转述者"，追求的则是"变调"的戏仿效果。

"图—底"戏仿机制的第二个方面是"义理置换"。如果说"转述者变调"是叙述者的"立场转变"，那么，由立场转变所直接引发的戏仿行为就是对源文的义理置换，即置换源文体式的义理转而赋予另类意义。例如《大话西游》，它仍然保留了唐僧率徒西天取经的故事背景，保留了观音菩萨、唐僧、孙悟空（至尊宝）、猪八戒（二当家）、菩提老祖、牛魔王、铁扇公主、蜘蛛精（春三十娘）、白骨精（白晶晶）等原作中的人物，正是源文体式中的这些"原素"唤醒了受众对于《西游记》的记忆，使受众得以将《大话西游》和《西游记》联系起来。但是，这些人物在原作中所负载的义理关系已被置换：孙悟空为保唐僧西天取经历经磨难的故事，在《大话西游》中被置换成孙猴子劣性难改、鄙弃师傅，"转世"后滥情女色和偷窃如来宝物的搞笑语料。孙悟空转世为斧头帮帮主至尊宝，成了强盗部落的首领，居然爱上了前来寻吃"转世"唐僧肉的白晶晶（白骨精）；而唐僧的"转世"则是春三十娘（蜘蛛精）因错用催情大法而失身于二当家（猪八戒）之后的私生子，如此等等。原作中的许多严肃话题和"原素"在《大话西游》中就是这样被置换成了荒唐无稽的戏谑。也就是说，尽管《大话西游》自称是《西游记》的"第101回"，其实决非原作的"续写"或"扩写"，也不是它的"缩写"或"改写"，更不是它的"复制"或"翻版"，而是通过置换"百回本"的义理"另起炉灶"、"节外生枝"，在《西游记》之外重写一部与原作的义理逻辑错位并进而达到戏谑效果的"大话"，原作仅仅是其重新叙说一个新故事的来源和由头。于是，《西游记》便退隐为记忆中的"背景"和"底"，《大话西游》作为"前景"和"图"对原作的"大话"和"转述"也就成了"脱胎换骨"和"义理置换"的代名词。

"图—底"戏仿机制的第三个方面是极速矮化。戏仿作品所戏仿的对象都具有某种约定俗成的神圣性，它的崇高感已经牢固地积淀为大众心理定式，所谓"戏仿"就是瞬间抽掉神圣脚下的崇高圣坛，从而享受极速心理落差的刺激和快感。这就是戏仿文体的"极速矮化"原则。巴赫金在研究中世纪戏仿文学时已经发现了戏仿的"向下"和"降格"的规律，但是他并没有发现其间的"速度"，或者说"速度"在当时的文本中并不明显。但是，对于受后现代和解构主义影响的现代戏仿作品来说，"速度"却是一个十分重要的要素。《白雪公主》、《大话西游》就是在受众没有任何心理预设情况下的"急转弯"，戏仿所造成的心理落差之大及其跌落速度之快是必然的。可以这样说，相对传统戏仿而言，现代戏仿的"速度就是最后的战争"，"极速矮化"是其重要特点之一。"戏仿"就是瞬间抽掉神圣脚下的崇高圣坛，从而享受极速心理落差的刺激和快感。

（四）民间文体研究

民间文体与民间言说由于较少接受主流意识形态的影响，所以值得给予足够的关注。日记和书信是最典型的民间文体，特别是它们和文学的密切关系，例如书信体或日记体小说，以及小说中的书信和日记等。由于时间关系，在此不作具体论述。

（五）文学和图像关系（图文体）研究

文学遭遇"图像时代"是一个现实问题。这一问题的核心是语言与图像的关系，即"语-图"关系。它们的关系究竟如何？我们应该"论从史出"，而不是主观设定。

我们不妨以中国语境中的"语-图"关系史为例来阐发它们之间的关系。

历史时段	语言交流媒介	语图关系体态	语图关系特点	举　例
文字出现之前	口传交流	语图一体	以图言说	岩画、前文字
文字出现之后	文本交流	语图分体	语图互仿	汉画、汉赋
宋元之后	纸印文本交流	语图合体	语图互文	诗画、插图、连环画

以上最简单的历史回溯，已足以引发我们很多思考，至少涉及以下几个问题。

（1）文学和图像的关系，主要表现为语言和图像的关系，自有其分分合合的客观规律，不以我们的主观意志为转移。

（2）语言和图像是人类符号创造的两翼，共生共存，互斥互补，对立统一，缺一不可。

（3）单就文本文学之后的历史来看，图像对于文学的重要意义之一是它的传播（也是再创作）作用，特别是在六朝之后、明代和晚清比较明显，而传播本身就是一种"生产力"。

（4）在语言和图像的关系史上，大凡被二者反复书写或描绘的题材，多为人类精神的"原型"。

（5）语言和图像关系的核心是"语象"和"图像"的关系，即文学和图像的"统觉共享"。例如鲁迅，由于他非常喜欢绘画，尤其是版画，所以他的小说语象就呈现出版画风格，尤其是黑白对比。

以上只是"举例说明",并非文体形式研究的全部,目的只是为了表明这样一种意思:文学形式研究有着深厚的学术资源,从形式美学的视角开发这些资源,重建我们的文学理论,特别是修正文学研究一味"向外传"的流行时尚,是必要的、可能的。

我的发言就到这里,希望老师和同学们多提宝贵建议。

互 动 环 节

主持人（王德胜）：谢谢赵老师用了整整两个小时对于文学形式这样一个话题给我们做了一场精彩的报告。为了节约时间,我就不再多说了,下面把时间交给我们的同学,看看大家有什么问题要向赵老师请教,希望大家抓住这个十年不遇的机会！

问：在昨天的文艺学高峰论坛会议上,有位学者断言一向关注形式美学和文学内部研究的赵老师也开始关注图像问题,已融入到文化研究当中了。可是在本讲座的开头,赵老师就说要与文化研究划清界限,我想问的是,是不是这位老师误读了您？

答：我并不是反对文化研究,但我的研究决不是文化研究。我有一个基本的判断:文学是语言的艺术,但语言不是文学的唯一,文学还包含语言之外的东西。我研究的形式与外国 20 世纪的形式理论是不同的,如与俄国形式主义是不一样的。当然,我也涉及文化问题,甚至还涉及政治、话语霸权等,但我是通过文学形式将其阐释出来的。也就是说,首先将文学看成是一种形式,这和只把文学当做自己言说的"例子"是不一样的。文化研究涉及图像,不等于文学形式研究就不能涉及图像,它们只是两种不同的途径。这的确是对我的误解。

问：您的研究所举的例子大多是国外的和现当代的文学作品,我想问的是:是否也可以通过对古代作品、古典文学的研究来说明？它有没有一个范围？

答：我不是有意识这样做的。特别是我讲的最后一个问题,文学与图像的关系的问题,肯定会涉及古代的一些东西。在作文艺理论研究的时候,文本的运用还是很犯难的,比如说《灵山》这个文本,我就是读了很多文本之后才发现的,因为我感觉到它最能表达我的观念和理论。作理论研究不能光从理论到理论,还要分析具体的东西。又比如,我目前研究的鲁迅的小说与版画的关系问题也是考虑了很长时间。我研究图像与文本的关系不是把外国的图像学理论拿来综合归纳一下了之，而是在研究的过程中发现新的问题，并且这个问题不是一开始就有的，而是逐渐被发现，逐渐在我的脑海里明朗化和清晰化。再比如对《美食家》的分析，是我在研究的过程中逐渐发现它所蕴藏的深层意义的，一开始只是朦胧地感到这是一个比较好的文本，可以表达我的理论观念。我首先一个字一个字地把《美食家》输入我的电脑中，然后进行文本调查和语象分析，于是就发现了它的独特之处。而当代文学评论并没有涉及我所发现的问题。我用的这些文本的个案带有很大的偶然性，为了表达我的观念，我要找很多资料或案例。

问：形式研究除了您上面所讲的语言的人称代词、文体等两种途径外，还有没有其他的研究途径？另外，您涉及的民间文体研究包括日记和书信，而日记和书信给人的印象都是私密性的，而且日记和书信大多是精英群体才从事的写作，那么您为什么把其称为民间文体研究呢？可能我与您所理解的民间性不同，您能否给我们细化地讲解一下？

答：我是摸着石头过河，走一步看一步，只是提供一种思路，没有一种预设的途径，只是在研究中慢慢才发现这种途径适合我的研究。现成的、预设的路径是思想史方法，即其"由外而内"的模式，这是现成的，很省事；形式研究则千变万化，因为艺术之所以是艺术就在于其形式的"独一无二性"。

日记和书信在本意上具有私密性，是相对于"公牍文"而言的。公牍文是公共性的文字，所以我们可以把日记和书信称为民间文体。比如说鲁迅的日记，其中的"失记"并不是真正的失记。雷锋的日记也不是其本人的完全真实的记录，否则很难解释在他死后为什么还会不断改变。所以，大家不要过于相信日记。又比如，陶渊明的诗歌与他给他的子女所写的信是大大不同的，这就是我们搞文学形式研究的必要性之所在。

问：我想问一个传播方面的问题。以前听人说过，从苏格拉底到柏拉图是从图像到文字的巨大跨越，也就是说，以前都是借助图像等口头传播，而到了柏拉图时代则演变成了文字传播。那么，现在我们似乎又站在了由文字传播向图像传播的历史交汇点上。您认为将来会不会出现以图像代替文字，或者说图像成为文学的主要交流载体的发展方向？

答：文学的图像化是一个现实，至于能不能被替代，我是不敢断言的，我只是给大家提供一种思考的途径。文学是语言的艺术，这是绝对的真理。但是语言载体的不同，会对文学产生很大的影响。艺术研究非常注重载体研究，而文学研究不注意载体是不恰当的。艺术研究中把载体的变化视为决定艺术发展方向的重要因素，为什么我们的文学研究对此不屑一顾呢？文学史大多以朝代的更替作为它的分期，这是一种很省事的、无需费脑子的分期方法，但值得商榷。总之，文本载体是一个非常值得挖掘的问题，很有意义。

问：请问，我们现在所接触的形式方面的理论似乎都是西方 20 世纪随着语言学转向而传到中国来的，那么，有没有中国自己的关于语言形式方面的理论呢？

答：你所问的问题，似乎涉及"古今中外"的老问题，我认为这是一个伪问题。因为，古今中外的关系问题，鲁迅已经解决了，我们没有必要再去纠缠。在抽象的理论层面上"学无中西"，而在民族文化或具体的作家作品方面，则又有中有西。但是，我研究理论从不有意识地考虑古今中外问题，为什么一定要考虑你所使用的学术资源的"出身"和来源呢？只要有用，那就"拿来"。

问：随着俄国形式主义、结构主义、解构主义的出现，语言的功能被极端化，语言的功能被扩大化，这也导致了形式研究的衰落。文学的形式研究是不是遇到了危机？

答：从事形式研究的学者是少数，但是并不寂寞。因为我觉得我做的事情很有意义。我和"上帝"同在。形式研究属于少数派，但是少数不一定没有学术价值，这是两回事，就像研究甲骨文的学者永远不可能太多一样。就目前的情况来看，对于形式研究感兴趣的学者队伍在扩大。至于有人认为语言的功能被极端扩大化了，我认为不是这样的，非但没有被扩大，而且是重视不够，文学形式研究有着很光明的发展前景。

主持人：赵老师用了三个小时给我们做了一场精彩的报告，为我们提供了更多更广的学术视野，值得我们好好学习。最后我们再次感谢赵老师。

（记录整理：李雷　韩红杰）

时间：11月11日（星期三）晚18：30～20：30
地点：北一区图书馆一层学术报告厅

主讲人简介

汪晖 清华大学人文社会科学学院中文系、历史系教授，博士生导师。曾先后在哈佛大学、加州大学、北欧亚洲研究所、华盛顿大学、香港中文大学、柏林高等研究所等大学和研究机构担任研究员、访问教授。主要著作有：《反抗绝望：鲁迅及其文学世界》（1991）、《无地彷徨："五四"及其回声》（1994）、《汪晖自选集》（1997）、《死火重温》（2000）、《现代中国思想的兴起》（2004）、《去政治化的政治：短20世纪的终结与90年代》（2008）、《别求新声：汪晖访谈录》（2008）等。

主持人（张桃洲） 各位同学晚上好！今天，我们燕京论坛非常荣幸地请来了清华大学的汪晖教授。汪教授的研究视域非常宽，早先做文学研究，他的鲁迅研究被学界认为是新时期以后鲁迅研究的一个里程碑。后来汪教授转入了思想史研究，特别是五四研究、现代性研究，他的两卷四大本的《现代中国思想的兴起》引起了学界的广泛关注。最近几年，汪教授更多的是从政治思想史、经济思想史和社会实践等多种角度继续对现代性问题的思考。今天他为我们带来的课题仍然与现代性相关，就是"当代中国经验"的问题。下面我们掌声有请汪教授！

当代中国经验与"90年代"的终结

汪　晖

谢谢张桃洲老师的介绍！今天这个演讲是张老师给我出的题目，实际上是他根据我的一个访谈给我出的这个题目，希望能谈一些跟当代问题有关系的话题。原来看到的访谈是很简短的，只是一个提纲一样的东西，后来我曾经也有过另外一个访谈，实际上是我自己写的提纲，可是在发表的时候被删节了不少，我也觉得有点遗憾。今天就在这个话题下，把我关于当代问题的几点思考综合起来向大家做一个报告。

我要谈论"90 年代"的终结这个话题，要先做两个说明：关心当代知识界讨论的同学会知道，过去的十几年当中，中国知识界发生了很多争论和分化，用我自己过去的说法是所谓"新左派"、"左右之争"和"自由主义"等。我一向不太赞成这些二分法，不过我确实觉得它是跟 20 世纪 90 年代中国经济崛起过程当中产生的"新自由主义"潮流有着密切的关系，是对这个潮流各种各样的回应。我认为到今天这个潮流的后果还在延续，比方说大家经常会谈到的不平等，城乡的不平等、社会的不平等、区域的不平等，当然还包括由此引发的社会冲突，比如说发展过程中造成的生态环境和其他问题的压力，这个模型在 90 年代的潮流里面基本上是完全合法化的。后来不断地有批评出现，比如我自己写过一些文章批评这个潮流，不过这种批评在 90 年代是非常孤立的。今天，我觉得由于许多后果的展现，尤其是金融风暴打破了人们对于这个发展模式的迷信，所以我们看到社会的舆论发生了重大的变化，像 90 年代的"新自由主义"横扫一切的潮流，似乎有了非常大的改变，这只是个描述的意义。同时，我说终结的意思并不是说 90 年代的那些基本的结构性的问题已经终结了，恰恰相反，很多问题还在发展，还在深化。那为什么要讨论终结？在一定意义上，当我们讨论一个问题终结时是说我们要在一个新的前提上重新思考，是我们今天面对的情景发生了一些变化，我们需要（这是从主观的角度说的）重新来思考。所谓的终结向我们提出了问题，面对今天的格局，我们应该怎么分析它、怎么看它，怎么提出新的问题来，这是我在讲座之前要说的话。

这个问题我想放到这两年的总结里面来，因为去年是中国改革开放 30 周年，今年是中华人民共和国建国 60 周年，在中国知识界也有所谓"30 年和 60 年的争论"。过去比较主流的看法是强调"30 年"，因为"改革开放"是 30 年。可以说"改革开放"在政治上的合理性和合法性是建立在 70 年代末到 80 年代对"文化大革命"的彻底否定上，这就是为什么有很多人重新提出"60 年"的问题。

我不准备讨论"30 年和 60 年"，因为即便改革 30 年有重大的变迁，但是它的前提和早期的变化是 1949 年以来提供的改革的前提。更多的人比较赞成在这样一个历史脉络里面看，虽然这里面有重大的变化和分歧。同时，在这个讨论过程当中，又有很多人提出中国经济发展的"中国独特性"、"中国模式"、"中国道路"这些问题。关于"中国模式"、"中国道路"争议很大，去年在北京大学召开的一次中国模式的讨论会上，有一位一直参与中国改革进程的学者说，与其说有什么模式，还不如说我们运气好。可是这个运气为什么会落在我们头上，没有落在别人头上，这是争论的一个方面。

第二个方面，讨论"中国模式"、"中国道路"存在一个暗示，似乎是中国比较成功才会这么总结。那关于中国是不是成功，也是有巨大争议的。刚才说到我们这些年的争论是跟发展所带来的问题密切相关的，但是的确中国有它的独特性，在 20 世纪 90 年代末，我和一位香港的学者合编过一本书叫做《发展的幻想》，是批评"发展主义"的。今天的中国虽然有泡沫、有幻想、有超额地使用资源，还有其他的代价，但是基本上中国经济是以前所未有的态势在高速增长着，这是一个最基本的事实。过去的状况是主流的经济学家在强调市场，所以他们都是为发展、为增长鼓掌的。那么持批判观点的人就强调代价、社会分化、腐败等，不太愿意谈增长问题，因为增长客观上带来了一些正面的东西，比如说除了日常生活水平提高以外，中国脱贫人口的数量在第三世界发展中国家里是比较少见的，这应该说是中国取得的重要成就，也就是说，必须给出跟"新自由主义"不同的解释。

独立自主与政党的纠错机制

关于中国模式的讨论都集中在经济领域，很少分析政治和文化。但是在讨论经济问题的时候很多国内外的学者常常会说，中国比较稳定，没有出现重大的危机，这是跟苏联、东欧社会主义国家做对比，但事实上这个说法是错误的。因为我们都知道 1989 年中国经历了重大的社会危机，而且苏东的解体是从北京开始的。所以问题并不在于有没有出现重大的社会危机，而在于中国以自己的方式渡过了 1989 年的危机，而东欧国家、苏联却相继垮台了，整个苏东体系彻底地倒掉了。我们要问：这些国家也是共产党领导的社会主义国家，为什么中国没有像它们一样倒掉？究竟是哪些要素维持了中国的稳定，并提供了高速增长的条件？在经历了 30 年改革之后，这些条件本身发生了哪些变异？要讲中国道路或中国的独特性等问题，这是首先要回答的一个问题。

苏东体系的瓦解有着复杂而深刻的历史原因，比如官僚体系与民众的对立、冷战政治中的专断政治，以及短缺经济带来的民众生活状态等。与之相比，中国体制的自我更新意识要强得多，经历了"文革"时代的冲击，国家对于基层社会的需求有较强的回应能力，这些方面与苏联、东欧国家很不相同。但我在这里没有时间详细讨论这些问题及其来龙去脉，而只能集中于中国体制区别于苏东体系的第一个特征，即独立自主地探索社会发展的道路，以及由此产生的独特的主权地位。东德前共产党的最后一位总书记克伦茨在他的回忆录中解释 1989 年后整个国家垮掉的原因，他提到了很多方面，其中最为重要的原因之一是苏联的转变以及由此产生的整个苏东集团的内部变化。在冷战时代，西方的政治家经常用"勃列日涅夫定律"这个概念嘲笑东欧国家的"不完全性主权"状态。在华沙条约体系中，东欧国家没有完全的主权，受制于苏联的支配，苏联一旦出现问题，整个苏东体系就都跟着垮掉了。二战之后，民族国家的主权体系得以确立，但事实上在世界的范围内，真正具有独立主权的国家非常少，不仅是苏东国家，即便是西欧结盟国家，又何尝不是如此？在亚洲，日本、韩国等国家都在冷战的构造里，它们的主权都受制于美国的全球战略，同样是不完全性主权国家。在冷战的构造里，两个阵营都是结盟性国家体系，每一个阵营中的霸权国家发生变化或政策转变，其他国家都会深受影响。

伴随着中国内战的结束，中华人民共和国建立，一个新生的社会主义国家诞生了。在建国初期，中国处于冷战两极构造中社会主义体系的一方，20 世纪 50 年代初期的抗美援朝战争更是让中国与美国及其盟国兵戎相见。在这个时期，尤其是第一个五年计划时期，中国的工业发展、战后恢复和国际地位得到了苏联的巨大帮助，也在某种意义上，处于与苏联的某种程度的依附关系之中。但是，正如中国革命本身有其独特的道路一样，中国在建设时期也在探索独立自主的发展道路。从 50 年代中期开始，中国积极支持不结盟运动，随后又与苏共展开公开论战，无论在政治上，还是在经济上和军事上，都逐渐摆脱了有些学者所说的与苏联的"宗主关系"，确立了自己在社会主义体系、进而在整个世界中的独立地位。尽管台湾海峡仍然被分隔，但中国国家的政治性格是主权性的和高度独立自主的，在这一政治性格主导下形成的国民经济体系和工业体系也是高度独立自主的。没有这一自主性前提，很难想象中国的改革开放道路，也很难设想中国在1989 年以后的命运。在改革开放开始的时候，中国已经有一个独立自主的国民经济体系，这是改革的前提。中国的改革是一个有着内在逻辑的、自主性的改革，一个主动的而不是被动的改革，这与东欧和中亚的各式各样的、背景复杂的"颜色革命"截然不同。

第二个问题是这个相对来说独立而完备的主权性格是通过政党的实践来完成的，这是20世纪政治的一个突出的特征。毛泽东进行过总结，武装斗争、群众路线、统一战线是中国革命的三大法宝。他讲阶级和阶级斗争，但在理论上，又不完全是按照古典的阶级概念来谈论中国社会。他最常用的人民这个概念，以及人民内部矛盾的概念，都是从中国革命的经验中发展起来的。无论中国共产党在理论上和实践上曾经犯过多少错误，它当年的反帝和后来跟苏联的辩论，都是完成中国主权性的最基本要素，在这些问题上，不能仅仅局限于个别细节加以判断。通过与苏共的公开辩论，中国首先摆脱了两党之间的宗主关系，继而才摆脱了国家间的宗主关系，形成了新的独立性的模式。换句话说，这一主权根源是政治性的，是从政党关系中发展出的一种特殊的政治独立性在国家、经济等领域的显现。事实上，冷战时代的两极化构造的逐渐瓦解与中国对这一两极构造的持续批判和斗争有关。也是在这个意义上，中国对于冷战的终结和世界和平都作出了独特的贡献。

由于中国政党与国家有一种独立的品格，因而也发展了一种自我纠错机制。在经济、政治和文化领域，中国对社会主义道路的探索和对改革的尝试，都曾出现各种偏差、问题甚至悲剧性的结果，但在20世纪50～70年代，中国的国家与政党不断地调整自己的政策。这些调整不是受制于外来的指点，而主要是根据实践中出现的问题而进行的自我调整。作为一种政党的路线纠错机制，理论辩论，尤其是公开的理论辩论，在政党和国家的自我调整、自我改革中发挥了重要作用。需要重新思考改革以来的一些惯性说法，比如，就改革没有现成的模式、现成的政策而言，"摸着石头过河"这一说法当然是正确的，但其实没有现成模式是整个中国革命的特点，毛泽东在《矛盾论》中就说过类似的话。没有模式的时候靠什么？靠的是理论辩论、政治斗争、社会实践，即所谓从实践中来到实践中去。但对实践的总结本身是理论性的，实践不可能没有前提和方向。如果没有基本的价值取向，"摸着石头过河"就不知道摸到哪儿去了。毛泽东在《实践论》中曾引用当年列宁说的一段话说："没有革命的理论就不会有革命的运动。"革命理论的创立和提倡也在某些关键时刻起着决定性的作用。任何一件事情都一样，要做，但是还没有方针、方法、计划或者政策的时候，确定方针、方法、计划、政策，便会起到主要的决定作用。当政治、文化、上层建筑等阻碍经济基础发展的时候，政治和文化就是核心所在，就成为主要的决定因素了。这说明，那个时代中共探索自己模式的时候，有着长期的斗争。

理论辩论在中国的革命和改革过程中都起到了重要的作用。改革的理论源头，社会主义商品经济的概念，就是从有关商品、商品经济、价值规律和资产阶级法权等理论讨论中产生的，也是从社会主义实践中摸索出来的。价值规律问题的讨论产生于 20 世纪 50 年代，孙冶方和顾准发表了有关价值和价值规律问题的论文，其大背景是中苏分裂和毛泽东关于中国社会矛盾的分析。这个问题在 70 年代中期再度成为党内辩论的中心课题。没有这样的理论辩论，就很难设想此后中国的改革会沿着价值规律、按劳分配、社会主义商品经济直至社会主义市场经济的逻辑发展。到今天，有关发展道路的辩论已经不像过去那样完全局限于政党内部，但理论辩论对于政策路线的调整意义重大。如果没有体制内外发生的对单纯注重 GDP 增长的发展主义的批评和抵抗，那么，对新的科学发展模式的探索就不可能提上议事日程。90 年代，随着中国政治结构的变化，中国知识界的辩论部分地替代了以往党内路线辩论的功能。90 年代末以来对三农问题的关注，2003 年后对医疗改革的反思，2005 年对国企改革和劳动权利的关注，以及保护生态环境的理论宣传和社会运动，等等，都对国家政策的调整产生了影响。理论辩论在引导方向的问题上起到了很大的作用。

现在常讲民主是一个纠错机制，其实理论辩论与路线辩论也是一个纠错机制，是政党的自我纠错机制。由于缺乏一种党内的民主机制，在 20 世纪的历史上，党内路线辩论时时出现暴力和专断的特征，对此进行深入和长期的反思是必要的，但对党内斗争的暴力化的批判不能等同于对理论辩论和路线辩论的否定，事实上后者正是摆脱独断、自我纠错的途径和机制。"实践是检验真理的唯一标准"这一口号彰显了实践的绝对重要性，但这一命题本身是理论性的，我们只有在理论辩论的意义上才能了解这一口号的意义。

农民的能动性与国家的角色

第三个需要说明的问题是，中国革命发生在一个传统的农业社会中，农民成为革命的主体。无论是在早期的革命和战争中，还是在社会建设和改革时代，农民表现出的主动精神和创造力让人印象深刻。与许多第三世界国家相比，在整个 20 世纪，乡村社会的动员、乡村社会组织的改变可谓天翻地覆、前所未见。伴随着土地革命和土地改革，整个乡村秩序被根本性地重组了。即便与许多后社会主义国家相比，平等的价值在中国人民心中扎根的程度要高得多、深得多，这与近代土地制度和乡村秩序的变迁有着密切的关联。东欧国家甚至苏联，也罕见如此长久的武装斗争和土地革命。没有这一背景，也就不可能有以土地关系的变更为中心的持久的农民动员。

要想真正理解中国社会主义运动与农民运动的关系，就必须理解中国革命政党的角色。中国共产党的初创也是国际共产主义运动的产物，但不同的是，这个社会主义政党的中心任务是动员农民，并通过农民运动创造新政治、新社会。经历了30年的武装革命和社会斗争，这个政党最终成为扎根于最基层的社会运动，尤其是农民运动和工人运动的政党，它的草根性及其组织动员能力与东欧社会主义国家的政党有很大的区别。现在的媒体和观察家们过多地将中国革命的成败归于个别领导人物的主观意志，而对这个进程本身讨论得不充分；又因为对中国革命中的暴力的反思而忽略甚至否定在这一进程中产生的一种新的社会主体性。在一个以农民为主体的社会中进行社会主义革命，主观能动性、领袖人物的主观意志不可能不居于重要地位，但仅凭这一点是无法解释历史的。

中国革命和建设中形成的新的土地关系为中国的改革提供了前提。很难设想，在没有经过如此深刻的社会转变的条件下，传统的农民及其村社组织能够表现出如此强烈的能动精神。这一点只要参照其他农业社会和市场条件下农民的状态，就可以有一个清晰的印象。在新自由主义的潮流中，中国社会较之其他社会对于平等的诉求和对腐败的不容忍更加强烈，也因此从基层产生了强烈的制衡作用。这一点与20世纪90年代初期有些国家的迅速寡头化有所不同，其原因不仅可以从国家和政党的角度加以解释，也应该从社会力量的角度加以说明。20世纪末，围绕三农问题和农民工问题，如何解决市场条件下的城乡关系，如何解决中国的土地问题，再度成为当代中国的关键议题。

第四个问题是理解改革时期的中国的一个关键因素是如何理解中国的国家性质及其演变。就像许多历史学家所表述的那样，东亚地区有着丰富而悠久的国家传统和国家间关系，阿瑞吉（Giovanni Arrighi）在他的新书《亚当·斯密在北京》中断言："与民族国家和国家间体系相比，国家市场并非西方的发明。……整个18世纪最大的国家市场不在欧洲而在中国。"他还进一步分析了当代中国经济发展的动因，尤其是对外来投资的吸引力，他说："中华人民共和国对外资的主要吸引力并非其丰富的廉价劳动力资源。……主要吸引力是这些劳动力在健康、教育和自我管理能力上的高素质，再加上他们在中国国内生产性流动的工序环境迅速扩大。"按照他的解释，斯密并非自发的市场秩序的倡导者，而只是一个对国家规管下的市场有着清晰洞悉的思想家。大致也沿着这一思路，姚洋在总结中国经济发展的条件时，将中性政府或中性国家作为中国改革获得成功的前提。

改革中的国家资源是一个重要的问题。我对阿瑞吉和姚洋的讨论有两点补充性的说明。就阿瑞吉的观点而言，他对中国和亚洲国家市场的叙述建立在长远的传统之上，但是，如果没有中国革命及其对社会关系的重组，就很难设想传统的"国家市场"会自动地向新型的国家市场转变。晚清时期通过国家力量构筑军事和商业体系的努力，辛亥革命后持续不断的土地革命，创造了一种不同于传统国家市场的新型内外关系。列宁在评论孙中山的《建国大纲》时就曾指出过这一点，即土地革命和新的、带有社会主义取向或民生主义取向的国家方案为农业资本主义的发展提供了前提。在讨论现代中国的国家性格时，不可能脱离中国革命所导致的土地关系的改变和农民身份的改变这一前提。例如，人们批评人民公社的试验，但很少讨论这一试验也是现代中国持续的土地关系变更的结果。一方面，以家族—家庭为单位的小农经济终结了，另一方面，家庭、家族和地缘关系又以另一种方式被组织到新的社会关系之中。农村改革是对公社制度的改革，同时也建立在由这一试验所改变了的社会关系的基础之上。初期的农村改革是在国家推动下，以多种经营和调整农产品价格为中心发展起来的一场改革运动。这个改革运动实际上继承了许多要素，从乡镇工业到乡镇企业的发展，都是在一个不同于新自由主义的逻辑下展开的。

就姚洋的观点而言，所谓中性化的国家产生于现代革命和社会主义历史，其政治前提并不是中性化或中立化的。中国的社会主义实践致力于缔造一个代表大多数和绝大多数人民的普遍利益的国家，国家或政府与特殊利益的纽带的断裂是以此为前提的。从理论上说，这一社会主义的国家实践也产生于对早期马克思主义的阶级理论的修正，毛泽东的《论十大关系》、《关于正确处理人民内部矛盾的讲话》等文献就是这一新型国家理论的基础。由于社会主义国家以代表大多数人民的利益为宗旨，在市场条件下，它反而比其他国家形式更加脱离利益集团的关系。我们只能在这个意义上将它说成是一个中性化的国家。这是初期改革成功的关键，也是改革的合法性所在，没有这一前提，不同的社会阶层就难以相信国家推动的改革代表着这些阶层自身的利益。然而，中性化这一术语也遮盖了"中性化"的内涵，即国家代表的利益的普遍性是建立在中国革命和社会主义实践的地基之上的，至少就初期而言，改革的正当性恰恰来源于社会主义国家所代表的利益的普遍性。

我们很难从一个单一的规定性出发界定中国的国家性质，在它的内部，存在着不同的传统。在改革进程中，人们常常会用改革与反改革、进步与保守来描述这些传统之间的矛盾和斗争，但从动态的历史角度看，它们之间的相互协调、制衡和矛盾也有着重要的作用。在社会主义时期，我们看到过两种或多种力量之间的相互消长，以及对"极左"或"极右"的克服；当市场化改革成为主潮之际，若没有国家内部、政党内部和整个社会领域中存在的社会主义力量的制衡，国家就会迅速地向利益集团靠拢。20世纪80年代中期一度有过私有化的主张，但在体制内外均遭到强烈抵制，结果是先形成市场机制的观点占了上风，这正是中国没有采取俄国休克疗法的关键所在。也就是说，社会主义时期积累的社会性资源，在这个时候通过这一关系转化为对社会政策的制约。即便在这个意义上，我们也很难将这些批评性力量界定为反对改革。其实，在90年代爆发的思想争论中，我们也可以看到类似现象：对发展主义的批评最终促成了科学发展或另类发展的观念。中国社会对腐败的普遍厌倦和抵制也是推动制度改革的动力之一。国家的中立性是由上述并非中立性的力量及其相互关系促成的。

中国改革中值得总结的经验很多，比如人才战略、教育改革和其他经济政策的实施等，但我认为，上述这几个方面最为根本，也因此常常被忽略。这几点也是20世纪中国的最为独特的经验的一部分。在全球化、区域化和市场化的新条件下，上述各项条件也面临着重要的挑战——社会关系、经济活动和政治主体的基础正在发生变异。如果不能把握新的历史条件及其变动方向，就难以形成新的、有效的机制和政策。

开放与自主的辩证

首先，在全球化的趋势中，传统的主权正在发生变异。当前的全球化进程，主要体现在两个方向上，第一是资本的跨国运动，以及由此产生的跨国生产、消费和流动，大规模移民及由贸易和投资而形成的市场依赖性。第二是为了管理和应对这一资本的跨国运动而形成的新的国际调控机制，如WTO、欧盟和其他国际性的或区域性的组织。前者更像是一种无政府力量，而后者则是对这一无政府力量加以协调或控制的机制，这两种力量同时发挥作用。

伴随这些重要变化，国家主权的形态也势必发生变化：就前一个方面而言，主要在 20 世纪 80 年代末期之后，中国逐渐形成出口导向型的经济形态，生产的跨国化造就了中国的"世界工厂"、完全不同以往的劳动力和资源配置，以及沿海与内地、城市与乡村之间的新关系；伴随着金融体制的逐渐开放，外汇储备跃居世界第一，经济发展高度依赖国际市场尤其是美国市场。所谓 Chimerica 的概念也许有些夸张，但就相对独立的国民经济向某种程度的依附性经济的转变而言，这一概念有着很强的寓意。

就后一个方面而言，中国加入了世界贸易组织和其他国际条约及协定，积极参与不同的区域组织，传统意义上的主权概念已经难以描述中国的主权结构。眼下的金融危机显示：危机本身恰好源于社会自主性的动摇，即任何一个地方的危机都可能成为我们自身的危机；而克服危机的方式又不可能单纯地通过重申旧式的主权来达致。（例如，中国在国际贸易中遭遇的反倾销、反补贴及特保问题无法通过国家主权单独地加以解决，而必须通过国际仲裁加以解决；高额外汇储备的风险也无法通过传统主权加以保护，同样需要某种国际性的规约和保护；流行疾病及其防控现在也是一项国际性的事务。）国际合作是不可避免的选择。因此，在全球化条件下，在开放性的国际网络中，如何形成自主性的新形式，是一个需要参照历史但又必须重新探索的新课题。

其次，不仅在全球关系领域内，而且在国内关系中，国家的角色也正在发生变化。简单地用"极权主义国家"这样的概念来描述中国的国家角色，常常混同了国家角色中的积极方面和消极方面。中国的改革没有像俄国那样经历"休克疗法"，国家在调节经济方面的能力是比较强大的。中国的金融体制显示出相对的稳定性，是因为中国没有完全走上新自由主义道路；中国的土地没有私有化（但能够相对自由地流转以适应市场条件的需求），不但为中国农村社会的低成本的保障体制提供了基础，而且也为国家利用土地资源组织开发并进行土地分红提供了可能性；中国的国有企业所提供的大量税收也为危机条件下政府的调节能力提供了基础。这些方面均与国家能力及其意愿有关。中国的国家应该负起该负的责任，比如积极解决乡村危机、重建社会保障制度、保护生态环境、扩大对教育的投资并推进教育体制的改革，在这方面，中国的政府需要从发展型政府向社会服务型政府转化，而这一转化也会促使中国经济从过度依赖出口向内需导向转变。

这些积极的社会政策能否实施并不仅仅取决于单纯的国家意志。经过
30 年的改革，作为市场化改革的推进者，国家机器深深地嵌入市场的活动，
就各个局部而言，用中性化国家的概念来描述今天的国家并不恰当。国家
不是孤立的，而是镶嵌在社会结构、社会利益关系之中的。今天的腐败问
题，不仅涉及官员个人的贪腐，而且也涉及社会政策、经济政策与特殊利
益之间的关系。例如，高碳工业和能源项目的开发，常常为个别利益集团
所牵制甚至主导。而对这些利益集团在公共政策中的影响形成遏制的，主
要是公共讨论、社会保护运动，以及来自国家和政党内部的不同传统。例
如，在 20 世纪 90 年代末期，三农问题的大讨论促进了国家农村政策的调
整；2003 年由"非典"危机引发的有关医疗保障制度的大争论促成了医疗
改革的方向性变化；2005 年展开的国企改制的辩论及大规模的工人运动，
导致了一系列相关政策的出台；国家内部要求惩治腐败、严肃党纪的呼吁
为中国的反腐败运动提供了内发的动力……但是，国际和国内的利益关系
也以空前的能量渗透到国家机制之中，甚至法律制定过程之中，在这一条
件下，如何让国家能够成为普遍利益的代表，已经成为一个极其尖锐的
问题。

政党国家化的双重挑战

有关国家的讨论直接联系着民主机制的形成问题。讨论中国的国家问
题必须面对一个基本的悖论，即一方面，较之许多国家的政府，中国政府
的能力得到了广泛承认，从汶川 5.12 大地震后的救灾动员，到金融风暴后
迅速推出的救市计划，从奥运会的成功举办，到各地方政府在组织发展和
克服危机方面的效能，都显示了中国国家能力的突出优势。另一方面，即
便各种民意测验显示公众对政府的满意度处于较高水平，但官民矛盾在某
些地区、某些时刻也相当尖锐，不同层级政府的施政能力和廉洁度也受到
质疑。最为关键的问题是：这类矛盾经常被上升到合法性危机的高度加以
讨论。反观其他一些国家，即便国家能力衰落，政府无所作为，经济低迷，
社会政策无法落实，但并不存在体制性的政治危机。这一问题与作为政治
合法性资源的民主有着密切的关系。

在 20 世纪 80 年代，民主问题似乎相当简明。经过 20 年来的民主化浪
潮，一方面，民主仍然是最为重要的政治合法性资源，另一方面，简单照

搬西方民主的做法在亚洲地区已不再具备 80～90 年代的那种吸引力。随着新兴民主的危机和"颜色革命"的褪色，1989 年后在东欧、中亚和其他一些地区发生的民主化浪潮正在衰落；与此同时，在西方社会和第三世界的民主国家（如印度），民主的空洞化正在形成普遍的民主危机。民主危机是与市场化和全球化的条件密切相关的：第一，战后政治民主的主要形式是多党或两党——议会体制，但在市场条件下，政党日渐失去早期民主的那种代表性，为了获得选票，政党的政治价值日益模糊，使得代议制民主名存实亡；第二，民主与国家之间的关系在全球化条件下也面临挑战：由于经济关系日渐越过传统的国民经济范畴，与此相关的活动很难在一国国内达成妥协，任何一个国家的政治安排必须与国际体制相适应；第三，伴随着政党的利益集团化甚至寡头化，形式民主日益成为与基层社会脱节的政治结构，底层社会的利益诉求无法在政治领域中获得表达，从而迫使下层社会采取无政府的自卫行动（如印度"毛主义"的崛起），不要说形式民主，甚至是国家本身，在许多地区也是空洞化的；第四，由于选举过程依赖大量的金钱和财力，在不同的民主国家，存在着合法的和非法的两种形式的选举腐败，从而也破坏了选举的公信力。

但是，上述种种并不是说民主价值已经衰落。问题是，到底需要怎样的民主及其形式？如何使得民主不只是空洞的形式，而具备实质的内涵？

中国的政治体制也发生着重要的变迁，其中之一是政党角色的变化。在 20 世纪 80 年代，政治改革的目标之一是党政分开。90 年代之后，党政分开已经不是一个流行的口号，在具体实践和制度安排上，党政合一成为更为常见的现象。我把这一现象概括为政党的国家化潮流。为什么会出现这一趋势，值得深入分析。按照传统的政治理论，政党代表民意，通过议会斗争和辩论，即通过程序民主，形成国家公意，所谓主权即公意的表达。在中国，共产党领导下的多党合作体制也是以各政党的代表性为基础的。但是，在市场社会条件下，国家机器直接参与经济活动，国家不同分支与特定利益集团的关系相互纠缠，改革初期的"中性化国家"正在发生转变。由于政党相对远离经济活动，反而能够相对自主地和"中性地"表达社会的意志，例如，反腐败就主要依赖政党机制的有效实施。90 年代以降，国家意志主要是通过政党的目标来呈现的，从"三个代表"到"和谐社会"及"科学发展观"，都是如此——这些口号不再直接表达政党的特殊代表性，而是直接诉诸全民性的利益。在这个意义上，政党成为主权的内核。

但是，政党的国家化也意味着双重的挑战。首先，如果政党与国家的分界完全消失，有什么力量和机制能够保障政党不会像国家一样陷入市场社会的利益关系之中？其次，传统政党的普遍代表性（及早期社会主义国家的中立性）是通过其鲜明的政治价值来完成的，政党国家化则意味着政党的政治价值的弱化和转变。如果"中性国家"的达成与政党的政治价值有着密切的关系，那么，在新的条件下，中国始终能够保持其普遍代表性的机制究竟是什么？政党究竟能够依靠什么力量才能获得自我更新？如何让普通人民的声音在公共领域中获得表达？如何通过真正的言论自由、协商机制和官民互动不断对国家和政党的基本路线和政策进行调整？如何广泛地吸纳国内和国际的力量以形成最为广泛的民主？这是讨论政党自我更新时无法回避的问题。

在考虑中国的政治变革问题上，我们需要考虑这些问题，以构思中国的民主道路。具体而言，我认为至少有三个方面需要考虑：第一，中国在20世纪经历了漫长的和最为深刻的革命，中国社会对于公正和社会平等的要求极为强烈，这一历史的和政治的传统应该如何转化为当代条件下的民主诉求？第二，中国共产党是一个庞大的、经历了巨大转变的政党，它日益地与国家机器混合在一起，如何使得这一政党体制更加民主？如何在政党角色发生变化的条件下，保证国家能够代表普遍利益？第三，如何在社会的地基之上形成新的政治形式，使得大众社会获得政治的能量，以克服由于新自由主义市场化而造成的"去政治化"状态？中国是一个开放的社会，但工人、农民和普通公民对公共生活的参与没有足够的空间和保障。中国怎么能让社会的声音和诉求在国家政策层面得到表达，以节制资本的能量和诉求，这是问题的关键所在。我就说到这里，谢谢大家的耐心！（掌声）

互 动 环 节

主持人（张桃洲）：汪教授从世界政治经济这样一个大的格局背景下讨论中国社会主义实践的经验，可以说做了一个历史的梳理，演讲里面涉及关于当代中国经验的很多命题。按照论坛的惯例下面进入互动环节。哪位同学有问题要提？

问：汪教授，感谢您的精彩演讲！先从小布什说起，他曾经说过千百年来人类最大的进步就是把他们的领导者关进了笼子里。而我们的政治经济看起来很开放，但是像 1989 年的事件是不能公开探讨的，这种政治性的存在对我们的社会和经济会有什么样的影响？

答：我很难回答不同文化和不同传统里面对待政治人物的方式问题，任何一个社会都有政治禁忌，这是很清楚的，并不仅仅是中国社会。中国社会有它特殊的政治禁忌，政治禁忌很大程度上也是社会性的问题。今天中国的很多禁忌是自我禁忌，不完全是简单的从上到下的禁忌，而是每一个层级有不同的禁忌模式。对这个问题，我更喜欢讨论的问题是我们用什么方式扩大我们的空间，而不是总说我们没办法。一方面，在中国社会讨论问题的空间是有限制的，但另外一方面，这个空间的边界在哪儿我们都不清楚。因此重要的问题是，我们怎样才能扩展这个空间，我觉得这是一个非常核心的问题。

问：汪老师您好！知道您要来做讲座，我拜读了您的《去政治化的政治》。今天想问两个问题：第一个问题，那本书里讲到了 20 世纪 60 年代的终结，今天讲的是 90 年代的终结。我对引言里的故事很感兴趣，为什么西方对 60 年代的运动保持一种热情，而我们却一直是一种沉默的姿态？这种消极，您把它归结为一种质疑与否定，那么今天来讲述 90 年代的终结，这个终结又是什么意义上的？第二个问题，60 年代的终结和 90 年代的终结相比有什么不同？同样是中国的发展和变革，在内在逻辑上有什么相通点？

答：关于 90 年代的终结，我说历史里面有一个阶段，不是在目的论的意义上有一个阶段，而是通常有一些重大的事件发生了，发生以后整个的氛围和轨道改变了，这些事件的发生导致了人们后来提出社会问题的方式的改变，人们理解这些社会问题也和原来的问题不一样了。比如，"文化大革命"肯定是一个大事件，因为之后所有的问题都要跟它关联起来讲，无论是正面的、负面的，还是看起来无关的，这是历史解释学上的一个问题。像经过了 2008 年的一系列事件，从"3·14"事件、汶川地震、奥运会、金融危机、"7·5"事件，所有这些都意味着前面爆发的危机到这个时期产生了一个特殊的景观，标志着在 90 年代范畴内我们习惯讨论问题的方式需要做出改变。所以，讨论终结的问题就是说我们要重新思考什么是我们要面对的问题，比如经济危机中大家讲中国的崛起，中国自己怎么面对？全世界怎么面对？这些问题跟 90 年代发生的讨论是不太一样的，所以，提出终结的问题是希望提出新的方向、新的价值，并作为一个新开端来重新讨论。

刚才我分析的都是有重要变化的方面，我没有谈到的就是中国的国际地位问题。这个在国外感受更清楚。大家讲中国崛起已经讲了很多年，但是突然在这两年内成为西方社会需要面对的一个迫切问题。中国是通过融入世界市场来发展的，但是不管怎么说，在过去 300 年全球资本主义的发展当中，没有一个新崛起的霸权在西方之外出现。尽管日本是一个非常特殊的例子，但它是在政治依附性的前提下把自己变成西方的一部分。像中国这么大的国家在经济上的崛起所带来的后果是多方面的，我很难用正面和负面来概括。我所讨论的 20 世纪 50 年代的改革，构成它的基础性前提在发生变异，这就是为什么必须要重新思考问题，没有这些历史分析不能总结出问题，也很难了解我们今天的处境。

你刚才提的 60 年代的终结，首先是印象式的。今天即便是在文学领域，主要的思想理论都是从 60 年代发展出来的，60 年代对西方资本主义来说是一个特殊的时期，它焕发出的力量一直在延续。我觉得 60 年代伴随着"冷战"的终结也就终结了。

你刚提到为什么人们对 60 年代的态度很复杂：一个原因是中国的"文化大革命"。因为中国在 60 年代非常特殊，一方面要推倒党国体制；一方面又是党国体制发动的。它跟欧洲的学生运动、日本的学生运动，包括美国的民权运动和学生运动不大一样。关于"文革"怎么划分是个很重要的问题，有的划分非常短，到 1969 年就结束了；还有一种典型的说法就是"十年文革"（1966～1976），期间发生了很多问题，这使得整个社会尤其是政党以自我否定来达成对"文革"的社会性共识。而到了 70 年代，特别是80 年代以后，在西方社会也产生了回响，因为西方的"左派"受"文革"的影响非常大，但随着中国对"文革"的否定，全世界怎么来评价中国的60 年代变得非常困难了。另一个原因是，亚洲的 60 年代除了跟中国有关以外还跟东南亚和其他地区的民族解放运动有很大关系。60 年代的暴力斗争在冷战结束以后就很少有人再提及了，60 年代民族解放运动是反殖民斗争的一部分，在对民族解放主义、民族解放运动的批评否定之后，很难把亚洲民族解放作为"后冷战"的思想资源。中国革命的暧昧性也在这里，到底怎么去评价"土改"、怎么评价中国革命的暴力性，这是谈论 20 世纪问题时最困难的部分。

问：汪教授您好，我有一个问题。您刚才提到了土地私有制问题，我想如果今天让土地重新回到大众手里，那是不是会对政党产生威胁？

答：我不是土地问题的专家。（笑）首先 20 世纪革命是在一个农民的社会里发生的，所以共产党和农民之间有着特殊的联系，这样的特殊性是其他社会比较少见的。就发展模式来说，从 1949 年就已经确定了一个新的路线，毛泽东离开西柏坡时就说，党的工作重心从此由农村转向城市。所以工业化、城市化并不是从改革开始的，实际上从那个时代就已经开始了，只不过一个是在社会主义体制下，另一个是在改革的体制下，这是两个有所差别的体制性的变迁。我并不觉得在社会结构性变迁的条件下一个政党可以固守单一的发展模式，但关键是要看它能不能代表最广大人民的基本利益。土地关系的变化，也反映出中国改革的另一个特点。去年关于土地流转的新法律，实际上在很多地区早已经存在，中国的政策和法律的实践过程以及最后的地位是依赖于社会关系本身的。过去的土地法令并没有规定土地私有化，关键是怎么通过制度的创新和改变来达到这种私有化。如果农民有自己的合作组织，有自己的自我保护形式，同时参与到经济运转当中去，他们也许可以有更大的提供自我保护的可能。在土地问题上要如何创造一个新的形态也是我们要讨论的问题，它最终会影响到政治，而不仅仅是一个经济的问题，归根结底是一个为谁的利益的问题。

问：汪教授您好，在您的演讲中提到国家保持独立自主性和依附性倾向的关系。我想问，随着现在全球化进程的加剧，国家的开放性越来越强，我们对西方国家的依附性从某种程度上也在加强，那么如何保持我们在政治上的独立自主性，规避对发达国家的依附性？

答：这是我提出的问题，（笑）如果我们能有一个简单的答案就好了。首先我还是要强调一点，虽然我说中国是世界工厂，处于对美国的依附关系当中，但是相比于很多第三世界国家而言，中国的国家能力仍然是非常强大的。我很难在一个政策层面上进行叙述，我只是说一个方向上的问题。一个国家的自主性是和这个社会的自主能力有关系的，当社会的意愿和最普遍利益通过国家的公共政策能够得到最广泛表达的时候，这个国家的自主性就是高的。如果国家只是屈从于国内的大资本，或者屈从于国外的大资本，当然就没有自主性。当最广大的社会利益在政治层面获得表达的时候，这个自主性就是强的。因此，社会方式、政治方式需要具体地创新，而不是抽象地讲讲民主化就可以的。重要的是在社会的地基上通过什么途径。所以要回顾 20 世纪 50 年代以来自主性形成的历史，就要将所有的变迁通过这种回顾重新确立，因为没有历史的根基很难讨论自主创造的前提到底是什么。

问：汪老师您好，您刚才提到一个理论争论的问题，在我看来是一个言论自由的问题。在新的条件下，我觉得民主也发生了变化，既然民主发生了变化，那么什么是新时代的民主？我提的问题可能比较尖锐，也许这个和政党的去政治化是紧密相关的。既然"党国"变成了"国党"，那么我们是否能够在言论自由这个条件下避免专制问题？您怎么看待言论自由、民主、专制和党国的问题？

答：言论自由问题当然是一个非常尖锐的问题，但同时也是一个需要分析的问题。过去有不同的争论，但是政治性的干预和限制都是很多的。言论自由形成公共舆论，造成对公共政策的影响，多党政治、言论自由、议会民主、形式民主加上普选，这是整个民主的主要内涵。现在的民主危机也包括言论的危机，并不仅仅是多党政治的危机。言论自由是公民基本权利的保障，但也要靠社会斗争。民主的问题、言论的问题、控制的问题都是社会力量用什么方式扩展的问题，因为民主和公共性都是一个过程。就是说，民主是靠动态才能实现的，不是说有了一个框架，在这个框架之下就可以完成的。民主的危机也包括言论自由危机。在西方，主要的言论自由危机来自于以下三个方面，第一是政治势力的操控；第二来自利益和资本集团；第三来自言论本身，尤其是媒体自身的利益集团化，今天的媒体以利益为目标制造新的热点和假象。在西方的民主选举里，民主受资本的影响很大程度是上靠舆论的控制，法律给予的基本权利仍然是一个需要不断去争取的领域。怎样才能有言论自由？中国的很多讨论和争论，包括网络的批评产生的作用，是很多西方社会都没有的。一方面它严重地受控，另一方面一旦有能力发表出来，国家政策对此的反应速度比很多所谓的"民主社会"还要快，这个是我们值得讨论的一个问题。所以，中国存在很多限制，但同时存在着很多积极的部分，比如公共政策和社会舆论之间的互动关系。严格意义上的言论自由是不存在的，总在各种各样的权利操控里，关键是社会力量怎样使它往更有利于公共利益的方向发展。只有让大众获得权利才能有这个空间，所以我们要思考的是如何拓展这种空间。

主持人（张桃洲）：由于时间的关系，提问就到这儿。让我们再一次用热烈的掌声感谢汪教授！

（记录整理：于晓磊）

时间：12 月 2 日（星期三）晚 18:30~20:30

地点：北一区图书馆一层学术报告厅

主讲人简介

赵稀方　中国社会科学院文学所研究员、博士生导师。英国剑桥大学访问学者（2001~2002）、美国哈佛大学访问学者（2005~2006），台湾成功大学客座教授，暨南大学海外华文文学与华语传媒研究中心兼职教授。著有《小说香港》、《存在与虚无》、《翻译与新时期话语实践》、《后殖民台湾》、《后殖民理论》、《中国翻译文学史》（新时期卷）等，译著有狄尔泰《人文科学导论》等。

主持人（张桃洲）　各位同学大家好，我们的论坛现在开始了。今天晚上我们非常荣幸地请到了中国社会科学院文学研究所的赵稀方教授，大家掌声欢迎。大家可能通过各种途径已经了解了赵教授的一些研究情况。赵老师是一位学识渊博的学者，研究范围非常广。较早是在台港文学、文化研究方面有很深的造诣，他研究台港文学主要是从后殖民文化及理论的角度来切入的。最近几年他对后殖民理论也有很深的钻研，另外他在翻译文学方面也有很多建树。今天赵教授给我们带来的话题是与他最近几年的研究成果相关的，当然也与其前面的研究成果相关联，那么就是把后殖民理论与香港文化联系起来。下面有请赵教授来作精彩演讲。

后殖民理论与香港文化

赵稀方

一

在文化身份上，香港处于尴尬的境地。如果说，大陆可以以"中国"的本土身份对抗西方，台湾可以营造"台湾"本土身份对抗"中国"，回归中国的香港则无所有，至多是一个"西化的中国"而已。然而，这样一个暧昧的位置却无意中成就了"边缘"的政治，构成了香港后殖民论述的独特性。

首先要提到的，是来自香港的美国华裔学者周蕾。在美国汉学界的华裔学者不少，在学界较具影响的却不多，周蕾则是一位在西方学界有冲击力、有理论影响的学者。周蕾的冲击力和理论强度，在一定程度上得益于她的中国大陆和台湾学者所不具备的香港身份。"香港"这样一个"西化的中国人"的边缘身份，不但让她能够感受到西方人对于东方的本质化"他者"想象，同时也能够质疑"中国"身份自身。

在《妇女与中国现代性》（1991）之外，周蕾的第二部书是《写在家国以外》，英文版出版于1993年，香港中文版出版于1995年。这本书的第一篇点题之作"写在家国之外"以哈佛著名汉学家宇文所安（Stephen Owen）对北岛新的诗集《八月梦游人》的英译本的评论开始。

宇文所安以北岛的译文为例批评"当代中国作家们不惜牺牲他们的民族传统，去造就了一种使他们受难经验商品化的'翻译'"，他痛惜这些诗失掉了民族身份，"简直就像是从一位斯洛伐克、一位爱沙尼亚或者一位菲律宾诗人所翻译过来的"。宇文所安的这篇文章先是受到了奚密（Michelle Yeh）的批评，他认为，宇文所安"低估了诗作为一种精神生存的挣扎、个人尊严和信念的肯定的力量"。这种批评不免泛泛而论，周蕾经由"西化的中国人"的角度所进行的"后殖民批评"则更为有力。她通过对北岛的严厉责备与宇文所安哈佛著名汉学家身份"自身利益"之间的关系的分析，指出宇文所安的批评与赛义德所说的东方主义之间的联系。西方汉学家一向只以传统中国作为研究对象，很不喜欢"西化"了的中国，这事实上是以一种"他者"眼光固定中国形象的殖民行为。中国的"西化"，则成为对于汉学家的"东方"事业的一种威胁，"这焦虑来自汉学家觉得他致力于探求的中国传统正在消亡，而他自己也正被人抛弃"。

周蕾以弗洛伊德的忧郁症理论分析宇文所安的行为，颇为精巧。按照弗洛伊德的说法，忧郁症是人失去可爱之物后其丧失感内化的产物，在周蕾看来，弗洛伊德仅仅考虑了患者主体和对象的关系，没有考虑到其他患者主体与其他主体的关系，"就汉学家与他所钟爱的'中国'而言，忧郁症的现象，由于还有第三方——当代中国人的存在而变得复杂。因为这些当代的中国人的存在，汉学家的忧郁丧失感受得以外在化，找到了可以斥责的对象。弗洛伊德所谓的'自我贬毁'，现在可以变为具体的、对他者的'贬毁'。"①

在《写在家国之外》这部书的"代序"《不懂中文》中，周蕾明示了"西化的中国人"与香港立场之间的关系。在这篇"代序"里，周蕾回忆了自己在香港接受双语教育，因而不断受到"西化"和"不懂中文"的讥讽的经历

> 这种歧视和蔑视不但充斥于数十年定居于香港而一句中文也不懂、现在九七临头急急去学但也只会学普通话的英国人，不但充斥于鄙视香港、充满大中国沙文主义的大陆文化工作者，也充斥于西方学界中只用英文发表言论却声称要保卫传统的中国文化的汉学家。前二者为了保持帝国文化的尊严，后者为了巩固自己事业的利益，他们不约而同地唾弃的于是便是那些如香港一般，被历史环境造成的"西化"了的中国人。

就这样，香港因其殖民地的历史而处于被轻视的尴尬地位。不过，正如我们所看到的，"西化"的背景反倒成就了周蕾特殊的观察力。从上述周蕾对于东方主义的批判中，我们能看到她较之于其他地区中国人更为敏锐的洞察力。

---

① 周蕾：《写在家国以外》，选自《写在家国之外》，牛津大学出版社，1995，第 1~38 页。

我们还注意到，在周蕾的上述引文中，指责香港人不配代表"中国"的既有西方人，也有中国人。西方的东方主义者和中国的民族主义者在蔑视香港这一点上，取得了一致。这是颇为奇异的，它是文化本质主义的逻辑结果。周蕾由此省悟："东方主义与象民族主义或本土主义这种特殊性是同一枚硬币的正反两面，对一方的批判也务必同时对另一方面进行批判。"故而，周蕾在批判西方的东方主义的时候，并未忘记对于中国民族主义的反省。在论及香港的后殖民建构时，周蕾说："处于英国和中国之间，香港的后殖民境况具有双重的不可能性——香港将不能屈服于中国民族主义/本土主义的再度君临，正如它过去不可能屈服于英国殖民主义。"

印度的查格巴拉提（Dipesh Chakrabarty）曾提醒我们，"在拆解'欧洲'的同时，也无可避免地质疑'印度'这个概念"，本土文化/殖民主义这样一种对抗格局，在反抗殖民主义方面是没问题的，不过忽略了印度内部不同种族和语言的冲突。周蕾引用此语，并进一步发挥，说明"于拆解'英国'的同时，也要质询'中国'这个观念"。香港的情形比印度更为复杂。香港经受了150年的殖民统治，但与其他殖民地不同的是，它只是被割让和租借的中国领土。这样，香港在结束英国殖民统治之后，并没有迎来独立，而是"回归"中国。"回归"的背后，是香港与中国之间的差距。

从语言上看，香港的语言与普通话不同，官方语言一直是英语，百姓日常生活使用的是粤语。周蕾认为，这是一个本土文化中"主导"与"次主导"的问题，也是后殖民论述中极少被注意到的问题。

另外，在周蕾看来，"西化"的香港与中国大陆更关键的差异在体制上，如"香港有大陆无的严格设立与运作悠久的法律制度，初步的直接选举，相对的言论自由"等，她认为这种社会性质的差别是不能用民族和血缘这一类神话所代替的。

周蕾认为："尽管香港与印度同是面对英国统治的困局，但香港却不能光透过中国民族/中国本土文化去维持本身的自主性，而不损害或放弃香港特有的历史。同时，香港文化一直以来被中国大陆贬为过分西化，以至不是真正的中国文化。香港要自我建构身份，要书写本身的历史，除了必须要摆脱英国外，也要摆脱中国历史观的成规，超越'本土人士对抗外国殖民者'这个过分简化的对立典范。"对于民族主义，周蕾是心存忌惮和抱有警惕的。她指出："民族这个观念，往往是主导文化工具，藉以维持既得利益，令无权力者无法取得权力，并使本身的统治权长期合理化及合法化。

在二十世纪，用民族这个口号来发挥政治力量，已经被纳粹主义及法西斯主义充分证明。"对于中国民族主义来说，"西化"的香港很容易被视为"异端"，事实上香港常被中国大陆人不屑地视为"颓废腐败、矫揉造作、充满污染的象征"。①

"西化"的背后，喻指香港既不足以代表中国文化，也不足以代表西方文化。这种边缘和过渡的性质，恰恰构成了香港最根本的特点，"香港最独特的，正是一种处于夹缝的特性，以及对不纯粹的根源或对根源本身不纯粹性质的一种自觉"。自己既不足以成为根源文化，并受到排斥，自然容易明白其中的问题，这种位置于是反倒成为了香港人的长处，"这种非香港人自选、而是被历史所建构的边缘化位置，带来了一种特别的观察能力"。周蕾说，如果说香港给她在行文中留下了什么不可磨灭的痕迹，那就是"与主流文化应对及交易的战术"。具体地说，是"把边界视为不会完全占领一个传统场地，但欲在慢慢有战术地把场地腐蚀的寄生菌"。②

周蕾笔下的后殖民文本的典范，是罗大佑的歌曲，她将其视为既反对"中国民族主义"又抗拒"后现代混杂派"的典范性作品。如果说崔健的摇滚是反文字的，喻示着对于传统和主流文化的断裂和抗拒；罗大佑的歌曲却并不抛弃文字，而是常常采用古典文本、诗、民歌及流行浪漫题材，这种语词让我们分享着传统，并告诉我们传统是无处不在的，"在我们懂事之前，已经支配着我们的意识"。不过，这些文本在罗大佑那里只是碎片，罗大佑不仅在保存这些文本，同时也在进行重组。周蕾认为，"不断地建构，不断地瓦解——这过程成了他音乐中最首要的活动"。

罗大佑的歌曲"是对传统观念、帝国主义、民族文化及其不同的'本土'变奏的意识形态剩余，一个有意识的质疑"，表达了后殖民城市混杂不纯的本源。不过，罗大佑的混杂又不是后现代式的，忘却了殖民社会的现实，他的歌曲中重复地表现出对香港社会问题的关注，表现出对民主的争取。与强调民族本源的中国大陆及台湾地区相比，罗大佑音乐中的香港是非民族性、非国家性的，"这种看似的缺乏正反映这个城市过去的殖民地遗迹、现在的不肯定，以及开放的未来"。③

---

① 周蕾：《殖民者与殖民者之间：九十年代香港的后殖民自创》，选自《写在家国以外》，牛津大学出版社，1995，第98、99页。
② 周蕾：《写在家国以外》，牛津大学出版社，1995，第1~38页。
③ 周蕾：《殖民者与殖民者之间：九十年代香港的后殖民自创》，选自《写在家国以外》，牛津大学出版社，1995，第115页。

二

　　周蕾虽然一再告诫本土的危险性，批评弱势的政治，但她以香港为阵地左右开弓的时候，被视为双重边缘的香港却在无意中被美化了，成了一个乌托邦。

　　大概是因为身在内部，朱耀伟反倒较周蕾更能看清香港的问题。在德里克、三好将夫等人有关后殖民理论与全球资本主义共谋关系的论述的启发下，经由对于香港电影的观察分析，朱耀伟认为："混杂香港文化常被视为被殖民的单纯受害者，本身的排他政治和暴力并未有受到足够注意。"也就是说，香港或者并非仅仅处于殖民压迫的夹击中，反倒是利用自己的后殖民位置而在全球资本主义暴力中游刃有余。

　　1998 年农历年间，香港上映了五部电影：《铁金刚之明日帝国》、《血仍未冷》、《我是谁》、《行运一条龙》和《九八古惑仔之龙虎争斗》。前两部是美国好莱坞制作，后三部是港产电影。《铁金刚之明日帝国》、《血仍未冷》虽然是美国制作，却由香港演员周润发和杨紫琼担任男女主角，这意味着香港电影进军好莱坞的梦想成真。不过，这些角色无法脱离西方的他者想象。《明日帝国》虽然是一部重视女主角的铁金刚电影，但杨紫琼却仍要无端地在充满墨西哥风情的东南亚淋浴，在西方目光的凝视中展示其湿衣下的东方女性胴体。《血仍未冷》因为主角是周润发，女主角是白人演员，于是床上戏就免了。香港影评人戏称："假如男主角是常为香港导演所用的尚格云顿（Jean-Claude Van Damme），就必定会有一场床上戏，但现在男主角是中国人，香艳的床戏便欠奉了。"这既可能是对东方人性欲冷淡的刻板看法，更可能是白种人不能与东方男性发生性关系的禁忌。

　　这样一种东方主义分析，是人们首先想到的。在这里，香港演员成为"中国"的象征，成为西方他者。在朱耀伟看来，"香港"在这里的角色并没有这么简单，他于是敷衍出另外一套不同的分析。在朱耀伟看来，周润发与杨紫琼在电影中的角色与中国电影是完全不同的，如果说我们在《大红灯笼高高挂》、《菊豆》、《喜福会》等电影中看到的是杰姆逊所说的"民族寓言"，那么我们在周润发和杨紫琼的身上完全看不到这些东西，看不到"中国性"之下的有关民族国家的深层指涉，而只是谙熟好莱坞制作模式的东方表演。"综上所述，《行运一条龙》的本土性与《我是谁》的'我是谁？'问题和《古惑仔五》陈浩南的身份危机一样，都是商品化的浮面意符，其动作逻辑实际无异于《明日帝国》和《血仍未冷》中的中国图像。要是《明日帝国》和《血仍未冷》可以被诠释为'藉戏谑西方的东方主义'揭示全球资本动作逻辑，《我是谁》、《古惑仔五》和《行运一条龙》则可以说是以寻找失落的身份来掩饰全球资本日渐强大的影响。"后殖民已经成为香港商业化的操作逻辑，"中国性"、"本土性"是香港在全球资本主义市场中消费的对象，"'本土性'早就变成了商场售买的货品一样"，"这些'全球化的本土性'正是香港全球化经济的最佳'本土'点缀"。① 从朱耀伟的分析中我们看到，香港的位置发生了颠倒，也就是说，在"西方"和"中国"之间，香港并不是两边受难，而恰恰是两边沾光，即有意以"东方"身份在全球资本主义发展过程中获利。

如此，出人意料的结论出现了：香港在这里并不是受压制的"中国"的代表，而是好莱坞资本主义的一个部分，它的特色是出卖"中国性"。"香港与全球资本主义难舍难分的关系被掩饰了，其实香港也许是以出口中国性为主要任务，是世界上最大的唐人街。东方主义与全球资本主义在香港而言是一体之两面，而香港之成功正是由于它成为全球资本主义的一分子，香港的身份正是在如此情况中发展出来的。"

在香港，支持朱耀伟或者说启发了朱耀伟的，是1995年"北进想象"论述。如果说朱耀伟阐述了香港资本与好莱坞西方资本的共谋关系，那么，"北进想象"论述则揭示了香港资本与中国内地资本的合作以至于对内地的殖民行为。这两方面的论述，揭穿了香港"边缘"性论述中的香港"清白"位置。

"北进想象"专题发表于1995年《香港文化研究》第3期上。由五篇文章构成："北进想象"专题小组署名，卢思聘执笔的《北进想象——香港后殖民论述再定位》、罗永生的《后殖民评论与文化政治》、叶荫聪的《边缘与混杂的幽灵——谈文化评论中的"香港身份"》、孔诰烽的《初探北进殖民主义——从梁凤仪现象看香港夹缝论》、谭万基的《没有陌生人的世界——佐丹奴的世界地图》。其中，"北进想象"专题小组署名，卢思聘执笔的《北进想象——香港后殖民论述再定位》一文是一篇对于本专辑的概述，罗永生的《后殖民评论与文化政治》是一篇与香港没有多少关系的后殖民理论介绍，叶荫聪的文章最有锋芒，以"北进想象"批评了香港的

① 朱耀伟：《我是谁，全球资本主义年代的后殖民香港文化》，收于《本土神话：全球化年代的论述生产》，台湾学生书局，2002，第111~132页。

"边缘"和"混杂"论述，后两篇孔诰烽和谭万基的文章借由梁凤仪的小说和佐丹奴的广告分析香港的"北进想象"。

叶荫聪认为，周蕾将香港视为受害者的看法，问题多多。他引出周蕾关于"于拆解'英国'的同时，也要质询'中国'这个观念"的话，指出，"中国"固然要质询，但按照查格巴拉提质疑"印度"的说法，应该受到质疑的其实是"香港"本身。在叶荫聪看来，作为一个高度发达的资本主义地区的香港，它与周边其他地区的关系到底是殖民还是被殖民还很难说。叶荫聪说："在二十世纪的资本主义舞台，香港已不是一个任人鱼肉的小岛，相反，在文化、经济上香港无时无刻不向北侵略，大陆内的'港式经营'、'香港潮流'等等在街头无处不在，最明显的例子便是在中国大都市成行成市的佐丹奴时装店。"①"北进想象"专题小组的思路，正来源于此。他们认为：作为高度发达地区的香港自身就存在着对于东亚、东南亚，特别是对于中国内地的资本主义霸权和殖民行为，这种现象已经达到触目惊心的地步：

> 自八十年代中起，资本家在工业再结构的口号下便开始将工厂和资金大量北移，利用微薄的工资、不人道的工作与居住环境，剥削珠江三角洲（北方南来的民工）廉价劳动力，榨取巨大的剩余价值；随着资本家、中层管理技术人员、以至货柜司机的频繁北上，包二奶嫖北姑等以金钱优势压迫女性的活动日益蓬勃，使广东省沿岸成为香港男人的性乐园；此外，香港文化工业不单成为了东亚和东南亚地区普及文化的霸权，在北进的洪流下亦趁势攻占大陆市场，将港式资本主义意识形态散播到社会主义祖国。②

当然，如果直接把香港从被殖民者转变成殖民者，则问题就过于简单了，依然是二元对立的思维的翻转。叶荫聪提醒我们，必须从香港/中国内地的支配/被支配的关系中走出，看到两者内部的差异关系，看到两者资本权力间的互动。事实是香港的资本与中国内地的权力及资本结合起来，共同压迫低层民众：

---

① 叶荫聪：《边缘与混杂的幽灵》，参见陈清侨编《文化想像与意识形态》，牛津大学出版社，1997，第45页。

② "北进想象"专题小组（卢思聘执笔）：《北进想象——香港后殖民论述再定位》，参见陈清侨编《文化想像与意识形态》，牛津大学出版社，1997，第4页。

当中的问题已非香港是否文化侵略大陆，而是香港与大陆中的主导集团如何形成文化霸权，以新殖民者的姿态，向某地区人民进行经济文化殖民，我们不要忘记，佐丹奴的第二大股东及董事局中最有影响力的是中资机构呢！①

在"北进想象"研究小组看来，周蕾等边缘论者将香港作为一个自足的被多重殖民的边缘，既没有看到香港北进殖民的资本主义"中心"的一面，也没有看到香港资本与外界联合制造强势的一面。

三

尽管周蕾屡屡提及我们既要注意香港与英国的关系，也要注意香港与中国内地的关系，但我们似乎只见到她对于中国内地的批评，却很少看到她对于英国殖民统治的分析。我们看到，无论是"边缘""夹缝"论述，还是"北进想象"，都将焦点聚集在香港与中国内地的关系上。而香港后殖民实践的题中之意——对于香港与英国殖民关系的分析——却很难见到。这不能不说是十分奇怪的现象。而更奇怪的是，对于"香港/英国"殖民关系的反省批评的缺乏，不但显现在当代香港后殖民实践中，而且也体现在香港漫长的历史上。似乎只有从香港出走的叶维廉意识到了这个问题的严重性。

作为 20 世纪五六十年代"香港诗坛三剑客"之一，叶维廉对于香港文学不敢面对殖民统治的现实这一状况极为愤慨。叶维廉认为，殖民教育的本质特征在于无法推行启蒙主义，既不能通过教育让人意识到人作为自然个体的权利，也不能自觉意识到作为一个中国人的处境。殖民教育只能采取"利诱、安抚、麻木"等手段，制造替殖民政府服务的工具。在叶维廉看来，香港殖民文化是西方文化工业的延伸。"由于殖民主义的侵略和统治，香港在没有工业革命的条件下，成为阿道诺所说的西方文化工业的延伸，亦即是把人性物化、商品化和目的规划化。香港商品化的生命情境，是在殖民文化工业的助长下变本加厉地把香港人的真质压制、垄断和工具化。亦即是说，是对人性作双重歪曲。"叶维廉提出的问题是："对这种人

---

① 叶荫聪：《边缘与混杂的幽灵》，参见陈清侨编《文化想像与意识形态》，牛津大学出版社，1997，第 45 页。

性的双重歪曲，香港的中国人没有民族自觉吗？没有抗衡的力量吗？没有识破殖民教育洗脑式文化工业背后的暴力行为的能力吗？"答案很令人失望："很不幸的是，起码在五六十年代时期，好象没有。所谓民族自觉的空白，当然是由于殖民文化工业的关系。但，事实上不完全是没有，知道这个暴行，但没有能力去抗衡，或者说，没有找到支持他去抗衡的依据。"

在这种情况下，叶维廉得出结论，香港竟然还没有发展出自己的文学。在他看来，一个地区的文学描写的是自己独特的历史经验。香港文学却不是摹仿中国大陆，就是摹仿中国台湾，很少有反省香港殖民经验的作品。叶维廉认为：香港一直以思想自由自诩，的确，在香港可以自由地批评中国大陆和台湾，但能不能自由地表现香港的殖民性问题呢？有没有这方面的作品呢？他认为或者隐晦或者很少，而在他看来唯有这样的文学才算是真正的香港文学。他苛刻地提出："能触及和反映在这个体制下的挣扎和蜕变（这当然包括中国意识与殖民政策的对峙、冲突、调整、有时甚至屈服而变得无意识、无觉醒到无可奈何的整个复杂过程）才算香港文学。"①

这种真正的香港文学是不是完全就没有呢？也不是，叶维廉此文重点推出的诗人昆南——20世纪五六十年代"香港诗坛三剑客"的另外一位（第三位是无邪）——即是一位他心目中的反殖诗人。昆南是五六十年代香港文坛少有的一位具有反抗意识的诗人，"对于殖民文化工业麻木群众的现象，对于在双重的歪曲下人的工具化，昆南伤情而愤怒，一而再再而三的，用不同的诗、散文、小说，重写着香港人在文化情结中的命运"。而其背后的动力，是中华民族主义，正如昆南在《现代文学美术协会宣言》中所说的："我们年轻的一群决不能安于鸵鸟式的生活……中华民族的精魂的确已在我们耳边呼唤着我们的责任，鞭策着我们的良知。"②

叶维廉以中华民族主义作为香港反抗英国殖民统治的工具，在香港当代后殖民论述中可能不会被认同。但他提出的香港在殖民文化统治下缺乏反抗的批评，却是发人深省的。香港当代后殖民建构将矛头主要对准中国大陆，忽视了真正的英国殖民者，这大概验证了叶维廉的说法。如此看来，在香港的后殖民论述中，英国/香港的殖民关系应该成为我们补充讨论的重点。

---

① 叶维廉：《自觉之旅：由裸灵到死——初论昆南》(1988)，《叶维廉文集》第三卷，安徽教育出版社，2002年第1版，第267~294页。

② 叶维廉：《自觉之旅：由裸灵到死——初论昆南》(1988)，《叶维廉文集》第三卷，安徽教育出版社，2002年第1版，第267~294页。

叙事是帝国主义策略的重要组成部分，不可小视。以自己"祖家"的经验和意象，来命名对于他们来说未知的土地，殖民者可以克服自己的陌生感和恐惧感，延伸自己的帝国经验。因而，香港才有了大量的以英文命名的街道、建筑等。更重要的是，叙事是帝国行为的合法化的工具，借助于此，帝国主义可以将殖民地纳入自己的历史叙事之中。英国殖民者的香港叙事主要是依赖于印刷媒体如报刊、史书等完成的。英国人占领香港后，几乎垄断了所有叙事文本。香港开埠之后，英国人立即创办了大量的报刊，如 *Hong Kong Gazette*（1841）、*Friend of China and Hong Kong Gazette*（1842）、*Hong Kong Register*（1843）、*China Mail*（1845）、*Daily Press*、*Hong Kong Government*（1853）、*Hong Kong Telegraph*（1881），不仅这些英文报刊，连《遐尔贯珍》（1856）等中文报刊也是英国人经营的，而由华人主办、可反映华人舆论的中文报刊只有孤立的《循环日报》（1873）。至于香港史的领域，可以说完全为英国人所把持，香港的历史叙事几乎完全为英国殖民者所垄断。早在 1895 年，就有 E. J. Eitel 撰写的 *Europe in China* 这样厚厚一大本香港史的出现，其后出现了大量的西人撰写的香港史，如 G. R. Sayer, *Hong Kong 1841 - 1862：Birth，Adolescence and Coming of Age*；G. R. Sayer, *Hong Kong 1862 - 1919：the Years of Discretion*；Hennessy James，*Pope，Half-Crown Clony，A Historical Profile of Hong Kong*；Endacott，G. B.，*Government and People in Hong Kong 1841 - 1962*；Endacott，G. B.，*A History of Hong Kong*；等等，中文的香港史直至百年之后的 20 世纪中叶才出现。英国殖民者在香港叙事中的历史想象和叙事策略又是怎样的呢？本文试图通过香港史上的报刊、史书、小说等文本对此加以分析。

文化认同上的差异，在短时间内是不易改变的。英国人意识到了这一点，因而诉诸教育的手段。早在 1853 年，英国政府指派的教育委员会就在给学校的指令中这样写道：

> 如果任何学生的家长反对孩子阅读《圣经》，教师应该解释该书传授的知识带来的巨大好处，并且使他们知道，基督教不是外来宗教，并非起源于英国，而是起源于东方，它遍及全世界，是我们共同的圣父——上帝赐于的。①

---

① Lobscheid, *A Few Notices on the Extent of Chinese Education and the Government Schools of Hong Kong*，余绳武、刘存宽主编《十九世纪的香港》，中华书局，1994。

基督教虽然在古代起源于中东，但它后来成为西方的宗教，与包括中国在内的东亚大陆毫无关系。上文用了一个基督教"起源于东方"的模糊叙事，进而推论它"遍及全世界"，是耶稣——在这里他已取代中国的祖先，成为了"我们"共同的圣父——赐予我们的。英人试图以这种似是而非的叙事，作为教育方针，将其文化观念灌输给港人。

在认识到在香港以西方文化完全取代中国文化之不可能以后，英人开始转而提倡一种"现代的"、"国际化"的世界观，以此来消解、对抗本土民族主义。从后来香港的"中文教育委员会"（负责审查中小学中国语文和历史课本）的一份审查报告中（1953），我们可以清楚地看到港英当局这一新的文化策略。

> 过去，中国的中文教育只会培育出一些无知而顽固的民族主义者，从教育的角度来看，这是不正确的，更不应在香港推行。在这里，中国学生在熟习自己的语文、文学和历史后，应该更进一步，以这些知识作基础，对东西方思想和语文进行比较研究。透过这种研究，香港的学童才能够成为现代的中国人，既能自觉于自己的文化，同时又能够有一种开明、平衡而国际化的世界观。①

既学习中文，又学习西文，使港人成为具有国际化世界观的现代中国人，这一目标何其美妙，但其开始对于民族主义的画蛇添足的抨击，却让我们看到了这些冠冕堂皇的语汇背后的另外的用意。

1963年出版的昆南的《地的门》曾因其殖民性的自觉而受到叶维廉的大力彰扬。但反讽的是，在我看来，他的小说文本的现代主义形式本身就体现了一种殖民性。

梁秉钧对于《地的门》有如下概括："小说有着胡尔芙式诗意的独立，有仿似杜柏斯而不同其语气的新闻剪接，有加缪的西西弗斯神话，最后跳舞的一场或许还有愤怒的一代年青人的影子。"这还没有说到开头，《地的门》的开头模仿的是《尤利西斯》的神话结构，小说开头列出了中国古代《山海经》等经籍中记载的后羿射日的传说，然后令人瞠目结舌地留下了九页空白，象征着后羿射下了九个太阳。关于小说的主旨，梁秉钧认为，作品"想借这些西方的价值观来反叛香港社会上当时

---

① 王宏志：《历史的偶然——从香港看中国现代文学史》，牛津大学出版社，1997。

比较实利的价值观"。① 《地的门》对于西方现代主义的效仿达到了亦步亦趋的地步，有论者对此很不以为然，袁良骏先生即认为："无标点、留空白，都是一些故意为之的'花架子'，无助于提高作品的艺术质量。对西方现代派的刻意模仿也只能说明作者还尚未成熟。"② 本文不打算对这篇小说作艺术评判，我感兴趣的是它的"现代性"背后所隐藏的文化含义。

后殖民理论较之于从前的反殖民主义理论的一个独特之处在于，它意识到了西方殖民霸权的新形式，即西方意识形态以一种客观普遍的知识话语的面目出现，以知识/权力的形式继续维持它对于殖民地及第三世界的控制。这种控制较之于从前更具威力，它使得政治上已经独立的殖民地在文化上依然对西方俯首帖耳。后殖民理论致力于颠覆最具影响的西方"现代化"理论模式，它指出这一模式不过是出自欧洲立场的历史建构，不能作为衡量非西方国家的标准。马克思主义本来是反对殖民主义的先驱，理应得到后殖民理论的认同，但马克思主义以生产方式叙事反对资本主义，不自觉地将资本主义秩序永久化了，故而也受到了后殖民理论的质疑。现代主义是文学上的一种典型的西方叙事，它本是欧洲历史上继浪漫主义、现实主义之后的一种文学叙事形式，但西方却将这种历史叙事普遍化为一种放之于四海而皆准的现代"高级"文学形式，使之成为一种文学评价标准，引导非西方国家文人的追随，这不能不说是一种典型的欧洲中心主义。殖民地香港对于西方的认同和追随尤其强烈，造成了对于西方现代主义的拙劣效仿。昆南《地之门》中的所谓"创新"，不过是对西方现代主义形式的夸张的模拟，以至中国的远古神话，都必须纳入西方的叙事结构中才能产生意义，这里的西方价值中心的取向是非常明显的。由此可以看出，昆南的现代主义并不是西方第一世界的现代主义，只能是殖民现代主义。

出版于 1961 年的刘以鬯的意识流小说《酒徒》，以其对资本主义商业社会现代人的内心分裂的深刻表现而名扬国内外，成为香港现代主义文学的经典之作。但这篇著名的小说仍然与西方第一世界的现代主义有所不同，从后殖民理论的角度我们能够发现其中所隐含的殖民意识。

这里只分析小说中的一个突出现象。《酒徒》的一个显而易见的特征是西方现代著名作家（艺术家）名字的大量反复出现。作者认为香港社会之所以堕落，一个重要的表现是因为"书店很多，没有人知道福克纳的《我

① 梁秉钧：《香港小说与西方现代文学的关系》，陈炳良编《香港文学探赏》，三联书店香港有限公司，1991。

② 袁良骏：《香港小说史》，海天出版社，1999。

在等死》与《喧哗与愤激》。没有人知道康拉艾根的《忧郁与航程》。没有人知道卡夫卡。没有人知道朱尔斯·罗曼。没有人知道吴尔芙。没有人知道普鲁斯特……"。香港"作家"（带引号的）之所以低俗，主要特征之一就是因为他们不知道这些西方作家（艺术家）的名字，"有代表们连杰克·伦敦的名字都没有听说过"，"作为本港中国作家的代表就不能对二十世纪最伟大的天才之一詹姆士·乔也斯一无所知"，"如果连毕加索的名字都没有听见过的话，岂不是天大的笑话？"小说中的主人公"我"文化档次很高，其中一个证明就是能够列出这大量的响当当的名字，并加以评论，小说中的这种列举评述很多，限于篇幅不再引出。主人公后来做了一个奇特的梦，显示了他对香港未来的恐惧，他恐惧的是什么呢？

> 《优力栖斯》变成禁书《往事追迹录》变成禁书《魔山》变成禁书《老人与海》变成禁书《喧哗与愤激》变成禁书《地粮》变成禁书《奥兰多》变成禁书《大亨小传》变成禁书《美国》变成禁书《士绅们》变成禁书《黑死病》变成禁书《儿子与情人们》变成禁书《堡垒》变成禁书《蜂窝》变成禁书……
>
> 没有人可以在谈话中提到乔也斯普鲁斯特汤玛斯曼海明威福克纳纪德浮琴妮亚吴尔芙费滋哲罗帕索斯西蒙地波芙亚加谬劳伦斯卡夫卡韦丝特……①

不必再引下去了，西方作家的名字在此已经构成了一种威权的象征，沉重地压在殖民地及第三世界的头上，让人艰于呼吸。西方作为一种价值主体，已经牢不可破地主宰了殖民地香港的文化，它成为了当地一心向往唯恐失去的理想。杰克·伦敦、詹姆士·乔也斯这些作家的名字固然应该知道，但小说的反复强调却显示了一种心理偏执。东方人不知道西方著名作家的名字就显得浅薄，甚至不能为作者所容忍，那么能否设想：问一问西方人是否知道东方著名作家的名字。

阿尔及利亚的希努亚·阿契贝面对普遍性与西方性的混同，就曾提出这样的建议："这些普遍论者是否曾经尝试过类似的游戏，把一部美国小说，比如菲力普·罗斯（Philip Roth）或者厄普代克（Updike）小说中的人物和地点，换上非洲的人名和地名，看看结果会怎样？当然，他们不会这

---

① 《刘以鬯实验小说》，中国人民大学出版社，1994。

样做。他们永远不会怀疑自己的文学作品是否具有普遍性。实际上，西方作者的作品总是自动拥有普遍性。只有他者，才须经过艰苦的努力，为自己的作品赢得这项桂冠。"① 阿契贝所批评的西方批评家的种族偏见，很不幸被香港作者自我指认了。西方的特定历史文化在他们眼里已经被树立为一种普遍的价值，成为衡量一切的知识标准。《酒徒》对于西方价值的不自觉的供奉，显示了香港的自我殖民化的心理状态。

刘以鬯的《酒徒》与昆南的《地的门》，是香港 20 世纪五六十年代现代主义文学运动中最杰出的作品，然而香港现代主义对于西方的刻意崇拜和追随，反倒显出殖民性的特色，使它们与"资本主义时代所谓第一世界特征"显出了不同。

前面我们说过，香港对于西方文化的认同，既与负面的殖民教化有关，也与正面的现代性追求有关。想要分清这两个方面，有时还真不容易。这里我们举一个金庸小说的例子略作分析。旧派武侠小说常与民族主义紧密相连，征讨异族、反清复明，这是武侠小说的常见内容，金庸的小说在此方面可以说有较大的改观。在《天龙八部》中，作者通过主人公乔峰的遭遇，提出了民族之别能否代替是非之别的疑问。到了《鹿鼎记》，作者已经在明确地破除汉族中心主义。书中康熙说的一段话，常为人所引用：

> 我做中国皇帝，虽然比不上什么尧舜禹汤，可是爱惜百姓，励精图治，明朝皇帝中，有哪一个比我更加好的？现在三藩已平，台湾已取，罗刹国又不敢来犯疆界，从此天下太平，百姓安居乐业，天地会的反贼定要恢复朱明，难道百姓在朱皇帝的统治下，日子会比今日好些吗？

小说通过对明朝郑家的腐败及康熙当政的清明的描写，已经正面回答了这个问题。严家炎先生很赞赏金庸对于狭隘民族主义精神的突破，将其视为"现代精神"。② 这个看法固然不错，但换一个角度我们却会看到不同的解读。香港学者林凌瀚对《鹿鼎记》中康熙所说的这段话另有一番见解，内地学者读了可能会惊出一身冷汗：

---

① 希努亚·阿契贝：《殖民主义批评》，罗钢、刘象愚主编《后殖民主义文化理论·总序》，中国社会科学出版社，1999。
② 严家炎：《金庸小说论稿》，北京大学出版社，1999。

　　简言之，既然鞑子皇帝比汉人更懂得勤政爱民，有什么理由要把他推翻？此便与六十年代、七十年代初（正值《鹿鼎记》写作时期）香港经济起飞、教育日趋普及，再加上经过天星小轮加价暴动、六七年"反英抗暴"等一连串骚乱后港英（尤其是七一年麦浩理上任以还）大力推行社会福利，使香港迈入了现代时期，从而培养出香港人对港英的归属感等诸般情况，有着隐约的呼应的关系。……我们最后才瞥见隐匿在满清里面的港英殖民者的影子。①

　　港英政府其实长期以来一直都在致力于清洗港人的"狭隘的民族主义"，培养"开明、平衡而国际化的世界观"，金庸小说的这一"突破"正是合乎逻辑的结果，不值得惊奇。"现代性"的另一面是"殖民性"，将金庸小说放在香港特定的殖民地语境中审视，是很容易发现这一点的。

四

　　香港的后殖民性还有另外一个重要的维度未曾受到注意，那就是美国文化对于香港的制约和影响。在美国文化的操纵下，20世纪50年代香港居然成为攻击其母国中国的阵地，而美国文化又与中国的另一个部分——台湾联系在一起。香港后殖民情境的复杂和吊诡，于此尽现。

　　1949年，美国支持的蒋介石政府逃到中国台湾地区，大陆红色政权建立。香港仍然被保留在殖民体制内，尽管中国声称拥有主权。美国对于中国台湾、香港地区的态度，大致以韩战为界。战争以前，美国对于台湾的态度尚不明朗。由于香港的缘故，英国早早就承认了新中国政权，这一度让美国很恼火。但1950年6月韩战爆发后，丘吉尔对于韩战的支持态度又让美英关系缓和下来。1952年1月9日，杜鲁门在与来访的丘吉尔首相会谈后发表公报称：为共同防御的需要，美国可以在某种情况下使用香港的基地。美国日益意识到中国台湾、香港地区在其远东政治中的重要性，在其部署中，香港是其全面遏制与封锁、孤立中国、演变中国的前哨阵地。在这种情形下，美国开始成倍增加驻香港机构的人员：1938年，美国在香港只有一名总领事，两名领事和两名副领事，及至1953年，这一数字增加

---

①　林凌瀚：《文化工业与文化认同》，陈清侨编《文化想像与意识形态》，牛津大学出版社，1997。

到 115 人，其中包括 4 名领事和 20 名副领事，在港美国人也达到 1262 人。香港总督葛量洪在 1968 年接受电台访谈的时候说："我看不上他们（领事）——世界上找不到这么庞大的队伍，他们以'中国大陆合法政府为敌'。美国中央情报局当时更是笨拙无比，我们费老大劲才止住他们的愚蠢行为。"① 因为外交关系的不同，英国和美国的对华政策不完全一样，譬如英国会不满于美国在香港过分威胁殖民地自身利益的活动，但事实上他们之间存在着一种同盟的关系。

美国在香港活动最重要的机关是美国新闻处（USIS—Hong Kong），它担负着宣传心理战等重要使命。1953 年的美国"国家计划"，表明香港新闻处较美国驻其他地区新闻处的"不同寻常"之处。这一"国家计划"主要有三个重要的心理目的："破坏'中国共产党在中国大陆的力量和支持的资源'，给'反共产党分子以希望和鼓励'；诱使'东南亚华人支持美国和自由世界的政策和措施，在他们之中制造反共情绪和行动'；得到'香港对于美国和自由世界政策和措施的日益增加的理解和支持'。"为了达到这些目标，"国家计划"具体列出九项任务：

1. 增加对于亲自由世界和反共出版物和电影的投入。

2. 减少共产党出版物和电影的流通。

3. 增进与英国官员、商人和部队的理解和合作。

4. 在华人知识分子中培养反共和亲自由世界的态度。

5. 在商人中宣传反华政策，造成对于对华经济制裁的广泛接受和理解。

6. 在党校增加亲自由世界的影响。

7. 在工联中加强反共影响。

8. 更进一步地增进大陆南来难民的反共和亲自由世界的情绪。

9. 全面地反对和驳击共产党的反美宣传。②

1957 年 7 月 17 日，美国国家安全委员会正式颁布"美国对香港政策"

---

① Frank Welsh：*A Borrowed Place*，*the history of Hong Kong*，Published in 1993 by Kodansha America，Inc. p. 446.

② Julian F. Harrington to Dept. of State, Hong Kong, 9 June 1953, #2526, Subject：Draft Country Plan for USIS Hong Kong, 511. 46G/6－953, RG59, USNA.

A Mission of Espionage, Intelligence and Psychological Operations：The American Consulate in Hong Kong, 1949－64. First published 2000 in Great Britain by FRANK CASS PUBLISHERS.

的 NSC5717 号文件，这是美国最高决策当局第一次制定的专门论及美国对香港政策的纲领性文件。该秘密文件在 1990 年解密后，仍留有多处数百行文字尚未公开。该文件在论及了美国的香港政策的军事、经济、政治诸问题后，专门规定了文化任务，其内容为"利用香港作为对大陆进行宣传和渗透的据点的战略设想，美国政府将利用其驻香港总领事馆和美国新闻媒介驻港机构展开对中国的宣传攻势，以取得军事封锁和经济遏制所难以起到的效果"等。[①] 另外，1960 年 6 月 11 日美国国家安全委员会经过修改的经艾森豪威尔签字批准的 NSC6007/1 号文件中，提到了"加强对香港中文媒体的渗透与控制，并鼓励台湾国民党当局的中文媒体也大举挤入香港地区"。[②]

由于抗日和国共内战，内地文人两次南下香港，1949 年前的香港文坛主要为"左翼"文学所占据。1949 年后，"左翼"文人北上，不容于新中国的人从大陆南下。香港文坛由此变得萧索，但并没有立刻变色。初期虽有少数人写反共报告文学等，但布不成阵。在香港当时的三大副刊"华侨"、"星岛"和"工商"中，"华侨"和"星岛"都严守中立。文艺阵地也十分有限，香港报业"四大金刚"《香港时报》、《工商日报》、《自然日报》、《呼声报》都不能发表稍长的东西。据反共作家、后来香港"绿背文学"的代表人物赵滋蕃自述，香港文坛的变化开始于 1950 年春美国大使拜吉赛访问香港，拜吉赛大使的谈话"在当时的人听来，不啻注射了一针强有力的兴奋剂"，而决定性的因素在韩战，韩战使香港在美国人心目中的地位功能发生了变化，"韩战既起，香港由'难民城'成为'民主橱窗'与'大陆观光站'"。[③] 由此，香港的反共文艺在美国的资金扶植下繁荣起来。美元资助的较具影响的香港出版机构有亚洲出版社、友联出版社、今日世界出版社、自由出版社等。它们联合起来出版反共报刊和文艺书籍，几乎支配了当时的香港文坛。出版反共著作较多的是亚洲出版社，涉及小说、报告文学、社科、人物传记、翻译以至连环画等。比如，报告文学有许瑾的《毛泽东杀了我丈夫》，学术著作有赵兰坪的《马克思经济学说批评》，专题研究有马伯乐的《苏联能战胜吗》、何雨文的《中共财政解剖》、丁淼的《中共文艺总批判》，人物评传有郑学稼的《鲁迅正传》、史剑的《郭沫

---

①　《美国国家安全委员会文件》（缩微胶卷）增补第 5 部分，第 2 卷，第 0233～0259 号，美国大学出版公司，1990。

②　《美国国家安全委员会文件》（缩微胶卷）增补第 4 部分，第 3 卷，第 00198～00217 号，美国大学出版公司，1987。参见于群、程舒伟《美国的香港政策（1942～1960）》，《历史研究》1997 年第 3 期。

③　赵滋蕃：《港九文艺战斗十五年》，《文学原理》，东大图书公司，1988。

若批判》，翻译名著有雷神父著、李潘郁译的《中国赤潮记》等，文学作品有赵滋蕃的《半下流社会》、林适存的《鸵鸟》、张一帆的《春到调景岭》、杰克的《隔溪香雾》和《山楼梦雨》；等等。①

上述书籍虽然种类、数量庞大，但主题却是单一的反共。反共难民文学有着大体一致的历史想象：将香港生活的苦难，凝聚为对大陆红色政权的仇恨；为追求"自由"，坚持"信念"，忍受着穷困的生活；暴露大陆土改"内幕"；克服香港都市的五光十色的堕落生活的诱惑；期待着回到反共基地台湾，或者与美国方面合作等。文学书写的模式，因不同小说而有组合及比例的不同。

与上述出版于 20 世纪 50 年代初的小说相比，马森的《苏丝黄的世界》的出版时间略晚，时在 1957 年。它后来被拍成电影，成为西方的香港符号。从来没有人在谈 50 年代香港绿背文学的时候提到这部书，在我看来，这部由英国人撰写的小说其实在更高一层的意义上与美元文化有着一种呼应的关系。

苏丝黄是一个南下香港的内地难民，也是舞女，这一点与曹聚仁《酒店》中的黄明中相似。苏丝黄出生于一个上海的资本家家庭，但父母早亡，年仅五岁的苏丝黄被叔叔继养。苏丝黄的叔叔是一个醉鬼，已经有两个女儿。他不让苏丝上学，把她当仆人一样对待。在苏丝黄 16 岁的时候，她的叔叔强奸了她。共产党来了之后，叔叔的大女儿于兰谎称去香港探亲，南下香港做了舞女。因为于兰往家里寄钱，使她的叔叔认为香港钱好挣，谎称给苏丝黄在香港找了工作，让她去港。苏丝黄巴不得离开这个恐怖的家庭，就这样南下到了香港。苏丝黄到了香港，才发现于兰做的是舞女，而自己也要从事这一职业。她恐惧，但无可奈何，终于沦落。作为一部西方视点的小说，《苏丝黄的世界》对待难民的态度是，既非靠"忠贞之士"维持信念，也非"咎由自取"任其灭亡，而是强调西方人的拯救。

在小说中，苏丝黄的落难是由于东方男人的邪恶造成的，她的叔叔是一个象征，红色政权也未能逃其咎。苏丝黄虽非作为国民党一派南逃，但于兰去港却是因为对新的劳动环境的不满，她甚至为她的父亲强奸苏丝黄辩解："你真正应该恨的是红色政权，因为他们关闭了妓院。"面对落难的东方舞女，西方人一次又一次地伸出了援救之手。虽然有的西方人因为最

---

① 亚洲出版社出版的文学作品其实也并非全部都是反共文学，如沙千梦的《长巷》、《有情世界》，它们是否也是如很多香港文学史所说的"绿背文学"呢？

终害怕东方舞女玷污了自己的身份而有所踌躇犹豫，但终于有无畏者以自己的牺牲换取了苏丝黄的新生，让她感动得涕泪交零。与东方人的邪恶面目相对照，书中出现的西方人全是正面角色。在几年来的舞女其实也就是妓女生涯中，苏丝黄和上千的男人上过床。第一个让苏丝黄动心的男人，是曾任英国大使的穆尔（Muir）。苏丝黄染上一个毛病，偷客人的钱，以至于被原来的夜总会开除。在偷穆尔的钱时，穆尔很宽厚地原谅了她，并仁慈地为她辩护。苏丝黄从此戒除了这一不良习惯，并且"在她的生命中第一次陷入了爱情"，可惜穆尔不久在海里遇到鲨鱼身亡。穆尔让苏丝黄从此喜欢上了英国人。她的生命中的第二个男人是香港的英国警察帕里（Parry），并为他生了一个孩子，帕里决定娶她，让她欣喜若狂。但帕里最终未能战胜自己，调任他地，只将孩子和一笔钱留给了苏丝黄。第三个男人本（Ben）曾在英国海军任职，战后来到香港。南下难民使香港的建筑业勃兴，本靠出售空调发了财。本在苏丝黄那里得到了性的启蒙，对她迷恋不已。他本来以为性是一件肮脏的事，在苏丝黄这里，他发现了性的令人狂喜的奥秘，觉得这原来是上帝对人的恩赐。他对"我"说："我不介意地告诉你，它改变了我的整个生命。"但本的麻烦是他已经结婚，他决定和原来的妻子离婚，娶苏丝黄。但离婚并非易事，本最终未能如愿。最后完成拯救使命的，是小说的叙述者"我"——罗伯特（Robert）。罗伯特是一个流浪香港的英国画家，在他心目中，苏丝黄代表着他的好奇的中国梦想，"我想，她睡着的时候，她的中国梦是什么样的呢？我希望它们象中国诗歌，有许多拱门、岩石、池塘，和鸣蝉、米酒和爱。"[1] 小说中，苏丝黄在罗伯特面前有一种强烈的"重新来过"的欲望，她设想自己是一个处女，而罗伯特是她的第一个男朋友。这其实是"我"的设想：在白种人的拯救下，肮脏然而又神秘的东方女性重新再生。罗伯特终于神奇地和罗丝黄结婚了，并要带她去日本。罗丝黄直到最后还不相信这个事实。罗丝黄喜极而泣，生怕罗伯特离她而去，罗伯特拿出机票给她看，罗丝黄拿着机票，反复端详，虽然她根本不识字。这一结尾意味深长，这张机票意味着白种人对东方女性的施舍，有了这张机票，东方人都可以上天堂了。白种人拯救堕落、神秘的东方女性，这是典型的东方主义想象。这种西方想象，置于 20 世纪50 年代的历史语境中，竟然有一种坐实的含义。在 50 年代的香港，美英西方统治的确成了难民们的救世主。

---

① Richard Mason, *The World of Susie World*, Published by The World Publishing Company, 1957.

　　二次大战以后，多数殖民地国家获得了独立，以美国为代表的西方国家在丧失了军事、政治统治后，却继续以经济、文化的方式对它们实施殖民控制，围剿社会主义政权，这被称为"新殖民主义"。新殖民主义最早的代表性著作，是恩克鲁玛（Kwame Nkrumah）1965 年出版的《新殖民主义：帝国主义的最后阶段》。恩克鲁玛的这本书侧重于经济角度的分析批判，但也揭示了美国的文化侵略，描绘了以美国新闻出版署在冷战情报和宣传工作中的运作情况。最近的一本著作是桑德丝的《文化冷战：美国中央情报局及其文学艺术的世界》，这本书详细披露了 1947～1967 年间美国中央情报局的文化控制宣传活动，主要揭示了它对于文学艺术的操控，包括出资创办刊物、资助作家等。由此我们得以知道，很多著名的右派倾向的文学作品，原来是美元资助的产物。① 这一事实，打破了人们心目中的文学艺术自主性的幻想。遗憾的是，可能因为资料的原因，这部书的范围未能涉及亚洲。不过，美国新闻处及亚洲基金会所操纵的香港绿背文化，正是这部书的一个亚洲方面的补充。香港的特殊性在于，它当时尚未独立，仍是英国的殖民地，却由其盟友美国进行文化冷战工作。也就是说，香港既承受英国的殖民统治，同时又承受着美国的文化控制，这在新殖民主义的历史上是很有意味的。但从殖民话语的知识谱系的角度来看，《苏丝黄的世界》却不能归入新殖民主义，而是后殖民的分析对象。同样涉及西方殖民主义的文化操控，新殖民主义与后殖民主义是不同的。概而言之，新殖民主义所关注的主要是与冷战背景相关的西方意识形态操控，后殖民主义主要关注西方中心主义的知识话语传统。《苏丝黄的世界》并非为香港的意识形态冷战而作，而来自于更为久远的西方东方主义思维传统。因为恰恰与 20 世纪50 年代的难民文学交叠，新殖民主义与后殖民主义在此构成了一个巧妙的汇合。

互 动 环 节

　　主持人（张桃洲）：刚才赵教授以大量的理论资料和历史素材对香港文化进行了解剖，特别是从后殖民的角度分析了香港文化。下面还有一些时间进入互动环节，大家有什么问题可以提出来和赵教授交流，也可以谈论

---

① Frances Stonor Saunders, *The cultural cold war: the CIA and the world of arts and letters*, New York: New Press, 1999.

赵教授近年出版的关于后殖民理论的相关著作，还有以前的《小说香港》、《文学台湾》等相关著作，都可以提出来讨论。

问：赵老师您好，您刚才是把现代性看做是殖民主义的另一面，那么有没有没有殖民主义的现代性？

答：从现代性里面剥离殖民性其实是一个很困难的问题，但我想，后殖民主义给我们的一个启发是，我们以前看到的社会科学知识中的现代性，其实有殖民性的渊源。很多东西其实是西方的历史性产物，但被规范为普遍性。

东方主义实际上有两个阶段，东方主义早期阶段，基本上是英国、法国这些国家主宰的，英国剑桥大学有个机构叫"东方研究所"（Oriental Studies），哈佛大学的类似机构叫"东亚系"（East Asia Department）。这两个机构代表了东方主义发展的两个不同阶段。20 世纪以后，东方主义进入了一个新的阶段，其实就是一个美国主宰的阶段，它把意识形态发展成为社会科学知识，所谓东方主义变成了东亚研究，成为美国现代科学知识的一个组成部分。

哈贝马斯批判后现代主义，说现代性的潜力并没有耗尽，霍比巴巴认为现代性的问题不是没有耗尽它的潜能，而是现代性只是西方的现代性，整个的非西方国家都没有进入。引用法侬的话来说，"你们来迟了"，整个非西方国家包括黑人包括东方都来迟了。所以霍比巴巴说我们要打破西方的现代性，然后再重写现代性，加入非西方的现代性内容，表达我们的现代性。他的意思实际上是说，我们要把非西方的现代性维度加入到现代性中间去。

问：赵老师您好，刚才您说到台湾对香港的一种影响，我想问的就是，20 世纪五六十年代以后，台湾作家的移民现象，比如说施叔青是台湾作家，可是她写过"香港三部曲"。我想问一下，在这里，后殖民主义对作家的特性有什么影响？

答：我想这个应该由我的韩国博士生安维心来回答，她今天在场，她的论文就是研究施叔青。我来替她简单讲一下吧。我在《小说香港》这本书里面曾专门分析过施叔青的"香港三部曲"，我觉得施叔青这个作家很复杂，我在美国也见到过她。她是从台湾到香港的，她在香港居住的时间还是挺长的，将近 20 年！这样的话，我们可以把她作为香港作家来分析，但是她与其他香港作家还是有不太一样的地方。

　　在我看来，施叔青反而更能够呈现"香港性"。我把她跟香港的本土作家作了一个比较，因为她是从台湾来的，所以她来香港以后觉得很新鲜。而且施叔青比较特别的是，她是一个比较有钱的人，她在香港生活在上流社会，所以我们看到她对香港上流社会的表述非常丰富。台湾其实对香港有很多批判，我们看起来会觉得很有意思。有些香港作家抗议台湾作家对香港的批判，他们觉得用"灯红酒绿"、"纸醉金迷"这类词语对香港进行评判是非常武断的，我们看了以后还以为是一个大陆作家在批判呢。大陆作家和台湾作家在批判香港方面有着共同的地方。

　　施叔青到了香港以后，反而对香港的殖民性产生了更多的感受。而且施叔青本人是一个比较善于构思巨作的女性作家，当然，如果从负面来说，施叔青的写作特别是"香港三部曲"，还是有理性化的成分的。因为施叔青是知道后殖民理论的，海外的评论家说看"香港三部曲"很适合用后殖民理论来作一番演绎。我觉得我还是更喜欢施叔青的"香港的故事"这一系列小说，写得比较感性。

　　问：赵老师您好，非常感谢您的讲座。我有两个问题，第一个问题就是，您刚才举了个例子说，香港电影有好莱坞的模式，东方成为一个消费的卖点，那么您如何看待消费文化对后殖民理论的冲击？第二个问题就是，您刚才谈到 20 世纪 50 年代美国对香港文化的控制，如果说有这种控制的话，那么有没有某种反抗？

　　答：我先回答第二个问题，这样的文本不是说没有，但是比较少，比如前面分析的，1963 年出版的昆南的《地的门》曾因其殖民性的自觉而受到叶维廉的大力彰扬。但反讽的是，在我看来，他的小说文本的现代主义形式本身就体现了一种殖民性。

　　第一个问题呢，我可以帮你提供一个视角，就是马克思主义的后殖民批评，他觉得后殖民理论实际上和全球消费殖民主义是一个"共谋的关系"，这个"共谋的关系"是什么意思呢？跨国化并不是全新的事物，但它近年来发展迅猛，新技术使得资本产生了前所未有的流动性，生产的范围日益国际化，这带来了国家意义上的资本主义"非中心化"。非中心化的结果是资本主义生产方式第一次从欧洲的历史中分离出来而成为全球的概念，非欧洲的资本主义社会开始在全球格局中占据一席之地。如此，全球资本主义的经营者放弃了对于民族、边界和文化的控制，开始将地方归入全球，并按照生产和消费的要求进行重塑，以便创造出能够响应资本运转的生产者和消费者。这就出现了人口和文化的流动，出现了边界的模糊。全球资本主义要求在文化上跨越欧洲中心主义，跨国公司为了经营和推销，开始了解全世界的文化。《哈佛商业评论》是最早宣扬跨国主义以及多元文化主义的最重要的阵地。德里克认为，后殖民理论是适应这种新的全球资本主义形势而出现的文化理论，它处理的正是全球资本主义过程中出现的问题，如欧洲中心主义与世界的关系、边界和疆域的模糊变化、同一性和多样性、杂交与混合，等等。他认为：如果说后现代主义是全球资本主义的意识形态，那么后殖民主义就是后现代主义在第三世界的配合者，它将后现代延伸到第三世界来了。这个其实就是刚才你问的后殖民理论与消费文化的一种关系。谢谢。

（记录整理：黄琪）

时间：12月9日（星期三）18:30～20:30
地点：北一区图书馆一层学术报告厅

主讲人简介

张中良　笔名秦弓，文学博士。曾任日本东京大学东洋文化研究所外国人研究员，现任中国社会科学院文学研究所研究员、博士生导师，现代文学研究室主任，兼任中国现代文学研究会副会长。已出版专著《艺术与性》、《觉醒与挣扎——20世纪初中日"人的文学"比较》、《二十世纪三四十年代中国小说叙事》、《二十世纪中国翻译文学史》（五四时期卷）等。另有随笔集《中国人的德行》、《瞧，那丑陋的人》、《学术时髦的陷阱》等，译著《"人"与"鬼"的纠葛——鲁迅小说论析》、《耻辱与恢复——〈呐喊〉与〈野草〉》等。

主持人（张桃洲）　各位同学晚上好，我们的燕京论坛开始了。今天我们非常荣幸地请到了中国社会科学院文学研究所的张中良教授，大家掌声欢迎。张老师是一个非常严谨的人，他的严谨不仅在治学方面，他的为人也非常严谨。他刚刚从望京赶过来，按照原来约好的六点一刻准时到学校，快到时间时他打电话来说正在路上，很担心会迟到，这一点令我很感动。张老师的研究领域主要是中国现代文学和文化，也涉及跨国文学、文化的比较，著述丰富。我注意到今天刚好是一个比较特殊的日子，是"一二·九"。我之前没有向张老师请教，"中国文学的暴力表现"这样一个题目刚好和这样的日子有某种契合，不知道是不是张老师有意挑选的？相信他的演讲会给我们带来关于这样的日子或话题的更多思考。下面我们掌声有请张老师。

中国文学的暴力表现

张中良

谢谢桃洲老师，谢谢各位老师和同学们！很高兴第二次来到首都师范大学和各位交流，上一次的交流给我留下了深刻的印象：一个是我们首都师范大学有宽广的胸襟，真正能够做到海纳百川，倾听不同的声音；第二个印象很深，当时有位同学对我在报告后与同学的交流中举了一个当代电视剧《亮剑》的例子提出了指正，后来我回去查找了资料，他是对的，我很感谢那位同学。我觉得我们首都师范大学的同学很有锐气，这是很可喜的，是年轻人非常需要的一种精神品格。

刚才桃洲老师谈到"一二·九"，过去的年轻人对这个日子比一般人更感兴趣，但现在似乎不太感兴趣了。我读书的时候，每年"一二·九"都会有一些活动，但近年来"一二·九"就被各个方面布置得比较满，这也是为了整个的大环境吧，但这个日子是值得我们永远纪念的。回想 1935 年 12 月 9 日的那一天，大学生因为爱国而走上北京街头，可是面对和迎接他们的却是大刀和水龙头。这在历史上留下了创痛的一页，也是壮烈的一页。

从"一二·九"我们就想到暴力问题，大家都知道暴力是人类社会的客观现象，可以说，暴力和人类的某些本能密切相关，弗洛伊德把这种本能叫做"破坏本能"或者"死亡本能"、"毁灭本能"等。人类社会的发展始终与暴力相伴，这种暴力源于政治控制、经济占有以及性欲垄断等各种权力的争夺。到了 21 世纪的今天，文明已经到了这么高的程度，暴力现象仍然到处都有。暴力以种种名目发生，小的有个人恩怨，大的有种族仇杀。非洲的卢旺达，种族仇杀牺牲者竟以百万计。物质文明程度骄人的美国也经常出现骇人听闻的暴力事件。在距我们稍近一些的中东，自杀式爆炸等种种暴力事件时有发生，以至于有人说伊拉克、阿富汗没有爆炸才是新闻。暴力现象是人类社会难以避免的一种现象。文学从来都是作为人性与社会的一面镜子，也是表达我们感情的一架竖琴，还可以用做传道教化的工具。面对古已有之、于今未绝的暴力现象，我们实在无法回避。我们读过很多国家和民族的大量文学作品，没有一个国家、地区和民族的文学作品不包含暴力题材。大家常常说文学永恒的主题是爱与死，其实还有一个，就是爱与死背后的暴力。既然如此，我们就应该直面暴力题材，今天和大家一起探讨的就是中国文学中的暴力表现问题。

中国文学源远流长，暴力题材和西方相比有着显著不同的特点，中国历史上几个不同阶段也显示出不同的时代特征。我今天就顺着历史的脉络——古代、现代和当代——做一个大致的梳理，与大家共同来分析一下这个问题。

孔子的《论语·述而》里面有这样一句话："子不语怪力乱神。""怪力乱神"里面就肯定包含了暴力的元素。中国文学史叙述开篇就介绍中国神话如何如何，老喜欢和西方比。我们知道希腊神话中有美狄亚这个复仇女神，美狄亚当年为了追求爱情，为了阻止她的父亲追打伊阿宋，宁可把自己的同胞兄弟碎尸万段，真是非常惨烈。后来她和伊阿宋结合以后，伊阿宋背叛了她，她用计毒杀丈夫的新欢还不算完，竟然亲手杀死了自己和伊阿宋的两个儿子，这是典型的西方复仇女神的形象。这种形象在中国神话里几乎找不到。希腊神话俄狄浦斯弑父娶母这样怪诞的故事，在中国神话里也没有。现在看到的中国神话为什么一片澄明清澈呢？大概远古未必如此，而是和儒家传统有关，经过历代的删除，"怪力乱神"差不多都删除掉了，做了高度儒家格式化的处理。

如果简单说起中国古代文学中的暴力，大概有三类情况，这里略作一点分析。

第一类是雅文学。中国古代文史哲不分，我把古代传记文学，包括《史记》、《左传》等都归为雅文学。雅文学关于暴力题材的叙述是一种简劲、冷峻、节制的风格，尽力弱化暴力的残酷性。中国史家有一个优良传统叫"不虚美、不隐恶"。"不隐恶"有多重的理解，在史传文学中"不隐恶"往往表现为对暴力的高度分寸感。《左传·宣公二年》里记载了这样一个事：晋灵公不像一个君主，他从老百姓那里搜刮了好多民脂民膏，然后大兴土木，豪华装修，在高台上用弹弓或其他东西打人，观看人们是怎么躲弹子的；他命令厨师煮熊掌，熊掌煮得不熟，他就把厨师杀掉，然后命令宫女抬着厨师的尸体在朝廷上招摇过去。就是这样一个君主的残暴行为，我们在《左传》里看到的描述非常简洁，没有描写具体的过程，只有基本史实的叙述，所以我说《左传》的叙事风格十分简劲、冷峻。我们再看司马迁的《史记》，里面专门有一个《酷吏列传》，写了一连串的酷吏。酷吏大肆捕人，连坐千家，流血十余里等，但是，没有直接的暴力渲染，也没有写怎么具体杀人的。说到嗜杀如命的酷吏，里面有一个王温舒，他在任河内太守的时候杀人杀得很凶，本来按照古代律令，立春以后应该停止行刑。这个酷吏却气急败坏地顿足说，可惜啊，如果冬天再延长一个月，我的杀人事情才能够了结。《史记》作者司马迁只用了这样简短的一句话："'嗟乎，令冬月益展一月，足吾事矣！'其好杀伐行威不爱人如此。"没有过多的描写铺张，只是这一句话就把这个酷吏的嘴脸、心态写得非常清晰。《史记》里面还有一个《白起王翦列传》，我们都知道秦国大将白起，他打起仗来风卷残云，非常能打，但是他有一个非常可恶的毛病——坑杀俘虏。他打败赵国以后，赵国的降卒有40万之多。他说赵国人不可靠，经常反复无常，为了防止他们再次叛乱，他就用欺诈的手段坑杀了40万降卒。在中国历史的记载上，白起坑杀40万人应该是最多的。司马迁在写这一段的时候，没有写人们受欺骗和被坑杀前的惨烈，而是写得非常客观冷静。这些历史叙述只说事实，间或从一些人物的言语中能够见出人物的性格，但是残杀的具体细节通常是省略掉了，这样给人们的震撼力就很小。这是史传文学里面的暴力描写。诗词歌赋里面也有一些暴力描写，但由于观念与文体的双重作用，暴力被大大弱化了，一般只见暴力的结局，而看不见施暴的过程与残忍的程度。比如大家熟悉的蔡文姬的《悲愤诗》，里面只是写："猎野围城邑，所向悉破亡。斩截无孑遗，尸骸相撑拒。马边悬男头，马后载妇女。……失意几微间，辄言'毙降虏。要当以亭刃，我曹不活汝'。岂敢惜性命，不堪其詈骂。或便加棰杖，毒痛参并下。旦则号泣行，夜则悲吟坐。欲死不能得，欲生无一可。"诗歌体裁本身不太长于表现暴力的场景，所以种种暴力就被诗歌淡化了、掩饰了。无论是史传也好，还是诗词歌赋也好，几乎看不到惨烈的场面，多为事实的叙述和人物的感叹。

第二类是俗文学。俗文学包括那些著名的长篇小说，也包括"三言二拍"等，尤其到了明代和晚清的时候，通俗白话小说大量涌现。我们现在有很多都读不到了，其实是有好多的。通俗文学对暴力的表现总体来说是琐碎的、张扬的，而且往往要赋予暴力以伦理的合理性。

伦理的合理性可以分成以下几种。

一是性别伦理，性别伦理是男权至上。冯梦龙的《喻世明言》里面有一篇《任孝子烈性为神》，我不知道各位读过没有，有没有印象。说的是有一位叫任珪的男子，他的妻子和一位叫周得的人有私情，他回家以后撞上了，深感羞辱，市井舆论对他也很刺激，所以他发誓要报仇。他就买了一把尖刀和一只白公鸡，到庙里去占卜。祷告说，如果可以杀一个人的话，公鸡就跳一跳，结果他给了公鸡一刀，公鸡连跳了五跳，他就下了狠心要连杀五人。他回家不仅杀了妻子和妻子的情人周得，连妻子的父母和家里的女仆都一同残忍地杀死，并把头割下来，解下头发，结作一处。这样一个暴力残忍的人，邻居怎么评价他呢？邻居说："真好汉子！我们到官，依直与他讲就是。"也就是说，邻里要到官府一起给他担保，说这是个好人、好汉子，杀人杀得有理。到了牢里，其他的罪犯也都夸他是个好男子，爱敬他，早晚饭食有人看顾。到了法场上（虽然大家很敬重他，但也要杀头），不待刽子手下手，他已经坐化升天。当地百姓为他建庙塑像，以表敬意。后人还有诗题于庙壁，赞任珪坐化为神之事，诗云："铁销石朽变更多，只有精神永不磨。除却奸淫拚自死，刚肠一片赛阎罗。"在这里，是非颠倒了，明明是杀了五个人的罪犯，得到的却是一片赞扬之声，还没受钢刀之痛，竟然坐化升天。从这种描写中，我们可以看出叙事者的态度，这完全是男权至上的性别伦理在作祟。

二是政治伦理，政治伦理是维护正统的。大家都读过《三国演义》，里面写到刘备落魄的时候，一个猎户刘安招待了他。刘安欲寻野味而不得，可是刘皇叔来了没有肉招待怎么办呢？苦思冥想，后来端上来一盘肉，说是狼肉。刘备吃着也香，等第二天清晨刘备将要离去，到后院骑马，忽见一妇人被杀于厨下，臂上肉都已割去。刘玄德惊问方知，昨夜所食者乃主人之妻肉也。玄德不胜伤感，洒泪上马。刘备称谢而别，对于杀妻之事未置一词。后来，他去投奔了曹操，才说起刘安杀妻进食之事。曹操这时也不过是派人送金百两给刘安，算作抚恤。此事仅此而已，便告了结。小说写刘安杀妻一方面是为了显示刘备人望之高，另一方面也是为了表现庶民百姓对刘汉正统的拥戴，但对于杀妻尽忠的残忍性未置一词。这样，我们对古代小说的叙事者的政治伦理就看得很清楚了，在正统至上的政治伦理框架内，人性发生了怎样的扭曲！《三国演义》问世 600 多年以来，读者只是说曹操是个小人，他把吕伯奢给杀了，吕伯奢本来是想杀猪招待他，是他的恩人，却反受其害。大家全骂曹操是小人，却忽略了刘安杀妻的残忍。我们读小说，看到的只是自己想看的部分，真正的全景却往往看不到。我们看《三国演义》，看诸葛亮的神机妙算、曹操的奸诈、刘备的宽厚，却全然忘记了其中的残忍，这就是社会政治伦理在起作用。

三是社会伦理。社会伦理在正义的旗号下对邪恶的复仇无论多么残忍，都显得天然合理。很多人都喜欢《水浒传》的豪气与人物刻画的传神，但近年来《水浒传》在接受上有些麻烦。有些小孩子看了《水浒传》后，就向他的家长提出了问题："智取生辰纲"对么？别人的财产他怎么说拿走就拿走了呢？《水浒传》是"强盗"之书，是造反者之书，是下层社会之书，所以明清两朝不止一个皇帝要查禁《水浒传》。但在底层社会，《水浒传》真是非常的走红。这是不同的伦理有不同的认知，《水浒传》在替天行道的旗帜下，制造了多少惨烈的人间悲剧呢？像母夜叉孙二娘开黑店做人肉包子，我小的时候看，觉得很有趣，后来看电视剧拍的那个孙二娘也英雄了得，并没有太多的反省。等到后来深入关注起来，才觉得有很多问题值得我们去深思。大家印象比较深的第二十六回，武松杀嫂剜出了心肝供养在武大郎灵前，又割下了潘金莲的头颅去寻西门庆，那西门庆纵使有几分手段，怎敌得过打虎英雄的身手呢？所以出现了我们看到的那个结局。这个时候杀人还有些道理，也就罢了。可是后来武松杀了那么多人，又怎么解释呢？再看那个李逵，李逵抓住黄文炳，黄文炳该不该杀呢，有该杀的道理，也有放他一条活命的理由。但是到了李逵那里，不由分说把黄文炳一家包括仆人在内大小四十余口全都杀光了。杀完了还不算，李逵又从黄文炳的腿上割了一块肉，边烤着吃边喝酒，又取出心肝给众兄弟下酒，做醒酒汤。像这样的故事，我小的时候读《水浒传》是看热闹，没有什么反思，这些年来越看问题越大。《水浒传》热播的时候，《人民日报》的《市场报》文艺副刊的编辑约我写稿，开始我还写，后来越写越不对劲。虽然《水浒传》电视剧做了很多处理，但是，我发现自己的想法已经改变了，我已经不是小时候读《水浒传》看热闹的那种心气儿了，我对《水浒传》有了很多反思。我们文学所的学者王学泰先生关于游民文化有不少著述，如果大家对游民文化感兴趣，我推荐阅读王学泰先生的著作。他对中国游民文化中的问题作了深刻的分析，其中也举了《水浒传》这样的例子。《水浒传》是在正义复仇的旗号下，隐含着很多凶狠的东西、残忍的东西、违背人性和人伦的东西，甚至在张扬这些东西，这应该引起我们的警惕。

第四种情形是以揭露的名义行渲染狂欢之实。明清很多小说在楔子或结尾标榜自己是为了节制欲望才张扬欲望的，但实际上，无论是创作动机，还是阅读效果，恐怕不完全是那样。《金瓶梅》表面上说是为了遏制纵欲，实际上却有情欲的张扬，当然这部小说的价值更在于社会写实，所以能够广泛传播。清朝雍正年间，有一部书名为《姑妄言》的长篇小说，它主要是写魏忠贤、阮大铖家族的荒淫无度，同时也写李自成农民起义军施暴的种种场景。由于各种各样的原因，这部小说在中国已经湮没了好多年。1941年上海优生学会发现了一个残本，刊行了第四十回和第四十一回。直到1966年，正在我们中国大闹"文革"的时候，苏联有一位叫李福清的汉学家，在列宁格勒图书馆发现了二十四回抄本。1997年，台湾地区把这二十四回抄本重新制版印刷。前几年中国大陆也出版发行了，但是大陆版本删去了好多，这个删节不是像洁本《金瓶梅》那样，也不像贾平凹的《废都》初版本故意为之的那样留有好多方框，而是直接删除，不留痕迹，所以没有看到原本的人，就不知道哪些内容被删掉了。删除的内容主要是描写荒淫无度的场面，还有个别暴力屠杀特别残酷特别凄惨的场面。我看过那个未删本，觉得非常震撼，几次把它放下，后来为了搞研究才把它看完。这种阅读的体会非常痛苦，痛苦是多重的，那种惨烈让人不忍卒睹。作品中还写了李自成的残忍。对李自成的历史叙述在当下中青年作者中不多见。我们如果去十三陵旅游会路过一个李自成像，那真是一个威风凛凛的李自成。可是，前几年我在20世纪20年代北京的《京报》上看过一个李自成的笑话，说李自成是个土老帽儿，打到十三陵的时候十分高兴，说：哎呀，终于打到北京的紫禁城了，就在这儿落地吧。他没见过金銮殿是什么场面，还以为陵墓就是皇宫呢，所以民间就说他的寿命和王朝长不了，当然这只是一个民间笑话。《姑妄言》里面写李自成真是残暴至极，我后面还要再讲同时的明末起义军张献忠的残暴。这样的小说，都是打着揭露的幌子行渲染和狂欢之实，刺激人的欲望。人的本能的欲望是无限的，你越刺激就越张扬、越不满足。刺激过头了，张扬过度了，人的生命力也就消解掉了，这是自然规律，这是谁都无法抗拒的。所以，在压抑的时代应该提倡欲望解放，个性张扬，但是到了一定程度还是应该稍微收一收。如果不收，自己就会受到惩罚，一个社会也是这样。这是通俗文学的写作。

　　第三类是文人的民间写作。一般来说，这类写作不像通俗小说那样形式刻板。民间写作有的是私人形式，因各种原因当时没有出版，后来有机会才出版的。文人的民间写作叙事风格豪放不羁、沉痛，对暴力描写寄寓了深刻的反思和强烈的批判，这又是一种风格。鲁迅在晚年杂文里很推崇清代作家彭遵泗，彭遵泗的著作《蜀碧》记载了明末清初张献忠的残杀，也记载了孙可望的杀戮。孙可望杀人无所不用其极，他让狗闻他小朝廷里跪着的人，狗闻到哪个人，这个人就会被立刻处死，毫无商量。然后，让乡绅集中，听令的要斩首，不听令的也要集合起来斩首。还有，秀才考试的时候，拉一条绳，个子高的钻不过去要杀头，个子小了也要杀头，怎么都是杀头。所以，孙可望、张献忠杀人都是一样的，完全没有什么规则，恣意妄为。《蜀碧》是文人的民间写作，它留下了文人对历史的真实记载，也留下了文人对历史暴力的批判和深刻反思。像这样的民间写作还有一些，我们就不多说了。

上面，我简要地就古代文学中的雅文学（包括史传、诗词歌赋）、通俗文学与文人的民间写作做了一个大致的梳理。从中可以了解古代文学对暴力题材是怎么处理的，他们的叙事态度是怎样的。

到了现代社会，由于历史的演进，时代的变迁，外国思潮蜂拥而入，西方人道主义与个性主义同中国传统的自然人性观相互融合，生成新的视角，文学对暴力现象的表现显示出崭新的风貌。中国现代文学对暴力现象的表现，不再像传统史传文学与诗词歌赋那样节制，而是注重整体的铺展与细节的描写；不像传统的民间写作那样处于地下状态，而是堂而皇之地登上大雅之堂；也不再像传统通俗文学那样在恣肆放纵中体味暴力的狂欢，而是给予尖锐的批判或深邃的反思。具体来说，可以分成以下几种情况。

第一种是对暴力的控诉与批判。这一线索从五四时期一直贯穿到20世纪三四十年代，描写暴力主要是控诉与批判。像蹇先艾的小说《水葬》里面，阿毛不过是穷得吃不上饭了，偷了一点小东西，按照家族的法规就把他沉潭溺死了。他的母亲还在苦等着儿子归来呢，儿子却被沉入深潭了。作品用这种描述来表现封建家族之法的残忍。还有姚雪垠的早期长篇小说《长夜》，写土匪杀人越货，滥杀无辜。艾芜的《山峡中》里面，土匪把受伤的同伙扔进万丈深渊。沙汀的《在祠堂中》描写的是军阀部队的连长发现太太有了私情，咆哮毒打还不够，军官们又给他出了种种坏主意，比如把她许配给叫花子，把她的脸划破，等等，后来她被活活地钉死在棺材里面。沙汀的《兽道》里面，魏老婆子正在坐月子的儿媳被乱兵糟蹋，含恨上吊自杀。魏老婆子投告官府，官府不接受她的状纸，只令保长向施材局帮她讨副棺材。街上那个兵太太还唆使无知的儿子撩开裤裆，重复当时魏老婆子为了阻挡乱兵作恶时说出的"我跟你们来哩"的话，来羞辱魏老婆子。在重重打击之下，魏老婆子终于发疯了。作品同样没有渲染乱兵施暴的惨相，而是通过魏老婆子的发疯来控诉灭绝人性的暴力。这种处理方式迥异于中国古代通俗小说，而承续着雅文学对血腥暴力有所遮蔽的传统。路翎有一部长篇小说叫《财主底儿女们》，这部小说很不好读，读起来非常吃力，读了上卷就几乎不想读下卷，但其实下卷比上卷有意思。只要你突破了上卷那种枯燥乏味的东西，到了下卷，就能看到自然与人性的双重荒原。里面描写了日军的杀戮，也有国民党部队各种成分的溃兵恶本性的恣意膨胀。这些溃兵在刚刚结束的惨烈的南京会战中也许作战英勇，但此刻却堕入了暴力作乱的深渊。当年路翎写这部小说的时候非常年轻，只有20岁左右，桃洲老师知道这位作家。因为胡风曾经扶植过他，所以在胡风1955年被批判之后，路翎也被关进了监狱，"文革"结束后始得出狱，1980年彻底平反。虽经治疗，身心有所恢复，但是，新写的长篇小说已经达不到当年的水平，令人惋惜。回想路翎当年创作《财主底儿女们》是何等的才气与魄力，揭示人性，批判暴力，都非常深刻有力。这部著作值得一读。

老舍在1933年出版的长篇小说《猫城记》，初看起来线条有些粗，好像没有那么有意思，但是深读起来，我觉得老舍非常了不起。《猫城记》的叙事者坐着飞船掉到猫国里，目睹了种种现象，博物馆倒卖文物，学校把图书馆变成旅馆，学生捆绑校长，解剖老师，等等，这些现象后来在"文革"的时候都活生生地上演了，而且老舍本人就遭受到批斗，被打得鲜血淋漓，最后愤而跳湖自杀。《猫城记》描写很简洁，但社会批判与文化批判都很有力度，有历史洞察力。有人说老舍没思想，我要问：什么才叫思想？非得说出几个警句才叫思想？非得说一些人们听不懂的绕脖子话才叫有思想吗？老舍在创作中表现出来的现实批判锋芒与历史深刻洞察就是名副其实的思想。老舍在1966年为什么被批判得那么狠呢？除了他是著名的作家以外，还有红卫兵列举出他的两条"罪状"，一是他在《猫城记》中竟然攻击"大家夫斯基"，这不是有攻击共产党之嫌吗？二是老舍的《鼓书艺人》和《四世同堂》第三部在美国出英文版，拿美国的版税，这不是"卖国投敌"吗？这个理由今天看起来大家会觉得好笑，但在"文革"时期，这就是革命的逻辑。当时苏联的莫斯科广播电台华语广播评论说，老舍的《猫城记》描写的情况在中国切切实实上演了。红卫兵一方面猛揪那些斗胆收听"敌台"（莫斯科广播电台）的人，另一方面也有人悄悄地收听。所以，知道了莫斯科广播电台利用《猫城记》批评"文革"，就猛打老舍。老舍的确在1933年的《猫城记》里就预示了1966年出现的事情，这是对暴力逻辑的深邃洞察，是对暴力罪恶的愤怒控诉。总体看来，《猫诚记》对暴力的控诉、批判直接描写并不多，老舍也并没有写胳膊是怎么锯下来的，小说里只写了"只看飞出一条胳膊来，鲜红的一块抛到空中"，没有像明清小说那样细致地去描写，没有去欣赏这些东西，只是陈述这个情况，说它的后果。这个时候，肆意的渲染尤其少见，只是侧面去描写。我们知道鲁迅的小说《药》、《示众》、《阿Q正传》中都写到杀头的事，鲁迅写得非常巧妙。《药》、《示众》里面，只是写围观的人呼的一下子围上去，呼的一下子朝后退去，像潮水一样，但具体怎么杀的，鲁迅从来不着一字。《阿Q正传》也是这样，阿Q回去吹牛说革命党"咔嚓"一下，你不老实我也"咔嚓"一下，把王胡他们吓得倒吸冷气直往后退。鲁迅总是这样侧写，而没有直接的具体描写。鲁迅的杂文更是如此，从不张扬暴力。《铲共大观》借当时新闻上的报道说国民党当局残杀女共产党员之后，把她裸体示众，只是征引通讯，也没有直接描写。《病后杂谈》也是借《蜀碧》来说事，对暴力予以有节制的表现和强烈的控诉。

陈炜谟的《狼筅将军》，从受害者的角度控诉暴力的罪恶。作品没有揣测主人公长女18岁被掳时的惊恐及不知所终的结局，也没有具体描写长子因缴军款不及而被捉至狱中死去的惨剧，叔父"给匪人捉去，挖出心肝，尸骨被狗吃了"也只是他人的转述，但是，对举人出身、法政学校毕业的乡绅赵惕甫受到这一系列严重刺激而导致的精神错乱却铺展开来描写："自此以后，赵惕甫的性情，变得古怪极了。……黯淡天，猫头鹰似的，一个人坐在椅上流泪……有时又呵喝大笑，但笑犹未完，便祈祷的合掌，闭目，嘴里叽里咕噜的……"；"更古怪的是他竟把全家都封起官来"，自封为二等文虎章、陆军中将衔、狼筅将军，封18岁的次子为陆军少将，12岁的季子为参议，16岁的次女为咨议，8岁的幼女为秘书；"一有不对，便升堂问案，玉香，那娇小玲珑的婢女，才作孽呢，全身指甲伤……有时连小秘书也要受夏楚之刑呢！"最后，赵惕甫在颠倒与幻想中死去。作品通过赵惕甫"寓兵于家"的荒唐与折磨弱者的变态及其自身的死亡，鞭挞了匪患兵患官患三位一体交织作祟的罪恶。

洪深的九幕剧《赵阎王》里的勤务兵赵大，对营长忠心耿耿，却遭受到侵吞军饷用于赌博的营长的凌辱，激愤之下，放胆拿钱，被营长发现，情急之中打倒营长，带着3000元逃跑了。剧作通过赵大逃跑过程中的一系列幻觉——看见以前被他活埋的"二哥"，被他告发而遭枪杀的王狗子，还有一个个的烧死鬼——来表现旧军队的暴力。剧本揭示出旧军队这个大染缸，把千千万万像赵大一样的质朴农民，浸染成"青面獠牙"的"阎王"。赵大的自我辩白——"几千个兄弟放火烧的，怎么单单找我一个人！"愈发强调了杀人放火是旧军队的集体罪恶。通过赵大的回忆与想象，来写他被冤魂申诉，冤魂们说他该杀，说他当年怎么杀了那么多无辜，怎么杀了那么多农民兄弟，等等。这些都是一种"闪回"式的折射，没有赤裸裸的描写，基本上都是侧写。

　　同传统文学相比，现代文学对软暴力的指认与批判更能显示出现代色彩。软暴力表面上看不见血腥，但对生命与人性的戕害却更为可怕，因为"软刀子杀人不见血"，其虚伪与阴险使人防不胜防，逃无可逃，遭受荼毒亦不自知。我们都熟悉鲁迅的《狂人日记》，狂人为什么会发疯呢？我们探讨了这么多年，他的发疯与种种的制度和家族的控制以及种种软暴力是有关的。在发表《狂人日记》的同期《新青年》（第4卷第5号，1918年5月）上，刊出了周作人翻译的日本与谢野晶子的《贞操论》，借日本现代贞操观来质疑中国传统贞操观。而后，《新青年》相继刊出胡适、鲁迅等人论及贞操观的文章。胡适的《贞操问题》援引报上披露的节烈实例与卫道士"全无心肝的贞操论"、"请予褒扬"的呈文及其作为依据的《褒扬条例》片段，从个人意志自由、男女平等相待的角度对传统的贞操观与荒谬的法律予以驳斥。鲁迅的《我之节烈观》，痛斥"节烈"这种"日见精密苛酷"的"畸形道德"，愤慨于"这一类无主名无意识的杀人团里，古来不晓得死了多少人物；节烈的女子，也就死在这里"。篇末发愿"要除去虚伪的脸谱。要除去世上害己害人的昏迷和强暴"，"要除去于人生毫无意义的苦痛。要除去制造并赏玩别人苦痛的昏迷和强暴"。这种对几千年来习焉不察的软暴力的指认，凸显出现代反封建的启蒙要求。在鲁迅等新文学前驱者的引领下，在现代文学的历史进程中，始终延展着揭露与批判软暴力的主题线索。孙俍工的《家风》、丁玲的《我在霞村的时候》等作品，批判的锋芒指向桎梏女性的传统贞操观。《我在霞村的时候》写一个慰安妇贞贞，她是一个很好的姑娘，由于没来得及跑掉，就被日本鬼子给掠去当了军妓。她很痛苦，一度想死，但后来为了复仇就没有死。她从鬼子那里套取了很多情报，给八路军通风报信，立了功。最后她生了病，回根据地来治病。可是，她回村以后，村民们对她议论纷纷，包括她自己的婶子，自己的亲人都议论她，说她不是个正经的人了。她原来的意中人来找她，说没有看不起她的意思，还要跟她和好如初。她自己就觉得自己都这样了，怎么还能和意中人一起生活呢？我们可以想象，软暴力对当事者本人的内伤害有多深。这样的作品，在现代文学作品中有很多，柔石的《为奴隶的母亲》、罗淑的《生人妻》，都写到"典妻"现象。那个时候有些大户人家遇到了生育问题，不像现在一些不想要孩子的人一直"丁克"下去，那个时候非得生孩子不可，而且非得生男孩不可。一旦没有男孩，这些有钱人家就看谁家女人能养儿子，就把那个女人典过来，立个字据，典三年或者两年，生了孩子以后再回去，要不生就续签。以上两个作品都是写这样题材的。《为奴隶的母亲》中，春宝娘与丈夫生了一个春宝，到财主家，又与财主生了个秋宝，典妻到了期限，她又回到了自己的家。你想，这对一个母亲是什么样的伤害，到财主家时想念春宝，回到自己的家里，又无时无刻不惦念着在财主家生的秋宝。两个孩子，哪个不是母亲身上掉下的肉？割舍母子亲情，对一个母亲的伤害是很深的，我称之为软暴力的伤害。同时，还有一个两性感情问题。一个女人的感情非常复杂，有人说虎妞与祥子之间没有爱情，我曾经参加过一次论文答辩，有一位同学专门论证祥子和虎妞之间是没有爱情的，我觉得那位同学太年轻，把爱情想得太纯粹了。爱情果真那么纯粹吗？只有祥子和小福子才有爱情，而祥子和虎妞就没有爱情吗？我觉得至少不能说服我。我们可以想一想，春宝娘在财主家生活了好几年，财主如果不欺负她，他们会不会有一种两性之间的微妙感情呢？如果说她和财主的感情算是次一级的感情的话，那么她和秋宝的感情则是母子之情。她回到自家以后，心里要承受两种感情的折磨，这是对人性的戕害，很值得我们关注。只有到了现代社会，才能够体认这件事情。古人对这种事情是体认不清楚的，因为那个时候男权至上，不考虑女性的心理和权益问题。

在现代作家看来，暴力不仅滋生于权势者及其价值体系中，而且也来自底层社会自身。鲁迅在《随感录六十五·暴君的臣民》中指出："暴君治下的臣民，大抵比暴君更暴；暴君的暴政，时常还不能餍足暴君治下的臣民的欲望。""暴君的臣民，只愿暴政暴在他人的头上，他却看着高兴，拿'残酷'做娱乐，拿'他人的苦'做赏玩，做慰安。自己的本领只是'幸免'。"清朝人习惯了去菜市口看杀人，后来杀谭嗣同的时候也有很多人去围观。老百姓不管谭嗣同是不是为国捐躯，老百姓看的是热闹，暴君治下培养了暴力的臣民，这是个很可怕的现象。

暴政的"传染"诚然是养成民众暴力的原因之一，但底层社会的贫穷、愚昧、野蛮与冷漠也能够导致暴力。《祝福》里的祥林嫂带着无边的惶惑与恐惧，在寒风凛冽的雪夜倒毙于旧历年底浓郁的祝福氛围之中。她的凄楚结局，固然同病魔夺走两个丈夫、唯一的儿子又惨遭狼噬的一连串悲惨事件相关，但礼教、迷信、人间冷漠等文化因子显然也参与了悲剧的制造，比较起来，祥林嫂所受精神摧折的痛苦、恐惧乃至绝望给读者的震撼更为强烈。

社会底层对同类施行的暴力，既有原始的迷信、人间的冷漠与渗透到底层的礼教等软暴力，也有软暴力的升级——赤裸裸的残忍暴力。萧红笔下，就呈现出这种复杂交织的情形。《生死场》所描写的底层社会，生活是如此贫困艰辛，以至于"农家无论是菜棵，或是一株茅草也要超过人的价值"。难怪金枝只因摘了未熟的青柿子就遭到了母亲的怒骂踢打。世间最温馨的母爱也被贫困而粗糙的生活所消解，"母亲们对于孩子们永远和对敌人一般。当孩子（在酷冷的冬天）把爹爹的棉帽偷着戴起跑出去的时候，妈妈追在后面打骂着夺回来，妈妈们摧残孩子永久疯狂着。"平儿偷穿爹爹的大毡靴子，被母亲王婆像山间的野兽要猎食小兽一般凶暴地夺回，母亲手里提着靴子，而让儿子赤脚走在雪地上，如同走在火上一般。贫困与愚昧、野蛮交相作用，使人的价值受到蔑视甚至践踏。在这里，妇女的生育不但被消解了人类繁衍的庄严，而且还不如动物那样自然，反而成为一种刑罚：五姑姑的姐姐光着身子趴在土炕上，像一条鱼一样，难产使她痛苦得脸色发白，家人开始为她准备葬衣，丈夫像历次她生产一样怒骂，举起大盆向她抛去。孩子终于落地，不过当即死去。金枝临产前照样做着往常一样的繁重活计，而且还要承受丈夫发泄性欲。这边，麻面婆在哭闹声中生下的孩子在土炕上啼哭；那边，李二婶子小产，一时闭住了气。生育如此痛苦、低贱，生命已失去价值。成业一怒之下竟然摔死了刚刚满月的小金枝。王婆三岁的女儿从草堆上掉下来跌死在铁犁上，当母亲的却并不当作一回事。"这庄上的谁家养小孩，一遇到孩子不能养下来，我就去拿着钩子，也许用那个掘菜的刀子，把孩子从娘的肚里硬搅出来。孩子死，不算一回事……起先我心也觉得发颤，可是我一看见麦田在我眼前时，我一点都不后悔，我一滴眼泪都没淌下。"后来，看见人家的孩子长起来了，王婆才感到了难过。当她闻知与第一个丈夫生的儿子当胡子（土匪）被枪毙的消息后，悲愤得难以自禁，竟服毒自杀了。人们对待死亡比对待生育更为草率、粗暴：王婆尚未断气，人们就张罗着要把她抬进棺材，丈夫赵三也好像为了她的死等待得不耐烦似的，困倦得倚着墙打瞌睡。等王婆嘴里流出黑血，终于大吼两声，人们说是"死尸还魂"，赵三用扁担压过去，刀一般地切在她的腰间，血从口腔直喷出来。大家恨不得立刻把她下葬，以便了结一桩"活计"。没想到王婆命大，在被装进棺材之后竟然死里逃生，活了过来。在《生死场》痛苦的呻吟与呼喊中，女性的声音最为凄楚、尖锐。打鱼村最美丽的女人月英，温柔而多情，"每个人接触她的眼光，好比落到绵绒中那样愉快和温暖"。可是，当她患了瘫病，请神、烧香、去土地庙讨药无济于事之后，丈夫就对她失去了爱心与耐心，动辄大骂，月英若还嘴分辩，还要动打，最后不再管她。"晚上他从城里卖完青菜回来，烧饭自己吃，吃完便睡下，一夜睡到天明，坐在一边那个受罪的女人一夜呼唤到天明。宛如一个人和一个鬼安放在一起，彼此不相关联。"月英被枕头四面围住，一年没能倒下睡过；被砖头倚住，瘦空了的骨盆淹浸在排泄物里，臀下生了一些小蛆虫，整个下体已经失去了感觉。"她的眼睛，白眼珠完全变绿，整齐的一排前齿也完全变绿，她的头发烧焦了似的，紧贴住头皮。她像一头患病的猫儿，孤独而无望。"几天后，月英被葬在荒山下。只有王婆和五姑姑这些女人们前来看望。王婆服毒自杀后，当要把她钉在棺材里时，村中的女人们坐在棺材边号啕大哭，有哭孩子的，有哭自己丈夫的，有哭自己命苦的，不管有什么冤屈都到这里来送。这哭声，正是女性对人间不平、对种种暴力折磨的控诉。

《呼兰河传》中小团圆媳妇的遭遇同样表现出民间暴力"吃人"的残忍。小团圆媳妇老早就当了童养媳，过来时是一个多么健康活泼的女孩儿，然而一进了婆家的门就被加上种种规矩的桎梏。长得高，身体发育得好，仿佛是见不得人的事情，明明是 12 岁的年龄，却被告知要对人说是 14 岁，即使如此，也还是被人怀疑是瞒了岁数。发乎天性的开朗活泼与坐得笔直、走得风快也成为罪过，被视为不知羞，没有媳妇样子。于是婆婆给她下马威，用各种方法折磨她，用烙红的烙铁烙她的脚心，还把她吊在房梁上，让她叔公公用皮鞭子抽她，抽得昏死过去。在她被折磨得生病之后，婆婆又说她是鬼魂附体，于是，跳神赶鬼，抽帖占卜，还用些光怪陆离的偏方，竟然当着众人之面，将她脱光了身子洗所谓热水澡，实则是用滚热的水浇烫她，说必须如此才能把邪鬼去掉。为什么把她脱光了用开水烫呢？实际上是为了满足这些人不便明言的观裸欲望。可是用这么一个冠冕堂皇的理由，说只有脱光了用开水烫，邪气才能驱走，这不是滑天下之大稽吗？一个生机勃勃的少女，就这样被来自各方的软暴力以及由此而来的硬暴力折磨致死。小团圆媳妇的惨死，是对封建礼教和愚昧迷信的揭露，也是对底层社会冷漠、野蛮与残忍的抨击。其实软暴力至今仍然存在，几乎无处不在，软暴力的侵害不能不引起我们的警惕。

第二种是对暴力反抗合理性的肯定。暴力的侵凌必然激起暴力的反抗，此乃人间正道，自古如此。伍子胥故事之所以一直为人们津津乐道，就是因为人们同情其惨痛遭遇，认同其暴力复仇的合理性。《水浒传》在民间广为流传，也正是缘于底层社会从暴力反抗邪恶的故事中获得了共鸣与快感。现代文学在同情受压迫者与被侵凌者的同时，对暴力反抗的合理性予以充分肯定。鲁迅的《铸剑》里，眉间尺为报杀父之仇，不惜自刎，黑色人在朝廷之上，挥剑劈下王的头颅，然后斩落自己的头，三头在金鼎中激战，直至咬得王头彻底断气。刀斩头落，沸水煮头，何其暴力，然而，在向贪婪褊狭阴毒的王复仇的背景下，暴力因正义而壮丽；加之以喜剧性的因素，使得作品只有快意的复仇而毫无血腥恐怖之感。茅盾的《大泽乡》再现了秦末大泽乡起义的历史。为大水所困的九百戍卒，不是守在这里饿死，就是到达渔阳后因误期而被杀头，于是他们揭竿而起，引发了冲决秦朝统治的滔天巨浪。"像野熊一般跳起来的吴广早抢得军官手里的剑，照准这长官拦腰一挥。剩下的一位被发狂似的部下攒住，歪牵了的嘴巴只泄出半声哼。"篇末的这一描写，显示出作者对暴力反抗的赞赏态度。

从时间脉络上来看，五四时期的暴力题材集中于血泪控诉，随着新文化运动落潮、社会革命风云突起，暴力题材在揭露与抨击非正义暴力的同时，生发出肯定暴力反抗之合理性的线索，后者在"左翼"文学中尤显突出。我们过去常说有压迫就有反抗，压迫越重，反抗就越强烈。现代文学从五四时期到20世纪三四十年代，有不少作品表现暴力反抗的合理性。蒋光慈这个作家现在不大受人待见了，读者觉得他的作品简单化、政治化，但我觉得蒋光慈的作品还是有些意味的，反映了当时写作的趋势，从文学史的角度来看有意味。另外，有一些值得我们深思的问题，比如，蒋光慈的《冲出云围的月亮》里面，写的是在第一次国内革命战争的征途上，决定枪毙一个欺寡凌弱、无恶不作的土豪。执行枪决的任务，通常是男人的事情，但看见大家争得几乎要吵起来，女主人公王曼英自告奋勇，得到众人的赞同。作品描写了她此时的心理活动：在拿起枪来的一瞬间，她未免有些胆怯，想道："这样一个活拉拉的人即刻就要在我的手中丢命，这未免有点太残忍吧？但是我即刻想起来我们的任务，想起来被这个土豪所残害的人们，便啮着牙恨起来了……我终于在大家的鼓掌声中将我的敌人枪毙了。有了伟大的爱，才有伟大的恨，欲实现伟大的爱，不得不先实现伟大的恨……"这一心理描写，为暴力复仇提供了伸张正义的逻辑依据。蒋光慈的另一部长篇小说《咆哮了的土地》，对暴力反抗之合理性的表现则变得复杂起来。一年前，李杰与村姑自由恋爱，遭到父母强烈反对，已经怀孕的村姑绝望自杀，李杰愤而投身革命。一年后，他为了发动农民革命回到故乡。"马日事变"之后，他担任自卫队队长。小抖乱与癫痢头打死了被农会占据庙宇而无处可去的老和尚，李杰认为"打死了一个寄生虫老和尚也没甚要紧"；可是，当农民问他烧不烧李家老楼时，他犹豫了。李家老楼是他家的老房子，既然农民的另外两个对头家的老楼要烧，那么，作为乡间祸害的他父亲李敬斋的老楼同样也应该烧掉，可是，老楼里面，他那心地善良的母亲正卧病在床，还有未满十岁、世事不知、天真烂漫的小妹妹，难道"可以让他们烧死吗？可以让他们无家可归吗？这不是太过分了吗"？他痛苦地默认了农民的要求，"在绝望的悲痛的心情之下，两手紧紧地将头抱住，直挺地向床上倒下了。他已一半失去了知觉……"。以暴力反抗暴力的压迫，无疑具有合理性；但是，当暴力的反抗伤及无辜、戕贼亲情时，其合理性恐怕多少要打一些折扣。后来，李杰在反击围剿中受伤牺牲，这既是革命中常有之牺牲的写实，个中或许也有意无意地隐含着作者对绝情之人物的褒贬。蒋光慈早在 1920 年秋就参加了社会主义青年团，1921 年到苏联东方大学留学，1922 年在莫斯科加入中国共产党，1924 年回国不久即发表文章倡导无产阶级革命文学，写诗歌颂革命，歌颂列宁。可是，后来他发现"左翼"文学闹得有点"过"，左联要求大家上街飞行集会，飞行集会就是喊口号、撒传单，巡警马队来了，就拿石灰往马队身上撒，马跑得快，不能全迷住眼睛，所以三下五除二就把作家逮住了，一些作家和革命青年就这样当了无辜的牺牲品。蒋光慈渐渐对飞行集会有了反感，他不好直接反对，就拒绝参加。不参加飞行集会，引起组织的不满，《冲出云围的月亮》等作品也受到"左翼"文化界的批判，很快，严厉的惩处降临——1930 年 10 月 20 日，中共机关报《红旗日报》发表了题为《没落的小资产阶级蒋光赤被共产党开除党籍》的消息。蒋光慈的思想与经历，使其暴力题材的表现较之更为年轻的"左翼"作家要复杂一些。这样一个作家在文学书写中必然是矛盾的，他在《冲出云围的月亮》和《咆哮了的土地》里关于暴力的描写，就显露出犹疑与矛盾。

王曼英与李杰均为知识分子，在实行革命暴力时，前者由于性别角色与战士职责之间的大幅度跨越而有一个心理转变的过程，后者则由于革命对亲情的冲击而承受痛苦。比较而言，端木蕻良的《憎恨》描写的是农民以正义的名义暴力复仇的故事，因而要痛快得多。地主孙大绝后的账房麻算盘，"借用"农民老朱全的热炕头与周磨官媳妇享用，而把老朱全赶到天寒地冻的外面去，让青年农民圆子给他烧炕。早年，圆子父亲给地主孙大绝后赶车，扛口袋被压吐血死去，母亲耐不住苦就跟个走江湖的郎中跑了。圆子在孙家放猪，遭受过孙大绝后的毒打，他也曾经因为砍了孙大绝后的两根小杨树，被麻算盘送到城里公馆里罚了三个月苦工。现在，麻算盘打断他和老朱全喝酒的兴致，又强迫他烧炕，踢他屁股欺负他。圆子把复仇的怒火烧向麻算盘，趁着屋子里的两个人睡熟，放火点燃了房子。"一腔的憎恨，因过久的时日而结成了化石的憎恨，都在圆子的胸腔里吐出，在火苗上开出了崭新的花朵。看着燎原的红火，这简单的农民就诚实的笑了，是从久封的感情里所解放出来的开心的笑呢。"村民拿着水桶、扁担、二齿钩、棉被、水桶，赶来救火。一听说是麻算盘和周磨官媳妇在里面，响起一阵哄笑声，"几乎比火势还猛"，有人说"烧的好！""救火的人们现在都像请来专看西洋景似的看得呆了。露出非常闲豫的心情，把水桶棉被都放在地上不管，只是看着火去怎样开展它的威力，怎样的腾起怒焰。有人想起慨叹着的是：'只可惜了老朱全费劲巴力的柴火！'可要不失去这堆柴火又怎样换来这么有生以来没有过的痛快！""值得！""要吃狼虎肉，别舍不得茅草熏！""好火！"村民都站在边上看热闹。房子的主人老朱全疯狂地向着火光这边奔来，他最关注的不是房子，也不是房子里的人，而是他心爱的大狗"老虎"。当得知"老虎"还在房子里，圆子蒙着浇了水的大棉袄进去，救出了"老虎"，而任由大火吞没房子里的两个人。最会拍东家马屁的一个佃户不平地喊道："你们放着人命不救，你们救狗命！"众人回答他："不要嚷了，麻算盘死了立你的嗣！""海潮一样的荡起了报复的笑和快意的呼啸。有人在火堆里抽出半燃的火把乱舞乱跳围着他取笑。"按常理来说，自然是救人要紧，然而，阶级仇恨在这里占了上风，群体性的憎恨化作难以遏止的暴力，复仇意志淹没了生命伦理，生命的价值发生了畸变，富人的命不如穷人的狗。复仇的怒火一旦燃起，烧毁的即使不是最大的仇人，而是仇人的帮凶，也聊胜于无；只要能消解一点心头之恨，伤及无辜在所不惜，结果，周磨官媳妇白白地赔上一条性命。村民从仇人狗腿子与放浪女人的惨死中获得了集体狂欢的快慰。

关于对暴力合理性的肯定，除了那种阶级性的肯定之外还有民族性的肯定。万国安有一篇小说，名为《国门之战》，表现 1929 年下半年发生在东北的中东路战争。在我们的文学史中，万国安作为民族主义文艺运动的代表作家，一直受到贬抑。东北人管苏联人叫"老毛子"，"老毛子"在东北侵夺利益，张学良早就忿忿不平，南京政府对苏联毫不放松的利益要求也是有心抵制，但又奈何不得。张学良民族情绪高涨，意欲收回在东北境内与苏联共同经营的中东铁路，民国政府乐于作其后盾。路权交涉一开始便陷入僵局，于是，时任东北最高长官的张学良想要以武力解决。5 月 27 日，哈尔滨警察局根据东北当局的命令，在南京政府的支持下，借口苏联驻哈尔滨领事馆内召开远东共产党会议"宣传赤化"，突然包围搜查了苏联驻哈尔滨总领事馆，拘捕了领事馆馆员和苏联国家远东贸易局总经理等 39 名苏方人员，在他们的住处搜到了很多赤色传单，这实际上是想借政治事件收回中东路中国的主权。7月，事态扩大，接管机构，查封苏方组织，将苏方有关人员驱逐出境，苏联宣布对华断交。8月11日，中东路战事打响。然而，苏联的军事实力远不是东北军所能对抗的，打了几个月，最后的结果是苏联利益未被动摇，反而授人以柄，中国所失更多。国内一般舆论既愤慨于苏联强权，又不满于当局愚弱，中东路战争题材的文学反映了这种情绪。万国安的小说《国门之战》描写了吃人肉喝人血的血腥事件以宣泄民族义愤：

> 大家围着这六个间谍，旅副瞪大了眼睛望着，旁边还有几个高而且大的兵，手里拿着巨斧，旅副停了半天说——我看再找一把刺刀来切切他们看……不大功夫，两个老兵抬着一把俄国的喂马切刀放在地下，旅副下令将他们眼睛上的蒙布拿下来，叫他们也认识认识我们中国的手段怎样。我一看那几个间谍：三个俄国人，三个不知国籍的人，嘴里塞满了东西，眼睛露出很凶的神气，似乎他们很欢迎死。旅副叫我先收拾一个，我那时吃了点高粱酒，并且看见了仇人是很喜欢杀掉他们，我用了一把大斧，抢起来照着绑在屋里左边上的长黑头发的人太阳上就是一下，差不多砍到鼻梁上了。那个人的头上着了这一斧，太阳立时陷落下去，斧刃的四围都成了白色，我把斧子拿下来，紫黑的血跟着就飞射出来，那人临死的哀鸣也就很小而短促的一叫就定了。不大功夫，我们这几个屠夫弄得血肉狼藉，一股血腥的气味，要不叫吃酒也就呕出来了。

这种血腥杀戮的直白描写，在古代通俗小说中不乏先例，而在现代文学中，即使为了表现统治者、凶暴者、邪僻者的残忍，也多有收敛遮蔽。但在民族主义作家这里，也许觉得不如此便不足以宣泄兵败国耻的屈辱与对强俄的愤恨，所以才写下这等令人不寒而栗的场景。

第三种是对暴力现象表现出冷静、分析的态度。现代文学在肯定暴力反抗之合理性的同时，对以暴克暴的负面性保持着相当的警惕。即使是推崇暴力反抗的"左翼"文学，也不乏理性的分析眼光。茅盾的三部曲《蚀》，包括《幻灭》、《动摇》和《追求》，有的读者欣赏《幻灭》，因为《幻灭》描写了爱情；我最欣赏的则是《动摇》。《动摇》里面，胡国光等投机派口蜜腹剑、狡诈阴险，赞同、煽动农民的过激行为；土豪劣绅唆使流氓捣乱，杀死童子团员，袭击妇女协会，轮奸剪发女子并将其残害致死；

叛军反水，腰斩革命，残忍报复，屠杀革命党人及群众，种种惨剧，令人触目惊心。作品还写出了在革命阵营内部，也存在着导致革命夭折的病因：其一，当时革命党人中间存在着一种较为普遍的激进盲动情绪，恨不能早晨一觉醒来便能看见人类大同，因而主张无条件支持群众所有要求与行动的革命党人大有人在，赞成"解放"婢妾尼姑孀妇并为之设立所谓"解放妇女保管所"的决议，也终于在县党部会议上通过，为后来胡国光等人将其变成淫乱场所埋下了伏笔，使"共产共妻"的谣言有所坐实，败坏了革命的声誉。其二，群众盲目的复仇情绪与无限的欲望像一座一触即发的活火山，因而，胡国光的偏激主张每每能够得到多数人的赞同。土豪劣绅造谣说，革命就是"男的抽去当兵，女的拿出来充公"，群众的复仇情绪与无限的欲望霎时间高涨起来，活火山终于爆发了。农民很容易信以为真，要将多余的或空着的女子分而有之。他们攻进土豪黄老虎家里，抢来18岁的小妾，又把一个将近30岁的寡妇、一个前任乡董家的18岁的婢女，还有两个尼姑带到群众大会会场，争执不定之后便用古老的抽签办法分妻。宋庄的夫权会前来干涉，南乡的农民便集合起一千多人的大军去扫平夫权会。在吃了"排家饭"后，立刻把大批的俘虏戴上了高帽子，驱回本乡游行。这些"俘虏"未必都是土豪劣绅及其走狗。县城的群众大会上混战成一团，"解放妇女保管所"干事钱素贞被扯破单衫裤，身上满是爪伤的紫痕，动手的未必只是一小撮流氓。反动，残杀，激起愤恨与悲痛，但另一面也有不介意、冷淡，或竟是快意，甚至"半个城是快意的"！流氓制造了残害妇女的惨案之后，县党部的林子冲主张应该支持群众的要求，力争枪毙凶手。这自然是正义的主张。但此时方罗兰的心里纷乱异常，三具血淋淋的裸体女尸提醒他复仇，流氓们的喊杀声又让他恐怖，"同时有一个低微的然而坚强的声音也在他心头发响"：

——正月来的账，要打总的算一算呢！你们剥夺了别人的生存，掀动了人间的仇恨，现在正是自食其报呀！你们逼得人家走投无路，不得不下死劲来反抗你们，你忘记了困兽犹斗么？你们把土豪劣绅四个字造成了无数新的敌人，你们赶走了旧式的土豪，却代以新式的插革命旗的地痞；你们要自由，结果仍得了专制。所谓更严厉的镇压，即使成功，亦不过你自己造成了你所不能驾驭的另一方面的专制。告诉你罢，要宽大，要中和！惟有宽大中和，才能消弭那可怕的仇杀。现在枪毙了五六个人，中什么用呢？这反是引到更厉害的仇杀的桥梁呢！

方罗兰的这一段心里话，向来被视为革命意志动摇的表征，其实问题并非如此简单。诚然，方罗兰性格上有软弱与犹疑迟缓的一面，这在上面的话语里的确有所体现，但他并不是一个没有主见、没有定性的人。他一出场就对胡国光抱有警惕，并粉碎了胡国光要当商会委员的阴谋，而后针对胡国光的一系列表面上激进而实际上居心叵测的言行予以揭露、回击。面对流氓残害妇女的暴行，他何尝不感到震惊、愤怒与悲痛，当闻知流氓又向县党部冲来时，他也深感到"没有一点武力是不行的"。与其说他的革命意志不坚定，不如说他性格中多了几分柔弱，少了几分果决，在急需行动的时候，他耽于思索，在急需以眼还眼、以牙还牙的复仇时刻，他却认准了"宽大中和"。然而，他对盲目的仇杀与新式专制的担心却并非毫无道理，甚至可以说包含着真理性的探询。人的占有欲和复仇欲等原始欲望被无节制地调动起来以后，其破坏力不可估量，如果任其宣泄泛滥，势必在打破旧的不平等之际，酿成新的人间悲剧。方罗兰并非放弃革命与暴力，而是对盲目的暴力表示忧虑，对专制的更迭表示怀疑。而这恰恰表明了知识分子的独立思考精神。对方罗兰的犹疑、思索，作者的叙事态度不尽是否定，在切合人物性格逻辑的描写中，也渗透着作者一定程度上的认同。

前几年，江苏人民出版社出版了一本书，是高尔基写的，书名叫《不合时宜的思想》，这是 1917 年十月革命发生以后，高尔基在主编《新生活报》的时候在报上发表的系列随笔和评论。他目睹了十月革命以后莫斯科和各地的混乱情形，那种群众盲目的报复所带来的混乱使高尔基非常震惊。他在反思：革命难道就是这样的结果吗？如果就是这样，真值得我们警惕。高尔基的言论遭到了布尔什维克严厉的批评。在电影《列宁在一九一八》里面，就有列宁批评高尔基的场景。高尔基和布尔什维克之间，发生了种种意见的纠葛。为什么发生矛盾呢？布尔什维克坚决主张到农村去剥夺富农，把富农赶到西伯利亚去。高尔基对这种现象产生了深深的怀疑和忧虑。他写的这些评论使他在苏联处境不佳，只得出国躲避锋芒，这些作品在苏联长期得不到结集出版。高尔基在苏联本来是革命文学的一面旗帜，但是"旗帜"的这些作品未能出版。到了 1991 年苏联解体之后，《不合时宜的思想》才有了结集出版的可能，中国才能把它翻译过来。我读的是中译本。我们把茅盾的《动摇》同《不合时宜的思想》参照起来看，再把它和肖洛霍夫的《静静的顿河》、帕斯捷尔纳克的《日瓦戈医生》比较起来看，就能看出革命的复杂性，也能看出革命暴力的多重效应。方罗兰的思考是早期革命党人的另外一种姿态。革命党人其实是很复杂的，有激进者，也有像方罗兰这样的审慎者。茅盾的《蚀》三部曲，招来了革命文艺批评家的批评，也引起了共产党组织的不满。后来茅盾在日本流亡期间，当地党组织曾经给上海的党中央写信，说想恢复沈雁冰同志的组织生活。组织上回信说：鉴于沈雁冰写了《幻灭》、《动摇》等作品，暂不考虑为沈雁冰恢复党籍。当时的领导人注意到《动摇》等作品所流露出来的复杂思想，把他打入了"另册"。端木蕻良长篇小说《科尔沁旗草原》的最后一章，对暴乱的描写也表现出分析的态度：一方面揭示了反抗的必然性、合理性，另一方面也如实地暴露了反抗演变成暴乱之后的盲目性、野蛮性与破坏性。"九·一八"事变后，日本侵略者的铁蹄很快践踏到全东北，"义匪"老北风树起了"天下第一义勇军"的三尖狼牙旗，召唤不愿做奴隶的人们去向侵略者讨还土地。而与此同时，土匪天狗却趁机作乱，闹翻了古榆城。暴乱之际，人们的欲望无限扩张，鱼龙混杂，泥沙俱下，"红胡，无赖，游杆子，闲人……还有，一切的从前出入在丑恶的夹缝的，昼伏夜出的，躲避在人生的暗角的，被人踹在脚底板底下喘息的，专门靠破坏别人的幸福、所有、存在来求生存的，都如复苏的春草，在暗无天日的大地钻出。""大家都绝对的不能想到自己企望的无耻或是回头去幻想一下自己所造成的结果是如何的悲惨，他们并不，他们这时的思想是没有感觉的，要勉强说有，那就是一种单纯的快乐，一种从来所没敢想过的，所没敢染指的秘密的快乐。……"这是何等深刻的揭示。果然，我们看到了盲目报复、疯狂攫取的描写。攻打大户的枪声一响，街上的闲汉便啸聚着去李老财家抢钱，一会儿又想起王家有个好姑娘，抢足了钱的便奔向王家。就连丁家护院的炮手也出现了倒戈者，刘老二从背后一枪放倒了他的同行程喜春，不论是出于积怨的宣泄，还是想乘机浑水摸鱼，总之不是发自什么阶级觉悟，为穷苦人向大户复仇。县衙里，绑在抱柱上的商务会长和腰栈大老板被浇上了洋油，堵住了嘴巴，点了天灯。当然，烧毁的还有县衙的前厅以及街上的店铺，丧命的也远不止兜售吗啡的日本掌柜、平日里作威作福的阔佬，也有为丁家看守富聚银号的郭掌柜，更有花容月貌的富家小姐、本本分分的普通市民、趁火打劫的闲人无赖……中国历史上，每一次大规模的农民起义，每一次改朝换代，都要伴随着冲天大火，伴随着要捣毁一切的大破坏。对相沿成习的盲目破坏，富于历史责任感的作家理应做出自己的判断与艺术表现。

饶有意味的是，端木蕻良 1933 年在天津避难期间创作的《科尔沁旗草原》（因种种缘故，1939 年始得出版）尚能对暴乱中欲望的极度扩张持审慎的批判态度，而在 1937 年发表的《憎恨》里，却对底层社会的盲目的复仇狂欢倾情欣赏。叙事态度的变化恐怕与作者的党派政治意识逐渐强化，而个体的理性判断退居其后有关。

在"左翼"文学的脉络中，赵树理是一位个性鲜明的作家。其个性不仅表现在其作品的乡野风格方面，而且表现在他那善于从现实中发现问题的敏锐眼光、质朴善良的温煦情怀和"咬定青山不放松"的执著性格。1946 年问世的《李家庄的变迁》，即使对于反动人物也不主张盲目报复、斩尽杀绝。恶棍李如珍，由于罪大恶极，群众等不及县政府处决，公审的当场就将他拖下来，"一条胳膊连衣服袖子撕下来，把脸扭得朝了脊背后，腿虽没有撕掉，裤裆子已撕破了"。对这种复仇的惨烈场面，赵树理没有像有些作品那样大力渲染并加以欣赏，而是从县长的角度对暴力予以消解：先是向群众宣传只要能改过就不杀，当群众强烈要求马上枪毙时，又推说没有枪，群众要用他腰里的手枪，他推说没有子弹。李如珍被撕裂而死后，他又说："这弄得叫个啥？这样子真不好！""你们再不要亲自动手了！本来这两个人都够判死罪了，你们许他们悔过，才能叫他们悔；实在要要求枪毙，我也只好执行，大家千万不要亲自动手。现在的法律，再大的罪也只是个枪决；那样活活打死，就太，太不文明了。"村民辩解道："他们当日在庙里杀人时候，比这残忍得多……"县长解释说："那是他们，我们不学他们那样子！"经县长的一番说服工作，农民也终于认同了宽容一点的意见："只要他还有一点改过的心，咱们何必要多杀他这一个人啦？他要没有真心改过，咱的江山咱的世界，几时还杀不了个他？"后来，为虎作伥的狗腿子小毛免遭李如珍的下场，"由县长带走，等成立起县政府来再行处理"。在国民革命、土地革命与土地改革等运动中，有些地方由于农民强烈的复仇欲望，出现了未经法律程序就大开杀戒的事情，一些文学作品不加分析地予以肯定甚至欣赏，真实倒是真实，但究竟偏离了正确的政策，而且从艺术表现来看，不加节制的血腥渲染也未免引起审美的阻隔。《李家庄的变迁》里县长对群众的暴力行为与要求的态度，显示出赵树理的理性精神与宽厚情怀。从《动摇》到《科尔沁旗草原》再到《李家庄的变迁》，表明"左翼"文学一直贯穿着对暴力的分析精神。

对暴力的分析性描写，在民主主义文学与自由主义文学之中也有多种形态。李劼人的《大波》（1937 年初版，1962、1963 年再版）既充分揭示了从保路风潮到辛亥革命的正义性，同时也没有回避革命过程中常常不甘缺席的残酷性。譬如革命党人陈锦江部队被杀事件、成都哗变事件等，均在扎扎实实的调查基础之上，予以真实地再现。同志军首领孙泽沛为了获取武器装备与炫耀"战果"而背信弃义，在明知陈锦江的革命党人身份的情况下，大开杀戒。作品渲染了三渡水河岸边那幅残酷的景象："三株老黄桷树的四周，几乎遍地都是用马刀，用腰刀，用各种刀，斫得血骨令当的死尸。绝大多数的死尸都被剥光衣服，有的尚穿着黄咔叽布的军裤，有的却是把裤脚拽到腿弯上的大裤管蓝布裤。而且都是用各种找得到的绳子——麻的、棕的、裹腿布一破两开扭成的，把两只手臂结结实实反剪在背上。就这样，也看得出临死时的那种挣扎斗争痕迹。因为每个死尸都不是一刀丧命的，从致命的脑壳、肚腹、两胁、腰眼这些地方，无一具死尸不可数出十几处刀伤，或者梭镖戳的窟窿。因此，流的血也多，到处都看得出一洼一洼尚未凝结的鲜红的人血。"叙事者对陈部横遭屠戮的惨状的描写，不是渲染暴力，而恰恰是为了揭露"草莽英雄"之流孙泽沛的凶狠残暴与目光短浅，批判其对人间道义的践踏与对革命事业的破坏。《大波》还通过对成都哗变事件的分析性描写，表现出革命的复杂局面，反映了当时客观存在的假革命之名、行利己之实的情形。军队哗变，武装巡警、治安警察、消防队、衙门差役和散住在各庙宇、各公共场所的同志军，也有不少人卷入了这场风暴。一伙游手好闲、掌红吃黑、茶坊出酒馆进、打条骗人的流痞和哥老会的弟兄，也像嗅到腥气的苍蝇一样，成群结队地涌到藩库。前去"沾光"的还有难以计算的穷苦人，男女老少，甚至连一些疲癃残疾和卧病在床的男女，也带着宁可不要命的架势，拖着两腿爬了起来。暴动后首先遭殃的，是几家新式银行及37家银号、捐号和票号。而遭殃最烈的，是藩库与盐库，被抢得精光，分别损失500多万元、200万元，连同各银行、银号、捐号、票号，公私共损失的现金，达800多万元，还不计入十余家金号的金叶子、金条子、金锭子，以及正待熔铸的若干袋沙金。遭殃轻重不等的，还有十多条繁华街道上的商家。接着从繁华街道扩展到寻常街道，从商号扩展到大公馆、大住宅，及至抢到当铺，才算是登峰造极。与抢者有积怨的公馆，损失更惨，能拿走的，一件不留，不能拿走的，如穿衣镜、楠木家具等，便用石头砸碎，用马刀斫破，连壁上悬挂的时贤字画，也撕成碎片。藩库和十来家当铺的火光照红了天空。作品描写了半天整夜的兵变与洗劫给这个历史上素有富庶安乐之称的锦官城带来的惨相，其意义远远超出了对哗变军队及其背后的腐败官僚集团的抨击，寓示着对历史根源与现实基础十分深厚的盲目暴乱的清算。

如果把《大波》归之于历史再现型的话，那么，曹禺写于 1937 年的三幕剧《原野》则可以称之为象征型。八年前，仇虎的父亲被焦阎王活埋，妹妹被卖到妓院而屈死，仇虎被关进监狱，打伤致残，原与他定了娃娃亲的花金子被逼嫁给焦阎王之子焦大星。如今，仇虎越狱回乡，决意复仇，可是，焦阎王已死，复仇的主要目标已经失去。当焦氏告密，要加害于仇虎时，使仇虎的复仇欲望达到了极致。他狠心杀死了善良的焦大星，又用掉包记让焦氏误杀了孙子。在偕金子逃跑的途中，仇虎因为直接与间接地杀死了两个无辜的人，为良心自谴而痛苦万分，陷入惶惧与幻觉之中，无法逃出黑树林，最后自杀。剧作一方面为仇虎的复仇合理性做了充分的铺垫，另一方面也以环境的描写——午夜时分在看不见星星和月亮的黑树林里东奔西突，找不到出去的方向，林子边不断传来焦氏为孙子喊魂的凄惨嚎叫——与人物的精神迷乱，对暴力的无限扩张发出质疑。

有过湘西地方部队经历的沈从文，当他 20 世纪 20 年代闯进文坛时，曾经以湘西社会杀伐的血腥之气让读者震惊，直到 30 年代，其作品里仍然不乏暴力的渲染，至少是对暴力的冷静思考，用以表现边地人民的原始强力。这使他成为自由主义作家群中的另类。抗战胜利后，沈从文回避战火纷飞的现实题材，仍然回到记忆中的湘西世界寻找心灵的安慰与艺术的自由，但题材与笔调都发生了变化。在以少年回忆的视角表现山区两族血腥世仇的《雪晴》（未完，现存四章：《赤魇》、《雪晴》、《巧秀和冬生》、《传奇不奇》）中，写了巧秀与她母亲截然不同的命运：母亲当年因拒绝族长之子的亲事而自己选择了情人，遭到了沉潭的厄运；而女儿巧秀则与情人逃婚成功，虽然后来情人卷入了一场因劫物而引发的武力对抗，不幸惨死，但巧秀终于幸免于难。第四章《传奇不奇》里，田家两兄弟带着一帮人马劫了烟帮，本来不过是想按照当地的习俗换几条枪，不料因激生变，最后惨遭剿灭。作者在描写强悍性格与血腥场面时，粗犷依旧，但显而易见的是，初期创作的超然静观甚至不无寒意的欣赏，已经被一种深沉的悲怆所取代。大难不死、虎口余生的冬生对他的母亲说："娘，你看我不是全胡全尾的回来了吗？"娘回答道："你全胡全尾，可知道田家人死了多少，做了些什么孽要这样子！"篇末写道：（带队剿匪的满大队长所在的）"满家庄子在新年里，村子中有人牵羊担酒送匾，把大门原有的那块'乐善好施'移入二门，新换上的是'安良除暴'。上匾这一天，满老太太却借故吃斋，和巧秀守在碾坊里碾米。"这一章写于 1947 年 10 月，想必当时内战的硝烟影响了作者对于暴力题材的叙事语调。曾经在抗日战场上声名赫赫的精锐之师算军——八千湘西子弟，在莱芜之战中全军覆灭。从政治角度来看，此乃历史的必然；或者理性地说，只有以少数人生命的折损，尽快地结束战争，才能避免更多生灵的丧失。然而，对于热爱乡土、追念湘西军人抗战功勋的作家来说，则不能不感到难言的伤痛。政治的暴力有的时候是正义的，但正义怎样能够更人性一点，这是一个永恒的矛盾，如何处理好这个矛盾，也是社会发展、文学表现与学术研究的一个永恒话题。

在人类社会中，暴力永远不可避免。文学应该承担而且能够做到的，是对暴力现象给予真实而适度的表现，批判一切反人道的暴力，肯定合理的暴力，也呈现其负面性，并进而分析暴力的根源，给人们提出警示，尽量避免一切可能避免的暴力，使人类社会越来越走向和平、和谐、幸福。照此看来，中国现代文学的暴力题材迈出了可喜的一步。

下面简单讲一讲当代文学。新中国成立不久，要出版古代小说四大名著的时候，排在首位的是《水浒传》。这很容易理解，因为《水浒传》表现的是底层社会以暴力反抗强权的题材，这对于刚刚以革命的暴力推翻旧政权、建立新政权的胜利者来说，无疑具有文化上的亲缘性。20世纪五六十年代，《保卫延安》、《红日》、《铁道游击队》、《烈火金刚》、《红旗谱》、《林海雪原》等一批高度肯定革命暴力的作品纷纷问世，在读者中颇受好评，近年来编撰的当代文学史称之为"红色经典"。80年代以来，清一色的歌颂革命暴力的情况发生了变化。张炜的长篇小说《古船》，在当代较早地表现出革命的复杂性。洼狸镇粉丝厂业主隋迎之，土地改革之前献出多家粉丝厂，开始时被列为开明士绅。但是，等到自卫团长赵多多主事，隋家的厄运就降临了。为什么赵多多要同隋家过不去呢？除了穷人对富人的嫉妒与仇恨之外，还因为他早就对隋迎之的妻子茴子心怀鬼胎。如今翻了身，他用尽心机羞辱茴子。要油擦枪，擦完后把油碗扣在茴子的胸部。他在去菜园的路上堵劫茴子，被茴子抓破了脸。结果，隋迎之被批斗折磨得吐血而死，隋家被勒令搬出正房。刚烈的茴子服毒之后点燃正房。赵多多赶到之后，剥茴子的衣服，剥不下来，就用剪刀剪，剪得血肉模糊；又对着被剥光身子的茴子撒尿，极尽羞辱之能事。在对地主的斗争中，赵多多对隋家的行径并非绝无仅有的个案。未经任何形式的审判，斗争大会上被当场打死者大有人在，有一个在外面读洋书的地主少爷被当做替罪羔羊；有人点燃香烛往地主的腋窝、甚至身体的下部戳。有个藏起一罐银圆的地主被告发，遭到赵多多的恣意折磨与羞辱，地主绝望至极，抠进他的眼窝，结果被赵多多砍碎了半个脑壳。另一个地主"面脸"被吊到高木杆上，一个老汉突然砍断绳子，"面脸"坠落下来，摔得七窍生烟。老汉又要割下一块肉，说是为了自己受伤的儿子治腰。工作队王书记申明"发动的是群众的阶级觉悟，不是发动一部分人的兽性"！可是，他因阻拦老汉割肉，竟被砍伤。几年前，赵多多跳墙闯入地主"瓜儿"家的闺房，被"瓜儿"抓住，教训了一顿，现在他挟嫌报复，用藤条猛抽，几下子就结果了"瓜儿"的性命。一个地主，曾经糟蹋了粉丝房的两个女工，其中一个有了身孕，羞愤上吊。在土改中，那个女工的哥哥参加拷打地主的儿子与女儿。几天以后，地主的女儿死去，被埋后又被挖了出来，裸身绑在树上，割掉乳头，身体上还被插了一棵萝卜。……正义的要求与原始的欲望在革命的旗帜下混杂在一起，暴力如同火山喷发时的岩浆，冲天而起，汹涌而下，扫荡了一切腐朽，同时也毁灭了无辜的生命与理当维护的文明秩序。农民的极端复仇，遭到地主还乡团的疯狂报复：点燃一堆火，把来不及逃走的农会干部扔到火堆里，爬出来，再扔进去。农会主任被五牛分尸，炒肝下酒。妇救会主任被轮奸，她的孩子又被用两扇门劈杀。一个被抓住的村妇也被作践。革命的暴力与反革命的暴力，有激烈冲突，殊死格斗，也有相类的残忍、同样的血腥，其中的复杂性与残酷性，被描写得淋漓尽致。《古船》的视野并未局限于土改，而是延伸到了"文革"与新时期。"文革"中，镇长受到批斗羞辱，嘴上被拴上一个母牛外生殖器。一位四十几岁的女教师，只因为未婚和有师范学历就受到羞辱，愤而自杀。派系之间、派别内部的相互残杀也得到表现。"阶级敌人"的境遇更其不堪。某地杀害四类分子及其家属325人，最大的80岁，最小的仅38天，有22户被杀绝。隋家女儿含章被戴着红色桂冠的乡霸赵炳霸占长达近20年，稍有不从，含章的两个哥哥便备受折磨。改革开放之后，隋抱朴重新执掌粉丝房。赵多多醉酒驾车，在车祸中被烧死。含章在预感生命将尽之际，用刀刺杀赵炳。赵炳未死，含章被拘。隋抱朴要为妹妹申诉。在法制日见完善的社会里，抱朴、含章兄妹看见了希望。作者站在历史的高度，对暴力的恶性循环进行了深刻的分析与有力的批判。这是现代"左翼"文学对暴力予以分析式描写的继承，也是人道主义思想的复归与发扬。后来，陈忠实的《白鹿原》等作品，在更为广阔的历史时空中，对暴力展开了分析式的描写。

暴力是历史发展的杠杆之一，如何审视革命历程中的暴力现象，是一个严峻而复杂的课题。《古船》、《白鹿原》等作品的出现，表明中国当代作家有胆识直面这一课题，也有能力进行这样的思想探索与艺术探索，就此而言，可以说与《静静的顿河》、《日瓦戈医生》同调。

历史本身与文学的历史叙事都告诉我们，革命有合理的一面，但革命中发生的一切并不一定都是合理的。今天，我们应该正视这一点，否则，我们就不能防止以后有人用革命的名义来对社会进行大破坏。几年前，有的海外学者说要"告别革命"，遭到一些新左翼的批评。以我的理解，"告别革命"并非全盘否定现代史上的革命，而是说今后要尽量避免大规模的流血革命。在这个意义上，"告别革命"是"补天"，而非"拆天"。中国有特殊的国情，历史遗留问题较多，改革是在"摸着石头过河"。经济发展较快，相对于过去的薄弱基础，可以说取得了骄人的成就，但是，发展中的诸多不平衡，也积累了一些很复杂的社会矛盾。如果我们一味欣赏过去那种所谓合理的暴力，会带来什么样的后果呢？这是应该引起我们深思的问题。前几年，针对《太平天国》电视剧怎么拍？要不要播出？曾经有过不同意见。后来，请了有关专家反复讨论、推敲，层层把关。一是太平天国的高层腐败表现到什么程度？洪秀全动员甚至强迫民众参加太平军，不参加要杀头，太平军壮大了，分成男营、女营，夫妻不能有正常的家庭生活，有将领与士兵就为与配偶相会而人头落地。然而，天国的王公大臣却可以三宫六院，比太平天国所要推翻的清王朝毫不逊色。二是太平天国的合理性与破坏性如何把握？太平天国固然给清王朝以沉重的打击，可是对传统文化、尤其是文物破坏极大，并且，在太平天国期间，发生了第二次鸦片战争，国家利益严重受损，圆明园被焚毁仅是标志性惨剧之一。既要肯定太平天国的必然性与合理性，又要批判它的盲目性与荒谬性，这是一个非常大的难题。由于拍摄吸收了民间资本，经过后期剪辑处理，最后电视剧还是播出了，但是，由于问题太复杂，后来未见重播。复旦大学潘旭澜教授本是研究现代文学的专家，同时也研究太平天国，前几年，他写了一系列的随笔，后来出了随笔集。他对太平天国批评得特别厉害，引起了一部分人的赞扬和另外一部分人的反对。江南诗书传统悠久，文物积累丰厚，但200年来对文物破坏最大的有两次，一次是太平天国，一次是"文革"。潘旭澜教授在文章中历数太平天国对南方文物的破坏，可以说是罄竹难书。对太平天国怎么评价定位，历来有不同的意见，我这里只说对文物的破坏，我同意潘旭澜教授的观点。在我看来，李自成的故事也是一个风险性较大的题材，有压迫必有反抗，社会荒谬到一定程度，暴力反抗就具备了合理性。今天社会上也有种种问题，如果一味渲染造反有理，会不会点燃老百姓的火气呢？如果是这样，拍这样的电视剧，意义又在哪里呢？

有一次，有关部门到我们文学所来，就社会文化问题征求意见，老中青几代学者参与座谈，我谈的是，拍这种暴力反抗题材的影视一定要谨慎，民间情绪是个火药库，不要轻易点燃。听说现在《水浒传》在重拍，艺术家们很投入，但我真是很担心，孩子们看了"智取生辰纲"会怎么想？哪一天他也"智取生辰纲"怎么办？前些年《水浒传》在播出的时候，东北某地工人领不到工资了，他们就唱着"你有我有大家有"到粮店去"借"粮食，留下了借条。我们固然不必高估艺术的力量，说一部表现造反的电视剧就能掀起社会动乱的风潮，但也不可低估艺术的作用，它有多重效应，对暴力题材的处理要慎之又慎。学术界和批评界有责任对文学艺术表现的暴力题材发出我们的声音，不能任由商人炒作，也不能只讲所谓艺术而不顾社会效应。

暴力是不可避免的社会现象。文学所应该承担而且能够做到的是对暴力现象给予真实而适度的表现，批判一切反人道的暴力，分析暴力的根源，给人们提出警示，尽量避免一切可能避免的暴力，使人类社会越来越和平、和谐、幸福。文学的暴力表现，有说不尽的话题。以上只是简略地从中国古代文学、现代文学到当代文学，再扩展到影视艺术，对暴力题材的描写做了一个大致的梳理。我只是想通过这样的梳理，提示诸位注意暴力问题。一方面，在文学艺术的欣赏与研究中注意暴力题材；另一方面，同学们无论将来从事什么职业，作为一个普通公民，都要正确对待暴力问题，防范各种名目下暴力的恶性大爆炸，防止社会的大倒退。我想说的就是这些，谢谢！

互 动 环 节

主持人（张桃洲）：真是非常精彩的讲座！刚才张中良教授追根溯源，非常细致地为我们勾画了中国文学中暴力表现的方方面面。特别值得注意的是，张老师在讲座中不仅有对文学暴力表现的分析，也有一种比较的视野。请大家注意一下，我觉得暴力问题不仅关乎一种文学题材或文学类型，而且更多的是与社会文化，与人性相关的。很凑巧的是，上个星期刚刚在我的研究生课上讲了"文学与革命"的问题，暴力和革命这样一个话题的联系是非常紧密的。下面还有一点时间，留给大家和张老师进行交流，看大家有什么问题可以请教张老师。

问：我有一个问题，人类精神文明形成的历史是不是要牺牲大量的人，牺牲大量的生命？您刚才说了太平天国牺牲了大量的人，可是历史上发生过的事情现在还在发生，"文革"已经过去了几十年，但这种事情以后就不会再现吗？我的意思是说，"文革"是中国本土性的吗？外国是不是也有这种情况？咱们中国知识分子对这种情况该怎么办？该如何收到启蒙的效果？

答：好，谢谢你提出这个问题！我来简单回答这位同学提出的问题。"文革"是不是本土性的？如果我们关注 20 世纪 60 年代的世界史，就会看到美国、日本、法国都有他们的"红卫兵"，他们多多少少受到中国"文革"的影响。我前段时间去日本访问，接待我的东京大学尾崎文昭教授就讲过日本当年的往事，这种事情不是当年中国独有的。但是，在中国这个封建专制历史悠久的国家才会首发"文革"。现在有些年轻人不知道什么是"文革"，觉得"文革"很民主，很自由，大家都能上街，但实际上，"文革"中偶像崇拜登峰造极，"大民主"深层是理性的丧失与人民大众个性意志的泯灭，在冠冕堂皇的旗号下暴力恣意横行。贺龙元帅临死喝不上水；宪法都保护不了国家主席刘少奇，最后送到殡仪馆还用了个化名；传统文化遭受巨大的破坏，人性尊严与个人权利遭受无情的践踏，经济到了几乎崩溃的边缘。如果不铲除封建专制的余毒，"文革"还有发生的可能。但是可喜的是，经历了"文革"这场浩劫，中国人觉醒了。即使社会矛盾非常复杂，我们也应该采取理性的办法，而不能简单地采用大民主的办法，把大家发动起来打倒当权派。经历过"文革"，我们的民族变聪明了，我们的执政党也变聪明了。我们应该想尽一切办法避免"文革"悲剧重演。前车之鉴，后世之师，我相信我们的国家会越来越好，你们的未来会比我们经历的好得多，我相信这一点。

问：张教授，就您刚才的观点，我有这么一个问题。您刚才对古代文学一直到当代文学的暴力性进行了分析，您也旗帜鲜明地说出了自己的观点：把暴力当成老虎。我的问题是这个老虎如果出来的话，它会不会咬人？电视台播放这种暴力，老百姓也可能只是看一下，并不会去模仿。刚才您也讲到，即使在儒家这种平和的学说下也诞生了很多暴力事件，而我发现，现在的日本文学中也有很多暴力性的细节描述，但据网络的报道，日本的治安要好于中国。我在一本书里看到过一个美国社会学家的调查，他对暴力电视的研究结果是：人们看到暴力电视后会增加不安全感，但刑事案件的发生率不会提高。最近，国家对网络采取了一些措施，但我想这只老虎的危害性到底是怎么样的，我们是不是还要做一下调查？

答：好，谢谢。这位同学提的问题我觉得很好。老虎放出来后，大家的承受力怎么样？文学艺术作品写出来后，大家会不会都去模仿？我想各国有各国的国情，各地有各地的民情。日本是一个成熟的法制社会，日本基本上很少有小偷小摸，日本的暴力形式和我们不太一样。这些和国民素质以及法制的控制力有关。东京很难见到警察，它的社会基本成熟。我们看到日本的首相可以像走马灯一样更换，但日本的社会不乱，中国这样肯定不行。日本的暴力题材作品欣赏的成分更多一些，玩闹只管玩闹，但法制社会还是法制社会。我 1991 年第一次去日本，逛书店时在一个角落看到红红白白的色情杂志，就赶紧跑了出来。我后来问一个教授，怎么会这样？孩子们能受得了吗？教授说孩子从小看惯了，无所谓，大家还是有道德约束和法制约束的。所以说日本社会经过一代代的熏陶，外在和内在的控制力基本形成了，所以不怕。中国的教育普及率我有点怀疑，有的农村孩子小学就失学了，农民工子弟因为要缴太高的借读费，有的就上不起学，有的民办学校以各种理由解散了，我们和日本还是有很大区别的。所以，在这种情况下放开我们的文学艺术的性题材与暴力题材，是不合适的，社会控制力与自控力都还不成熟。

问：我想提两个问题。第一个就是您在讲到传统文学的表现时提到了两类，一个是通俗文学，一个是文人的民间写作。但像《水浒传》、"三言二拍"、《三国演义》之类的作者多是文人，这是一方面。另外一方面，文人的民间写作，您提到《蜀碧》，我觉得《蜀碧》的暴力描写也是很过分的，里面有反思和批判，但是不是他在借反思和批判来渲染暴力？还有就是通俗文学和文人的民间写作这二者之间该如何界定？第二个问题是，您说现代文学的时候提到了软暴力和冷暴力，您举了很多例子，但没有一个明确的定义。您举的例子里比如《狂人日记》里写的吃人，还有《呼兰河传》里写的对小团圆媳妇的虐待，这种暴力也是赤裸裸的。所以我想问怎么去对待软暴力和冷暴力？

答：好，谢谢。前一种是关于古代文学分类的，我分了三种：一个是雅文学即史传文学和诗词歌赋；第二种是通俗文学；第三种是文人的民间写作。这是我个人的分类，我的想法是把它区分开来探讨，因为它们的叙述风格不太一样。另外，这些文学的接受对象也不太一样，比如《蜀碧》用的是文言，它的接受对象是文人群体，一般百姓读不懂。可是通俗小说可以通过印刷，也可以通过说书流传，通俗文学的接受对象更广泛。刚才你也提到他们的叙事态度不太一样，当然任何归类都是个人行为，我们可以有不同的说法。总之，不管怎么归类都是为了把问题说得更清晰一些，我们可以有自己的划分归类。

第二个是对软暴力的定义问题。我在论文中说过，对小团圆媳妇的暴力，已经由软暴力上升为赤裸裸的硬暴力了，这有个转化问题。软暴力我目前还没下定义，我想大致区别是软暴力是精神伤害，而硬暴力是身体伤害，比如柔石写的春宝娘没有受刑，但是和儿子的联系被割断了，这是软暴力。将来怎么定义，咱们共同思考。好，谢谢。

问：时隔两年再听您的讲座，非常感谢。梁启超曾经说，中国文学中小家碧玉和深宫闺苑的描写过多，他充分肯定陆游的豪放作品及其创作风格。陆游的风格是相当豪放的，有对铁马战场的渴望。我想到了一个问题，陆游对于战争的渴望以及一些军事文学和您所提到的暴力概念有没有什么区别和联系？同时，我们当今的作家和评论家掌握的社会话语权多一些，他们基于人道主义会对暴力或者仅仅是暴力苗头进行控诉，但我却发现他们对暴力的量化的研究还没有对暴力本身的批判深刻。暴力除了动刀动枪，还会出于阶级矛盾和民族矛盾上升为战争，这两者之间有什么区别？我们应该怎么对待？您刚才说对于这种暴力，中国古代是冷静、节制，然而现实中却不尽然，比如南宋对收复失地的激励赞扬，近现代也是，对民族战争极力赞扬，对阶级战争却褒贬不一。对这一点该如何思考？还有刚才那位同学提到对暴力的过分贬斥会不会出现像英国电影里反映的现象，即让罪犯过多欣赏暴力会使他们丧失劳动能力，会不会矫枉过正？

答：好，谢谢。陆游也有一些儿女情长的东西，著名的《钗头凤》大家都知道，也有金戈铁马的。为什么梁启超欣赏陆游金戈铁马的一面呢？因为梁启超在列强侵凌的情况下希望社会变革，渴望中国强大，所以他欣赏这种风格，这是我们应该给予理解的。

关于当下的军事题材问题，有民族之间的战争，也有阶级之间的战争。我觉得是不一样的，同样是描写民族战争，处理也是不一样的。电影《巴顿将军》就提倡一个军人在战场上是应该拼死冲杀的，因为不拼死冲杀，自己就会被消灭，国家和个人利益会受损伤。但当战役结束后，面对战场残局时，巴顿对战争的思考也体现了电影编导对战争的思考。一个有良知和思考能力的作家不应该仅仅表现国家之间的仇恨，万国安的《国门之战》中写东北军处置六个间谍的时候是欣赏的，现在的作家面对这种情况该怎样处理？是不是要欣赏拿铡刀去零割间谍呢？是不是一定要这样处理呢？同样的战争可以有不同的处理方式。现在有些作家放任自己的艺术才华和情绪，有一点对读者不负责任。读者的承受力是不一样的，应该照顾到读者的承受力。当然，一个作品可以写，也可以出，但是我们的批评界和学术界应该引起重视，对这个分寸感如何把握的问题会永远存在。我想是这样。好，谢谢，谢谢我们第二次交流。

主持人：因为时间关系，张老师也很劳累了。今天就到这里，让我们再次以掌声感谢张老师！

（记录整理：刘祎）

后 记

刚刚过去的 2009 年,同它的前一年 2008 年一样,是一个令人瞩目的年份。这一年不仅有很多重大事件发生,而且为我们反顾或纪念历史提供了契机。因此,本年度的燕京论坛在议题上较为集中:"改革开放三十年作家身份的社会学透视"(张永清)、"性别与认同:从五四新女性谈起"(杨联芬)、"当代中国经验与'90 年代'的终结"(汪晖)、"近年诗歌的民生关怀"(王光明)……身份、认同、经验、关怀,是其中的一些关键词。

感谢这些不辞辛苦莅临论坛的学者们,为我们带来了一场场思想的盛宴,相信相关议题的讨论会引发聆听者进一步的思索和探讨。

论坛的进行一如既往地得到了学校教务处和图书馆的大力协助,感谢教务处处长王德胜教授、图书馆现任馆长方敏先生和前任馆长胡越先生的关心与支持。赵敏俐、易晓明、踪训国等先生,为联系专家和主持讲座出力不少,在此深表谢忱。由于种种原因,所收录的个别文稿未经讲演者修订;另尚有个别讲演者文稿,以及由音乐学院、美术学院组织的讲座文稿,未能收入本文集中,特此说明。

论坛的各项工作是在文学院院长左东岭教授的指导下完成的。同时,齐军华、牛亚君、李学文、孙子涵、张利群、于凯、刘莉、陈继华等老师,以不同的方式为论坛的顺利举办提供了帮助。在此一并表示谢意。

最后,感谢认真做录音整理的研究生们,并再次感谢社会科学文献出版社宋月华女士、黄丹女士和魏小薇女士的辛勤劳作。

张桃洲

2010 年 3 月

图书在版编目（CIP）数据

身份、叙事与当代中国经验/首都师范大学文学院编.
—北京：社会科学文献出版社，2010.11
（燕京论坛）
ISBN 978-7-5097-1822-3

Ⅰ.①身…　Ⅱ.①首…　Ⅲ.①社会主义-文化事业-建
设-研究-中国　Ⅳ.①G12

中国版本图书馆 CIP 数据核字（2010）第 210922 号

燕京论坛 2009
身份、叙事与当代中国经验

编　　者 / 首都师范大学文学院

出 版 人 / 谢寿光
总 编 辑 / 邹东涛
出 版 者 / 社会科学文献出版社
地　　址 / 北京市西城区北三环中路甲 29 号院 3 号楼华龙大厦
邮政编码 / 100029
网　　址 / http://www.ssap.com.cn
网站支持 / (010) 59367077
责任部门 / 人文科学图书事业部 (010) 59367215
电子信箱 / bianjibu@ssap.cn
项目经理 / 宋月华
责任编辑 / 魏小薇
责任校对 / 王晓娜
责任印制 / 岳　阳　郭　妍　吴　波

总 经 销 / 社会科学文献出版社发行部
　　　　　 (010) 59367081　59367089
经　　销 / 各地书店
读者服务 / 读者服务中心 (010) 59367028
排　　版 / 北京亿方合创科技发展有限公司
印　　刷 / 北京季蜂印刷有限公司

开　　本 / 787mm×1092mm　1/16
印　　张 / 17.75
字　　数 / 305 千字
版　　次 / 2010 年 11 月第 1 版
印　　次 / 2010 年 11 月第 1 次印刷

书　　号 / ISBN 978-7-5097-1822-3
定　　价 / 49.00 元

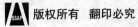